Dammbau

Sylter Roman aus der Gegenwart

von Margarete Boie

J. F. Steinkopf Verlag Stuttgart

6 7 8 9 91 89 87 85

Umschlag Erwin Maier
Gesamtherstellung Offsetdruck
Gutmann + Co., Heilbronn

ISBN 3-7984-0618-9

1

Dem Fremden, der nach Morsum auf Sylt kommt, fällt zunächst die Bedeutungslosigkeit dieses im Wasser schwimmenden Scheibchens Erde gegenüber der unendlichen Weite des Himmels auf. Danach, daß man hier kaum von einer hohen Himmelswölbung, einer Himmelskuppel sprechen kann. Sondern an den meisten Tagen des Jahres liegen schwere Wolken tief und flach auf den dunklen Rohrdächern der niedrigen Insulanerhäuser.
So sah diese Landschaft auch jener Fremde, der in den ersten herben Vorfrühlingstagen des Jahres 1922 die breite Dorfstraße von der Kirche zum Pfarrhaus hinaufschritt, sah, wie auch das Pfarrhaus selbst mit seinen sturmzerzausten Sträuchern sich unterm grauen Himmel duckte, während der alte Birnbaum, der östlich neben ihm sich aufreckte, in der Höhe des Dachfirstes schnurgerade abgenagt erschien. „Mag hier viel Wind geben", dachte der Fremde, indem er den schmalen Gartenpfad entlang auf die offenstehende Haustür zuschritt.
Im Flur trat ihm eine starkknochige Frau entgegen in einer farb- und formlosen Gewandung, die er unter andern Umständen für einen Malerkittel gehalten haben würde. Da er sich über ihre Eigenschaft als Familienangehörige oder Angestellte des pfarrherrlichen Haushaltes nicht sogleich klar zu werden vermochte, wählte er eine unpersönliche Anrede:
„Ist Herr Pastor Bun zu sprechen?"
„Mein Vater muß schon auf dem Heimwege sein; wenn Sie einen Augenblick warten wollen?" meinte die Frau und setzte dann trocken hinzu: „Übrigens heißt er nicht Bun, sondern Eschels."
Sie ging zur Gartenpforte und schaute, die Augen mit der Hand beschattend, angestrengt nach Osten aus.
„Ich werde ihn nicht lange aufhalten", sagte der Gast, der ihr langsamer folgte, „möchte nur die Bestätigung einer Unterschrift von ihm erbitten. Ich war schon beim Gemeindevorsteher; der war verreist. Dort wies man mich an Herrn Pastor — Bun."
Das starkknochige Weib schnob verächtlich durch die Nase. „So

war's nicht. Man sagte: Gehen Sie nur zu Peter Bleik Bun, der ist jetzt unser Pastor."
Der Gast mußte lachen. „Genau so!"
Sie verzog keine Miene. „Was wollen Sie überhaupt in Morsum? Ein Badegast in dieser Jahreszeit —?"
„Ich komme als Vorläufer des Dammbaus, Fräulein Bun."
„Eschels", verbesserte sie wiederum. „Wenn Sie zum Dammbau gehören, werden Sie noch öfter mit den Syltern zu tun bekommen. Wenn Sie noch öfter mit den Syltern verkehren müssen, können Sie nicht früh genug über ihre Eigentümlichkeiten aufgeklärt werden. Der Sylter hat drei Namen. Man muß unterscheiden lernen zwischen dem, wie er sich selbst nennt, wie er im Dorf genannt wird und wie er standesamtlich heißt. Mein Vater heißt Peter Boy Eschels. Das Dorf nennt ihn aber Peter Bleik Bun nach seinem Oheim Bleik Bunje, der ihn studieren ließ — dort kommt er übrigens."
Von einem flüchtigen Sonnenstrahl berührt, tauchte in geringer Entfernung aus dem grauen Bodendunst ein Mann auf, den der Fremde eher für einen Morsumer Bauern als für einen studierten Pastor gehalten hätte: kurz war der Mann, derb, breitschultrig, in hohen Stiefeln und gelber Leinenjacke, einen Rechen über der Schulter, die kleine Pfeife schief im Munde.
„Baumeister Bremer vom Dammbau?" fragte Pastor Eschels, als der Fremde auch ihm sein Begehren kundgetan und sich dabei in aller Form vorgestellt hatte. „Fein! Bringe uns ein Glas Rüdesheimer vor die Tür, Gondel, wir wollen den Damm begießen."
An der Südwand des Hauses war vom kalten Nordwind nichts zu spüren, und die Wolken schoben sich jetzt auseinander, so daß die Sonne den Platz schnell wärmen würde. Trotzdem zögerte die Tochter.
„Wollt ihr nicht lieber hereinkommen?"
„Ah wat", gab der Vater derb zurück und lehnte den Rechen an die Hauswand. „Laß die Morsumesen doch denken, was sie wollen."
„Wir können auch wohl ohne Wein einen Augenblick in der Sonne sitzen", meinte Baumeister Bremer lächelnd, „wenn es Ihre Gemeinde stört —"
„Es ist nicht der Wein, der sie stört", entgegnete die Tochter spöt-

tisch, „sondern daß Sie als Vertreter des Dammbaus hier mit meinem Vater auf einer Bank sitzen. Denn der Damm ist ein Werk des Teufels, mein Vater hingegen Gottes Stellvertreter in Morsum."

Ihr Gesicht blieb dabei unbeweglich, so wußte der Baumeister nicht, ob er lachen durfte oder ihre Worte ernst nehmen sollte.

„Ein Werk des Teufels?" wiederholte er fragend.

„Des Satans!" bekräftigte der Alte gemütlich und zog seinen Gast auf die behagliche Gartenbank. „Nun erzählen Sie mir, was Sie drüben auf dem Festland schon schafften. Hannes-Hannes habe ich schon kennengelernt, als er hier mit seinen Vermessungsapparaten herumlief. Ich stellte mich dumm. Photographieren Sie? fragte ich. Da wurde er zugänglich. – Uff, diese alten Knochen! Aber was soll man machen? Der letzte Winter hat uns viel Tang aufs Vorland geschwemmt, und daß ich ihn durch einen Arbeitsmann wegharken ließe, wirft mein Gehalt in diesen Zeiten nicht mehr ab."

Dem Baumeister war unterdes ein Lichtlein aufgegangen, daß er unter Hannes-Hannes wohl seinen Techniker Scholz verstehen mußte, der mit Vornamen Hans hieß und freilich ein wenig stotterte. So bequemte er sich dem Dorfgebrauch – um so lieber, als der Wein, den die Tochter des Hauses den Herren nun bot, ihn durch seine Güte angenehm überraschte.

„Ja, ja, man hat noch so seine Quellen", schmunzelte der Pastor, da er das Erstaunen seines Gastes bemerkte, und dann fragte er ihn aus mit einer Sachkenntnis, die Baumeister Bremer nicht weniger in Verwunderung setzte als der köstliche Tropfen Wein, der ihm auf der Zunge zerging.

„Also die Bahnstrecke Niebüll-Klanxbüll ist fertiggestellt –"

„Weiß ich, weiß ich, mein werter Herr Baumeister. Habe neulich dort die Kohlenberge am Lagerplatz bewundert. Wenn Kohle nicht gerade solch ungeeigneter Artikel fürs Stehlen wäre, hätte ich meiner Tochter ein Köfferchen voll mitgebracht. Prost, Gondel! Aber sagen Sie mir: wollen Sie wirklich den Damm nur auf eingespülten Buschwänden aufbauen?"

Der Baumeister sah ihn verwundert an. Woher diese Frage?

„In der Zuidersee –" begann er, doch wieder unterbrach ihn der Pastor:

„Ich weiß, ich weiß, aber unser Watt ist nicht die Zuidersee."
„Halten Sie dies Watt für gefährlicher?" fragte Baumeister Bremer, und seiner Frage war eine starke Dosis Spott beigemischt.
„Ich kenne die Zuidersee nicht", antwortete Pastor Eschels, „aber man sagt mir, daß sie dort mergeligen Ton haben. Auch die Strömungen werden dort anders liegen — doch Sie haben recht —", und ein herzliches Lächeln ging über seine verwitterten Züge: „Was man nicht weiß, soll man besser Schweigen. Sie werden meinem Interesse an Ihrem Werk noch manch dumme Frage zugute halten müssen, wenn Sie — wie ich hoffe! — bei späterem längerem Aufenthalt auf der Insel mein Haus als Ihre Zufluchtsstätte ansehen lernen."

2

Der Baumeister Heinrich Bremer entstammte jenem klar umgrenzten bestbürgerlichen Mittelstande, dem das alte Vorkriegsdeutschland so viel verdankte. Seine weitverzweigte Verwandtschaft setzte sich zusammen aus Regierungs- und Oberregierungsräten, zumeist Juristen; aus Geistlichen, Ärzten, Universitätsprofessoren und Verlagsbuchhändlern. Es gab nur einen wenig tüchtigen Landwirt unter ihnen, keinen begeisterten Militär, keinen einzigen modernen Großindustriellen. Seit dem neuen Jahrhundert erst einige Techniker und ein paar Künstler, die ein gut angelegtes Vermögen davor geschützt hatte, aus der Kunst zugleich auch einen Broterwerb machen zu müssen. Sie alle gehörten jener glücklichen Schicht der guten deutschen Gesellschaft an, die, ohne je reich zu werden, dennoch nie wirkliche Not und Armut kennengelernt hatte. Ihnen allen war die Arbeit, die sie übernahmen, wichtiger als das Gehalt, das sie dafür bezogen.
Bis zum Kriege. Da trat die Not an viele von ihnen persönlich heran. Bis zur Nachkriegszeit mit ihrer Geldentwertung. Da lernten manche auch die Bitterkeit der Armut schmecken.
Der junge Bauführer Heinrich Bremer war in den Krieg gezogen, wie die meisten seiner Altersgenossen: ohne klare Vorstellung dessen, was ihn draußen erwartete. Begeisterung für die Sache des Vaterlandes und Abenteuerlust hielten sich in ihm die Waage.

Bis ihm der Krieg selbst beides wieder nahm. Die Abenteuerlust blieb unbefriedigt; während sein älterer Bruder Rußland, Rumänien und die österreichisch-italienischen Grenzländer kennenlernte, ehe er dort fiel, hockte er selbst immer nur im gleichen Dreckloch an der Westfront, bald ein wenig südlicher, bald ein wenig nördlicher eingesetzt, wo die Pioniere eben gebraucht wurden. Wohl, er arbeitete ehrlich daran, die Schützengräben hier nach Möglichkeit zu sichern — dies war das tägliche nächste Ziel, deutlich genug und klar erkennbar. Darüber hinaus aber — wozu nur gab es überhaupt Schützengräben? Zu welchem Zweck diese ganze wahnsinnige Schießerei? War dieser Krieg denn eine Notwendigkeit? Wirklich ein Unvermeidbares im Leben der Völker Europas? Und daran, daß Heinrich Bremer den Sinn dieses grauenvollen Geschehens nicht ergründen, nicht ergrübeln konnte, war auch seine Begeisterung allmählich rostig geworden. Nur sein ehrliches Pflichtgefühl, sein nüchterner Arbeitswille waren ihm geblieben, und nur mit Anstrengung hatte er beides bis zuletzt festhalten können. Wenn er aber auf Urlaub heimfuhr zu seiner Mutter, suchte er immer noch die altgewohnte Begeisterung wieder hervor und putzte sie für seine Angehörigen von neuem auf.

Doch, daß er nach dem Kriege ein anderer wurde, als er vor dem Kriege gewesen, das hatte nicht eigentlich der Krieg an sich in ihm bewirkt. Sondern im Kriegsende erst starb ihm sein altes Wesen, in der Stunde, da jedes Geschützfeuer an der Front schwieg, weil Deutschland den Waffenstillstand unterzeichnet hatte — in dieser Stunde und in den Ereignissen der nächsten Wochen, die für ihn daraus folgten.

Der Befehl zum Abbruch der Front war gegeben. Am frühen Morgen, noch vor erstem Tagesgrauen, stand Heinrich Bremer hier zum erstenmal aufrecht auf freiem Felde, ohne ein feindliches Geschoß fürchten zu müssen. Starrte in die nächtliche Landschaft, die unter ihm sich breitete, und empfand die Gestalten, die sich schattenhaft um ihn bewegten, nicht anders als eine düstere Vision der apokalyptischen Reiter — sein eigenes Leben nicht anders mehr denn ein sinnloses Geschehen —

Bis ihn eine lebendige Hand am Arm rüttelte:

„Nicht denken und grübeln jetzt. Nur handeln!"

Er schrak auf und blickte in das Gesicht eines Menschen, den diese

letzten Tage zum alten Mann gemacht hatten – riß sich zusammen.
„'Befehl, Exzellenz!"
– riß auch seine Kompanie zusammen, führte sie nach Deutschland hinein und in die alte Garnison, wo der größere Teil des Bataillons schon eingetroffen war.
Heinrich Bremer hatte um Urlaub gebeten, um sofortige Entlassung womöglich, war er doch nur Reserveoffizier. Aber der Bataillonsführer war zum Generalkommando befohlen und übergab ihm für einige Tage noch die Vertretung.
Am zweiten Abend dieser Vertretung saß Bremer noch spät allein im Büro, rechnend und schreibend, nur um nicht wieder ins fruchtlose Grübeln hineinzugleiten, als draußen eine ungewohnte Bewegung entstand und gleich darauf etliche seiner Leute mit mehreren Matrosen bei ihm eintraten. Im Namen des Soldatenrates forderten diese Leute von ihm die Bataillonskasse.
„Ich bin nicht befugt, sie auszuliefern", entgegnete Bremer.
„Aber Sie haben den Schlüssel."
„Ich habe ihn. Doch wurde er mir von Herrn Major persönlich anvertraut, ihn bis zu seiner Rückkehr zu bewahren."
„So werden wir Sie verhaften."
„Ich habe keine Macht, mich dem zu widersetzen."
Er wurde in das alte Arrestlokal geführt und ging dort die halbe Nacht auf und ab, warf sich zwischendurch ein und das andere Mal auf die hölzerne Pritsche, um in dumpfem Schlaf auf kurze Zeit Vergessen zu finden – bis ein wacher Gedanke ihn wieder aufschreckte. Von draußen tönten unklare Geräusche. Den Leuten selbst schien bei dieser Angelegenheit nicht recht wohl zu sein; sie tranken sich Mut an. Gegen Morgen ballte sich ein Haufen Aufgeregter unter seinem vergitterten Fensterchen.
„Schlagt den Kerl doch einfach tot!" stotterte eine betrunkene Stimme.
Andere widersprachen, nicht wesentlich nüchterner und augenscheinlich nur aus Furcht vor den Folgen – dazwischen stotterte wieder die trunkene Stimme:
„Schlagt den Kerl doch einfach tot!"
Heinrich Bremer krampfte die Fäuste zusammen, daß die Fingernägel ihm hart ins eigene Fleisch drangen, nur um das Zittern zu

bezwingen, das seinen Leib schüttelte. Vergebens. Er hatte sich nie für einen Feigling gehalten, war gesund, hatte draußen im Felde auch im ärgsten Trommelfeuer immer noch seine Nerven leidlich zu zwingen gewußt. Hier aber im eigenen Land, mitten unter den eigenen Leuten – ja, wohl gar von ihnen selbst – totgeschlagen zu werden wie ein toller Hund – der Gedanke ließ Todesangst und Grauen wie körperliche Mächte seiner Herr werden. Es war eisig kalt in dem alten Arrestlokal, er vermochte das Zittern nicht zu überwinden. Und sein durch Übermüdung gereiztes Gehirn zeichnete ihm mit entsetzlicher Klarheit die Bilder, die vielleicht in wenigen Augenblicken schon Wirklichkeit werden konnten –

– wie man ihm die Hände binden würde – und er auf den Hof hinausträte – wie dann im ersten Gegenüberstehen die Leute, die ihn zum Teil durch Monate und Jahre schon gut kannten, doch vor der Tatsache eines leidenschaftslosen Mordes zurückschrecken – wie er selbst eine trügerische Hoffnung gierig ergreifen würde – bis irgendein unvorsichtiges Wort, eine an sich belanglose Bewegung plötzlich den Anstoß geben konnte, daß alle dennoch über ihn herfielen – sie alle, die ihn nicht haßten, ihm nicht einmal übelwollten –

Ein kalter Regen, der unerwartet scharf herniederschlug, trieb endlich die Gruppe unter Bremers Fenster auseinander.

Doch die nächste Nacht war noch schlimmer. Die Stimmen, die seinen Tod forderten, hatten sich vermehrt –

„Kann doch sein, daß morgen schon der Major zurückkommt –"

Morgen – welche Ewigkeit lag zwischen diesem Heute und jenem Morgen, an dem der Major wirklich zurückkam und sofort ein Kriegsgericht einberief, in dem der Soldatenrat selbst Bremer freisprechen mußte. Danach wurde er entlassen. –

Heinrich Bremer zog die Uniform aus, die er vier Jahre lang getragen, und legte wieder die bürgerliche Kleidung an, die er vor vier Jahren seinem Schneider zur Aufbewahrung übergeben, und die dieser während der langen vier Kriegsjahre sorglich vor Staub und Motten geschützt hatte. Heinrich Bremer packte seinen kleinen Handkoffer, den ihm der Schneider ebenfalls wieder aus irgendeinem Winkel hervorzauberte – ging zum Bahnhof, löste sich eine Fahrkarte nach der nächsten Großstadt und reiste ab.

Die Reise war nicht lang. Bald saß er in dieser Großstadt im Wartesaal des Bahnhofs, bestellte sich ein Mittagessen und kaufte von einem vorüberstreichenden Jungen eine Zeitung. Doch als er darin auf der ersten Seite schon seinen eigenen Namen las, fettgedruckt, unter der Überschrift „Gegenrevolution in X.", da verging ihm die körperliche Eßlust und statt dessen überkam ihn ein großer Hunger nach einem vertrauten Menschen. Doch wohin sollte er sich wenden? Seine Mutter, seine verheirateten Schwestern lebten hier und dort verstreut in Süddeutschland, und keine von ihnen konnte er noch am gleichen Abend erreichen, wagte auch noch nicht, sich ihnen nun ohne die Lohengrinsrüstung seiner alten, so oft aufgeputzten Begeisterung zu zeigen.
Da fielen ihm gute Freunde ein, nicht gar weit von hier: der Vater ein Jugendfreund seines eigenen, früh verstorbenen Vaters; die Tochter — ja, er löste eine Fahrkarte nach jener Stadt und setzte sich wieder auf die Bahn.
Als er dort ankam, war der Abend schon hereingebrochen; die kleine Stadt sparte an Straßenbeleuchtung; ein nieselnder Nebel vermehrte die Dunkelheit. Indem Bremer den Bahnhofsplatz überquerte, stolperte dicht vor ihm ein etwa vierjähriges Bengelchen und fiel ihm gerade vor die Füße. Er setzte seinen Koffer hin und hob den kleinen Gesellen auf, klopfte und putzte ihn ein wenig und stellte ihn sicher wieder auf seine festen Beinchen. Der Bub schluckte ein paarmal, dann aber machte er eine höfliche kleine Verbeugung, sagte: „Danke auch schön!" und rannte um die nächste Ecke davon.
Heinrich Bremer lachte — lachte herzlich und unbefangen, und dabei fühlte er, wie etwas Furchtbares und Schweres von ihm abfiel. Er richtete sich auf, reckte sich noch höher und wollte gerade weitergehen, als ein alter Mann ihm zuwinkte:
„Herr, vergessen Sie Ihren Koffer nicht!"
Verwundert nahm Heinrich Bremer den Koffer auf, der neben ihm stand. Gehörte der ihm? Woher kam er? Wo war er überhaupt? Er sah einen dunklen Platz im Nebel, hörte über sich raschelnd herbstliche Bäume rauschen — wo war er? Wie kam er hierher? Aber sein Gehirn mochte nicht denken. Eine wundervolle lichte Ruhe herrschte da oben, und gedankenlos lächelnd ging er langsam weiter. Er wandte sich zur Rechten, wo eine etwas hellere

Straße winkte, und als er im Verlauf dieser Straße ein erleuchtetes Hotel bemerkte, trat er dort ein.

„Zimmer gefällig?“ fragte der Kellner, der am Eingang herumlungerte, schien aber kaum ernstlich zu hoffen, daß der Ankömmling einen derartigen Wunsch hegen könnte. Jedoch — ja, er wollte ein Zimmer haben, und der Kellner führte ihn hinauf.

Der Ankömmling stand mitten in dem banal eingerichteten Raum und schaute sich fröhlich um. Wie war das doch nett hier! Er hatte wohl schon lange nicht mehr so hübsch gewohnt, schien ihm — und so ruhig. Wo er zuletzt geschlafen, waren viele Geräusche gewesen, die ganzen Nächte hindurch — häßliche Geräusche —; sein Gesicht verzog sich. Ah, nein, lieber nicht daran denken, das tat weh. Lieber genießen, was sich eben bot.

Mitten auf dem Tisch lag ein Block, der den Ankömmling aufforderte, ihm seinen Namen, Wohnort, Reiseziel und noch manches andere mitzuteilen. Der Ankömmling las diese Aufforderung, und wieder verzog sich sein Gesicht. Was sollte er da schreiben? Sein Name hing irgendwie mit den häßlichen Geräuschen zusammen, die er doch vergessen wollte. Immerhin — wie lautete er doch gleich? Er glaubte sich zu entsinnen, daß er ihn heute noch irgendwo gedruckt gesehen hatte. Wo war das doch gewesen? Richtig, er hatte in einem großen Saal gesessen, in dem viele Menschen kamen und gingen. Ihm gegenüber hatte ein Schild gehangen, er sah es noch ganz deutlich vor sich: „Trinkt das gute Riebeck-Bier!“ Hieß er vielleicht Riebeck? Hm, es mochte wohl sein; der Name an sich klang ihm nicht falsch. Er setzte ihn auf den Frageblock, in den Raum, der dafür bestimmt war, und betrachtete ihn lächelnd. Ja, er nahm sich gut da aus! Nun der Vorname — unwillkürlich fing er mit einem H an, wußte dann aber nicht weiter und machte nur einen dicken Punkt hinter den Buchstaben. Vortrefflich, das ging ja alles ganz einfach. Der Beruf? Riebeck — Riebeckbier? — vielleicht Bierbrauer? Doch das lag ihm nicht recht; so schrieb er einfach nur Kaufmann. Wohnort? Berlin natürlich! Wenn man sonst nichts von sich wußte, stammte man sicherlich aus Berlin. Und die weiteren Fragen — ah, bah, da machte man nur ein paar Striche. Damit war die Sache erledigt, doch war sie anstrengend gewesen. Er öffnete ein Fenster und spürte dann Lust, noch ein wenig unter diesen raschelnden Herbstbäumen sich zu-

ergehen. Am Fuß der Treppe jedoch fing ihn der Kellner wieder ein und nötigte ihn ins Restaurant, um ihm ein angenehmes Abendbrot vorzusetzen.
H. Riebeck jedoch spürte nur geringen Appetit, nahm nur wenig zu sich und griff dann doch wieder nach seinem Hut.
„Ich gehe noch ein paar Schritte durch die Straßen. Wenn man so den ganzen Tag in der Bahn gesessen hat –"
Der Kellner beeilte sich, das sehr verständig zu finden, und ließ seinen einzigen Gast ins Freie. Der schlenderte gemächlich die Straße hinab, die sich im weiteren Verlauf schnell wieder verdunkelte, und tastete sich weiter durch andere nächtliche Straßen, von deren Häusern er wenig mehr als undeutliche Silhouetten gegen den finsteren Himmel zu erkennen vermochte. Nach einiger Zeit kam er an eine breite Brücke, die über einen stark rauschenden Fluß führte. Dies gleichmäßige Brausen erfreute ihn. Er lehnte sich auf die steinerne Brüstung und schaute in das dunkle Wirbeln dort unten hinab – so dunkel und doch mit einem glanzlosen Aufschimmern hier und da, das geheimnisvoll von unzerstörtem Leben zeugte.
Lange schaute er hier hinab, bis endlich Müdigkeit ihm den Gedanken an das freundliche Hotelbett lockend machte. Da raffte er sich auf und ging in nachtwandlerischer Sicherheit den gleichen Weg zurück, den er gekommen, fand sein Hotel, fand auch sein Zimmer, obgleich er sich die Nummer nicht gemerkt hatte. Das Fenster stand noch offen; eine frische und nicht unangenehm feuchte Luft wehte herein. Indem er es aber doch schloß, bemerkte er, daß der Kellner den vertrackten Anmeldeblock vom Tisch entfernt hatte, und irgendwie erhöhte dieser kleine Umstand noch sein Behagen. Er kleidete sich schnell aus – schlief tief und ruhig bis weit in den nächsten Morgen hinein –
– erwachte wieder als Heinrich Bremer. Wußte wieder, woher er kam, was er in dieser Stadt gewollt. Fühlte aber auch, daß ihm alles, was er in den letzten Wochen erlebt hatte, noch als böser Dämon im Nacken saß – erkannte, daß ihm nur die Wahl blieb zwischen lächelndem Blödsinn oder männlicher Arbeit –
Konnte nicht über sich gewinnen, mit diesem Wissen um Deutschland vor Elisabeth Eickemeyer zu treten – verschloß sich auch ihr.

Die alte Exzellenz packte ihn wieder mit festem Griff: „Nicht denken und grübeln jetzt. Nur handeln!"
Und er reiste ab, um sich eine Arbeit zu suchen.

3

Pastor Eschels aber stammte aus altem Bauern- und Seefahrergeschlecht in Morsum auf Sylt. Hier war er geboren als einer aus großer Geschwisterschar, die aber unter der Verwandtschaft aufgeteilt wurde, als sein Vater auf See blieb und die Mutter aus Gram darüber hintersinnig wurde und nach Schleswig gebracht werden mußte. Peter kam damals zu seinem Oheim Bleik Bunje, einem eigentümlichen Nachfolger Jesu Christi, der religiös dem pietistisch eingestellten Sylter Listland, Amrum und dem dänischen Teil von Föhr näher stand als den nüchternen deutschen Syltern. Es war in Bleik Bunjes jungen Jahren eine durch die Herrnhuter hierher getragene persönliche Nachfolge Christi in Morsum aufgekommen – wahrhaft aufgenommen aber nur von wenigen Männern, die von ihren Dorfgenossen dafür den Übernamen „die Feinen" erhalten hatten. Alle andern waren allmählich ausgestorben, und Bleik Bunje war allein übriggeblieben.
Heute noch konnte Peter Boy Eschels sich „Christus über die Felder wandelnd" nicht anders vorstellen als in der langen und hageren, im Alter nur wenig gebeugten Gestalt Bleik Bunjes. Pastor Dahme, der Peter und seine Altersgenossen konfirmierte, hielt ihnen Bleik mit Vorliebe als Muster eines echt christlichen, liebe- und friedevollen Lebenswandels vor, bis er endlich von Bleiks eigenem Neffen Peter die ungeduldige Antwort erhielt: „Jee, Herr Pastor, Bleik-Ohm ist wohl gut, aber leben kann man nicht wie er!" Der alte Mann hatte sein Land gepaßt oder auch nicht gepaßt, je nachdem, ob er gerade irgendein erbauliches Buch zu Ende gelesen hatte, oder noch mitten darin steckte. Dann war er über die Weiden und Felder gewandelt, hatte mit tiefem Blick dem Spiel der Lämmer zugeschaut und sich an dem Stand der Ähren gefreut, mochten sie – nach Sylter Art! – auch noch so kümmerlich sich entwickelt haben.
„Wer nicht an jeder Gabe Gottes mit Dank sich erfreuen kann,

ist ihrer nicht wert!" pflegte er oft zu sagen. Wie es aber möglich war, daß er bei dieser Lebensweise seinen Neffen studieren ließ und ihm später noch ein nettes kleines Vermögen vermachte, das blieb Peter Boy Eschels so lange ein Rätsel, bis er im Jahre 1920 die deutsch-dänische Abstimmung hier erlebte. Da waren nicht wenige unter seinen Landsleuten, die „aus Liebe zur Heimat" Dänemark ihre Stimmen gaben, denn unter „Heimat" verstand der Morsumer allemal nur das Fleckchen Erde, auf dem er gerade saß, und dieser Heimat zu dienen, erschien im Jahre 1920 Dänemark manchem geeigneter als Deutschland. So mochte auch Bleik Bunje zur Zeit der Losreißung Schleswig-Holsteins von Dänemark „aus Liebe zur Heimat" gut dänische Geschäfte gemacht haben, sie aber – wiederum „aus Liebe zur Heimat"! – dem Dänen und späterhin dem Preußen verheimlicht haben. Jedenfalls erbte Peter Eschels mehr, als er je zu hoffen gewagt hatte – und er hätte selbst kein Morsumer sein müssen, hätte er davon groß Geschrei gemacht.
Als ihm diese Erbschaft zufiel, saß Peter Eschels seit einigen Jahren schon in einer behaglichen kleinen Pfarre Ostholsteins und – langweilte sich. Kaum hatte er das Geld wirklich in Händen, legte er auch schon sein Amt nieder und ging auf jene süddeutsche Universität zurück, die ihm seine schönsten Studentenjahre geschenkt hatte. Nun baute er seinen Doktor hier und errang sich endlich mit Zähigkeit und Geduld einen Lehrstuhl an besagter Universität. Er war ein trefflicher Dialektiker, und die Art, wie er seine weitreichenden Studien bewältigte und zu verwenden verstand, zeugte von seltener Schärfe und Klarheit seines Denkapparates. Aber Peter Bleik Bun, der Morsumer Bauernjunge, drang in jene Kreise, in die Heinrich Bremer hineingeboren war, doch nie ganz ein. Vor allen Dingen – lag ihm zu wenig daran; er gab sich keine Mühe darum; er sah auch keine Veranlassung, sich selbst etwa zu ändern – er blieb, der er seit je gewesen, und wer sich damit nicht abzufinden verstand, den ließ er laufen. Heute noch – so geläufig ihm die deutsche Sprache auch geworden war – dachte er zumeist in seiner heimatlichen Sylter Mundart, und ihm geschah oft, daß er, daraus übersetzend, das Deutsche etwas mißhandelte – „was man nicht weiß, soll man besser schweigen" – Dem Charakter eines jeden, aus echtem insularem Stamm hervorgegangenen Sylters ist eine gewisse Schwere eigen, die nur durch

ein Versetzen in eine andere Landschaft, ein anderes Klima, in andere Lebensverhältnisse aufgelockert werden kann. Ein glücklicher Instinkt hatte die Bewohner der ehemals dänischen Westseeinseln früh auf die See hinausgetrieben; ohne dies würde sich die Rasse wohl kaum so lange gut gehalten haben. Der Charakter des Morsumer Bauernjungen Peter Boy Eschels wurde durch seine Übersiedlung nach Süddeutschland in dem Maße aufgelockert, daß er dort die hübsche Tochter seiner Wirtin heiratete aus keinem andern Grunde, als weil er das Kind, das sie zur Welt brachte, für sein eigenes hielt. Hatte schon Weimar sich aus ähnlichen Gründen gegen den großen Goethe abgeschlossen, so war Peter Boy Eschels Stellung in der Gesellschaft der kleinen Universitätsstadt dadurch vollends „unmöglich" geworden. Zu seinem Heil aber ging ihm seine Frau im zweiten Jahr ihrer Ehe mit einem Bäckergesellen durch. Er leitete sofort seine Scheidung ein, und nachdem diese ausgesprochen, hielten die Professorenfrauen, die zufällig heiratsfähige Töchter besaßen, den Umgang mit ihm nicht mehr für ganz so „unmöglich" –

Doch Peter Boy Eschels ließ sich nicht zum zweitenmal einfangen. Er nahm eine ordentliche Wirtschafterin ins Haus; er hatte ein Heim, er hatte sein Kind – und die kleine Gondelina rechtfertigte seinen väterlichen Instinkt aufs glücklichste, indem sie heranwachsend nicht die geringste Ähnlichkeit mit ihrer entschwundenen Mutter entwickelte, sondern eine echte Morsumerin wurde: kräftig, langknochig, von blonder Farblosigkeit, aber scharfgeprägten intelligenten Zügen, mit wasserhellen kühlblickenden Augen, die tief in ihren Höhlen lagen, mit schmalen geraden Lippen. Eine echte Morsumerin auch von Charakter: rasch zum Denken, aber langsam zum Reden, voller Tüchtigkeit und Herrschsucht, Rechtschaffenheit und Selbstgerechtigkeit, Sparsamkeit bis an die Grenze des Geizes, Härte gegen sich selbst, aber nicht minder auch gegen andere. Doch ihrem Vater war sie recht, so wie sie da war.

4

Menschlicher Voraussicht nach hätte nun nichts mehr dem im Wege gestanden, daß Peter Boy Eschels bis an sein Lebensende diesen oder einen andern akademischen Lehrstuhl innegehabt und seine

Weisheit in die Ohren mehr oder minder zahlreicher Hörer geträufelt hätte. Tief aber im Unterbewußten seines sonst so verstandesklaren Wesens lebte ihm ein Trieb, dessen Stärke er bis gegen Ende seiner Fünfzigerjahre nur negativ empfinden konnte: die Liebe zu seiner angestammten Heimat! Seine Frau hatte er nicht in Morsum zeigen mögen; nachdem sie ihm davongelaufen, mochte er nicht einmal sich selbst dort wieder blicken lassen. Die Sylter schätzen unsolide Eheverhältnisse keineswegs, und das Urteil der bestbürgerlichen deutschen Gesellschaft bedrückte ihn nicht halb so, wie diese ihm wohlbekannte Tatsache. Neben manchen andern echt Sylter Eigenschaften hatte Gondelina auch die Liebe zu Farben und malerischen Werten von ihm geerbt – aber der Professor D. Peter Boy Eschels schickte lieber seine Tochter Jahr für Jahr nach Paris, als daß er sich einmal mit ihr auf Sylt hätte blicken lassen.

So lag ihm nur ein dumpfes Heimweh tief im Unbewußten, bis eines Tages die Liebe zur Heimat aktiv, bewußt, wollend daraus entsprang. Das geschah, als er zum erstenmal in seiner süddeutschen Zeitung eine zufällige Notiz über den für Sylt geplanten Eisenbahndamm fand. Morsum wurde genannt – nie zuvor hatte er dies Wort außerhalb Sylts je gedruckt gesehen –, und die Tatsache an sich machte schon einen ganz eigenartigen Eindruck auf ihn. Es folgten bald ausführlichere Berichte. Professor Eschels fand es plötzlich nötig, sich eine Flensburger, eine Kieler, eine Hamburger Zeitung zu halten. Als seine Tochter von ihrem Winteraufenthalt in Paris heimkam, verspottete sie ihn lustig ob dieser Papierflut, die ihr ärgerlich gegen die Sparsamkeit ging, aber er sagte – zum erstenmal in ihrem Leben – zu ihr: „Liebes Kind, das verstehst du nicht."

Allmählich lehrte er sie dann verstehen, bis zu einem gewissen Grade freilich nur. Sie konnte ihm doch nicht ganz folgen, wenn er von den Gefahren sprach, die eine solche Verbindung mit dem Festlande für den geborenen Insulaner barg. Er ließ sie Roseggers „Zugrunde gegangenes Dorf" lesen – sie gab es ihm mit der Bemerkung zurück: „Wenn die Leute so hinterwäldlerisch sind, ist's doch nur gut, daß sie endlich aufgerüttelt werden!" Peter Eschels seufzte: „Wenn aber niemand da ist, der den Übergang vermittelt, gehen sie eben zugrunde."

Er sprach, er dachte nichts anderes mehr. Gondelina beobachtete ihn dabei. Bald glaubte sie denn auch erkennen zu können, worauf er hinstrebte. Aber sie wollte ihm den Weg nicht erleichtern, fand sie selbst doch nicht unbedenklich, ihn zu gehen. Für sich weniger als für den Vater. Sie selbst meinte bei einem Wechsel mehr gewinnen als verlieren zu können. Die Professorenfrauen und -töchter, zwischen denen sie aufgewachsen war und mit denen sie auch heute noch lebte, waren ihr herzlich gleichgültig und mehr als das: sie sah den oft kleinlichen Ehrgeiz, den Neid der einen auf die andere wegen der bevorzugten Stellung des Gatten oder Vaters, sah die Engigkeit der kleinen Stadt nur mit spöttischer Duldung ohne das geringste Mitempfinden. Wenn sie dagegen an die Weite der Sylter Landschaft dachte, die sie bis jetzt nur von Bildern her kannte, an seinen leuchtenden Himmel, das wechselvolle Meer, dann schlug ihr Herz höher. Ob aber ihr Vater nicht doch geistige Anregung dort vermissen würde? Vergebens suchte sie sich vorzustellen, was er in Morsum dafür eintauschen könnte.
Im Herbst 1913 bewilligte der Deutsche Reichstag die Mittel für den Dammbau.
Professor Eschels warf die Zeitung auf den Tisch. „Und sie haben nicht einmal einen Pastor!“ rief er erregt aus, sprang vom Frühstück auf und rannte durchs Zimmer.
„Du brauchst mir nicht erst zu erzählen, daß du dich als Pastor für Morsum melden willst“, bemerkte Gondelina und klopfte geruhig ihr Ei auf, „das weiß ich längst.“
Er blieb mitten in seinem Lauf stehen und starrte sie an. „Wie kommst du darauf?“ fragte er fassungslos. „Nie noch habe ich an derartiges gedacht!“
„Wirklich nicht? Das wundert mich“, antwortete Gondelina, und hielt in ihrer Tätigkeit inne. „Seit Monaten denkst und sprichst du nichts anderes als Morsum —“
„Nun wohl, ich wollte auch hinreisen, zum Frühjahr, wenn der Bau wirklich begönne — vielleicht hernach noch einmal in den großen Ferien — vielleicht kämest du einmal mit nach Westerland. Aber mein Amt hier, meine Stellung, dies Haus — aufzugeben, um mich als Pastor in Morsum zu vergraben? Gondelina, du weißt nicht, was du redest!“
Gondelina wandte sich wieder ihrem Ei zu und schwieg. Sie wußte

nicht recht, ob sie sich über ihres Vaters Erklärung nicht eigentlich freuen müßte – ob Morsum auf die Dauer nicht langweilig werden könnte – aber das Meer, die Farben dort, Dünen und Heide, wie Andreas Dirks sie malte –

„Und vielleicht hast du dennoch recht", sagte ihr Vater beklommen. „Was würde es nützen, käme ich als ‚Badegast' dorthin? Sie würden nicht wieder warm mit mir. Wollte ich ehrlich als Helfer kommen, müßte ich wohl alles auf eine Karte setzen und die Dammbaujahre dort seßhaft werden. Aber drei lange Jahre – und danach?"

„Daß du's nur weißt, Vater, ich komme mit. Aber gern! Sylt muß eminent malerisch sein." –

Anderntags fuhr Peter Boy Eschels nach Kiel zum Generalsuperintendenten von Schleswig-Holstein; der rang die Hände.

„Mein hochverehrter Herr Professor, das ist wahrhaftig eine Donquichotterie ohnegleichen! Verzeihen Sie, daß ich's ehrlich ausspreche! Wir sind noch nicht einmal entschlossen, dort überhaupt einen Pastor wieder hinzusetzen. Ein Dorf von knapp fünfhundert Seelen – widerhaarigen Seelen, im Vertrauen gesagt. Wenn die Bahn erst läuft, kann Morsum wohl von Westerland oder Keitum mitversorgt werden –"

„Wenn die Bahn erst läuft, wird dort keine Gemeinde mehr zu versorgen sein", entgegnete Peter Eschels unerschüttert. „Kennen Sie Roseggers ‚Zugrunde gegangenes Dorf'?"

„Zu solcher Lektüre habe ich wenig Zeit", meinte der Generalsuperintendent und blickte mit leichtem Lächeln auf die Aktenstapel neben seinem Schreibtisch. Peter Eschels aber fühlte, daß dies Lächeln nicht den Akten, sondern ihm selbst galt und errötete wie ein Backfisch, der in seiner ersten Liebe ertappt ist.

„Kurz und gut: ich melde mich hiermit offiziell. Dagegen läßt sich wohl nichts einwenden; nicht wahr?"

„Allerdings nicht, und da Sie in diesen drei Jahren der Vakanz der erste Bewerber sind, dürfte Ihrer Wahl wohl nicht viel im Wege stehen", lachte der Generalsuperintendent. Doch dann wurde er wieder ernst. „Ich wünschte wahrhaftig, es träte noch ein Gegenkandidat auf und schlüge Sie aus dem Felde! Was tue ich nur, um Ihren verzweifelten Entschluß noch ins Wanken zu bringen?"

„Sagen Sie ruhig: verrückten Entschluß!" antwortete Eschels und fuhr sich mit allen fünf Fingern durch seinen weißen Haarschopf, der widerborstig gen Himmel strebte wie in seinen jüngsten Jahren. „Wenn Sie aber darauf hoffen, mich noch irgendwie überreden zu können, dann zeigen Sie mir damit nur, daß Sie uns Morsumer nicht kennen, unter denen ich der vornehmste bin. Wir lassen uns wohl überzeugen, niemals aber gegen die eigene Überzeugung überreden. Und überzeugen kann mich keine Predigt mit Menschen- noch Engelszungen mehr, daß die Morsumer jetzt nicht meiner Hilfe bedürften." — —

So zog Professor D. Peter Boy Eschels Ostern 1914 im Pfarrhause von Morsum ein. Die Morsumer sahen dem ohne große Rührung zu. Allerdings empfanden sie als schicklich, daß ihr Pfarramt wieder besetzt wurde. Mit Eschels Vorgänger hatten sie sich nicht zum besten verstanden. Er war ihnen mit „Sünde" und „göttlicher Gnade" aufs Fell gerückt und hatte einen Blaukreuzverein gründen wollen, obgleich in den Morsumer Kaffeepünschen schon aus Sparsamkeitsgründen sich nicht mehr Rum befand, als jedermann vertragen konnte. Endlich waren sie ihn wieder losgeworden, da sie ihm gestanden: wenn er nicht freiwillig ginge, würden sie ihn zum Dorf hinaussteinigen. Aber Eschels oder vielmehr Peter Bleik Bun war ja einer der Ihren, der würde ihnen wohl nicht mit solch dummerhaftigem Kram kommen — und wie es sich gehörte, erschien bei seiner Einführung aus jedem Hause des Dorfes ein Vertreter, um die Kirche anständig zu füllen.

Drüben auf dem Festlande begann die Anfuhr des Dammbaumaterials. Ein erster Faschinenwall lief ins Watt hinaus, ein erster Bagger kam aus Wilhelmshaven —

Dann brach der Krieg aus.

5

Der Krieg brach aus — die Arbeit am Dammbau wurde eingestellt! Nun hatte Peter Boy Eschels in Morsum nichts mehr zu suchen. Nun aber konnte er nicht wieder ungeschehen machen, daß er hier als Pastor saß. Er fand sich mit echt Morsumer Würde ins Unvermeidliche. Er versorgte das Amt, das er einmal übernommen hatte. Er tat sogar mehr als seines Amtes war, tat es aus einer gewissen Unruhe heraus, und freute sich, daß Gondelina sich zunächst hier durchaus wohl zu fühlen schien. Sie malte, malte, malte. Ihr schien der Beruf nicht nur Mittel zum Zweck zu sein, wie er es so oft mit heimlichem Spott an den Studentinnen bemerkt hatte. Sie war wie berauscht von dem Licht dieses freilich besonders farbigen Sommers gewesen; sie gab sich nun ebenso selig dem stilleren Herbst hin; sie drang in die Häuser ihrer Verwandten ein, hatte Lene Volquart Claasen, ihres Vaters Schwester, gemalt in ihrem weißen Kopftuch mit den klaren und klugen alten Augen; sie zeigte sich begeistert von der unverrückbaren Würde dieses wohlgefügten Haushaltes, in dem die drei ältlichen Töchter unmerklich des Tages Forderungen erfüllten –

Wenn aber der Winter kommen würde – ein Morsumer Inselwinter? Was dann?

Der Winter kam, ein echter Morsumer Inselwinter. Gondelina sah mit Erstaunen in die schwerdunklen Tage; erlebte mit leisem Grauen, wie die Nacht sich immer früher in den Tag hineinfraß. Der Krieg mit seinen Einschränkungen machte ihr unmöglich, die Nächte durch künstliche Beleuchtung aufzuhellen. Sie reiste nach Süddeutschland zu ihren alten Bekannten. Niedergestimmt kehrte sie von dort nach Morsum zurück. Ihres Vaters Lehrstuhl war besetzt mit einem, den er selbst sich niemals zum Nachfolger gewünscht haben würde, und der sie seinen vermeintlichen „Sieg" auf unvornehme Art hatte merken lassen. Ihre Bekannten aber – „Sie sprechen nur noch vom Essen. Sie denken nur noch daran, wie sie am günstigsten Lebensmittel einkaufen könnten."

„Auch ich habe schon meine Not damit, Fräulein Eschels", sagte die alte Wirtschafterin, die mit ihnen aus Süddeutschland hierher gekommen war. Gondelina machte große Augen.

„Hier auf dem Dorf?"

Aber sie mußte bald selbst merken, daß die Morsumer nicht geneigt waren, ihren Pastor vor anderen Käufern zu bevorzugen. Nicht, weil sie Peter Bleik Bun etwa nichts gegönnt hätten, sondern einfach aus sturem Rechtsempfinden. Als Pastor war er doch Beamter, und wenn die Regierung gewisse Einschränkungen vorschrieb, war der Beamte doch wohl in erster Linie verpflichtet, diese Vorschriften zu beachten. Eschels hätten verhungern können, wenn sie sich nicht endlich selbst ein paar Schweine und eine Kuh angeschafft hätten. Dies geschah im zweiten Kriegswinter und kostete Eschels sein halbes Jahresgehalt, so wie die Geldverhältnisse nun schon lagen. Was aber schlimmer noch war: die alte Haushälterin nahm daraufhin ihren Abschied und ging nach Süddeutschland zurück. Gondelina hatte noch nie in ihrem Leben einen Stall ausgemistet. Sie verstand nicht zu melken. So mußte Peter Bleik Bun die Künste seiner Kindheit vorsuchen und sich selbst unter die Kuh setzen. Hier war es, wo er sich den dritten Namen gab, der dem Sylter von Rechts wegen zusteht: er nannte sich Don Quichotte von der Mancha. Seine Tochter aber, da sie ihm als Sancho Pansa bei seinem Auszuge aus der Universität treue Knappendienste geleistet hatte, meinte, daß sie nun die körperlichen Vorzüge beider Helden in ihr Gegenteil verkehrte. Sie wurde dürr und immer dürrer; „wenn man mich schüttelt, klappern alle Knochen".

In der jungen Erkel Simonsen fand Gondel bald eine tüchtige Hilfe. Nach kurzer Schwankung fuhr der Haushalt wieder in normalen Gleisen, aber auf ihre Gemüter legte sich allmählich immer mehr der Druck dieses bäuerlichen und gleichzeitig insular eingeengten Lebens. Gondelina gab mehr und mehr das Malen auf und verbrauchte ihre alten Malerkittel nun als Wirtschaftsschürzen. Ihr Vater aber kämpfte einen dumpfen und immer hoffnungsloseren Kampf gegen die Tonangebenden im Dorf, die Alten, die nun, da alle Jungen im Kriege waren, das ohnehin langsame Lebenstempo noch um fünfzig Jahre zurückdrückten, so daß es Peter Eschels unmöglich wurde, überhaupt noch irgendeine Bewegung wahrzunehmen; ihm schien das Leben hier zu völligem Stillstand gekommen zu sein, und aus einer unklaren Schuljungenerinnerung heraus taufte er diese Dorfältesten in Anlehnung an die Chinesische Mauer bei sich die Morsumesen und weihte ihnen einen nur mühsam verdeckten Haß.

6

Der Krieg wurde böser von einem Monat zum andern, von einem Jahre zum andern, und endlich fand er sein böses Ende. Die

Revolution brach aus. Oder war die Revolution die Ursache, das Kriegsende ihre Wirkung gewesen? Genug, die Jungen kehrten wieder heim. Johannes Petersen mit dem Eisernen Kreuz der ersten, mehrere andere mit dem der zweiten Klasse. Nicht alle freilich sahen die Heimat wieder, eine lange Liste der Gefallenen hatte Pastor Eschels aufzeichnen müssen im Laufe dieser vier Jahre. Peter Borre, der Sohn seiner Base Metta, war gleich bei der ersten Ausbildung gestorben. Metta Bunje hatte vor langen Jahren Peter Borre, den Älteren, geheiratet, obgleich er nichts besaß als eine jämmerliche Hütte auf Abort und das erbärmlichste Stück dürren Heidebodens, das man auf Sylt nur finden konnte. Sie stammte aber aus gutem Hause und hatte sich auf die Dauer in den ärmlichen Verhältnissen nicht wohl fühlen können. So fing sie an zu arbeiten und zu knausern, daß ihr Mann neben ihr verhungerte. Sie brachte einen Krüppel zur Welt, den sie das Schusterhandwerk lernen ließ. Der war ihr echter Sohn, hielt jeden Pfennig gierig fest. Dann kam noch Peter Borre, der Jüngere. Er sollte den Besitz übernehmen, der von einem Jahr zum andern besser gedieh. Dazu gehörte freilich, daß Metta jeden Groschen, jeden Pfennig in das Land steckte, nicht in den Jungen. Sie verkaufte jedes Ei, das ihre Hühner legten; jeden Tropfen Milch, jeden Klumpen Butter. Den Söhnen strich sie Kartoffelmus aufs Brot; das sähe beinah so aus wie Butter, meinte sie.

Der Krämer des Dorfes ließ sich ein Dienstmädchen vom Festland kommen. Das sah immer nett und adrett aus, war immer tätig und folgte der Krämersfrau aufs Wort. Die stach Metta Borre in die Augen. Peter mußte sie heiraten. Es war das erste Paar, das Pastor Eschels traute. Das gute Dienstmädchen wurde aber keine tüchtige Hausfrau. Paula Borre hatte noch nie in ihrem Leben einen selbständigen Handschlag getan. Sie wartete, daß man sie anleitete, und da das nicht geschah, ließ sie die Hühner des Morgens nicht aus dem Stall und die Küken des Abends nicht hinein, so daß nicht wenige von ihnen eingingen. Sie melkte die Kühe nicht leer, so daß der besten endlich die Milch wegblieb. Das Pferd aber, das Metta Borre über Winter nur mit Heu so eben am Leben hielt, daß die Nachbarn im Frühjahr helfen mußten, es wieder auf die Beine zu bringen, jagte Paula in der Koppel so lange hin und her, bis es tot umfiel — ob sie aus Dummheit oder aus Bos-

heit so handelte, konnte Metta nicht ergründen, aber es machte ihr die Schwiegertochter nicht lieber.
Peter Borre sprach bei alledem nicht mit. Er hatte als Kind niemals von seiner Mutter einen Groschen bekommen, wenn die übrige Schuljugend Feste feierte. Er hatte nie und nirgend mittun können. Er war nicht gewöhnt, etwas anderes zu tun, zu sagen, zu denken, als seine Mutter ihm erlaubte. Sie ihrerseits dachte nicht daran, ihm etwas zu erlauben. Sie dachte nur an den Besitz. Als der Krieg ausbrach, hatte Peter Borre II. noch niemals eine Eisenbahn gesehen, obgleich seit seiner Kindheit schon die Kleinbahn auf der Insel selbst den Verkehr zwischen Munkmarsch und Westerland vermittelte. Da er zur Ausbildung nach Tondern kam, ging er an der veränderten Lebensweise binnen kurzem ein. Zu gleicher Zeit – kaum drei Monate nach der Hochzeit – brachte seine Frau Peter Borre III. zur Welt. Nun richtete sich Mettas ganze Energie auf diesen Erben des Besitzes. Freilich aber hatte sie aus dem Schicksal ihres Sohnes nichts gelernt. Sie verlangte, daß Paula wie vordem weiter arbeitete und keine Zeit damit vergeudete, den Kleinen selbst zu nähren. Gegen Mettas Willen kam Paula nicht auf; aber die Leute aus dem Dorf verkauften ihr keine Milch für den Kleinen. Pastor Eschels ging endlich deswegen zu dem Gemeindevorsteher Peters auf Holm.
„Mag sein, daß es ihre eigene Schuld ist, wenn sie nicht einmal Milch genug für das Kind im Hause hat. Aber um der Barmherzigkeit willen –"
„So kann doch dem Dorf nicht daran liegen, diese Familie hochkommen zu lassen", antwortete Holm-Peters kalt.
Metta ärgerte sich schnell zu Tode. Nun war noch der Krüppel da, der Sohn ihres Herzens und Sinnens. Er zog durch sein Handwerk Geld ins Haus, aber er konnte den Besitz selbst nicht fördern und mußte zusehen, wie Paula, nun die Alte tot war, alles verschlampen ließ.
„Du bist kein rechter Pastor", sagte er voller Wut zu Eschels, „sonst müßte ich doch gesund werden, wenn du betest!"
Dann starb auch er. Paula aber verkaufte den Besitz, an dem ihr nichts lag, gegen schlechtes Geld, und die Ältesten waren es wohl zufrieden.

7

Nun kamen die Jungen heim. Die Unterzeichnung des Friedensvertrages zwischen Deutschland und den Alliierten aber verzögerte sich. Inzwischen schrieb die frischgebackene deutsche Republik Erneuerungswahlen aus für alle Körperschaften im Reich. Da in Morsum die Gemeindevertretung neu gewählt wurde, fielen wenige Stimmen nur auf Holm-Peters, den bisherigen Gemeindevorsteher, eine überwiegende Mehrheit aber auf Volquart Claasen, einen der größten Bauern, der Lene, des Peter Boy Eschels ältere Schwester, zur Frau hatte. Pastor Eschels begrüßte die Wahl, als wäre Deutschland damit gerettet.

„Immer war Volquart der Führer der Jungen", sagte er zu seiner Tochter, „die Jugend siegt! So wird, falls der Damm doch noch einmal gebaut werden sollte, für mich ein leichteres Arbeiten hier sein."

„Du wirst immer mehr zum Morsumer", antwortete Gondelina bedrückt. „Niemand glaubt mehr daran, daß der Dammbau wieder aufgenommen werden könnte. So solltest du lieber versuchen, dich wieder um einen Lehrstuhl zu bemühen, ober aber um eine Pfarre auf dem Festland, in Süddeutschland, in einer größeren Stadt womöglich; wir verbauern hier –"

„Ich muß den Friedensvertrag abwarten", antwortete ihr Vater ungeduldig. „Es gehen doch Gerüchte um, daß in Nordschleswig abgestimmt werden soll über seinen Verbleib bei Deutschland oder seine Rückkehr zu Dänemark. Du und ich, wir ergäben doch immerhin zwei Stimmen mehr zu Deutschlands Gunsten." –

Im Sommer wurde der Friedensvertrag unterzeichnet. Die darin vorgesehene Abstimmung in Nordschleswig wurde auf das nächste Frühjahr festgesetzt.

„Willst du deshalb noch einen Inselwinter hier verleben?" fragte Gondelina.

„Ich will!" entgegnete er entschlossen. „Wenn das Geld nicht so schlecht wäre, würde ich dir raten, inzwischen für ein paar Monate zu verreisen –"

Aber das Geld war gar zu schlecht. Nach dem Vertrage von Versailles war die Kurseinbuße binnen sechs Monaten so stark, wie sie in der Zeit vom 4. August 1914 bis zum 1. Juni 1919 nicht

gewesen. Die Morsumer gaben den Plan einer Kirchenheizung endgültig auf, und nicht wenige unter den Alten waren geneigt, auch Deutschland endgültig aufzugeben und die Geschichte um fünfundfünfzig Jahre zurückzudrehen, um sich Dänemark wieder anzuschließen. Meinert Claasen, Volquarts jüngerer Bruder, fand einen Mittelweg. Er veranlaßte eine Kundgebung: „Mit Deutschland wollen wir verbunden bleiben, aber nach eigener Verfassung uns wieder selbst regieren wie in alter Zeit!" Pastor Eschels suchte vergebens ihm klarzumachen, daß er Sylt nicht mehr aus Deutschlands Verfassung zu lösen vermöchte.
In einem alten Volkskalender, den Eschels noch von Bleik Bunje geerbt hatte, fand er den chinesischen Satz: „Wer in der heutigen Zeit lebt, und doch zu den Wegen des Altertums zurückkehren möchte, solche Menschen wird das Verderben treffen."
„Ich will meine Morsumer in die neue Zeit hineinschleppen, wenn sie nicht gehen wollen", sagte er zu sich selbst, „ich will sie vor dem Verderben bewahren!" –
Im Winter kamen mancherlei politische Redner nach Sylt. Die Morsumer hörten diesen Leuten zu, ohne daß sich in den harten Bauerngesichtern auch nur irgendeine Spur von Beeinflussung erkennen ließ. Einmal aber kam auch der Landrat mit herüber und gab im Namen der Regierung eine Erklärung ab: falls Hoyerschleuse, der deutsche Zufahrtshafen für Sylt, dänisch werden würde, sollte der Dammbau von neuem aufgenommen werden, um Sylt eine direkte Verbindung mit Deutschland durch den Wattenweg zu schaffen.
Pastor Eschels ging mit seiner Tochter heim. Leuchtete ihr sorglich mit großer Stallaterne durch die schwere Morsumer Finsternis. Sie schwieg, und auch er sprach nicht, wußte er doch nur zu gut, was sie bei sich dachte, und wollte ihr also lieber das erste Wort gönnen. Endlich, als sie schon in der Tür des Pfarrhauses standen, sagte sie mit einem herzhaften Seufzer:
„Nun gut, so bleibe auch ich!" Und er faßte ihre Hand mit schnellem Griff. –
Hoyerschleuse wurde dänisch, Hoyer und Tondern ebenfalls. Danach aber war durch Monate nichts wieder vom Dammbau zu hören.
„Nun sind wir wieder für Deutschland eingefangen, nun braucht

Deutschland sich ja auch weiter nicht mehr um den Damm zu quälen", meinte Volquart Claasen spöttisch.

„Ist es dir leid?" fragte sein Schwager.

„Daß wir bei Deutschland bleiben? Bewahre mich, nein, das ist mir nicht leid! Ist das einzig Vernünftige. Dänemark hat auch ohne uns genug Bauern. Und auch ohne Westerland genug Badeorte an der See. Aber auf den Damm kann ich auch verzichten. ‚Was die Fremden uns Gutes bringen wollen, daran gehen wir noch einmal zugrunde', pflegte mein Vater zu sagen."

Mit diesem Wort im Ohr ging Peter Eschels heim, und als er auf der Hälfte des Wegs erst war, verkroch sich die Sonne. Dorf, Äcker, Weiden und Heide – alles wurde grau in grau verwischt durch dichten Seenebel, der in Schleiern übers Kliff hinaufstieg. Darin schienen die Hünengräber sich zu dehnen und zu recken – seit Tausenden von Jahren wohl lag die Heide da unberührt. Eschels schauerte fröstelnd zusammen – hatte es einen Sinn, hier den Kampf für das unerwünschte Neue aufzunehmen?

„Don Quichotte von der Mancha!" brummte er und schüttelte sich wie ein nasser Hund. „Ich fürchte, dies war der dümmste Streich meines Lebens. Nun läßt's mich hier nimmer los –"

Kam heim und fragte seine Tochter:

„Nun, wie gefällt dir meine Heimat im siebenten Jahre deines hiesigen Lebens?"

„Heute gut", antwortete Gondelina. „Ich brach in der Küche vorm Gossenstein durch die Dielen; nun habe ich doch wenigstens ein Stück Holz, uns eine warme Suppe zu kochen."

Denn die Hausfeuerung war immer noch von Reichs wegen rationiert, und ehe die Morsumer ihre Ration erhielten, vergingen immer noch vierzehn Tage mehr als auf den Dörfern des Festlandes. Es war aber ein überaus kalter Winter gewesen und Sylt wochenlang von jeder Festlandverbindung abgeschnitten, so daß, was Gondelina an Hausgerät und ihr Vater an alten Büchern nur irgend entbehren konnte, schon seit langem verheizt war.

8

Was die Fremden uns Gutes bringen wollen, daran gehen wir noch einmal zugrunde" – so sprach nicht nur Volquart Claasen, so dachten alle Morsumer und die meisten Sylter. Unter „Fremden" aber verstanden sie allemann jeden Nichtsylter ohne Einschränkung. Als aber im Spätherbst dieses gleichen Jahres die Eisenbahndirektion Altona den Morsumern mitteilte, daß sie bereit wäre, das Land für den Dammbau noch einmal zur Debatte zu stellen und die vor dem Kriege erlegten Kaufsummen dafür aufzuwerten, da gab es doch nicht einen Sylter, der dagegen protestiert hätte. Volquart Claasen berief zur Beratung nicht nur die Gemeindevertreter ein, sondern setzte eine Vollversammlung sämtlicher wahlberechtigter Gemeindeglieder an, damit jedermann ohne Einschränkung seinen eigenen Standpunkt öffentlich vertreten konnte. Altona hatte zwei Linien zur Wahl gestellt, die für den Bahnbau gleichwertig waren: eine südliche, die für Klein-Morsum, und eine nördliche, die zwischen Groß-Morsum und Abort hindurchlaufen würde. Jeder der Morsumer wohl hatte ein Stück Land oder sonst ein Interesse an einer der beiden Linien. So war die Teilnahme an der Versammlung außerordentlich groß.

Am Vorstandstisch neben Volquart Claasen saßen die Herren aus Altona, kluge, scharfgeschnittene Gesichter, Brillen oder Kneifer vor den Augen, nervös, stubenblaß. Eschels freute sich, wie vorteilhaft sein Schwager dagegen wirkte, seine übers Mittelmaß hinaus hohe Gestalt, die ruhige Würde seiner Bewegungen und Worte. Er erteilte zunächst dem Altonaer Referenten das Wort, und der Herr legte noch einmal die beiden Pläne vor, gab an Hand seiner Karten genau die beiden Linien an, nannte die Zahlen und Summen von 1913 und die von heute. Tiefes Schweigen herrschte während seiner Ausführungen. Da war nicht einer unter den Anwesenden, der etwa nicht zu folgen verstanden hätte.

Kaum schloß er, erhob sich Holm-Peters, der frühere Gemeindevorsteher.

„Wenn ich als erster nach dem Herrn Regierungsrat hier sprechen möchte, so tue ich das nicht, um nun gleich über all die Zahlen, die er genannt hat, herzufallen und zu sagen: das ist zuwenig, was wir für unser Land bekommen sollen. Es ist zuwenig, das ist sicher, so viel es auch immer sein mag. Denn was heute Geld ist, weiß doch jedermann; es ist schon morgen nichts mehr wert! Aber darüber können wir ja noch später sprechen. Ich will nur vorerst noch das eine fragen: wollen wir den Dammbau überhaupt?" Er sprach langsam und schwerfällig, suchte manchmal nach einem Ausdruck für das, was er innerlich wohl in der Sylter Mundart sich zurechtgelegt hatte. Nun atmete er tief auf und fuhr dann belebter fort:

„Wer gut sitzt, lasse das Rücken! Das ist alte Sylter Weisheit. Wir saßen aber immer gut hier in Morsum, ohne den Damm. Wenn man sich verändert – man weiß, was man hat; weiß nicht, was man dafür wiederbekommt. Solange wir für uns bleiben, haben wir vor allem – Ruhe! Wir können uns untereinander einigen. Wir können uns selbst unsere Preise setzen, die wir für Westerland und die anderen Badeorte machen wollen. Wir Sylter selbst sind die einzigen, die den Badegästen frische Produkte liefern können. Ein Hof mit zwei Kühen kann fast nur auf diese Art überhaupt bestehen. Wird der Damm gebaut, kommt die Milch von Klanxbüll morgen schneller nach Westerland, als heute unsere Milch von Morsum, sind die Eier, die auf dem Festland in der Morgenfrühe gelegt wurden, zum Frühstück bei den Badegästen. Das Schlachtvieh kauft Ratzlaff dann auch drüben hinterm Deich. Aber das alles ist das Schlimmste nicht. Es kommen Händler und Hausierer über den Damm. Es kommen allerlei Leute, die mit Geld besser umzugehen verstehen als wir. Ehe man weiß, wie es zugeht, hat man eine Hypothek auf dem Dach. Dann kommen Kleinsiedler hierher, womöglich aus der Stadt. Unnützes Volk, das nichts von der Wirtschaft versteht und nur als Spielkram solchen Hof übernimmt, weil der Mann drüben auf dem Festland ja ohnehin sein Auskommen hat und hier nichts braucht als einen Sommerbetrieb für seine Kinder. Solche Leute ruinieren das Land. Mit denen will ich nichts zu tun haben. Das alles aber kommt uns über den Damm, ob wir danach fragen oder nicht. Und deshalb sage ich noch einmal: wer gut sitzt, lasse das Rücken. Wir hier in Morsum haben immer noch gegessen ohne den Damm. Ich stimme dagegen."

Die Altonaer Herren hatten schon mehrfach Zeichen von Unruhe und Ungeduld merken lassen, doch Volquart Claasen schien das nicht zu beachten. Jetzt aber, da Holm-Peters sich geräuschvoll wieder auf seinen Sitz niedersinken ließ, sagte er kurz:

„Ich ließ Herrn Cornelius Peters vom Holm ausreden, obgleich

das, was er vorbrachte, heute nicht mehr zur Debatte steht. Deutschland hat den Dammbau beschlossen, und wenn wir nicht verkaufen, wird das Land enteignet —"
„Wir werden überrannt!" schrie Holm-Peters zornrot.
„— wird uns unser Land enteignet", wiederholte Volquart Claasen ruhig, „die Bahnlinie wird ohne unsere Meinung festgelegt und das Land nach Wert abgeschätzt. Herr Pastor Eschels?"
„Ja", sagte Eschels, „auch ich möchte bitten, zu dem, was heute nicht mehr zur Debatte steht, ein Wort sagen zu dürfen. Holm-Peters hat recht in allem, was er hier aussprach. Der Dammbau aber ist unvermeidlich, und das Unvermeidliche soll man auch wollen können. Wir dürfen uns nicht schieben lassen. Wir müssen selbsttätig mitarbeiten an der neuen Zeit. Wissen wir ihn zu nützen, kann uns der Damm auch Gutes bringen. Die Pachten werden geringer werden, fast auf ein Viertel der bisherigen Sätze. So können wir künstlichen Dünger, können Maschinen dann billig herüber bekommen. Ruhe ist nicht da, wo das Leben überhaupt stillsteht, sondern wo der Mensch sein Leben beherrscht. Ein gutes Schiff mit neuen Segeln wird nicht von Sturm und Wellen überrannt, sondern nur ein untüchtiges Schiff."
„Mag ja auch sein", entgegnete besänftigend Meinert Claasen, Volquarts jüngerer Bruder — „mag ja auch sein, daß der Damm im Wattenmeer nicht gelingen kann. Hat doch noch nie ein Damm hier gestanden. Und daß wir nach ein paar Jahren unser gutes Land unbeschädigt wieder bekommen und alles bleibt, wie es gewesen. Soll aber nun über die Bahnlinie abgestimmt werden, so stimme ich für die südliche Linie, obgleich die mir meine Westerkoppel mitten durchschneidet. Aber Opfer müssen wir alle bringen. Deutschland bringt Geldopfer, und wir geben unser Land weg. Und die südliche Linie liegt eben den meisten Höfen bequemer für den Frachtverkehr, und ja" — da aus einer Ecke halb unterdrücktes Lachen scholl —, „ja, Geik Claasen, meinem Hof läge sie am allerbequemsten, das sage ich ehrlich."
„In dieser Hinsicht geht wohl dein Interesse mit dem des ganzen Dorfes zusammen", nahm nun Volquart Claasen das Wort. „Wir müssen aber auch bedenken, daß wir im Süden das bessere Land haben, davon uns durch den Bahnbau im ganzen viel verlorengehen wird. Während das Land im Norden minderwertiger ist,

ja, die Mieren durch Aufschütten des Geländes wohl gar noch gewinnen könnten."

Eine allgemeine Bewegung entstand, denn über den Mieren, der sumpfigen Mulde, lagen nur die ärmlichen Höfe am Abort noch, und es geschah zum erstenmal im Morsumer Dorfleben, daß die Ärmsten auch berücksichtigt wurden.

„Ich stimme für die südliche Linie wie Meinert Claasen", rief Holm-Peters, und die mit ihm während des Krieges in der Gemeindevertretung gesessen, schlossen sich ihm an. Da sprang Geik Claasen auf, Volquarts zweiter Sohn, der ein loses Mundwerk hatte.

„Die Herren verkaufen, was ihnen nicht gehört", sagte er mit scheinbarem Ernst. „Wenn wir das Gemeinwohl bedenken, müssen wir uns wohl freuen, daß ihre Höfe vor allem vom Bau unberührt bleiben, hat doch niemand von ihnen ein Stück Land an der südlichen Linie –"

Die Unruhe wuchs, doch Volquart Claasen stand auf und bändigte seinen unbotmäßigen Sohn mit einem Blick.

„Meldet sich noch jemand zum Worte? Hat noch irgendein Gemeindeglied hier eine Frage zu stellen oder sachliche Mitteilung zu machen? Nun, so können wir wohl zur Abstimmung schreiten." –

Die Abstimmung ergab eine große Mehrheit für die Bahnlinie im Norden. Danach löste sich die Versammlung auf. Holm-Peters machte sich auf dem Heimweg an Volquart Claasen.

„Was hatte der Priester da dreinzureden? Stand doch nicht ein Krumen vom Pfarracker in Frage. Dieser Papst! Dieser Pastor Eschels!"

„War es doch Meinert, der den Ausschlag gab", antwortete Volquart unbewegt.

Und gleichzeitig sagte hundert Schritte weiter Gondelina Eschels zu ihrem Vater:

„Du hast dir Holm-Peters zum Feinde gemacht. Gib acht! Er hat Einfluß."

„Gott Dank, daß Volquart jetzt Gemeindevorsteher ist", antwortete ihr Vater mit halbem Seufzer.

9

Der Herbst wurde naß und stürmisch. Dabei schwere Gewitter bis spät in den November hinein; standen sie auch nicht direkt über der Insel, so brachten sie doch häßliches Wetter, viel Regen und Wind. Der Pastor von Westerland erkrankte. Er bat Eschels, ihm den Konfirmandenunterricht abzunehmen. Eschels sprach es ihm zu, obgleich er wußte, daß seine Morsumer ihn als ihr persönliches Eigentum ansahen, das sie nicht gewillt waren, in andere Pfarren auszuleihen. In jeder Woche einmal wanderte er nun gegen strömenden Regen, gegen harten Wind an elf Kilometer über freies Land.

An einem dunklen Tage, spät im November, war der Sturm so hart ihm entgegen, daß Eschels nur unter größter Anstrengung Westerland erreichen konnte. Er war so erschöpft, daß er den Unterricht auf den Nachmittag verlegen mußte, und sich einen Wagen bestellte, der ihn danach heimbringen sollte. Der Wagen kam nicht. Die große Strandmauer vor Westerland war eingebrochen, alle verfügbaren Kräfte dort beschäftigt, vor der See zu bergen, war irgend noch gelingen konnte. Auch telefonisch konnte Eschels Morsum nicht mehr erreichen, alle Drähte auf der Insel waren zerrissen vom Sturm.

Er traf Bekannte, mit denen er abends noch lange bei einem Glase Bier saß, Neuigkeiten aus Deutschland gierig in sich aufnehmend. Nicht nur hatte das Deutsche Reich den Syltern den Eisenbahndamm durchs Watt versprochen — es hatte auch den Rodenäsern sein Wort gegeben, sie durch eine Bahn mit Niebüll zu verbinden, falls Tondern dänisch werden sollte. Mit dem Bau dieser Bahn wurde wahrhaftig drüben auf dem Festland begonnen.

Als Eschels am folgenden Mittag heimkehrte, kam ihm seine Tochter mit weißem Gesicht entgegen.

„Volquart Claasen ist ertrunken —", und er hörte, ob sie die Worte auch nicht aussprach, ihre Angst: so fürchtete ich, daß auch du etwa vom Wege abgekommen und ertrunken seist. Er drückte ihr schweigend die Hand, wandte sich und ging zu seiner Schwester. Vorm Hause traf er die Schwiegertochter.

„Gestern abend hättet Ihr kommen sollen, da verlangte sie nach Euch", sagte Frau Rasmus Claasen böse.

„Ich war in Westerland."
„Wohl, Ihr mußtet ja beim Biere sitzen. Immer lauft Ihr nach Westerland. Ihr seid doch unser Pastor."
Er zuckte nur die Achseln, ohne sich weiter mit der erregten Frau einzulassen, ging zu seiner Schwester in die Stube, und da sie ihn nicht beachtete, setzte er sich neben sie und nahm ihre Hand.
„Wie ist es denn geschehen, Lene?" fragte er, doch sie antwortete nicht, und Frau Rasmus Claasen, die nun auch hereinkam, sagte hart: „Jee, wie so was eben geschieht: die Flut sprang schneller hoch, als er wohl gedacht hatte. Er ging hinaus, das Vieh heimzuholen, und kam nicht wieder."
„So wißt Ihr nichts Sicheres?" fragte Eschels eifrig, und eine unvernünftige Hoffnung klopfte an sein Herz. Doch nun war es seine Schwester selbst, die antwortete:
„Cäcilie Hansen hat ihn gesehen."
Cäcilie Hansen war die Hexe des Dorfes, der man allgemein übernatürliche Kräfte zutraute. Pastor Eschels trat zornig mit dem Fuß auf.
„Wie kannst du auf solchen Unfug hören, Lene! Ihr solltet lieber nach ihm suchen."
„Geik und Rasmus sind draußen. Mag sein, daß die Flut ihn im Katrevel heraufträgt."
Es waren nicht nur die Söhne des Vermißten draußen, es waren alle Männer des Dorfes mit der Suche beschäftigt nach altem Brauch, und als der Sturm gegen Abend nachließ, fanden sie Volquart Claasen und brachten ihn heim. Pastor Eschels griff auch zu, half den Toten waschen und betten; tröstete Frau, Kinder und Enkel, gab sich ihnen ganz hin. Aber er spürte dennoch, wie sie ihm alle nicht verziehen, daß er gestern abend in Westerland beim Bier gesessen und heute seine Schwester hart angefahren hatte, da sie auf Cäcilie Hansen vertraute. –

10

In diesem Winter kam zu Heinrich Bremer die Anfrage, ob er den Dammbau nach Sylt ausführen wollte, und er griff mit beiden Händen zu. Nur Arbeit, Arbeit um jeden Preis! Nicht denken und grübeln jetzt, nur handeln! Er hatte in diesen drei Jahren mehrfach Vertretungen übernommen, hatte auch aushilfsweise in technischen Büros gearbeitet – um dann wieder mit Schrecken feststellen zu müssen, daß sein Gehirn nicht ganz zuverlässig mehr war, daß sein Gedächtnis ihn oft im Stich ließ. Das hatte ihn auch verhindert, sich seinen alten Freunden, dem Geheimrat Eickemeyer und seiner Tochter Elisabeth, wieder zu nähern. Er schämte sich der Unsicherheit seiner Nerven und seines Gedächtnisses wie eines körperlich häßlichen Fehlers. Er wagte nicht, über den Tag, über das Heute hinaus zu denken.

Nun nahm er die Arbeit am Sylter Damm mit Freuden an, vor allem deshalb, weil er dabei viel in freier Luft sein könnte. Büroarbeit, geldliches Rechnen und technisches Zeichnen, verursachten ihm immer noch Kopfschmerzen und ließen jene leise ziehenden Schwindel entstehen, die der Gedächtnisschwäche vorausgingen. Auch kannte er die Nordsee noch nicht–

Diese Bekanntschaft erwies sich dann allerdings zunächst als herzlich unerfreulich. Unter viel frischer Luft hatte er sich doch nicht so sehr viele und so sehr frische Luft vorgestellt. Die Winde hier im Norden waren bissig, die Nächte noch keineswegs frostfrei, als Heinrich Bremer seine Arbeit am Klanxbüller Außendeich aufnahm. In Frankfurt am Main hatte er in den Anlagen schon grün überhauchte Büsche, darunter blühende Frühlingsblumen, beobachtet. Hier lag die Erde noch grau und tot, und wo etwa sich ein grünes Hälmchen hervorwagen wollte, wurde es von hungrigen Schafen kurz abgenagt.

Doch Frühling oder Winter – Heinrich Bremer tat seine Arbeit, lief von morgens früh bis abends spät über das öde Gelände, schickte seine Gehilfen mit den weißroten Stäben hierhin und dorthin, visitierte, notierte – und endlich fuhr er auch nach Sylt hinüber, um dort nach seinem Techniker Scholz zu sehen, fand ihn als Hannes-Hannes wieder und lernte Pastor Eschels kennen.

„Komischer Kauz, dieser alte Pastor", sagte er hinterdrein zu Hannes-Hannes, und der zuckte die Achseln.

„Wenn man so nichts anderes auf der Welt kennt als Morsum – er ist noch der einzige Mensch hier, der überhaupt für den Damm ist, die andern sind alle dagegen."

Das kümmerte nun freilich weder Heinrich Bremer noch auch den Techniker Scholz weiter viel, daß die Sylter über sie die Köpfe schüttelten —
„Verrücktes Volk, diese Festländer! Bauen wahrhaftig erst eine Eisenbahn drüben und eine hier, ehe sie mit dem Wattendamm anfangen — als ob der nicht die Hauptsache wäre! Habt Ihr's gehört? Drüben soll die Strecke Niebüll-Klanxbüll schon fast fertig sein, und bei Westerland fangen sie auch schon mit Aufschüttungen an. Wenn sie hernach den Wattendamm überhaupt nicht schaffen, haben sie unser ganzes schönes Land umsonst verdorben. Können sie uns nicht wenigstens den Sommer über noch die Weide lassen?" Und die beiden alten Fräulein Erasmine und Petrina Broder Thiessen waren bereit, an der Gerechtigkeit des Himmels zu verzweifeln, wenn sie nun ihre Ziege nicht mehr auf dem bisher herrenlosen Gelände würden pflöcken dürfen —
— dann aber stellte sich heraus, daß Heinrich Bremer mit Hannes-Hannes wieder nach der Festlandküste abziehen und das Morsumer Land vorläufig unberührt liegenlassen wollte; auch das, welches der Reichsbahn schon seit 1914 gehörte. Und die Gemüter beruhigten sich wieder.
Am letzten Abend kam Rasmus Claasen, der Sohn Volquarts, zu Bremer: „Ich wollte fragen, ob Sie vielleicht Arbeit für uns haben? Ich bin gelernter Schiffszimmermann, mein Bruder Schlosser."
„Glaubt Ihr jetzt, daß der Damm gebaut wird?" fragte Hannes-Hannes grinsend.
„Daß Ihr ihn bauen wollt, ja! Und solange das Spiel dauert, können wir vielleicht auch daran verdienen."
„Arbeit habe ich wohl", sagte Bremer nachdenklich; „aber die sonst bei mir arbeiten, wohnen in Klanxbüll oder Rodenäs —"
„Ich habe mir schon die Gelegenheit angesehen", meinte Rasmus Claasen gleichgültig. „Wenn wir nur den alten Schuppen, der von 1914 da noch steht, bekommen können, soll uns der wohl für die Woche genügen. Über Sonntag fahren wir heim, wir haben ein kleines Flachboot zum Staken."
Heinrich Bremer schaute durchs Fenster übers Watt hin, das heute unter kalten Regenböen unruhig sich krauste, und obgleich ihn diese ersten Wochen schon abgehärtet hatten, schauerte er doch unwillkürlich zusammen.

„Wie Sie es machen, ist Ihre Sache. Anstellen aber kann ich Sie nur, wenn Sie auch zuverlässig an jedem Montag früh bei der Arbeit sind."
„Da soll nichts an fehlen", antwortete Rasmus Claasen, und somit war der erste Vertrag zwischen Morsum und dem Festland geschlossen.
Es fanden sich nach den Söhnen Volquart Claasens bald noch mehr Morsumer, die bei Bremer um Arbeit fragten und von ihm angenommen wurden. Da war Max Bossen — in Wahrheit nach seines Vaters Heros vor sechsundzwanzig Jahren „Marx" getauft —, ein tüchtiger Tischler, der den alten Schuppen mit etlichen Pritschen, Bänken und Tischen sozusagen wohnlich machte. Boy Thiessen aus Ostende, gelernter Schiffszimmermann gleich Rasmus Claasen. Die drei Schmidts, die überall zupackten, wo die Arbeit just am schwersten war, riesenstarke Leute mit Fäusten wie aus Eisen, dazu einer gründlichen Kenntnis vom Watt und seinen Strömungen, Gezeiten, Wind und Wetter, abgehärtet und immer munter; wenn sie auch kein Handwerk gelernt hatten, fand Bremer sie doch nachmals gut zu brauchen, nach dem alten Sylter Wort: „Mit Kenntnissen und einem tüchtigen Messer läßt sich viel machen." Daneben Kunje Boysen, der Einhändige, der von Bremer im Büro beschäftigt wurde, aber gern draußen mittat, wo etwa Not am Mann war. Boy Petersen und Carl Volquartsen, die beide nicht kräftig genug waren, Überstunden auszuhalten, und als die Arbeit schwerer wurde, wieder ausscheiden mußten. Und endlich auch der fast taube Hans Düysen; auch er meldete sich bei Bremer, und da die Bauleitung verpflichtet war, einen gewissen Prozentsatz Kriegsbeschädigter unter ihren Arbeitern zu beschäftigen, und Sylter obendrein bei der Anstellung zu bevorzugen, nahm Breuer ihn auch an, und er erwies sich in der Folge als ein tüchtiger Arbeiter, achtsam und stetig.

11

Heinrich Bremer, der aus dem südlichen Mitteldeutschland stammte und seit dem Kriege zumeist in der Frankfurter Gegend gearbeitet hatte, fand es zunächst nicht leicht, sich mit seinen hiesigen Arbeitern zu verständigen. Nun der Frühling endlich auch nach Norddeutschland heraufkam, wurde die Dammarbeit ernstlich in Angriff genommen. Ganze Arbeiterhorden wurden ihm aus Flensburg und Kiel zugeschickt, die vielfach noch den rohen Ton der Revolutionszeit mitbrachten. Die nahm Bremer scharf an die Zügel. Wer sich als unbotmäßig erwies, wurde kurzerhand entlassen. Dafür fand sich schließlich immer noch ein Grund, den selbst die Arbeiterräte gelten lassen mußten, denn jeder dieser Männer hatte genug auf dem Kerbholz; man mußte nur vorher schon Augen und Ohren offenhalten.

Mehr als einmal, wenn Bremer so durch die Reihen der arbeitenden Leute ging, klang das Wort ihm im Ohre nach: „Schlagt den Kerl doch einfach tot!" Dann verhärtete sich sein Herz zu einer kalten Gerechtigkeit, und er ließ die Leute seine Herrenfaust spüren. Trotz aller Rechte, die sich die Arbeiterschaft durch die Revolution erkämpft hatte, hielt er sie doch wie rechtlos. Er war verbittert und sah das Leben immer noch verzerrt. Daneben aber konnte ein menschliches Zutrauen ihm auch wieder menschlich wohltun. Dann trat für kurze Zeit ein Mann aus der Schar heraus und wurde ihm Genosse; die andern empfand er als sich feind.

Die Sylter aber waren ihm weder das eine noch das andere in dieser ersten Zeit. Er sah, daß sie tüchtige Werkzeuge waren und fand menschlich doch nicht die geringste Berührung mit ihnen. Als die Frühjahrsbestellung der Äcker begann, blieben sie einfach weg.

„Wir müssen doch unser Land passen", sagten sie, verwundert, daß er ihnen Vorhaltungen machte. Und als er sie deshalb ganz entlassen wollte, kam Pastor Eschels selbst in dem kleinen Flachboot, das er mit seiner Tochter zusammen stakte, und bat in beweglichen Worten, die Kündigung zurückzunehmen.

„Die Sylter sind Bauern, Herr Bremer, sie können ihr Land nicht unbestellt lassen. Was nützt aller Landgewinn, den der Damm späterhin bringen kann, wenn der bäuerliche Instinkt nicht dem Volke erhalten bleibt?"

„Und was nützt mir ein Arbeiter, wenn er in der Zeit der Not mir davonläuft?"

„Die Leute werden sich abwechseln, daß Ihnen nicht alle zugleich fehlen."

Bremer war unschlüssig.
„Bei nächster Gelegenheit laufen sie mir wieder aus der Arbeit, denn ich kann sie nicht in den Griff bekommen. Sie sind Herren auf ihrem kleinen Besitz, keine Knechte, die ums tägliche Brot zu fronen gezwungen sind."
Pastor Eschels, da er ihn unschlüssig sah, lachte:
„Keine Herren über uns, keine Hörigen unter uns — das ist die Sylter goldene Mitte. Aber tüchtige Arbeiter sind die Morsumer doch, nicht wahr? Und ich darf sie Ihnen wieder schicken?"
Und Heinrich Bremer sagte nicht nein. Er fühlte doch, daß er die Sylter vermißte — auch aus den andern Orten hatten sich etliche nun den Morsumern angeschlossen. Auf dem festen Lande freilich waren ihnen die großstädtischen Arbeiter oft überlegen; sie waren gewandter, geistig beweglicher, wußten mehr von sich und der neuen Nachkriegswelt als die Insulaner. Aber bei der Arbeit im Watt konnte Bremer die Sylter kaum mehr entbehren. Sie standen in ihren prächtigen Seestiefeln so geruhig in den ziehenden Wassern, bauten ihre Buschdämme, als wenn sie auf festem Boden arbeiteten. Und wenn die Großstädter abrückten, weil ihnen die steigende Flut unbehaglich wurde, schauten die Sylter nach dem Himmel und hielten die Nase in den Wind:
„Vor einer guten Stunde kommt es nicht zu hoch" — schafften noch einen Meter Faschinenzaun und noch einen halben.
Ließen sich die aber auch gut bezahlen! So hinterwälderisch die Morsumer in manchen Dingen auch sein mochten — was die Geldangelegenheiten dieser Nachkriegswelt anbetraf: Tarife, Lohnerhöhungen, Prämien für gefährliche Arbeiten, Extralöhne für Überstunden, und endlich die Kurse der dänischen Krone und des amerikanischen Dollars, in diesen Dingen wußten sie besser Bescheid als die gerissensten Berliner. Gingen eher auch als diese zur Umrechnung der deutschen Papiermark auf eine fiktive Goldmark über, rechneten gewohnheitsmäßig bäuerlich nicht mit Zahlen, sondern mit realen Werten, sprachen unter sich von Indexziffern und Roggenpreisen. Waren in diesen Dingen auch Bremer selbst überlegen, auf den wohl noch der böse Witz Anwendung finden mochte, daß er vor dem Kriege das Wort „Valuta" für einen hübschen Mädchennamen gehalten hätte.
In bezug auf die äußere Lebensform unterschied sich der Bau-

meister hier nicht viel von seinen Arbeitern. Auch er hauste in hölzerner Baracke und schlief auf Stroh, nicht einmal ein Kopfkissen konnte er für sich aus staatlichen Mitteln beschaffen – eine diesbezügliche Eingabe wurde mit sanftem Hinweis auf die hohen Preise beantwortet; für die gleiche Summe hätte man vor dem Kriege die ganze Baracke kaufen können.

Frühling, Sommer und Herbst gingen vorüber. Dann kam Heinrich Bremers erster Nordseewinter! Unter dem „gleichmäßigen ozeanischen Klima unserer Nordseeküste", von dem er noch in der Schule gelernt, hatte er sich seinerzeit etwas erheblich anderes vorgestellt als dies Gebräu aus Nebel und Regen, schweren Wolken, die tief zur Erde sanken, und dunklen Wasserdämpfen, die aus überschwemmten Gebieten zum Himmel aufstiegen. Da blieb wirklich oft undeutlich, was Land, was Luft, was Meer war, alle Urelemente schienen hier durcheinandergerührt – nur die Sylter fanden sich darin noch zurecht, und die vom gegenüberliegenden festen Lande, der Wiedingharde.

„Die Wiedingharder sind den Syltern ähnlich in ihrer unbewegten Verschlossenheit", dachte Heinrich Bremer manchmal, wenn er – was nicht eben oft geschah – über seine Arbeiter nachdachte. „Weshalb denn sind mir die Sylter unsympathischer als sie?" Und fand erst viel, sehr viel später die Lösung: weil die Sylter nicht an sein Werk glaubten. Nicht glauben wollten, daß der Damm endlich fertig und fest stehen würde.

12

Die Bekanntschaft Heinrich Bremers mit der Familie Eickemeyer war ein Erbteil, das er von seinem frühverstorbenen Vater übernommen hatte. Seine Freundschaft mit ihnen stammte aus der Kriegszeit, da er als Verwundeter monatelang in dem Lazarett ihrer Heimatstadt gelegen hatte, und, als er zur Nachkur in den Taunus geschickt wurde, die Familie am gleichen Ort ihre Sommererholung suchte. Wenn Heinrich Bremer an die Eickemeyers dachte, standen ihm eigentlich nur Vater und Tochter vor Augen. Die Söhne und die Mutter pflegte er zu vergessen, was herzlich undankbar von ihm war, denn Frau Eickemeyer verdankte er's, daß die Familie in jenem Sommer in den Taunus ging, und die Söhne ergaben den harmlosen Zwischengrund, ohne den er Elisabeth wohl kaum so nah gekommen wäre. Als er wieder ins Feld abrückte, wußte er – obwohl sie eine Aussprache vermieden hatte –, daß er sie liebte, und hoffte von ihr, daß sie ihm zum mindesten nicht abgeneigt sei. Die wundervolle Ruhe ihrer Bewegungen hatte es ihm angetan; die Art, wie ihre Augen sich belebten, wenn er zu ihr trat oder im Laufe des Gesprächs unvermutet das Wort an sie richtete. Er liebte ihren harmonisch durchgebildeten Körper, ihren formenschönen Kopf mit den geraden und starken Brauen unter der hellen Stirn – er liebte vor allem das Spiel ihrer Hände, wenn sie ihm die kleinen weiblichen Hilfeleistungen tat, die sein zerschossener Arm in den ersten Monaten brauchte.

Frau Eickemeyer entließ ihn mit mütterlichen Gefühlen. Als der Krieg beendet war, erwartete sie ihn mit Sicherheit. Er kam nicht. Elisabeth konnte eine gewisse Nachdenklichkeit nicht verbergen, aber sie lebte ihr Leben scheinbar so unbekümmert weiter, daß die Mutter keine Gelegenheit fand, das Gespräch auf Heinrich Bremer zu bringen. Bis endlich Elisabeth einen durchaus annehmbaren Bewerber ausschlug. Da nahm die Mutter das Wort.

„Du wartest auf Heinrich Bremer?"

Elisabeth antwortete nicht, heftete nur ihre dunklen Augen wie fragend auf die Mutter.

„Ich hörte, daß er wieder bei der Bahn fest angestellt sei."

„Hat er sich verlobt oder verheiratet?"

„Davon weiß ich nichts. Ich meine aber, daß er vielleicht zögerte, zu uns zu kommen, weil er die eigene Zukunft nicht übersehen konnte. Nun er aber seit Jahr und Tag wieder in guter Position ist –"

Elisabeths Blick wurde stumpf und glitt zur Seite.

„Du hast recht, Mutter."

Frau Eickemeyer stand auf und machte sich an den Fensterblumen zu schaffen, wobei sie der Tochter den Rücken kehrte.

„Er soll den Sylter Dammbau leiten, den dein Vater vor'm Krieg schon vorbereitete. Wenn du vielleicht den Wunsch hast, zum Sommer nach Westerland zu gehen –"

„Ich danke dir, Mutter, aber wenn Heinrich Bremer nicht zu mir kommt, werde ich jetzt mit meinem Beruf ernst machen und öffentlich auftreten."

Die Mutter wandte sich ihr wieder zu.

„Öffentlich auftreten?" wiederholte sie verständnislos, „ja, Elisabeth, wie denn? Als was denn?"

„Als was? Als Tänzerin natürlich –" Elisabeth lächelte flüchtig, da sie der Mutter ratloses Erstaunen bemerkte. „Weshalb denn sonst hätte ich all diese Jahre hindurch so angestrengt gearbeitet, wenn nicht, um einen Beruf zu haben, der mich befriedigen kann, falls Heinrich Bremer nicht aus dem Kriege heimkehren sollte? Nun ist er freilich heimgekehrt – doch nicht für mich –"

Sie überließ der Mutter, mit sich selbst fertig zu werden und stieg in den Garten hinunter. Der stand jetzt auf der Grenze zwischen der ersten und zweiten Frühlingsblüte. Die Veilchen dufteten noch, aber die roten Tulpen auf dem langen Beet taten sich in der Mittagssonne schon gar zu weit auf und etliche ließen ihre Blütenblätter schon fallen. Und in der Südecke an Haus und Veranda öffnete der weiße Flieder seine ersten Dolden. Elisabeth achtete nicht sonderlich auf all dies, das sie sonst viel beschäftigte. Sie ging, die Hände auf dem Rücken verschränkt, die paar altmodischen Brezelwege rund und rund und dachte an Heinrich Bremer. Weshalb war er nicht gekommen, als der Krieg sein böses Ende fand? Weshalb kam er heute nicht, nun seine Zukunft gesichert erschien? Sie fand tausend Gründe, doch den wahren nicht, und alle andern wollten ihr nicht recht einleuchten.

Sie blieb vor dem Fliederstrauch stehen und bog eine der Blütendolden zu sich herab. Sie atmete den noch zarten Duft, aber sie sah dennoch nicht die Blüten – sie sah Heinrich Bremer vor sich. Was war's denn, das ihn ihr so anziehend machte? Er war doch in keiner Hinsicht etwas Besonderes – nicht groß nicht klein, nicht hübsch nicht häßlich. Sie mußte ein wenig lachen, wenn ihr auch blanke Tränen dicht unter den Lidern saßen. Ach nein, Heinrich Bremer war wirklich nichts Besonderes, aber sie liebte es, wenn sein schmaler Mund sich im Lachen löste und die Narbe an seiner linken Schläfe zuckte. War er Korpsstudent gewesen oder stammte diese zuckende Narbe aus seinem ersten Kriegsjahr?

„Weshalb ließ ich es damals nicht zur Aussprache kommen?"

dachte sie weiter; der Fliederzweig schnellte in die Höhe, und sie nahm ihre Wanderung durch die schmalen Brezelwege wieder auf. Aber sie wußte wohl, weshalb sie es getan: sie hatte eine Abneigung gegen diese Kriegstrauungen gehabt und ahnte, daß sie diese dann nicht hätte vermeiden können. Ihre Mutter würde sie gewünscht haben — Heinrich Bremer selbst — Elisabeth errötete, indem sie an seinen Abschied dachte. Sie hatte sein Begehren empfunden und hatte sich dennoch nicht entschließen können, ihm mehr als herzliche Kameradschaft zu bieten. Ihr heimlicher Stolz war stärker gewesen als ihre Zuneigung —

„— und also habe ich mir mein Leben verpfuscht", sagte Elisabeth Eickemeyer zu sich selbst, und ihre Augen sahen müde auf die Frühlingspracht ringsum. „Bis ich nun einen andern finde, der mir Heinrich Bremer ersetzen kann, will ich tanzen gehen. Ich kann es wagen, jetzt öffentlich aufzutreten. Ich kann mehr als die meisten andern. Nur fürchte ich, wird es Vater noch härter ankommen als Mutter —"

Sie dachte aber nicht, daß ihre Eltern sich überhaupt weigern würden, sie auftreten zu sehen. Sie hatte sich richtig eingeschätzt: sie konnte mehr als die meisten andern. Sie trat hier und da in großen Städten auf, und ihr Name gewann bald einen guten Klang. Sie gewann ein ganz bestimmtes Publikum für sich, ihre Kunst war mehr Können als Hingabe. Sie erfreute — sie entzückte —, aber sie lockte und reizte nicht. Und doch hatte sie Erfolge, die ihrem Stolz genügten.

Aber ihr Herz tat ihr weh, als sie bald nach ihrem ersten Auftreten hören mußte, daß ihr Bruder Martin die Universität verlassen hatte, um — einfacher Arbeiter zu werden.

„Da er nun mündig wurde, nahm er sich das gleiche Recht zur Selbständigkeit wie Du", schrieb die Mutter bitter.

13

Inzwischen stand Heinrich Bremer im Wattenmeer zwischen Morsum und Klanxbüll und fühlte sich weder fest angestellt noch sonst in irgendeiner gesicherten Lebensposition. So dick seine Brieftasche sich auch an jedem Ersten jedes Monats mit den merkwürdigsten Geldscheinen anfüllte — acht Tage später schon begann sie abzunehmen wie der Suppenkaspar seligen Angedenkens, und nach weiteren acht Tagen konnte er seine Brieftasche schon wieder als unnötigen Gegenstand ruhig im Schreibtisch liegenlassen — bis dann endlich die Reichsbahn auch die vierzehntägige — wöchentliche — dreitägige Gehaltszahlung an ihre Beamten einführte, da die Kaufkraft des deutschen Geldes gar zu schnell sank. Diese mangelnde Kaufkraft des Geldes spürte Heinrich Bremer in Wahrheit deutlich genug am eigenen Leibe. In seiner linken Schulter muckte ein heftiges Reißen. Da war sein Gummimantel undicht geworden, und wie es ein nasser und windiger Winter gewesen, so wurde es nun ein windiger und nasser Frühling — sofern man das graue Nebelgebräu in diesem Lande mit einem so poetischen Namen überhaupt bezeichnen konnte. Und Heinrich Bremer bekam den Schnupfen, denn seine Wasserstiefel hielten ebenfalls nicht mehr dicht, und Rasmus Claasen, der mit einem funkelnagelneuen Paar auf dem Schlachtfeld zwischen steigender Flut und sinkenden Wolken erschien, erzählte ihm auf die Frage, daß er dreihunderttausend Mark dafür bezahlt hätte.

„Das kann ich nicht ausgeben", sagte Heinrich Bremer, „ich bekomme weder 20 Prozent Wassergeld wie Sie, noch auch Prämien für Überstunden."

Es hatte die sinkende Kaufkraft des Geldes aber diesen Grund: im Versailler Friedensvertrag waren endlich die ersten Anzahlungen auf die Reparationen festgesetzt, die Deutschland leisten sollte. Doch nicht in deutscher Mark durften diese Zahlungen getätigt werden, sondern in Gold oder Devisen, das beides Deutschland aus dem Auslande erst dazu aufkaufen mußte. Und also jagte das schlechte Geld das gute aus dem Lande: das Ausland forderte gutes an, und Deutschland mußte deshalb seine Mark zu jedem nur irgend erreichbaren Preise verschleudern; das Inland mußte sich mit dem schlechten Gelde begnügen, das eben durch die Zahlungen an das Ausland von einem Monat zum andern, von einer Woche zur andern und endlich von einem Tag zum andern an Kaufkraft einbüßte.

Nachdem aber Deutschland wieder eine große Zahlung geleistet und somit für zwei Monate mehr Ruhe hatte, gewann die deutsche Mark wieder etwas Lebenskraft, und daraufhin entschloß sich die Reichsbahn, den Sylter Damm nun mit erneutem Eifer in Angriff zu nehmen. Das freute Heinrich Bremer, trotz Reißens in der linken Schulter, trotz Schnupfen und trotz undichter Wasserstiefel, mit denen er bald im Watt nicht mehr anders mehr herumwatete, als wäre er barfuß. Aber da die Tage länger wurden und sogar hier die Sonne anfing, nicht nur zu scheinen, sondern auch zu wärmen, liefen gar manche Arbeiter barbeinig auf den wässerigen Arbeitsstätten umher – weshalb also nicht auch der Herr Baumeister?

Es lag dieses Arbeitsfeld des Baumeisters Heinrich Bremer auf der Wasserscheide zwischen dem nördlichen und dem südlichen Sylter Watt, zwischen der Lister und der Hörnumer Bucht. Hier trafen sich die Flutwellen, die von Norden her durchs Lister, von Süden her durchs Hörnumer Tief das Sylter Watt füllen; von hier liefen in Ebbezeiten die Wasser wieder nach Norden und Süden ab. Hier lag, da die hier schon langsamer strömende Flut manche Senkstoffe ablagerte, das Watt höher als in den weiteren Buchten. Bei Ebbe fielen hier weitere Strecken trocken, als bei List und Hörnum. Diese von der Natur selbst geschaffenen günstigen Vorbedingungen hatten Geheimrat Eickemeyer veranlaßt, den Plan zum Sylter Damm ganz auf die Gegebenheiten dieser Strecke zu gründen.

Die Flut aus dem Lister Becken reichte bei normalem Hochwasserstand kaum bis an diese Wasserscheide zwischen Morsum und Klanxbüll heran. Von Süden her aber, wo die Gezeitenerhebung, der „Tidehub", bei Hörnum um zehn bis fünfzehn Zentimeter höher auflief als bei List, überschnitten noch vier letzte Ausläufer des Hörnumer Tiefs die projektierte Bahnlinie: am nächsten dem Festlande, am östlichsten also, das Osterley; das Holländer Loch kaum zweihundert Meter weiter; dann folgte das alte Sylter Ley; und am nächsten zur Insel das Westerley mit dem Landtief. Die große Sandbank zwischen Osterley und Holländer Loch nannten die Sylter „Barthels Kuhfenne"; die zwischen Holländer Loch und dem alten Sylter Ley heißt die Dracht. Da die Arbeit vom Festland aus in Angriff genommen wurde, galt dem Osterley Bremers erste Aufmerksamkeit. Der Dammbau auf dem täglich zweimal trockenlaufenden und verhältnismäßig festen Wattenboden schien ihm nicht allzuviel Schwierigkeiten zu bieten. Er hatte im Winter gründlich die Berichte über den Zuiderseedamm studiert und meinte, mit ähnlichen Methoden hier auch arbeiten zu können.

Er plante also — und sein nächster Vorgesetzter, der Baurat Pflüger vom Wasserbauamt Husum, billigte diesen Plan durchaus —, im Osterley selbst einen großen Bagger anzusetzen, auf dem Festlandsvorland nach Osten, und nach Westen hin auf Barthels Kuhfenne Buschwände in der beabsichtigten Breite der Dammsohle zu bauen und diese dann mit dem gewonnenen Baggergut einzuspülen. Freilich hatte die Geschichte in der Praxis dann von Anfang an einen bösen Haken: Das Sylter Watt hatte bei weitem nicht die Tiefe der holländischen Zuidersee, und mit dem großen Bagger kam Bremer nicht bis in die Spitze des Osterley. Er mußte also erst einen kleinen Eimerbagger anfordern, um für das große Baggergerät eine Liegestelle zu schaffen. Das war langweilig, und inzwischen beschäftigte er die Arbeiter damit, vom festen Lande aus einen kleinen Kleidamm ins Watt vorzutreiben, darauf er dann mit einer Schmalspurbahn die Verbindung zu der Sandbank östlich des Osterley herzustellen plante.

Im Mai endlich konnte er mit dem großen Bagger ins Osterley vordringen. Der Bau der Faschinen und Buschdämme war gut vorbereitet, das Einspülen des Baggerguts in die Dammsohle konnte beginnen. Nun aber zeigte sich eine zweite Verschiedenheit des Sylter Watts von der holländischen Zuidersee: in der Zuidersee stand den Dammarbeiten ein mergeliger Ton zur Verfügung, der, wo er hingespült wurde, festlag; der Sylter Wattenboden hingegen bestand zur Hälfte aus äußerst feinem Sande, zum andern Teil aus einem fetten Klei, der sich überhaupt nicht setzen wollte, sondern mit dem Spülstrom wieder davontrieb. Wo der Klei trocken verwendet werden konnte, wie bei dem Damm, den Bremer vom Festlande her vortreiben ließ, da bewährte er sich gut — gespült aber hielt er nicht stand. Und der Sand war so fein, daß er auch nur bei stillem Wetter und stehendem Wasser sank und zwischen den Buschwänden festgehalten werden konnte.

Es folgte aber dem windigen und nassen Frühjahr ein überaus gewitterreicher Sommer. Im März schon brannte die Sonne unge-

wöhnlich heiß, sie „stach“ und sog viel Feuchtigkeit vom Erdboden auf. Weißlicher Wasserdampf zog sich über den ganzen Himmel; schwer wurde die Luft – unerträglich schwül. Um Himmelfahrt war der Himmel dunkel wie im November; mit einer grandiosen Explosion setzte das erste Gewitter ein. Danach gab es helle Luft – für drei Tage! Dann ballten sich wieder die Dünste, im Norden, im Süden, im Osten, im Westen, und wälzten sich aus allen Himmelsrichtungen auf die Insel zu, wie angezogen von unsichtbaren Gewalten. „Wo das erste Gewitter vom Jahr seinen Weg findet, da folgen ihm alle andern nach“, sagten die Sylter. Blitze zuckten hernieder, töteten manch Stück Vieh, schlugen hier in die elektrischen Leitungen, zündeten dort ein Haus an. Zog das Krachen der Donner nach Stunden endlich ab, meldete dumpfes Grummeln aus anderer Richtung schon wieder das nächste Gewitter an. Bremer zählte bis zu sechs Wettern in einer Nacht – und sie alle kamen mit Regen, kamen mit schwerem Wind, der See und Watt aufwühlte und in die Strömungen, die Tiefs, Leye und Prielen, eine gefährliche Fahrt brachte.
Dann lief der feine Sand durch die Buschdämme wie klares Wasser, lief ins Osterley, setzte sich in den Baggergeräten fest, versandete die Liegestelle – nach zwei, äußerstens drei Wochen mußte Bremer immer wieder die ganzen Geräte abbauen und die Liegestelle neu ausbaggern lassen.
Dazu folgte ein Kurssturz dem andern – eine Aufsässigkeit der Arbeiter der andern – als wäre die Menschheit nicht weniger stark elektrisch geladen, denn die Atmosphäre. Denn wenn die Leute ihren Lohn der vergangenen Woche erhielten, war, was sie verdient hatten, schon wieder entwertet. Heinrich Bremer, der die Arbeit am Sylter Damm angenommen hatte, um viel in freier Luft zu sein, saß jetzt jeden Abend über Berechnungen der Wattenströme, über den Lohnlisten der Arbeiter. Tagsüber stand er im Watt, von Regen und Wind gepeitscht und gezerrt; abends saß er im Büro mit Kunje Boysen und einem Buchhalter aus Husum, den er vom Wasserbauamt angefordert hatte, und nachts fiel er auf seinen Strohsack und wußte nichts mehr vom Tage. Weder tagsüber noch nachts aber kam er dazu, an Elisabeth Eickemeyer zu denken – noch an sich selbst, an seine Nerven oder sein Gehirn –

Und endlich kam auch von Hannes-Hannes aus Morsum eine Botschaft, daß dort die Berechnungen nicht ganz stimmen wollten, und Bremer mußte hinüber. Und ging ins Pfarrhaus:
„Hören Sie, Herr Pastor, ich muß durchaus noch diesen nördlichen Zipfel Ihres Pfarrackers haben, wir bekommen sonst einen Knick in die Bahnlinie."
In Peter Boy Eschels regte sich der rechnende Morsumer.
„Land verkaufen, heute, da Geld überhaupt keinen Wert hat – mit solcher Zumutung darf ich meiner Gemeinde wohl nicht kommen."
„Ich brauche es aber, Sie müssen mir helfen, Sie müssen sich mit dem Landrat verständigen. Der Kauf geht durch seine Hände vom preußischen Landwirtschaftsministerium aus."
Pastor Eschels sann nach. „Der Damm kommt doch!" dachte er, „zu hindern ist er nicht mehr. Will ich das Kommende, muß ich sehen, die Sylter selbst daran zu interessieren –"
„Mag der Landrat sich an mich wenden", sagte er mit Zurückhaltung.
Bremer fuhr zum Landrat, und der Landrat tat, wie Bremer wünschte. Schon acht Tage später sah Bremer vom Spülfeld aus, daß der Pastor in Simonsens Kutter zum Festland hinüberfuhr, doch nicht allein. Bremer sah mit Erstaunen die schwarzen Gestalten, die das Schiff füllten, und konnte sich aus der Fracht nicht gleich einen Vers machen. Ein paar Tage darauf aber traf er den Landrat in Niebüll.
„Den Pfarracker haben wir", rief der ihm zu; „wenn Sie mir nicht versicherten, daß Sie ihn dringend brauchten –"
„Dringend ist gar kein Wort dafür. Ich brauche ihn, ich muß ihn haben."
„So komme auf Ihr Haupt, wenn die Morsumer Preußen den Hals abschneiden", sagte der Landrat und blieb vor ihm stehen. „Wissen Sie, ich schätze es nicht sonderlich, wenn der Bauer im schwarzen Rock zu mir kommt. Dann will er mich übers Ohr hauen. Und dieser Morsumer Pastor kam mit der ganzen heiligen Gemeindevertretung an – sechzehn Mann in schwarzen Röcken!"
„Was sagten sie denn?" fragte Bremer mit einer gewissen Neugier.

„Nichts!" antwortete der Landrat verärgert, „und das ist das Allerschlimmste. Sie saßen mir schweigend gegenüber wie beim Abendmahl in der Kirche. Der Pastor allein sprach, und die sechzehn nickten mit ihren sechzehn Köpfen dazu. Wenn ich meine Genehmigung zur Geltung bringen wollte, dann kniffen sie ihre Münder zusammen und schauten alle auf ihren Pastor. Und dann wiederholte er, was er schon einmal gesagt hatte, und wieder nickten sie alle — als ob, was ich sagte, in die leere Luft geredet war —"

„Und was forderten sie denn?"

„Roggenwährung."

Der in Geldfragen immer noch harmlose und unbelehrbare Bremer zuckte die Achseln.

„Sagt mir nichts. Was aber ist dieser Pastor Eschels eigentlich für ein Mensch? Er muß doch studiert haben? Aber er scheint mir ein so unverfälschter Insulaner, als hätte er nie die Insel verlassen."

„Sein Vorleben kenne ich nicht, auch der Propst nicht, noch der Bischof. Wir sind alle jüngeren Datums hier als er, und seinetwegen die alten Personalakten der Vorkriegszeit zu wälzen, dazu haben wir noch allesamt nicht die Zeit gefunden."

Danach lief Bremer, nicht ganz ohne Absicht, bei seinem nächsten Aufenthalt auf Sylt dem Pastor Eschels über den Weg.

„Dank für den schönen Pfarracker, den ich nun bekommen werde!" rief Eschels ihm lachend entgegen. Bremer tat harmloser noch, als er in Wirklichkeit war.

„So? Gratuliere! Das Geld reicht also für ein neues Stück Land?"

„Und wird auch noch zu einem neuen Steinwall für die Nordseite des Gartens reichen und dazu, die neue Fenne einzuzäunen gegen den Verkehr am späteren Bahnhof!"

„Wie in aller Welt haben Sie das gemacht, Herr Pastor?"

„Ganz einfach: ich sagte, Roggenwährung! und meine sechzehn Gemeindevertreter nickten. Wenn sechzehn alte Morsumer schweigend auf ihren Stühlen sitzen und nicken, da kommt kein frisch gebackener Landrat dagegen an. Tja, und nun warten wir, wie der Roggen im Preise steigen wird. Es wird eine schlechte Ernte, mein Herr Baumeister, eine verdammt schlechte Ernte werden", sagte Eschels vergnügt; „und vom Ausland kann Deutschland bei diesen Geldverhältnissen ja doch keinen Ersatzroggen kaufen. Also werden die Preise recht niedlich klettern. Kommen Sie mit, ich lade Sie zu einem Schoppen auf der hohen Heide; wir wollen den zukünftigen Pfarracker schon auf Vorrat etwas begießen! Uns Morsumern bekommt der Dammbau überhaupt gut, durch das aufgehöhte Gelände werden unsere sumpfigen Wiesen verbessert."

14

Dieser erste Schoppen in dem kleinen Gasthof „Auf der hohen Heide" über dem östlichen Morsumer Vorland, der vorspringenden Nase, der Morsumer Nösse, kennzeichnete den Beginn einer soliden Kameradschaft zwischen den beiden im Alter so sehr verschiedenen Männern. Aber Peter Boy Eschels war trotz seiner Jahre innerlich eher jünger als Heinrich Bremer, dem er doch mehr als ein Menschenalter voraus war; und Heinrich Bremer spürte bei diesem ersten Schoppen schnell, daß er durch den ortsansässigen Pastor in einer Stunde mehr über Land und Leute erfahren konnte, als durch ein volles Jahr eigener Beobachtung. Sie saßen auf der kleinen hölzernen Veranda vorm Hause, schauten über die Landschaft, die im Dämmer einer hellen Nacht lag, und tranken nachdenklich und bedachtsam den guten Rheinwein, den die Wirtin ihnen gebracht hatte, ehe sie selbst zur Ruhe gegangen.

„Diesen Niersteiner hat Omine Lorenzen auf meinen Rat gekauft, als bei der Revolution das Offizierskasino drüben in Kampen aufgelöst wurde", sagte Pastor Eschels, „und sie hat es nicht bereut. Damals hielt sie für teuer, was heute reineweg geschenkt ist. Ja, ja, hm, hm, die Welt wird schlechter mit jedem Tag — man weiß nicht, was noch werden mag. Nun ist Andreas Dirks auch gestorben, drüben aus Tinnum, der Maler, Professor in Düsseldorf; hörten Sie von ihm? Der wußte auch, was ein trinkbarer Tropfen ist, hat mir manche gute Quelle genannt."

„Professor in Düsseldorf?" wiederholte Bremer mit einigem Erstaunen. „Der hat es weit gebracht, das muß ich sagen."

„Wir bringen es alle weit in der Welt, wenn wir nur überhaupt die Nase hinausstecken", entgegnete Eschels mit Selbstgefühl.

„Ich stamme doch auch nur von einem der kleinsten Höfe hier – dort unten liegt er, einer von den dreien, die sich am weitesten gegen Südosten vorschieben – und habe es doch auch zum Universitätsprofessor gebracht –"
Heinrich schlug sein Glas auf den Tisch, daß der Fuß abbrach. „Verzeihen Sie", sagte er beschämt, „aber es übernahm mich – Universitätsprofessor! Ich hielt Sie für einen Morsumer reinster Prägung –"
„Bin ich auch", antwortete Eschels behaglich, stieg von der Veranda hinunter, grub einen festen Erdklumpen aus der Heide, kam zurück und drückte Bremers Glas hinein. „Sie sind Städter, sitzen da mit Ihrem fußlosen Glase in der Hand und wissen sich nicht zu helfen. Wir alten Sylter sind zumeist ungebildet, aber bildungsfähig wie wenige drüben auf dem Festlande. Du meine Güte, was war das für ein Gewürm, das mir die Hörsäle füllte! Flog einem der Studentlein einmal durch Zufall ein eigener Gedanke an, gleich kam er anderntags zu mir gelaufen: ob er mit solchen „Zweifeln" auch der Landeskirche noch zu dienen fähig sein würde. Wir Sylter haben nicht diese jämmerliche Angst vor den eigenen Gedanken. Uns aber fehlt es an Kenntnissen. Wir haben nichts gelernt. Wir wissen nicht, was in der Welt vorgeht. Dazu soll uns der Damm dienen –"
„Und doch sind Ihre Landsleute nicht dafür!"
„Mit Recht, Herr Baumeister, ganz und gar mit Recht! Sie wollen das Neue nicht, weil ihnen das Alte genügt – wer gut sitzt, der lasse das Rücken."
Bremer schüttelte verwundert den Kopf. „Mir erscheinen die Verhältnisse doch recht ärmlich."
„Sind es aber nicht!" Peter Boy Eschels schenkte sich ein frisches Glas bedachtsam ein und vertiefte sich mit Behagen in die Schilderung der Morsumer Verhältnisse. „Früher hütete jeder sich, merken zu lassen, wieviel Bargeld er besäße. Jetzt kommt so allmählich zutage, wieviel jeder durch Krieg und Inflation verliert. Da gibt es manche unter ihnen, die man vorm Kriege wohl auf eine gute Viertelmillion schätzen durfte. Aber sie sind sparsam und anspruchslos. Ihre Töchter gehen als Stubenmädchen oder Köchinnen nach Hamburg, wenn sie einmal die ‚Welt' kennenlernen wollen. Mein Oheim, der mich studieren ließ, hat bis an

sein Lebensende in einem Wandbett geschlafen, das zu kurz für ihn war. Er gehörte zu der langen blonden Sorte hier im Dorf, und für die war das Haus nicht gebaut, in das er einheiratete. Er schlief in einer Kammer nach Norden, unheizbar, unlüftbar, denn die Fenster waren durch den sauberen Anstrich von außen verklebt. Doch lebte er nicht etwa aus Geiz so, – nein, nur aus der Erkenntnis heraus, daß man einzig und allein durch Anspruchslosigkeit reich zu werden vermag. Daß, wer sich nur in einem Punkte nachgibt, was Behaglichkeit oder gar Luxus betrifft, damit dem Teufel den kleinen Finger bietet – und der nimmt, wie bekannt, alsdann die ganze Hand."

„Nun ja", sagte Bremer langsam, „und wenn also ein Morsumer sich eine Viertelmillion zusammengespart hat, dann –?"

Bremer lachte. „Dann spart er eben weiter. Mein Oheim – um noch einmal auf ihn zu kommen – huldigte noch dem alten Brauch, nach vollendeter Ernte ein Bad im Katrevel zu nehmen. Vielleicht stammt der Brauch noch aus heidnischer Zeit und war mit einem Opfer verbunden, mag sein. Heute ist es eben ein Reinigungsbad. Nun hatte sich ihm einmal das Einbringen der Ernte erheblich verzögert. Er stieg ins Watt, nachdem schon einige Nachtfröste es stark durchgekühlt hatten. Erkältete sich. Lag mit einer Lungenentzündung in seiner kalten und unheizbaren, unlüftbaren Kammer. Ich brachte ihm eine Wärmflasche; es war die erste künstliche Erwärmung seines Lebens. Ich ließ ihm durch den Arzt das kalte Herbstbad verbieten – ein warmes Bad zu nehmen, erschien ihm als so unausdenkbarer Luxus, als sündhafter Luxus, daß dieser Gedanke ihm nicht nahezubringen war. Aber Geld hatte er auf der Bank – wahrhaftig, wer reich werden will, lasse alle Ansprüche ans Leben fahren."

„Wenn die Leute sich aber wohl dabei fühlen – ja, weshalb bauen wir dann den Damm?" rief Bremer unwillkürlich aus.

„Ja, weshalb?" spottete Peter Bleik Bun. „Und nun rücken Sie schon auf Barthels Kuhfenne vor?"

Auf Barthels Kuhfenne, der Sandbank westlich des Osterley ging die Arbeit flott voran.

„Was hörten Sie davon?" fragte Bremer mißtrauisch.

„Daß Ihr Kram sich dort ausnimmt, wie eine Flagge auf der Mistkarre", entgegnete der alte Morsumer derb. –

Als die beiden Herren endlich aufbrachen, stand der abnehmende Mond schief über blanker Wasserfläche. Sie stolperten etwas mühselig durch die undeutlichen Wege der hohen Heide, und plötzlich sagte Pastor Eschels – ganz unvermittelt: „... aber die Morsumer schätzen das Geld an sich nicht nur höher als Behagen und weichliche Bequemlichkeit, sondern höher auch als nützliche Kenntnisse. Bildung – Bildung – äh, wat, gebildet sind sie, sofern man unter Bildung die Einheit versteht von Denken, Fühlen und Handeln, die Einheit des Seins. Aber diese Morsumer Bildung liegt unterhalb der Ebene, die ihren Fähigkeiten und Anlagen entsprechen würde. Ich möchte sie herausschütteln aus ihrer faulen Beschränktheit! Der Mensch soll sich nicht beschränken, er soll sich recken und wachsen. Das wird den Morsumern erst kommen, wenn ihnen das Festland auf die Hacken tritt" – er stolperte über ein Schaf, das mitten im Wege schlief, doch das lenkte seine Gedanken nicht ab –; „wir haben Verstand, wir haben Willen und Entschlußkraft, aber das alles schläft seit den Tagen der großen Seefahrt. Sie nehmen heute noch den Viehdünger von den Weisen und brennen ihn als Feuerung – sie sind nicht dumm, sie sind auch nicht eigensinnig, es sind tatsächliche innere Hemmungen, verursacht durch die tausendjährige insulare Abgeschlossenheit. Und deshalb will ich den Damm, solange ich noch hier lebe und fähig bin, den Morsumern auch einen geistigen Damm nach Deutschland hinüberbauen. Ich will ihn, obgleich er ein Werk des Teufels ist und Morsum daran zugrunde gehen wird."

„Ihre Gedankengänge scheinen mir nicht besser fadengerade angelegt als diese Heidewege, Herr Pastor", spottete Bremer.

„Und führen dennoch zum Ziel – das Ihnen freilich verborgen bleibt", gab Eschels mürrisch zurück. „Das Ziel aber ist der Damm. Natürlich muß das Korn zugrunde gehen, damit eine Ähre daraus erwächst –" und dachte weiter, aber das mochte er nicht mehr aussprechen: „Die Morsumer sagen, man soll nichts machen wollen, es muß sich alles von selbst entwickeln, man kann Gott doch nicht entlaufen, und er schickt zu rechter Zeit, was uns not tut – schickt er ihnen aber den Baumeister Bremer auf den Hals mit seinem Damm, dann sprechen sie: dies ist das Werk des Teufels! Und ich spreche nicht anders in meinem Herzen, wenn auch mein Verstand zehnmal den Damm als unvermeidlich will!“ Blieb stehen: „Hier haben wir nun die feste Straße gewonnen und unsere Wege trennen sich. Wie wohnt sich's denn in der neuen Baracke?“

„Schlecht“, antwortete Bremer kläglich; „was nützt mir ein Bett, das mir nicht bereitet wird? Was ein Tisch, der sich nicht von selbst deckt? Ich werde mich nach Quartier im Dorf umsehen.“

„Werden aber keines finden, mein Guter“, lachte Eschels schadenfroh. „Es wird niemand des Teufels Abgesandten bei sich aufnehmen wollen. Heiraten Sie lieber, heiraten Sie, mein Wertester, sonst können Sie hier noch verhungern.“

Aber wenn Heinrich Bremer bei diesen Worten auch einen Augenblick Elisabeth Eickemeyers Gestalt aus dem unsicheren Mondlicht über den schimmernden Weiden auftauchen sah — er zog es doch vor, noch gründlicher im Dorfe Umschau zu halten und endete schließlich damit, daß er sich bei Cäcilie Hansen, der Dorfhexe, in Kost und Logis gab.

15

Wie schon ihr Vorname andeutete, stammte Cäcilie Hansen nicht von der Insel. Ihr Mann hatte sie sich aus Hamburg-St. Pauli mitgebracht in einer törichten Jugendlaune. Die bekam ihm schlecht. Cäcilie paßte nicht ins Dorf. Sie hatten zwei Kinder. Die Tochter lief ihnen davon, kaum daß sie die Schule hinter sich hatte, ging als Küchenmädchen in ein Westerländer Hotel, ging weiter mit Badegästen nach Hamburg und heiratete später wieder einen Gastwirt aus St. Pauli; so schloß sich der Ring. Der Sohn war langsamer, blieb daheim. Übrigens verstanden Cäcilie und ihre Kinder sich auch aufs Geld, nicht schlechter als die Morsumer, und doch anders als diese. Die Morsumer waren auf die kleine Ersparnis bedacht, Cäcilie auf den kleinen Verdienst. Sie verstand aus nichts etwas zu machen und brachte es bald zu Wohlstand. Sah sie ein schlecht bewirtschaftetes Stück Land, so bemitleidete sie den Besitzer wortreich, bis er sich endlich für geringes Geld gern davon trennte; dann bewirtschaftete sie es besser und gewann bald gute Erträge.

„Ich lasse mich keine Mühe verdrießen und weiß, woraus sich etwas machen läßt, deshalb nennen sie mich eine Hexe", sagte sie verächtlich zu Heinrich Bremer, aber mit leisem Unbehagen empfand er, daß auch er sie trotz ihrer unleugbaren Tüchtigkeit nicht zu schätzen vermöchte. Cäcilie war sehr nervös, ihre Gesichtsmuskeln zuckten beständig, und sobald sie sich im Gespräch erregte, nahm ihre Stimme einen keifenden Klang an, der den andern Frauen im Dorf sonst nicht eignete. Die Morsumerinnen verleugneten nie ihre gute alte Rasse; sie bewegten sich mit Würde, sprachen mit Würde, behielten auch bei gegensätzlicher Meinung immer ihre ruhige, gemessene Art. Cäcilie war einfach raffig.
Ihr Mann war lange zur See gefahren. Hatte dann, als er endgültig auflegte, neben seiner Landwirtschaft einen kleinen Produktenhandel betrieben. Cäcilie hatte ihm die Bücher geführt, die Rechnungen ausgeschrieben. Als es ihnen einige Jahre vor dem Kriege nicht gut ging, hatte sie kurzerhand die Beträge gefälscht, hatte auch ihres Mannes Unterschrift nachzuahmen gesucht. Als ihre Betrügereien ruchbar wurden, hatte sie einfach jede Verantwortlichkeit abgelehnt, und der Mann, der sich des Handels schämte, verschwand nach Amerika. Nun die Gerüchte über die traurigen Nachkriegsverhältnisse auch bis zu ihm gedrungen waren, schrieb er wieder, teilte ihr seinen Aufenthaltsort mit und schickte ihr monatlich zwei Dollarscheine, für die Cäcilie in diesen Zeiten das halbe Dorf hätte aufkaufen können. Dazu aber war die Hexe denn doch zu dumm. Sie hob die Scheine auf, lief damit von Haus zu Haus, um ihre Mitmenschen ja recht neidisch zu machen, und sobald sie zehn beisammen hatte, kaufte sie einen Zehndollarschein dafür. Nun näherte sich der Zeitpunkt, daß sie vier Zehner und zehn einzelne Dollarscheine in einen Fünfziger umtauschen könnte, und darauf freute sie sich wie ein Kind auf Weihnachten.
Mutter und Sohn, die zusammen hausten, standen sich auch nicht zum besten. Eines Tages fiel Bremer der eigentümlich behauene Stein auf, der als Schwelle vor der Haustür lag, und da gerade der junge Lütje Hansen vorüberging, fragte er ihn danach.
„Es muß ein alter Grabstein sein", sagte der, blieb neben Heinrich Bremer stehen und schaute mit unfrohem Blick darauf nieder. „Woher er stammt, kann ich Ihnen aber nicht sagen. Er liegt

hier, so lange ich denken kann, und lag vermutlich schon so, als mein Vater noch Kind war –", und plötzlich ballte er die Hand zur Faust: „Ich wünschte, sie läge hier drunter, damit ich täglich auf sie treten könnte! Sie nimmt mir alles –"

Er brach ab und ging weiter. Am Abend aber kam die Mutter zu Heinrich Bremer:

„Mein Sohn gibt mir nicht, was ich zu fordern habe. Er sagt: ‚Seit wir wissen, daß der Vater noch lebt, wenn auch drüben in Amerika, seitdem hast du kein Witwenrecht mehr am Hofe. Ich verwalte ihn auch nicht mehr für mich, sondern für den Vater. Er ist der Besitzer, weil er noch lebt, nicht du oder ich.' – Er trägt jeden Pfennig zur Sparkasse und sieht lieber zu, daß er dort wertlos wird, als daß er ihn mir gäbe. Was kann ich nun dabei tun, Herr Baumeister?"

„Nichts", antwortete Bremer kalt, „Ihr Sohn hat recht."

Sie stemmte die Fäuste in die Seiten, was keine Morsumerin aus guter Familie je tat. „Nichts? Das sagen Sie, und wohnen in meinem Hause? Und wenn mein Mann drüben schon tot und gestorben ist, kann ich doch hier nicht immer so weiterleben – ohne Recht!"

„Ja, ist er denn tot?" fragte Bremer verblüfft, „davon weiß ich doch nichts."

„Ich auch nicht", gab sie mürrisch zu, „aber es könnte doch sein, ohne daß ich davon schon erfahren hätte. Heute haben wir den Zwanzigsten; vorm Ersten kommt der nächste nicht" – sie redete sich in Eifer und ihre Stimme gewann höhere Töne: „Nichts! Das sagen Sie, der Sie in meinem Hause wohnen? Wenn ich Sie nicht aus Mitleid und Barmherzigkeit aufgenommen hätte, säßen Sie jetzt auf der Straße!"

„Reden Sie keinen Unsinn", sagte Bremer ärgerlich. „Mitleid und Bramherzigkeit! Ich zahle Ihnen einen guten Preis. Habe sogar, so sauer mir das im Augenblick auch ankam, die Miete bis zum Herbst vorausgezahlt –"

„– womit ich reingefallen bin", keifte sie. „Nun ist das, was Sie mir gaben, nicht ein Butterbrot mehr wert."

„Das ist Ihre Sache. Nicht ich habe Ihnen die Bezahlung aufgedrängt. Im Gegenteil, Sie haben sie als Bedingung gestellt. Im übrigen aber", fuhr er ruhiger fort, „brauchen wir uns doch nicht

mehr über Dinge zu ereifern, die einmal so und nicht anders liegen, sondern können uns als Mensch zum Menschen in Frieden miteinander verständigen —"
„Mensch!" wiederholte sie giftig. „Mensch! Sie sind für mich kein Mensch, Sie sind mir nur ein Objekt zum Geldverdienen!" und damit warf sie seine Zimmertür hinter sich ins Schloß.

16

So lächerlich es klingen mag — die Gesellschaft der Hexe bedrückte Bremer. Ihn bedrückte auch die schweigsame Art der Sylter, die doch bei dem Werk im Watt seine besten Arbeiter waren. Sie gingen hinaus, sobald nur das Wasser nicht mehr höher stand als der obere Rand ihrer hohen Seestiefel, und sie kamen erst zurück wenn alle andern längst das Trockne gesucht hatten. Sie arbeiteten stetig und unverdrossen, und doch wie Leute, die eben nur um des Geldes willen eine aussichtslose Sache übernehmen. Er merkte keinen Glauben an sein Werk bei ihnen, kein Vertrauen — am allerwenigsten den Wunsch, es vollendet zu sehen. Wenn er abends den Fortgang des Werkes lobte, schwiegen sie, oder, was schlimmer noch war, antworteten ihm mit dem alten Sylter Sprichwort:
„Injs-Rail en Miarens-Rail kum aaft ek aurjen" — er brauchte nicht mehr um eine Übersetzung zu bitten, er wußte selbst schon: Abend- und Morgennebel kommen oft nicht überein. Die Nachttiden liefen oft höher auf als der Tidehub des Tages, da spülte die Flut zwischen zwei Arbeitsschichten ihm oft mehr als die Hälfte des tagsüber Gewonnenen wieder aus den Buschdämmen. Und als um die Sommermitte ein paar stille Tage kamen, ohne Gewitter, ohne westliche Winde, da die steigende Flut kaum bis zum Baugelände überhaupt vordrang und der Damm auf Barthels Kuhfenne die schönsten Fortschritte machte — und Bremer nicht lassen konnte, Rasmus Claasen zu fragen:
„Zweifeln Sie nun noch immer daran, daß hier die Eisenbahnen fahren werden?", da antwortete der Morsumer gleichgültig:
„Ehe wir noch nicht einen Sturm erlebten, Herr Baumeister, kann man darüber nichts sagen."

Und über diese Antwort ärgerte Bremer sich noch mehr als über das sonst übliche Schweigen. Keinen Sturm erlebt – er meinte, abgesehen von dieser letzten Woche, in diesem Sommer noch nicht einen windstillen Tag erlebt zu haben. Immer sauste und heulte es über der Menschen Köpfe. Jeder Tag hatte sein Gewitter gebracht, und hinter jeder Gewitterwolke steckte, wie die Sylter sagten, eine Mütze voll Wind. Freilich hatte noch nicht einer von ihnen für diese Luftbewegungen das Wort „Sturm" in den Mund genommen, aber die Flut war doch tagtäglich so hoch gestiegen, daß er selten innehalten konnte, worauf er doch seinen Arbeitsplan aufbaute: während der ganzen Hohlebbe, nämlich von drei Stunden vor, bis drei Stunden nach Niedrigwasser, im Watt zu arbeiten. Jetzt erst war dies möglich – und wie prächtig wuchs der Damm! Der feinste Sand sank vorschriftsmäßig innerhalb der Buschdämme zu Boden und auch vom Klei setzte sich mehr, als er nach den Erfahrungen des Frühsommers hoffen durfte, zwischen den Faschinenwänden ab. Wenn dies Wetter nur bis zum Herbst hin so bliebe –

– bald aber stach die Sonne wieder, bald zog sich wieder Wasserdunst über den Himmel – die Gewitter kehrten zurück und mit ihnen die hohen Wasserstände.

Gleichzeitig aber, als ob sie in geheimem Zusammenhange ständen, fingen die Auslandskurse wieder an zu klettern. Das war allerdings nur eine optische Täuschung, in Wirklichkeit war es die deutsche Mark, die weiter ins Bodenlose sank, nachdem die Londoner Konferenz resultatlos verlaufen und das von Deutschland erbetene Moratorium von seinen Gläubigern abgelehnt worden war. Aber für Bremer blieben die Folgen die gleichen: er mußte allnächtlich über Lohnlisten, über Wasserzuschlägen und über Prämien für schwierige und gefährliche Arbeiten grübeln – wozu noch die Not kam, daß er zwischen schwierigen und gefährlichen Arbeiten nicht immer sachgemäß zu unterscheiden verstand; ihm war das Wasser unter allen Umständen ein feindliches Element.

Die kleinen Westerländer Banken konnten ihm das Geld nicht mehr liefern, das er für seinen Lohntag brauchte. Er mußte sich die Millionen- und Milliardenscheine in Postpaketen kommen lassen. Er mußte endlich seinen Buchhalter nach Hamburg

schicken, von dort die nötigen Papiermassen im Handkoffer einzuholen — und wenn er am gleichen Abend noch seinen Arbeitern die Gelder auszahlte, hatte ein neuer Kursbericht die Werte schon wieder verschoben. Es kam zu Ärger mit den Kantinenwirten, es kam zu Schlägereien unter den Arbeitern selbst, nicht unter den Morsumern. „Wenn die Krippe leer ist, beißen sich die Hengste", sagten sie und zogen vor, sich selbst zu bewirtschaften. Sie hatten alle tüchtige Hausfrauen daheim, und wenn die Frau gut haushält, wachsen bekanntlich die Schinken am Balken. Sie verachteten die Festländer ein wenig, am meisten die städtischen Arbeiter; es gab keine Gemeinschaft zwischen ihnen.
Zu alledem kam für Bremer die Unsicherheit der eigenen Lage. Vorm Jahr hatte die Reichsbahn ihre Kriegsschäden soweit überwunden, daß sie wieder an aufbauende Arbeit hätte denken können. Da kam als Folge des Versailler Vertrages die Abgabe der elsaß-lothringischen Bahnen mit allem Material — es kam die Besetzung des Ruhrgebietes mit ihren, für die Reichsbahn besonders harten Folgen. Seitdem schwebten Verhandlungen über die Umwandlung der Staatsbahnen in ein kaufmännisches Unternehmen. Bremer suchte sich darüber klarzuwerden, in welcher Art seine eigene Stellung sich dadurch ändern mußte. Aber er hatte kein Geld, sich selbst die Fachzeitschriften zu halten; hatte auch keine Zeit, etwa Geliehenes gründlich durchzulesen. Einmal fuhr er nach Flensburg hinüber, als dort ein Vortrag über diese Fragen angekündigt wurde. Doch der Vortragende bewies nur, daß diese ganze Umwandlung einfach unerlaubt sein würde und deshalb gar nicht stattfinden könnte — aber Heinrich Bremer war nun schon so weit zum Sylter geworden, daß er bei der Heimfahrt nur ernüchtert dachte: „— und wenn sie diesen Herrn nicht erst fragen, sondern über unsere Köpfe hinweg handeln? Wie sollten wir uns dann einstellen? Das hätte ich lieber erfahren! Was wird dann aus mir und meiner Arbeit? Wird eine Bahngesellschaft, die rein nur vom kaufmännischen Standpunkt aus den Damm beurteilt, ihn noch bauen wollen? — bauen können —?"

All seine Sorgen trug Heinrich Bremer, wenn er gerade auf Sylt war, gern ins Morsumer Pfarrhaus. Er konnte hier der größten Teilnahme sicher sein, denn Pastor Eschels verfolgte die Fortschritte am Dammbau nicht weniger eifrig wie Bremer selbst und fand immer ein ermunterndes Wort für ihn; seine Bedenken sprach er nur seiner Tochter gegenüber aus.

„Ich fuhr gestern übers Osterley", sagte er und raufte mit allen zehn Fingern seinen struppigen weißen Haarschopf, „das Wasser kochte unter mir — wie wollen sie es nur bändigen? Je näher sie von beiden Seiten heranrücken, je enger der Durchgang wird, desto stärker natürlich die Strömung. Bremer hat ganz verständig Dämme angelegt, um die Spüler vorm Versanden zu bewahren — zwei Kilometer lange Dämme in Summa, die allein einer starken Kolonne bedürfen, um sie zu bewachen. Trotzdem kommen täglich fast Dammbrüche vor — und dabei Tag für Tag diese hohen Wasserstände — jetzt im Sommer — es ist rein wie verhext —"

„Cäcilie Hansen!" sagte seine Tochter lachend, und als Heinrich Bremer am Abend kam, neckte sie auch ihn damit: „Können Sie wissen, was Cäcilie alles vermag? Lebt sie doch ganz noch nach den alten Hexenregeln: Sei hier und da und überall — bring' jeden, nur nicht dich zu Fall!" Dann aber reichte sie ihrem Gast die Käseschüssel und lenkte das Gespräch in andere Bahnen: „Auch das Rezept zu diesem Käse mag so alt sein wie die Hexenbeliebungen, vielleicht tausend und etliche Hunderte von Jahren. Es ist ein gebackener Käse, wie Sie ihn wohl nirgend sonst mehr finden als gerade hier in Morsum; schon die Archsumerinnen wissen nicht mehr das rechte Maß zu treffen. Ja, mein Herr Baumeister, Ihr Damm wird manch jahrtausendalten Brauch vernichten und diesen Käse auch. Keine Hausfrau wird sich mehr die Mühe seiner Bereitung machen, wenn sie „etwas Ähnliches" bequemer und billiger aus der Westerländer Molkerei beziehen kann. Etwas Ähnliches aber ist nicht so gut, und es gibt Augenblicke, wo ich die Abneigung der Morsumer gegen Ihr Werk durchaus mitempfinde —", und sie schaute ihn vorwurfsvoll an.

„Für mich aber gibt es Augenblicke, wo ich an der Vollendung des Dammes selbst zweifle", rief Bremer aus. „Verraten Sie mich nicht, ich spreche hier ganz im Vertrauen" – und er begann und erzählte ihnen von seinen Nöten, von dem eingespülten Baggergut, das nicht zwischen den Buschdämmen sich halten lassen wollte; von seiner Sorge um die Verwandlung der Staatsbahnen; von den Schwierigkeiten, die ihm die fortschreitende Entwertung der deutschen Mark in jeder Woche neu bereitete: „1913 wurden im Reichstag 12 Millionen für den Dammbau bewilligt, das schien eine ungeheure Summe. Gestern zahlte ich mehr als das Hundertfache an meine Arbeiter als Wochenlohn. Wie lange soll dies so weitergehen?"

„So lange", entgegnete Eschels ohne große Erregung, „bis wir das Niveau der Weltmarktpreise erreicht haben, denn vorläufig hat die Mark im Inland immer noch mehr Wert als im Auslande; so lange, bis Arbeiter und Beamte begriffen haben, daß sie bei immer weiter steigenden Zahlen dadurch doch nicht mehr Werte in die Hand bekommen, und sie endlich selbst keine Zulagen mehr fordern werden; so lange, bis die Reichsbank dem Reich seinen Kredit beschränken und die Notenpresse stillegen wird; so lange, bis – nun, bis sich der Frosch so weit aufgebläht haben wird, daß er schließlich platzt. Fragt sich nur, ob er dann noch am Leben bleiben wird."

Bremer seufzte. „Ihnen scheint dies alles genau so klar und selbstverständlich zu sein, wie es Rasmus Claasen auch ist. Immer weiß er noch etwas aus dem schwindenden Gelde herauszuholen, gestern ein Paar neue Stiefel, heute neues Handwerkszeug, morgen ein neues Rohrdach, wie er mir schon ankündigte."

„Er ist auch nicht umsonst mein Neffe", schmunzelte Eschels selbstzufrieden, „und meine Schwester Lene ist eine gescheite Frau, wenn sie auch die Stalltür verriegelt, sobald Cäcilie Hansen vorübergeht. Wenn ich ihnen als Pastor predigen muß: ‚Wo Geld ist, da ist der Teufel!', dann antworten sie als echte Morsumer: ‚Und wo nichts ist, da ist er zweimal!' Und die Papierlappen sind schlimmer als nichts. Da haben Sie recht, Bremer, aber weshalb wollen Sie sich über den Damm unnötige Sorgen machen? Vielleicht kommen wir ohne Stürme durch, bis Sie die Verbindung vom Osterley zum Festland geschafft haben, und dann können Sie von dort mit soliderem Material nachschieben."

Aber der Trost verfing nicht recht.

„Ohne Stürme", wiederholte Heinrich Bremer jämmerlich, „haben wir nicht tagtäglich einen Sturm nach dem andern?"
Peter Boy Eschels lachte lauthals, und auch Gondelina konnte ein lustiges Zucken der Mundwinkel nicht verbergen.
„Sie lachen", fuhr Heinrich Bremer fort, „aber mir ist's ernst genug. Ihre Neffen haben mich unterrichtet, daß es bei Windstärke 8 erst anfinge stürmisch zu werden. Daraufhin schlug ich ‚Windstärke 8' nach und fand, daß die Luft dann eine Bewegung von 17,3 Meter in der Sekunde vollziehe. Ich bin überzeugt, das tut sie hier dauernd."
„Diese neuen Nachschlagewerke taugen nichts", meinte Peter Bleik Bun verächtlich. „In meiner Kindheit lernten wir, daß man bei Windstärke 8 das Schiff wohl noch führen kann, aber nur mit dreifach gerefftem Marssegel. Ja, da weiß man, was das ist! Freilich bin ich selbst nicht mehr zur See gefahren, aber das Gefühl davon habe ich doch noch von meinem Vater geerbt. Was Sie als Durchschnitt hier erlebten, mag etwa Windstärke 4 gewesen sein, wo ein Vollschiff mit allen Segeln 5 bis 6 Knoten macht. Das äußerste, Mitte Juni vielleicht, Windstärke 6, wo Sie mit einfach gerefften Mars- und Bramsegeln immer noch gut durchkommen. Bei Windstärke 8 möchte ich nicht für Ihren Damm verantwortlich sein, wenn Sie die Verbindung mit dem Festlande noch nicht sicher haben. Bei Windstärke 10 laufen Ihnen Barthels sämtliche Seekühe über seine Fenne."
„Aber Sie haben die Verbindnug mit dem Festlande bald sicher, nicht wahr?" schob Gondelina Eschels gutmütig ein, da sie sah, wie sehr ihres Vaters Aufklärung ihren Gast bedrückte.
„In zehn bis vierzehn Tagen treffen der Kleiwall vom Festlande und der gespülte Damm östlich des Osterley zusammen", antwortete Heinrich Bremer, aber er wagte nicht, die Eschels zu fragen, was denn aus dem Dammteil westlich des Osterley, eben auf „Barthels Kuhfenne" werden sollte; ihm klang immer noch des Alten Wort im Ohr: „der nimmt sich da aus, wie die Flagge auf der Mistkarre" — Kinderspielzeug, Narrenkram!
Aber er wollte sich doch einen Windmesser anschaffen. —

18

Am Sonntag fuhr Heinrich Bremer in seinem kleinen Motorboot allein nach Barthels Kuhfenne hinüber. Er wollte einmal allein dort sein, ohne die Arbeiter, ohne den ganzen Betrieb um sich zu haben. Er wollte objektiv über sein Werk urteilen – und wählte doch unbewußt den verlogensten Tag, den die Nordsee ihm nur bieten konnte. Alles Gewittergewölk hatte sich unter den Horizont geduckt. Freundlich strahlte die Sonne vom lichtblauen Himmel, den nur wenige weiße Wolkenschiffe belebten. Still lag das Meer. Kaum ein Windhauch kräuselte seine blanke Oberfläche, und nur die ewig lebendige Dünung von Ebbe und Flut brachte etwas Bewegung darein, hob und senkte den glatten Spiegel. So still war die Luft, daß von der Kantine am Klanxbüller Lagerplatz deutlich die Schläge des großen Gong herüberschallten, der zum Mittag rief; es war eine Achse mit zwei Eisenbahnrädern, die der Wirt dort aufgehängt hatte, und die, mit dem Hammer kräftig geschlagen, einen weithin dröhnenden Klang gaben. So still war die Luft, daß der Rauch der Bagger und Saugschuten, deren Maschinen auch sonntags in Gang gehalten wurden, wie eine dunkle Wolke auf dem Watt lag, die nur langsam – langsam gegen Norden abzog. Dabei war die Sonne wohl warm, doch nicht lästig heiß, und eine kühle Frische stieg vom Wasser auf. Und zu alledem kam, daß die Kurse drei Tage lang sich fast auf dem gleichen Standpunkt behauptet hatten, und daß Bremer gestern abend zum erstenmal ein paar seiner Arbeiter, die aus Süddeutschland stammten, beim abendlichen Heimweg hatte singen hören – und daß die Norddeutschen dazu schwiegen und dies Geräusch nicht ungern mitzunehmen schienen.

Dies alles ergab, daß Heinrich Bremer diesen Sonntag als einen wahren Festtag empfand, wie eine Lösung von atemraubender Hetzjagd, und daß sein Werk sich ihm auch im Feiertagsgewande darstellte. Merkwürdig hoch war der Wasserstand auch heute noch. Vor drei Wochen hatte diese Sandbank, genannt Barthels Kuhfenne, bei Niedrigwasser oft weithin trocken aus dem Watt geragt, und der Damm darauf hatte wie auf festem Lande gelegen. Heute quatschte es unter jedem von Bremers Schritten, als er sein Boot festgemacht hatte und nun vom Damm aus auf den

Wattenboden hinunterstieg. Aber der Damm selbst ließ sich hier doch stattlich an. Die Sohle war in fünfzig Meter Breite angelegt, und die eingespülte Baggermasse lag gut und fest, nach Norden zu freilich besser als nach Süden, wo die abziehende Ebbe doch immer wieder viel mitnahm; auch waren hier die Buschdämme wieder auseinandergedrückt, verschoben sich — wenn die Kurse nur stetiger bleiben würden, konnte er vielleicht in dieser Woche wieder öfter selbst ins Watt hinauskommen, um den Arbeitern auf die Finger zu sehen.

Doch dieser Sonntag blieb der letzte stille Tag. Am Montag wurde bekannt, daß die deutschen Vorschläge zur Regelung der Reparationszahlungen wieder abgelehnt waren. Deutschland mußte wieder Gold, mußte Devisen kaufen, mußte seine Mark verschleudern, der Dollar sprang auf 1 650 000, am Dienstag auf 3 300 000 — und Dienstag abend war eine gewitterige Schwüle in der Luft nicht mehr zu verkennen. Der Mittwoch war grau in grau. Die Woche blieb so. Immer stand das Wasser hoch, ob auch der Wind sich still hielt, und von der Arbeit bei Hohlebbe mußte wieder am Anfang und Ende je eine Stunde gestrichen werden. Die Arbeit im Watt ermüdete jetzt sogar die Sylter. Die Luft drückte. Sie erschien Bremer von einem Tag zum andern mehr mit Wassergehalt durchsetzt. Schwer atmeten die Männer, wenn sie sich in ihren hohen Stiefeln über den weichen Boden schleppten. Mühsam war, die Richtung der Lahnungen innezuhalten, wenn das Wasser vom Himmel rann und man in der Dunkelheit dieser unnatürlichen Sommertage kaum hundert Schritt weit zu sehen vermochte. So viel wie irgend möglich stand Bremer hier mit dem Kompaß in der Hand neben den Arbeitern, unaufhörlich messend und mahnend: „. . . etwas mehr nordwest — etwas stärker nach südost umbiegen —"

„Sie sind auch schon ganz zum Sylter geworden und wissen nichts mehr von rechts und links", meinte Hannes-Hannes.

Ja, Heinrich Bremer verwuchs immer mehr mit seiner Arbeit, lebte gleich den Syltern mitten im Watt, fing an, gleich ihnen das Kommen und Gehen von Flut und Ebbe mit den Nerven zu spüren. Mit den Sinnen mehr als mit dem Verstande lebte er sich in diese eigentümliche und schwermütige Landschaft ein. Es kam ihm nicht zum Bewußtsein, daß es das Knirschen der Ankerketten am „Loki", dem großen Bagger, war, das ihm die steigende Flut kündete — neben dem unaufhörlichen, heulenden Kreischen des gewaltigen Ungetüms würde er dies Knirschen auch kaum willensmäßig haben ausmachen können. Irgendwie aber reagierten seine Sinne noch darauf. Auch hätte er nicht in Worten angeben können, wie sich die Färbungen des Wassers änderten, je nachdem, ob es kam oder ging — und doch handelte er ganz unwillkürlich diesen Erkenntnissen zufolge. Er roch den Wind, der aus Südwesten kam — er atmete anders, wenn dieser sich nach Norden drehte. Den Ostwind, den hatte er lange nicht mehr geschmeckt — er wußte kaum noch von ihm, der am günstigsten für seine Arbeit war.

Der Dollar stieg weiter auf 3 — 4 — 5 Millionen. Dann hielt ihm die deutsche Mark wieder stand. Aber nun ließ auch Bremer sich nicht mehr täuschen. Das Blut hämmerte in seinen Schläfen. Sein Herz lag ihm wie ein Fremdkörper in der Brust. „Sie sehen nicht gut aus, Herr Baumeister", sagte Max Milian Meiners, der Sanitäter, und Bremer widersprach ihm nicht.

Meiners war nun auch der Sylter Kolonne angeschlossen. Er kam aus Archsum, lahmte ein wenig, trat kurz, wie die Sylter sagten, und hatte deshalb den Krieg auch als Sanitäter mitgemacht. Er war ein besonders geschickter Buhnensetzer. Seine Vornamen hielten Bremer sowohl als auch Pastor Eschels für einen kurzgetretenen Maximilian, aber er schwor darauf, daß es ein uralter friesischer Name wäre und hatte seinen Sohn auch nur Milian taufen lassen.

„Uralt!" brummte Pastor Eschels. „Bevor 1864 die Österreicher Sylt von den Dänen befreiten, ist der Name Milian nicht in einem einzigen Kirchenbuch der Insel zu finden; danach aber zunächst immer nur in Verbindung mit Max."

Diesen Max Meiners hatten die Sylter zu ihrem Arbeiterrat gewählt. Bremer verstand die Wahl nicht recht, denn Meiners hatte eine schwere Zunge und war weit weniger ein Mann des Wortes als etwa Rasmus Claasen. Aber er merkte bald, daß die Sylter selbst dem wunderlichen Mann eine besondere Achtung bewiesen.

19

Am folgenden Sontag, dem letzten im August, saß Bremer nachmittags in seinem Zimmer bei Cäcilie Hansen, der Dorfhexe. Sie hatte ihm soeben das Kaffeegeschirr abgeräumt und ihm dabei mitgeteilt, daß sie über acht Tage nun schon im Besitz ihres Fünfzigdollarscheines sein würde. „Möge er ihr gestohlen werden!" dachte Heinrich Bremer trotz der sonntäglichen Feierstimmung, aber er wußte selbst nicht, wer die dazu nötige Dummheit aufbringen sollte, denn jedermann in Morsum wußte, daß Cäcilie Hansens Fünfzigdollarschein der einzige seiner Art im Dorf war; und so wandte er sich christlicheren Gedanken zu.

Er saß am Fenster, hatte alle Schreibereien beiseite gekramt und das kleine griechische Testament vorgenommen, das ihn in den Krieg begleitet hatte und von dem er sich seitdem nicht mehr trennte. Gedankenlos schlug er es dort auf, wo es von selbst schon sich aufblätterte, und die nüchterne Klarheit des Römerbriefes lenkte ihn von der allzu nahen Gegenwart der Hexe wohltuend ab. „Die brüderliche Liebe untereinander sei herzlich. Einer komme dem andern mit Ehrerbietung entgegen —"

Da wurde ihm Max Milian Meiners gemeldet. Bremer sah auf den ersten Blick, daß der Mann erregt war, und wappnete sich mit Geduld, denn in der Erregung fand Meiners schwerer noch als sonst die rechten Worte.

„Was ist?"

Meiners setzte zunächst vergebens an, dann, da er Bremers Geduld spürte, wurde er selbst auch ruhiger, und kündete dem Baumeister an, daß er und die andern Sylter am Montagmorgen nach dem Festlande hinüberstaken wollten, um die Woche über am dortigen Damm zu arbeiten.

„. . . nur nicht mehr auf Barthels Kuhfenne."

Bremer wollte auffahren, aber sein Blick fiel auf das Buch neben seiner Hand — „Einer komme dem andern mit Ehrerbietung entgegen" —, er bezwang sich und fragte ruhig nach dem Grunde.

„Wir trauen dem Wetter nicht."

„Die andern Sylter haben im vorigen Herbst bei schlechterem Wetter und höheren Wasserständen noch im Watt gearbeitet."

„Das war normales Herbstwetter. Jetzt aber ist es nicht normal.

Wir alle haben so etwas noch nicht erlebt. Gewitter sind gefährlich, denn sie sind unberechenbar."
Heinrich Bremer schwieg. Der Mann sprach nicht unehrerbietig, und doch empfand Bremer einen starken Widerstand des Willens — stärker als er ihn je bei Rasmus Claasen empfunden. Rasmus Claasen hätte er vielleicht jetzt besiegen können —
„Weshalb eigentlich wählten Ihre Genossen Sie zum Arbeiterrat?" fragte er aus dieser Empfindung heraus unwillkürlich, und da Meiners ihn erstaunt ansah, fügte er hinzu: „Die beiden Claasen zum Beispiel waren doch schon so viel länger beim Dammbau beschäftigt."
Meiners Blick wich ab und ging über den skizzenhaft gezeichneten Plan des projektierten Bahndammes, den Heinrich Bremer sich mit Reißnägeln an die Wand geheftet hatte — mehr um die grellbunte Tapete etwas zu verdecken, als um sein Arbeitsfeld auch hier vor Augen zu haben.
„Weil —", sagte Meiners, und wieder mußte er zweimal ansetzen, ehe das Wort verständlich wurde: „Weil ich der einzige von uns bin, der wirklich Mut zum Werk hat."
„Mut hat Rasmus Claasen doch auch. Er ist der erste draußen, der letzte, der zurückgeht."
„Ich meine nicht das Wasser, Herr Baumeister."
Aber Bremer war zu müde, weiterzuforschen, seine Gedanken gingen wieder zu seinem Werk zurück.
„Je schlechter das Wetter, desto notwendiger ist es doch, den Damm auf Barthels Kuhfenne noch nach Möglichkeit zu festigen."
„Ach, darauf kommt es doch nicht mehr an."
„Wie meinen Sie das?"
Die Schultern des Mannes bewegten sich unbehaglich unter dem schwarzen Sonntagsrock. „Es ist jetzt eben gefährlich —"
„Wenn Sie nicht mehr im Watt arbeiten wollen —"
„Wohl wollen wir im Watt arbeiten", unterbrach ihn Meiners hastig. „Nur nicht mehr auf Barthels Kuhfenne. Östlich vom Osterley gern; da hat man doch die Verbindung mit dem festen Lande."
„Wenn Sie nicht mehr auf Barthels Kuhfenne arbeiten wollen", nahm Bremer seinen angesponnenen Satz wieder auf — „wird

auch keine andere Kolonne dort mehr zu halten sein." Doch da Meiners hierauf überhaupt nicht antwortete, sondern nur von einem Fuß auf den andern trat, als wäre jetzt genug geredet und er wünschte das Gespräch zu beenden, fuhr Bremer nach kurzem Überlegen fort: „So wird es nötig sein, daß ich auch wieder mit hinüberkomme. Können Sie mich morgen mitnehmen? Wann fahren Sie ab?"

„Beim ersten Tageslicht, sonst kommen wir vor Niedrigwasser nicht mehr hinüber."

„Also um vier Uhr etwa am Boot. Auf Wiedersehen, Meiners."

Der Mann schob sich zögernd zur Tür hinaus, und Heinrich Bremer blieb bewegungslos auf seinem Platze sitzen. Ein krankes Gefühl der Mutlosigkeit war in ihm. Wenn die Sylter ihn im Stich ließen, was sollte dann aus dem Teil des Dammes werden, der ohne Verbindung mit festem Lande auf Barthels Kuhfenne lag? Blieb er so über Winter, dann würde jede Flut von seinen ungeschützten Enden abspülen, bis nichts mehr übrigbliebe.

„Ich hätte sie zwingen müssen — ich hätte sie zwingen müssen —", dachte er, zornig gegen sich selbst. Aber er wußte ja, daß er überhaupt keine andere Handhabe besaß als Arbeitsentlassung. Und die versagte den Syltern gegenüber. Sie waren Herren auf ihrem kleinen Besitz, und wenn er sie gehen ließ, trug sein Werk den Schaden davon, sie aber waren nur um etliche Packen dieser schlechten Geldscheine ärmer.

Sein Blick fiel wieder auf das kleine Buch, und er las weiter: „Haltet euch nicht selbst für klug. Ist es möglich, so viel an euch ist, so habt mit allen Menschen Frieden."

20

Auch Peter Eschels sah das schlechte Wetter kommen; er sah es an dem grauen Ton von Himmel und Wasser, der unnatürlich bleifarbig wirkte. Und Gondelina, die Landfremde, spürte es in allen Nerven. Wie Bremer, so hämmerte auch ihr das Blut in den Schläfen, und das Herz lag ihr wie ein toter Fremdkörper in der Brust. Jeder Gedanke, für den sie sich Klarheit erzwingen wollte, schmerzte, jede Bewegung kostete Anstrengung.

„Böses Wetter im Watt — böses Wetter im Dorf!“ sagte Peter Eschels sorgenvoll. „Freilich hat Holm-Peters damals bei der Abstimmung über die Bahnlinie eine öffentliche Niederlage erlitten. Nun hinterher aber rumoren seine Worte doch noch in den Herzen weiter. Meinert Claasens Äußerung ‚mag sein, daß der Wattendamm nie gelingen kann!‘ gilt vielen heute als ein Trost, und wenn das böse Wetter jetzt alles bisher Gebaute vernichten wollte, so würden sie dessen froh sein. Ich entbehre seinen Bruder bitterlich.“
Denn nach Volquarts Tode war Meinert Claasen zum Gemeindevorsteher gewählt, der hinkte nach beiden Seiten. Sein Gefühl zog ihn zu Peter Eschels, dessen lebendige Zukunftswünsche ihn heimlich lockten; sein Verstand aber konnte sich gegen Holm-Peters Beweisführung nicht verschließen, denn Meinert war auch Bauer wie er; war ganz Bauer, und nicht wie Volquart in seiner Jugend durch städtisches Leben gegangen. Er wußte, daß der Landwirt auf dem Festland jetzt abhängig geworden war von den Mächten der Börse und des Großhandels. Und Pastor Eschels, der ihn von innerer Unruhe getrieben, jetzt manchmal um nichtiger Vorwände willen aufsuchte, mußte es ihm selbst bestätigen. Meinert saß lange nachdenkend.
„So hat Holm-Peters recht?“
„Er hat recht!“ sagte Eschels — da fiel ein Schatten durchs Fenster, und der, von dem sie sprachen, trat ins Haus. Meinert öffnete ihm die Stubentür. Cornelius Peters stutzte, als er Eschels gegenüberstand, und grüßte ihn mit Zurückhaltung, so daß Eschels der Wunsch ankam, diese Gegnerschaft zu besiegen.
„Ich sagte soeben, daß Sie recht haben, Peters, in allem, was Sie seinerzeit gegen den Dammbau anführten“, begann Eschels und schob sich wieder in die Fensterbank zurück, daraus er aufgestanden war, den andern zu grüßen. „Ich weiß wohl, daß der festländische Landwirt keine Ruhe mehr kennt, daß seine Freiheit, seine Unabhängigkeit dahin und er nicht mehr sein eigener Herr ist. Was Deutschland an Landwirtschaft hat, wird von den Riesenernten Australiens und Kanadas erdrückt. Hat der Bauer eine gute Ernte, der Großhandel, die Börse, halten die Preise niedrig, so daß er keinen Vorteil davon hat. Und eine schlechte Ernte bringt ihn in Schulden. Bisher war der Sylter Bauer von dieser Sklaverei

noch frei. Der Badebetrieb der Westdörfer brauchte all seine Produkte, und mehr als das, und die schlechte Verbindung mit dem Festland, mit den Handelszentren bewahrte ihn vor der Gleichmacherei, die von allen Seiten an ihn herandringt."

Holm-Peters antwortete nicht, sah Eschels nur spöttisch an. Besorgt blickte Meinert Claasen von einem zum andern.

„Und dennoch bist du für den Damm, Pastor?"

„Ich halte ihn für unvermeidlich."

Holm-Peters Blick wurde finster; der Spott wich daraus, Haß stieg langsam auf.

„Wenn wir einig wären –"

„So würde auch dies uns Morsumern nicht nützen. Die Westdörfer würden uns immer überstimmen. Müßten es auch, denn wenn der Damm nicht gebaut wird und diese Verbindung über Dänemark beibleibt, und beibleibt, daß alle Gäste, die auf die Insel kommen, vorher in Hoyerschleuse eingesperrt werden, dann muß der Besuch bald abflauen. Die Badeorte sind abhängig vom Damm, die Sylter Landwirtschaft abhängig von den Badeorten. So sehe ich die Sache –"

Damit stand Eschels auf und verabschiedete sich. Er merkte, daß sogar Holm-Peters im Augenblick nichts zu erwidern wußte, und wollte die Wirkung seiner Worte nicht abschwächen. „Er haßt mich", dachte er im Fortgehen, „ich darf ihn nicht beschämen. Nur der Unterliegende haßt –"

Inzwischen sagte Meinert Claasen drinnen in der Stube: „Auch der Pastor hat recht, Cornelius."

Holm-Peters zuckte die Achseln.

„Worin denn? Darin, daß wir zwischen dem einen und dem andern zerrieben werden? Am Damm gehen wir zugrunde, das ist sicher. Wenn der Badebetrieb abnimmt, braucht Westerland doch immer noch Futter."

„Auch dann, wenn allmählich alle Städter dort wegziehen und nur die Sylter noch bleiben? Ich sehe wohl, was Eschels meint, und mich dünkt, er hat recht. Wir müssen wohl vom Festland lernen, müssen intensiver wirtschaften."

„Intensive Wirtschaft, das heißt, daß wir unsere Jungs auf die landwirtschaftlichen Schulen schicken müssen. Intensive Wirtschaft, das heißt: Maschinen! Lohnen die auf unsern kleinen

Bauernstellen? Und kann dein Hof vielleicht die ersten Ausgaben tragen? Meiner nicht."
Meinert Claasen seufzte schwer.
„Wo aber siehst du denn noch einen Ausweg?"
„Wenn wir einig wären –", wiederholte Holm-Peters halblaut.
Meinert sah erstaunt auf. „Ich verstehe nicht –"
In den Augen des andern glomm ein böses Licht.
„Wir Morsumer haben die meisten Arbeiter draußen – wenn wir alle einig wären – und verschwiegen –"
„Dazu biete ich meine Hand nicht!" rief Meinert Claasen entsetzt. „Wenn eine Sturmflut käme, ja, ich weiß nicht, ob ich nicht Gott dafür danken würde –"
„– doch selbst zu handeln, ist nicht deine Sache, ich weiß. Nun, vergiß meine Worte, sie waren wohl nicht so ernst gemeint, wie du sie nimmst. Deine Freundschaft mit dem Pastor gibt dir ein krankes Gewissen."

21

Baumeister Bremer machte gar nicht den Versuch mehr, die andern Arbeiter auf Barthels Kuhfenne zu halten. Er gab einfach bekannt, daß alle Kolonnen ohne Ausnahme vorerst an dem Dammteil zwischen dem festen Lande und dem Osterley zu beschäftigen wären. Der Techniker Scholz sah ihn groß an, aber es war etwas in Bremers Blick, daß Hannes-Hannes nicht weiter zu fragen wagte.
Es war, seit der Kleidamm vom Festlande aus mit dem Spüldamm östlich des Osterley zusammengetroffen war, ein kleines Schmalspurgleis auch auf den gespülten Damm vorgetrieben. Darauf ließ Bremer nun auch Klei in Trockenförderung vom Festland her zum Osterley bringen, suchte dadurch die äußerste Dammspitze vor allem zu festigen, denn das Watt hatte hohen Wasserstand, und das Osterley führte eine gefährliche Strömung, die breithin fegend alles mitriß, was nicht eigenen Halt hatte. Aber Bremer ließ Scholz die Arbeit ausführen. Er selbst saß im Büro und rechnete.
Der Dollar stieg in dieser Woche von der fünften zur sechsten,

von der sechsten zur siebenten Million. Der Himmel sank immer tiefer auf die Erde herab. Unaufhörlich lag leises Grummeln in der Luft, das sich gegen Abend zu kurzen, aber kräftigen Gewittern steigerte, verbunden mit starken Regengüssen und hohem Wasserstande, obgleich der Wind nicht einmal besonders heftig war. Am Mittwochabend ging Heinrich Bremer noch einmal allein den Damm ab. Ein Gewitter war kurz vorher über das Watt gerollt. Nun war es nach Norden hin abgezogen, aber die Luft blieb schwer und schwül. Bremer atmete mit Mühe. Wenn er hier nicht jeden Fußbreit des Geländes mit dem Tastsinn hätte erfühlen können – seine Augen hätten ihm nicht zu sagen vermocht, wo er sich befände. Vollkommen undurchsichtig lag die Nacht vor ihm. Sternenlos der Himmel, mondlos. Schwerdunkel das Vorland, das grenzenlos in die finstere Schwärze des Wattenmeeres überging. Einmal zuckte noch Wetterleuchten. Das Licht des Kampener Leuchtturms auf Sylt kämpfte kraftlos gegen die Dunkelheit, die fast etwas Körperhaftes hatte. Einmal klang der klagende Ruf eines Regenpfeifers durch die dicke Luft. Das Dröhnen der Brandung hinter Westerland lag Bremer im Ohr, ohne daß er doch hätte sagen können, ob er es in Wirklichkeit hörte, oder ob er sich etwa durch das Rauschen des eigenen erregten Blutes im Gehörgang täuschen ließe.
Nun stand er an der Spitze des Dammes, wo die Sylter heute gearbeitet hatten. Er mußte vorsichtig tastend die Kuppe umgehen, denn der frischgeschüttete Klei lag noch nicht gleichmäßig. Unter ihm rauschte das Osterley, ein tintenschwarzes Wasser in dieser dunklen Nacht. Jenseits davon lag Barthels Kuhfenne – lag der Dammteil, den er nicht mehr schützen konnte, seit die Sylter ihn im Stich gelassen. Er griff in die Tasche, holte seine kleine Laterne hervor und knipste sie an – nur um sie, beschämt ob dieses lächerlichen Beginnens, sogleich wieder auszuknipsen – es war, als ob ein Glühwürmchen gegen die Hölle anleuchten wollte. Er stand und suchte seine Blicke in diese schwarze Finsternis einzubohren. Vergebens. Nicht einmal die genaue Höhe des Wasserstandes konnte er mit den Blicken ausmachen. Er legte seinen Stock an die Dammböschung und fühlte dann mit der Hand, wie weit er naß geworden war. Dann ging er heim. Mitternacht war vorüber, als er sich auf sein Strohlager warf.

22

Wenige Stunden später erwachte er von einem Donner, der dumpfgrollend über sein niedriges Pappdach dahinrollte. „Schon wieder ein Gewitter!" dachte er verzweifelt, riß die Augen auf und sah in flammende Röte — „brennt es?" Dabei aber war er schon wieder eingeschlafen, und als er sich endlich ermunterte, fand er seine Kammer dunkel wie bei erstem Tagesgrauen. Als er aber nach der Uhr sah, mußte er feststellen, daß er erheblich über die gewohnte Zeit hinaus sich versäumt hatte. Hastig kleidete er sich an und ging zur Kantine hinüber, wo er schon niemand mehr beim Frühstück fand. Als der Wirt ihm seinen Kaffee brachte, rauschte ein plötzlicher Regenguß hernieder, und ein erster Windstoß rüttelte an den dünnen Wänden.

„Wir hatten auch ein gefährliches Morgenrot heute vor Tag", meinte der gesprächige Wirt. „Ein hohes Morgenrot gibt niedrige Segel, sagen die Sylter. Wenn ich mein Dach reffen könnte, würde ich es auch tun, es fliegt mir noch mal davon. Herr Baumeister müssen sich das einmal ansehen —"

„Heute habe ich keine Zeit."

„Braucht ja auch nicht heute zu sein. Nein, heute werden Herr Baumeister wohl den Damm inspizieren müssen. Wer nicht beten kann, muß zur See gehen, sagen die Sylter. Ha wohl, da lernt sich's —"

Bremer schluckte den letzten Bissen herunter und entrann ihm. Als er über den Außendeich stieg, sprang ihm der Wind entgegen, daß er sich kaum auf der Deichkuppe halten konnte. „Welch ein Orkan!" dachte er — und glaubte im gleichen Augenblick Pastor Eschels ruhigspöttisches Lächeln zu sehen: „Orkan? Höchstens Windstärke 5—6!" Trotz der immer noch schwülen Luft schauerte Bremer vor Kälte, denn sein Gummimantel war im Laufe dieses Sommers nicht besser geworden, und zu einem neuen Paar Wasserstiefel hatte das Gehalt auch nie gereicht. Er grub die Hände tief in die Taschen und hastete weiter — nun auf den eigenen Damm hinaus.

Seit jenem Donner, der ihn bei Morgenrot aufweckte, hatte er weder Blitz noch Donner mehr gemerkt. Aber das Getöse des nun in voller Wucht ausbrechenden Windes schlug ihm auch auf die

Ohren, und seine Augen waren durch den niederstürzenden Regen untauglich gemacht; wie eine graue Wand stand er ihm entgegen. Die Wolkenberge aus Westen wälzten sich regenschüttend über die dampfende See — ein Horizont war nicht zu erkennen — doch noch ein anderes kam ihm entgegen: eine Kolonne der Arbeiter mit „Hunden", diesen kleinsten niedrigen Förderwagen ohne Seitenwände, die bis ans Dammende hin den Verkehr mit dem Festland vermittelten. Aber die Hunde waren nicht leer, wie sonst, wenn sie von draußen hereinkamen, sondern hochbepackt mit Geräten aller Art. Der Kolonnenführer trat zu Bremer:
„Herr Scholz hat angeordnet, daß wir noch retten, was irgend zu bergen ist."
Bremer nickte nur und eilte weiter — nun traf er Wagen voll Reisig, die wohl heute früh zum Buschfelde hinausgefahren und nun von Scholz wieder zurückbeordert waren. Die Leute hatten ihre Arbeit heute früh also ordnungsgemäß begonnen und waren nur durch das Gewitter vertrieben. Diese Erwägung beruhigte ihn.
Dann traf er Scholz selbst.
„Die Sylter rieten mir, abzubauen —", und es schien Bremer, daß immer einer die Verantwortung von sich ab und dem andern zuzuschieben trachtete.
„Wo sind die Sylter?"
„Am Dammkopf."
„Und was schaffen Sie hier weg?"
„Nur was noch nicht festliegt natürlich —"
„Dann sollten wir wohl auch das schwimmende Material nach Möglichkeit noch aufs Vorland ziehen?"
Der Wind riß ihm das Wort fast vom Munde; heulend fuhr er über ihn hin. Heinrich Bremer kämpfte sich weiter. Je weiter er aber kam, desto mehr Leute fand er noch bei der Arbeit. Sie festigten mit Drähten, mit Sandsäcken, Buschwerk, Pfählen, was irgend noch nicht sicher erschien. Aber er schickte doch zwei Kolonnen noch hinter Scholz drein, damit sie beim Bergen des schwimmenden Materials helfen sollten.
Kurz vorm westlichen Dammende, in dem noch ungeschützten Teil des Spülfeldes, mitten im unruhigen Kabbelwasser des Flutwechsels, arbeiteten noch drei Kolonnen: die Wiedingharder, die Husumer, die Sylter. Arbeiteten so gleichmäßig, so sachlich, so

unentwegt wie an jedem gewöhnlichen Werktage. Als einer der Werkführer Bremer bemerkte, kam er zu ihm herauf.
„Wir verlegen noch die zwanzig Loren Trockenklei", berichtete er, „und decken sie provisorisch mit Buschwänden ein. Hält's dann doch nicht, schützt es vielleicht den Dammkopf."
Bremer stieg nun auch ins Spülfeld hinunter. Das Wasser quatschte in seinen undichten Stiefeln. Nun sah er wohl, was die Leute beabsichtigten, eben den Dammkopf nach Möglichkeit noch zu schützen — wovor? Das Wasser war noch im Fallen. Was erwarteten die Sylter nach dem nächsten Gezeitenwechsel? Er mochte nicht fragen.
„Schneller! Schneller!" sagte er heiser zu dem Mann, neben dem er zufällig stand, doch der antwortete, ohne aufzusehen: „Nur beste Arbeit kann nützen", und knüpfte den Draht mit peinlicher Sorgfalt.
Es war Max Milian Meiners — und drüben hinterm Osterley, hinter der scharf nach Süden zurückreißenden Strömung, hinter den fast waagrecht ihm entgegenstehenden Regenschleiern lag Barthels Kuhfenne — lag der Dammteil, den er nicht mehr schützen konnte, seit die Sylter dort die Arbeit gekündigt hatten.
Bremer trat neben Rasmus Claasen, der eben die kleine Ramme einstellte, um die Pfähle, die das Buschwerk hielten, noch fester in den weichen Wattenboden zu treiben.
„Windstärke sechs?" sagte Bremer fragend, und Rasmus antwortete mit schmalen Lippen:
„Sieben!" sah auf, und da er den Baumeister erkannte, setzte er wie tröstend hinzu: „Wir arbeiten über die Mittagsschicht hinweg, so lange es noch irgend geht."
Niedrigwasser — ja wohl, so tief stand es nun, wie es heute voraussichtlich nicht noch einmal fallen würde, und doch noch immer über halber Normalfluthöhe. Die Leute arbeiteten schweigend — ruhig und doch ohne eine Sekunde zu säumen.
Mittag — das Wasser begann wieder zu steigen. Das verbreiterte Osterley brandete schon stark gegen den vorgeschobenen Dammkopf, auf dem Bremer stand; bei Hochwasser mußte das Watt darüber hinweggehen, denn an keiner Stelle noch hatte der Damm die Höhe erreicht, die für den vollendeten Bahndamm vorgesehen war.

Zwei Stunden nach Mittag gaben die Leute ihre Arbeit auf. Die Loren waren leer; was noch zu festigen möglich war, schien nun gesichert. Der Werkführer der Husumer Gruppe kam zu Bremer:

„Wir fahren jetzt zurück, die Maschine steht unter Dampf —"

„Ich müßte sie zwingen zu bleiben", dachte Bremer, und wußte doch, daß er keine Macht dazu hatte — wußte auch, daß Menschenhände hier nichts mehr nützen konnten. Laut sagte er: „Gut, fahren Sie nur."

Der Werkführer sah ihn verwundert an.

„Jee, Sie müssen doch mitkommen, Herr Baumeister."

„Ich komme zu Fuß nach — beeilen Sie sich, Ihre Leute warten. —"

Unwillkürlich folgte der Mann Bremers Worten, ging eilig den andern nach — einen Augenblick schauten die drei Werkführer noch zu dem Baumeister zurück — einer zog seine Uhr —

23

Heinrich Bremer war allein. Gedankenlos blickte er den abziehenden Arbeitern nach, und das halbe Hundert stämmiger Männer schien ihm im treibenden Sturm nicht anders, denn ein Wirbel welker Blätter; ehe sie den leeren Lorenzug noch erreicht hatten, waren sie ihm schon außer Sicht gekommen, so tief hingen die Wolken.

„Kriegsende!" dachte Heinrich Bremer. Es war jetzt, in diesem Augenblick, der Wind nicht einmal so sehr stark, aber die Luft so schwer, daß er sich auf einen vorstehenden Balken setzte, weil er glaubte, die Last nicht mehr tragen zu können. Doch dann kam von Westen her ein heulender Ton übers Wasser, der ihm einen Schauer durch sein krankes Herz jagte, und ihn wieder auftrieb. Er durfte hier nicht bleiben. Ihm wäre nicht leid gewesen, wenn die Wellen ihn mitnähmen, aber er war doch nicht der Mann dazu, wissentlich Selbstmord zu begehen — und Selbstmord wäre, wenn er hier noch länger säumte.

Nun wieder Stille — doppelt beängstigend, so daß er sich unwillkürlich nach menschlicher Nähe umschaute. Aber er war allein, und nichts verband ihn mehr mit seinen Mitmenschen als dieser Damm, sein Werk, das sich nun gegen einen anstürmenden Feind bewähren sollte.

Da er sich umsah, bemerkte er, daß der westliche Horizont sich gelb färbte. Was bedeutete dies? In Westerland mußte jetzt doch schon beinah Hochwasser sein. Hellte der Himmel sich dort auf? Würde die schlimmste Gefahr damit schon vorübergezogen sein? Doch wieder kam der heulende Ton, der ihn so erschreckte. Der klang nicht, als käme die Flut im Westen schon zum Stehen. Er raffte sich auf und schritt so schnell aus, wie er es auf dem unsicheren Boden vermochte. Nach zehn Minuten etwa sah er sich wieder um. Da hatte die gelbe Färbung des Himmels schon das Watt erreicht, wie kochende Erbsensuppe sah das Osterley aus; dahinter war es unsichtiger noch als vordem. Dies war nicht aufklärender Himmel, dies war Hagel – Hagel im August? Bedeutete das nicht wieder, daß die Luft elektrisch geladen war?

Nun schlug der Hagel auf ihn herab. Nicht gefährlich, denn die gelbe Wolke zog nördlicher an ihm vorbei. Aber es prasselte auf der Wasserfläche ringsum, als würde mit Maschinengewehren geschossen. Danach, als die Wolke abgezogen war, stürzte sich der Sturm mit Gewalt auf ihn, wie ein Raubvogel auf eine wehrlose Beute. Er stemmte den Schlickstock mit dem breiten Korkstück am untern Ende fest gegen den weichen Boden, und indem er es tat, dachte er mit Schrecken: „Dies alles ist ja viel zu weich, ist weichlich, wie Deutschland in seinen vierzig Friedensjahren geworden war – wie soll dieser Damm dem Sturm widerstehen?" Freilich bildeten die Buschdämme im Innern ein zähes Geflecht, und was an der Außenseite abgespült würde, das konnten der Bagger Loki und sein treuer Spüler wohl bald wieder ersetzen. Wie aber, wenn nicht nur die Außenseite abgespült werden würde? Wenn das Geflecht selbst riß? Wie war es denn mit Deutschland? Hielt das zähe Geflecht im Innersten zusammen? „Oder sind, darauf wir stehen, nur noch nutzlose Trümmerreste?" Heinrich Bremer fragte es laut, er war wie im Fieber –

Denn dies war nun wirklich Sturm, der hinter der gelben Hagelwolke gesessen – jetzt verstand er auch, weshalb die Sylter noch nicht einmal dies Wort auf die Luftbewegungen des letzten Winters und des heurigen gewitterreichen Sommers angewandt hat-

ten! Als der graue Riese, der ihm im Nacken saß, ihm eine Atempause gönnte, blieb er noch einmal stehen und blickte sich scheu um. Der Regen flutete jetzt hernieder, doch der Sturm trug ihn waagrecht übers Watt, und was Bremers Gesicht traf, schmeckte ihm salzig, wie die Brandung am Westerländer Strande. Heulend hatte der Sturm sein Lied begonnen. Pfeifend blies er den Wassern zum Tanz, und sie folgten ihm, wie das Ungeziefer einst dem Rattenfänger von Hameln. Die Wellen tanzten züngelnd um die noch so flache Kuppe des Dammes, bald würden sie darüber hinausgreifen — Bremer schritt schneller wieder aus, er hatte nicht die Absicht, sich von der Flut mitnehmen zu lassen. Immer weicher wurde der Boden unter ihm, als söge er selbst schon Wasser. Doch der Sturm war hinter ihm drein, schob und trieb ihn — er brauchte nur gegenan zu halten.
Als er schon über dem festen Vorland war, fühlte er, daß er vom Deich her beobachtet wurde. So blieb er noch einmal stehen, bückte sich, prüfte mit dem Stock die Festigkeit der Dammsohle nach Süden zu, dann die der weniger gefährdeten Nordseite, wo die Wasserfläche immer noch ruhig blieb, nur schnell und gleichmäßig stiegend.
In der Ecke, da sein Damm auf den Festlandsdeich stieß, fand er ein Dutzend Arbeiter, die hier unter Windschutz sich zusammengeballt hatten und in das Wetter hinausschauten. Es waren einige von der Wiedingharde, ein paar Sylter und der lange Zimmermann aus Husum, der Quartalssäufer, der aber heute so nüchtern war, wie nur einer von ihnen. Bremer sprang zu ihnen hinunter.
„Ist das Motorboot auch weit genug aufs Vorland gezogen?" fragte er, nur um etwas zu sagen, und ein paar der Männer trabten ab, danach zu sehen. Er schickte einen Jungen zum Kantinenwirt, daß er ihm ein paar Butterbrote holte.
„Fehlt noch eine gute Stunde bis Hochwasser, Herr Baumeister", stotterte Max Milian Meiners gutmütig, „Sie können noch in Ruhe Mittag essen, ehe das Schlimmste kommt."
„Kein guter Trost, Meiners, daß Sie noch Schlimmeres erwarten. Kann doch auch manchmal das Bessere eintreffen, nämlich, daß die Flut vor Hochwasser schon zum Stehen kommt."
Niemand antwortete. Es war klar, daß keiner unter diesen Män-

nern das heute mehr hoffte. Heinrich Bremer aß seine Butterbrote und wartete. Alle warteten, und er schickte sie auch nicht an ihre Arbeit.

Der lange Husumer schien Augen zu haben, die durch die Regenwand hindurchsehen konnten.

„Der Loki treibt", sagte er nach einer Weile, und jeder wußte, daß auch die Spüler und Schuten zu treiben begännen, wenn des großen Baggers vierfache Anker nicht mehr standhielten in dem weichen Wattenboden.

„Jetzt macht er Dampf auf" — und auch Bremer wußte, daß der lange Zimmermann damit den Schlepper meinte, der sich hinter den Damm verkrochen hatte, und nun doch wieder ausfuhr, den Loki vielleicht noch nach Munkmarsch zu bringen.

Längst lag der Damm unter Wasser, aber die blanke Linie, die seinen Verlauf anzeigte, war immer noch klar und ungebrochen. Wenn das Wasser nun zum Stehen käme und danach wieder abzöge —

Doch es kam nicht zum Stehen. Bremer hielt seine Uhr in der Hand, äußerlich ruhig, innerlich krank vom Warten. Die Stunde des Hochwasserstandes kam und ging vorüber — das Wasser stieg dennoch weiter, stieg den Festlandsdeich empor, trieb die Männer einen Schritt um den andern hinauf. Die blanke Linie des Dammes wurde undeutlicher.

Und dann kam, worauf sie, ohne es selbst zu wissen, alle gewartet hatten: stand weit im Süden mitten aus der unruhigen Wasserfläche eine graue Wand auf, eine wälzende Woge, und gleichzeitig sprang der Wind, der bisher aus Westen gekommen, nun auf Südwest zurück und stürzte mit der springenden Flut zugleich sich auf Damm und Deich. Ein Donnern, Krachen, Brausen füllte die Luft — nicht aber ebbte die Welle dann wieder zurück, sondern blieb auf gleicher Höhe, jede folgende überrannte sie noch, sprühte auf gegen die Kuppe des hohen Deiches, brandete rückflutend auf die nächste — ein schäumender Wirbel entstand, wie Heinrich Bremer ihn bisher nur am Westerländer Strande gesehen, eine Brandung der ganzen Länge des Deiches entlang, die seine Kuppe in Gischt hüllte.

Die Leute griffen nach Stangen und Bootshaken, und Bremer griff auch zu, denn es begann zu treiben, was dem Deich gefährlich werden konnte: Balken und Pfähle, die von der Flut gestoßen, dem Deich Wunden verursachen konnten; losgerissene Boote, die geborgen werden mußten; Strandkörbe, vielleicht von Föhr; ein Baum mit grüner Krone und dicken Ballen von Erde im Wurzelwerk; totes Vieh; Schollen von Rasenland, Tang, Algen und Seegras — ganze Inseln von Heu — zerrissene Netze —

Stunde um Stunde arbeiteten sie so, ohne daß doch die Höhe des Wasserstandes oder die Stärke des Sturmes irgend nachgelassen hätten —

„Denn dies ist doch Sturm?" schrie Heinrich Bremer seinem Nebenmann zu.

„Windstärke zehn", antwortete der trocken.

Rasmus Claasen, der etwas vor und unter ihnen stand, wandte sich um.

„Die Böen elf", sagte er mit schmalen Lippen. Ihm gehörte tiefliegendes Land im Südosten der Morsumer Marsch. Da gingen im Sommer seine Kühe. Da war auch sein Vater ertrunken, als er — zu spät — sein Vieh retten wollte. Ob die Frauen es heute wohl früh genug heimgeholt hatten?

Die Dämmerung machte die Arbeit schwierig. Die Dunkelheit würde sie bald unmöglich machen — da schrie der Husumer Zimmermann laut brüllend auf, daß die andern es durch das Donnern des Sturmes hindurch hörten — deutete mit langen Armen in die Dunkelheit hinaus — wo ein schwarzer Körper sich formlos vom südlichen Westhimmel abriß.

Ein Schiff —? ein Wrack —? Bis der Zimmermann selbst als erster die Lösung fand:

„Eine dachlose Wohnschute vom Husumer Wasserbauamt!"

Sie stiegen fast bis an die Brust ins Wasser hinab, als sie nun der Schute entgegengingen, um sie mit Stangen und Haken abzufangen. Bremer, der auf der Deichkuppe stehengeblieben war, weil er sich zu diesem schwierigen Unternehmen nicht sicher genug fühlte, sah, daß auch die Wände der Schute eingedrückt waren und daß sich oben in dem Gebälk noch ein dunkler Klumpen Menschen eingehängt hatte. Und er ging den Männern nach, bis sie weiter nördlich die Schute am Deich verankern konnten. Als er sie weider erreichte, hörte er die laute und muntere Stimme des Hans Schmidt aus Morsum:

„All vier noch am Leben –" und als Antwort darauf eine matte Frage:
„Nur vier? Wir waren sechs."
Plötzlich aber sah er, wie das Wasser fiel – fiel ruckweise unter seinen Füßen die Dammböschung hinab, und während er noch an eine Täuschung seiner müden Sinne glauben wollte, hob unter ihm ein Wiedingharder das Gesicht gegen Nordost, und da war etwas wie Furcht in den harten Zügen des Mannes:
„Deichbruch!" und Bremer fühlte, was der Wiedingharder nicht aussprach: „Geb's Gott, nicht bei uns daheim!" Las die Worte aus dem Blick, der gegen Nordost durch die Dunkelheit hindurch den eigenen Hof zu erspähen trachtete.

24

Wie Heinrich Bremer hiernach heim und in sein Bett gekommen war, wußte er anderntags nicht mehr. Er schlief in dieser Nacht, wie damals als H. Riebeck in dem kleinen Hotel. Er wachte aus diesem Schlaf auf – wußte wieder, wer er war – wußte wieder, was geschehen – in seinem Kopf hämmerte wieder die Angst vor dem Wahnsinn.
„Nicht denken und grübeln jetzt, nur handeln!"
Als er aus seiner Baracke heraustrat, um zur Kantine hinüberzugehen, war die Luft still und lau. Durch einen bläßlich blauen Himmel strahlte eine matte Sonne. Eine Lerche mit versetzten Frühlingsgefühlen trillerte hoch über ihm. Wo aber war die Kantine? Er stand und starrte auf das Bild vor ihm, das nur zu deutlich die Spuren des gestrigen Sturmes zeigte. Die Frau des Wirtes trat ihm entgegen – war er gesprächig, war sie geschwätzig.
„Findet sich schon alles wieder, Herr Baumeister, und bei dem schönen Wetter können Sie wohl auch in freier Luft frühstücken, gelle? Ja, das war ein Angehen, als uns das Dach davonne flog und der Regen mir in die Kochtöpfe schlug – gut, daß Mittag vorbei war! Nach dem ersten Schrecken konnten wir wohl wieder lachen, und geschlafen haben wir drüben im Kohlenschuppen bei unserm Holz – nur der arme Miersch! Ob der je wieder lachen wird?"

Miersch war einer der Techniker.
„Was ist mit ihm?" fragte Bremer schwerfällig.
Die Frau schlug die Hände zusammen: „Das wissen Sie nicht? Dort hinten schlug unser Dach zu Boden und gerade auf den Miersch und hat ihm die Schädeldecke aufgerissen, und der Scholz und Kunje Bossen haben ihn doch in der Nacht noch im Auto nach Flensburg gebracht –"
„Halt den Herrn Baumeister nicht auf, Frau", tönte die Stimme ihres Mannes aus irgendeinem Trümmerhaufen hervor.
„Gewiß weiß er, hat doch selbst Herrn Scholz mit ihm weggeschickt –" und kroch, ein teilweiser Schornsteinfeger, unter Balken heraus. „Jee, Herr Baumeister, reffen konnte ich mein Dach nicht mehr –"
Er lachte und die Frau lachte auch, aber Heinrich Bremer fühlte wieder das Grauen vor dem Versagen seines Gedächtnisses und wandte sich ab.
„Wo kann ich Kaffee trinken?" und saß bald an seinem gewohnten Frühstücksplatz in der Kantine, nur daß er kein Dach überm Kopf hatte und die Mädchen ihm das Geschirr einfach durch die eingedrückte Küchenwand hinausreichten. Während er noch dasaß, kam Rasmus Claasen:
„Nun haben wir das Flachboot klar."
Bremer sah ihn erstaunt an.
„Was soll damit?"
„Weil das Motorboot doch abgetrieben ist und der Maschinenmeister den Arm gebrochen hat –", sagte Claasen unsicher.
„Gut, gut, ich komme!"
„Vor einer knappen halben Stunde wird noch kaum genug Wasser sein, Herr Baumeister, wir haben es ans Dammende gebracht –"
Heinrich Bremer winkte ihm, zu gehen, und blieb dann allein in dem dachlosen und teilweise auch wandlosen Raum, der ihn doch immerhin vor neugierigen Blicken schützte. Er stützte den schmerzenden Kopf in die Hand und suchte sich über die Vorgänge des gestrigen Spätabends klarzuwerden, aber das Letzte, darauf er sich besinnen konnte, war die Bergung der vier Mann aus der angetriebenen Wohnschute. Einen Augenblick lang schlief er wieder, dann schreckte er auf in dem Gefühl, daß Rasmus Claasen

ihn erwartete. „Am Dammende", hatte der gesagt. So stand der Damm also noch?
Aber als Heinrich Bremer sich nun aufraffte, den Lagerplatz, der nur mehr ein Trümmerfeld war, überquerte, und dann den Deich erstieg, von dessen Kuppe er das Watt überschauen konnte, fand er nicht den Mut, auch nur den Kopf zu heben. Über das feste Vorland lief der Kleidamm und dann noch etwa hundert Meter weit ins Watt hinaus. Danach?
Er stieg über Balken und Pfähle, geriet in Seetang und Wiesenheu, das, von der salzigen Flut geschwärzt, hier in dicken Ballen umherlag. Er ging den Kleidamm entlang, auf dem das kleine Gleis der Lorenbahn noch lag, aber verschoben und verbogen, zum Teil in der Luft schwebend, weil die Erde darunter weggespült war; teilweise geknickt und zusammengesackt, ohne daß Bremer doch erkennen konnte, ob es in der Dammsohle noch einen Halt fände.
Am Ende dieses Kleidamms lag das Sylter Flachboot, in dem die beiden Claasen und Meiners ihn erwarteten. Er grüßte sie freundlich, stieg zu ihnen ein und schaute gleich ihnen schweigsam auf die graue Schlickfläche hinaus, durchsetzt und überrieselt schon von unzähligen silbernen Wasserschlangen, die schnell näherkrochen. Das Boot lag in einer dunkleren Ader, die sich eher füllte als ihre Umgebung. Als es sich dann allmählich hob, stakten die Männer los, zunächst den Windungen der Wasserader folgend etwas nach Süden hinaus – nun einer andern folgend wieder zum Damm zurück.
Niemand sprach. Kein Geräusch ringsum als das gleichmäßig leise Rieseln und Rinnen der steigenden Flut und das taktmäßige Ansetzen und wieder Einziehen der stakenden Stangen. Bald trug die Dünung das Boot über die eben noch trockenen Stellen des Watts – nun konnten sie schon ohne Rücksicht auf die Wasseradern oder Prielen geradeaus gen Westen fahren, an den Erhöhungen entlang, die kennzeichneten, was gestern Heinrich Bremers Damm gewesen.
Die Männer wandten ihm, stakend, den Rücken. Er ballte die Hände zu Fäusten und zwang sich, kühl prüfend die Strecke zu überblicken. Soweit der Kleidamm über das feste Vorland noch lief, war der untere Teil der Böschung gepflastert, und hier hatte

er nicht mehr gelitten als jeder neue und noch weiche Deich bei einer solchen Flut naturgemäß leiden mußte. Darüber hinaus aber hatten die härter aufschlagenden Wellen den Belag aus Grassoden abgerissen, hatten sich in den nackten Dammkörper eingewühlt — soweit er aus trocken gefördertem Klei bestand, hatte er dennoch zusammengehalten —

Danach aber kamen die Buschdämme und Faschinen, die nur mit dem durch den Loki gewonnenen Baggergut eingespült waren, und dies Gemisch von gespültem Klei und feinstem Sande war von den strömenden Fluten einfach wieder mitgenommen worden. Streckenweise hielt das Geflecht noch in sich, hielt auch noch Inseln von Baggergut zusammen — als Ganzes genommen war der Damm vernichtet. Was aber noch vorhanden war, das hatte treibenden Auswurf der See aufgefangen: Wracktrümmer, Buhnenpfähle, zerschlagene Boote, Seegras, Algen, Wiesenheu — alles aber durchsetzt und verfilzt von den Buschwänden, die nicht standgehalten, sondern von der Flut des gestrigen Nachmittages ausgegraben waren. Kurz vorm Osterley lag der kleine Eimerbagger, der nun in der Föhr-Dagebüller Fahrtrinne beschäftigt gewesen, mitten im Spülfeld. Als das Sylter Boot vorüberstakte, hob sich eine Luke, ein Gesicht schaute heraus und verschwand wieder.

Im Osterley selbst sah es am wüstesten aus: in dem schlechten Ankergrund hatten die Anker der sämtlichen Geräte nicht gehalten; Trossen und Ketten waren gerissen. Spüler, Bagger, Dampfer, Spül- und Transportschuten waren nach Norden abgetrieben und hatten, treibend, die starken Dukdalben und Spülgerüste zerknickt, die Rohrleitungen durchbrochen. Die Spülleitungen waren in ihrer ganzen Länge, über einen Kilometer weit, vernichtet. Die Rohre zum größten Teil ganz weggespült.

An dem Trümmerfeld auf dem Lagerplatz hinterm Deich hatte Heinrich Bremer die Gewalt des gestrigen Sturmes ermessen können; hier an der Liegestelle der schwimmenden Güter gewann er den Blick für die Kraft erregter Wasserfluten. „Wer nicht beten kann, soll zur See gehen" — wer hatte das doch gestern noch zu ihm gesagt?

Barthels Kuhfenne, die Sandbank hinterm Osterley, aber zeigte sich heute wieder als eine gleichmäßig graue Wasserfläche, eine tanzende und hüpfende graue Fläche, aus der vereinzelt kleine und eine größere Insel herausragten. Ohne zu fragen, hielten die Leute auf diese größere Insel zu. Die große Ramme hatte sich hier kopfüber in den Damm eingebohrt, hatte ihn erhalten, indem sie mancherlei Treibgut auffing und um sich sammelte. Ein halbes Rohrdach hatte als aufrechte Wand gegen Süden den Ansturm der Wellen gehemmt, das Abfließen des leichten Spülgemischs verhindert.

„Solche Wand hätten wir vor dem ganzen Damm haben müssen", brummte Geik Claasen. Es war das erste Wort, das fiel, und auch hierauf antworteten die andern Sylter nicht. Heinrich Bremer empfand, daß es aus Rücksicht auf ihn geschah, und so sagte er selbst:

„Da haben Sie recht, Claasen, und wenn wir Proviant mitgenommen hätten, würde ich gern über Hochwasser hier bleiben, um die Wirkung der Flut an dieser Wand zu beobachten."

Es hatten aber die Brüder Claasen Brot und Kaffee mitgenommen und zeigten sich bereit, Meiners und den Baumeister daran teilnehmen zu lassen. So machten sie an der Insel fest, und nachdem sie gegessen, stieg Bremer aus, um, auf der großen Ramme stehend, über die senkrechte Wand hinweg das weitere Steigen der Flut zu beobachten. Die Sylter streckten sich inzwischen im Boot aus. Sie waren wohl eines Steinwurfs Weite von ihm entfernt, aber die Stille hier draußen so, daß Bremer jedes Wort verstehen konnte, als Gleik Claasen, ehe er einschlief, noch lachend zu Meiners sagte:

„Hast du nun immer noch Mut zu diesem Werk?"

Vielleicht dachte er, Bremer würde seinen Spott nicht hören. Vielleicht aber auch war ihm das Subordinationsgefühl, das dem Sylter überhaupt nur als dünne Haut über dem natürlichen Menschen lag, beim Anblick des verwüsteten Dammes gänzlich geschwunden — Meiners antwortete nicht, aber Heinrich Bremer verstand nun plötzlich, in welcher Art Meiners „Mut zu dem Werk" gehabt hatte. Und er fühlte doppelt die eigene Enttäuschung.

„Schlagt den Kerl doch einfach tot!" dachte er bitter; „untüchtig, untauglich hat er sich erwiesen — weshalb lebe ich noch?" Aber er stand und starrte auf die schnell und erregend steigende Wasserfläche und machte sich Notizen und blieb, bis endlich die Flut zum Stehen kam.

25

An Land erwartete der Baurat Pflüger vom Wasserbauamt Husum das Flachboot, denn man hatte ihm gesagt, daß Bremer damit hinausgefahren sei.
„Sie sind ein Neuling hier an der Wasserkante", sagte er gutmütig, als er Bremers Gesicht sah. „Was wollen Sie denn? Sie haben nach altbewährten Methoden gearbeitet, und diese Methoden haben hier versagt — nicht Sie! Auch ich habe noch keine solche Flut erlebt —"
„Wahrhaftig?"
„Ist eine alte Wahrheit, daß jede böse Flut noch höher kommt als ihre Vorgängerin. Studieren Sie die alten Warften, sie haben immer mehrere Schichten, die anzeigen, daß die alte Höhe für die neue Flut nicht mehr zureichte. Woran das liegt —" Der Baurat zuckte die Achseln.
Sie saßen in Bremers Baracke und sprachen den Stand der Dinge durch. Heinrich Bremer erstattete genauen Bericht über das, was er draußen gefunden hatte; er war viel zu bedrückt, um nur irgendein beschönigendes Glanzlicht auf seine Zeichnung aufsetzen zu können. Aber der Baurat nahm den Bericht mit Gleichmut auf.
„Würden Sie denn wünschen können, daß diese Flut ein Jahr später gekommen wäre, wenn wir noch etwelche Milliarden oder Billionen da hineingesteckt hätten?" fragte er. „In gewisser Hinsicht kommt das ganze Unglück noch ganz geschickt. Nun räumen wir hübsch ordentlich auf zum Winter und warten bis zum Frühjahr ab, was aus unserer Mark wird. Entweder glückt's, die feste Währung zu schaffen —"
„— oder?" fragte Bremer, da der Baurat augenscheinlich keine Absicht hatte, seinen Satz zu vollenden. Der rieb sich die Nase.
„Wenn's zum Staatsbankrott kommt, fliegt der Dammbau sowieso auf, ganz gleich, wie weit er dann gefördert wäre. Weshalb aber den Teufel an die Wand malen?" —

Und wenige Tage später kam auch Pastor Eschels aus Morsum, und auch er sagte, als er Bremers Gesicht sah:
„Sie sind ein Neuling hier im Watt, und auch ich habe noch keine solche Flut erlebt." Machte sich's gemütlich und erzählte, was die Flut auf Sylt angerichtet hatte: Die Claasens hatten sechs Schafe verloren und viel Land, und Max Milian Meiners seine Schwiegereltern; seine kleine Tochter, die den Großeltern nachgelaufen, als die alten Leute die Kuh hereinholen wollten, die hatte der Schlachter aus Wenningstedt noch geborgen, aber als er die beiden Alten dann auch noch holen wollte, waren die schon weggesackt. „Nur Ihre Freundin Cäcilie Hansen lebt einen guten Tag! Gestern hat sie ihre monatlichen Dollars aus Amerika bekommen, nun ist der Fünfzigdollarschein voll. Es gibt auch noch Freudenfeste auf dieser häßlichen Erde."
Aber wenn Heinrich Bremer sich auf diese Mitteilung hin auch ein blasses Lächeln abzwang, so antwortete er doch ehrlich:
„Vorläufig ist Cäcilie stärker als ich." –

26

Der Tag nach dem großen Sturm war der letzte Sommertag des Jahres. Unmittelbar danach, am ersten Septembertage, rückte der Herbst ein und schlug Dauerquartier auf. Grau und tot lag die Landschaft unter stetem drisselndem Regen oder kaltem Seenebel. Nirgend ein Ausblick. Nicht einmal wieder ein klarer Sonnenstrahl.
Der September verging. Der Oktober kam. Das Wetter wurde immer schlechter. Eine durchdringend nasse Kälte füllte Bremers Baracke. Der kalte Regen lief gleichmäßig und unermüdlich vom Himmel herab. Eng war der Horizont, nur eine Schattenlinie zwischen dem Grau der Luft und dem Grau des ewig unruhigen Wassers. Darin standen die Bagger, die Dampfer und Schuten wie verwischte Tintenflecke; ihr Rauch verzerrte ihre Umrisse. Dauernd hohe Wasserstände hinderten die Aufräumungsarbeiten. Denn das war, was Heinrich Bremer noch zu tun übrigblieb: Aufräumen, Bergen, Retten, was noch aus dem allgemeinen Trümmerfeld zu retten war.

Dabei litt er an unaufhörlichen starken Kopfschmerzen und durfte seine Leute doch nicht merken lassen, wie ihm zumute war. Max Milian Meiners kam zu ihm:
„Ehrlich, Herr Baumeister, halten Sie hiernach den Dammbau überhaupt noch für möglich?"
Und Heinrich Bremer antwortete – unehrlich, gegen die eigene Überzeugung:
„Jedes Ding ist unmöglich so lange, bis es endlich möglich wird. Ich entsinne mich noch aus meiner Kinderzeit, daß von Zeppelin nicht anders als dem ‚verrückten Grafen' gesprochen wurde."
„Sie meinen also, wir brauchten den Spaten noch nicht im Damm stecken zu lassen?"
Bremer sah ihn fragend an, er wußte nicht recht, was der andere meinte. Meiners drehte seine Mütze rund und rund, ihm fiel immer schwer, sich erklären zu müssen.
„Früher hatte man hier das Spatenrecht", sagte er. „Jeder war für seinen Deich verantwortlich. Wer ihn nicht mehr versorgen konnte, der ließ den Spaten darin stecken. Wer den Spaten herauszog, der übernahm den Deich. Aber dem gehörte dann auch das Land. Ohne Land kein Deich. Ohne Deich kein Land."
„Und wer sollte hier unsere Erbschaft antreten, wenn wir den Spaten stecken ließen?"
„Wir würden weiterhin über Hoyerschleuse fahren."
„Also Dänemark – nein, Meiners, wir wollen den Spaten noch nicht steckenlassen. Ein Mensch, der sich selbst aufgibt, ist wert, daß er zugrunde geht – ein Volk nicht minder –"
– und lange, nachdem Meiners ihn wieder verlassen hatte, saß Heinrich Bremer noch in der kalten Dunkelheit und dachte über die eigenen Worte nach – ging Deutschland zugrunde? Denn es stand nun so um das besetzte Ruhrgebiet, daß sich der passive Widerstand, den die Bevölkerung gegen die Besetzung unternommen und der von der deutschen Regierung, wenn auch nicht befohlen, so doch gutgeheißen war, nicht lange mehr würde behaupten können. Viel war dadurch vernichtet, Werte und Existenzen – nichts gewonnen. –
Die Aufräumungsarbeiten nach der großen Flut vom 30. August 1923 führten Heinrich Bremer bis nach Dänemark hinauf. Da die große Welle und mit ihr der stärkste Strom des Tages aus

Südwest gekommen war, hatte sie viel Gerät, viel treibendes Gut nach Norden mitgerissen, und ohne das dankenswerte Entgegenkommen der dänischen Behörden wären die Verluste noch erheblich größer geworden, als sie ohnehin waren. Bei Emmerleff war das ganze Strandgut, das sich als deutsches Eigentum feststellen ließ, gestapelt, und Heinrich Bremer wurde hingeschickt, den Abtransport nach Süden zu leiten. Er fuhr mit der Bahn dorthin und verständigte sich leicht mit den Beamten, die zum großen Teil der deutschen Sprache mächtig waren. Als er in Tondern, auf einen Beamten des Zollamtes wartend, müßig durch die Straßen schlenderte, fiel ihm eine dänische Buchhandlung ins Auge, und er trat näher, die Auslage zu betrachten –

– ein bekanntes Gesicht schaute ihn an – ein Frauengesicht – eine Frauengestalt war da abgebildet, auf der ersten Seite einer illustrierten dänischen Zeitschrift. Sie saß, ein wenig vornübergeneigt, eine Hand auf der Armlehne des Sessels, die andere offen im Schoße liegend, als wollte sie sie heben und dem Beschauer grüßend entgegenstrecken. Das Gesicht leicht verkürzt von oben gesehen, in den Augen einen lächelnd fragenden Blick. In der unteren rechten Ecke des Bildes war der Stempel eines Kopenhagener Photographen, unter dem Bilde stand „Elisabeth Eickemeyer" – nichts weiter, als wäre eine Erklärung der Persönlichkeit hier nicht vonnöten.

„Verzeihen Sie, daß ich mich versäumte", sagte die Stimme des Zollbeamten neben Bremer, „nun soll's aber auch flott vorangehen – wenn Sie einsteigen möchten" – und schob ihn in das kleine Auto, das rasselnd hinter ihm hielt – „ein Schweinewetter wahrhaftig – Zigarette gefällig?"

27

Die Industrie des Ruhrgebietes erlag dem andauernden Druck. Der passive Widerstand brach zusammen. Der Micumvertrag wurde unterzeichnet – ein zweites Versailles.

Auch die alte deutsche Mark, die Papiermark, brach nun vollständig zusammen. Baumeister Bremer mußte eine Arbeiterkolonne nach der andern entlassen, weil ihm nicht mehr genug Geld für die Besoldung geliefert werden konnte, dadurch verzögerten sich die Aufräumungsarbeiten noch immer mehr. Wenn er aber die Leute abziehen sah, die doch alle gehofft hatten, einem arbeitsreichen Winter entgegenzugehen, dann lag ihm wieder der Klang im Ohr: „Schlagt den Kerl doch einfach tot — untüchtig ist er, untauglich!" Und er mußte an sich halten, daß er sie nicht zurückrief, um sie aus eigener Tasche zu besolden — aber seine Tasche war leer.

Die Schlepper hatten Bagger und Schuten, Spüler und Spülgeräte, alles schwimmende Material nach Husum abgeschleppt. Nachdem Bremer die große Ramme von Barthels Kuhfenne geborgen, übernahm die tägliche Flut dort das weitere Aufräumen. Im November schon lag die Sandbank wieder, wie sie vor Beginn des Baues gelegen, eine sanfte Erhöhung, ein Tummelplatz der Rottgänse und anderer Herbstvögel — ohne irgendeine Spur von menschlicher Einwirkung. Auch von dem Spüldamm östlich des Osterley waren nunmehr nur noch spärliche Reste zu finden. Einzig der Kleidamm hatte gehalten — und gut gehalten, soweit er über dem festen Vorland noch gepflastert gewesen war. Ihn ließ Heinrich Bremer von neuem schütten und festigen, mit Grassoden decken und seine Böschungen auch weiterhin pflastern. Als er so weit war, entließ er auch die Sylter und räumte dann noch den großen Lagerplatz binnendeichs mit den Wiedinghardern allein auf; von ihnen sollte eine Zehntkolonne als Wächter den ganzen Winter über hier bleiben. —

Diese Arbeiten zogen sich bis weit in den Dezember hinein. Inzwischen aber wurde Heinrich Bremer vom „Neubauamt Dammbau Sylt" in Husum angefordert. So wußte er wenigstens, wo er den Winter über bleiben konnte. Was danach kam? Niemand dachte mehr über die nächsten Monate hinaus. Er hatte auch schon einmal sein Gehalt in Rentenmark ausgezahlt bekommen, hatte auch in der Zeitung gelesen, daß diese Rentenmark nicht auf Goldwährung aufgebaut wäre, sondern auf den Werten der deutschen Wirtschaft. Aber sein schmerzender Kopf erlaubte ihm nicht, sich über diese Dinge wirklich klarzuwerden; er sah und beschaute die bunten Bilderchen und freute sich, daß diese Mark drei Wochen später wirklich noch die gleiche Mark war.

Dann kam der Reichswährungskommissar. Rücksichtslos stellte

er den Kurs der Papiermark im Inland den Weltmarktkursen gleich. Nahm den Dollarkurs darüber hinaus auf 4,2 Billionen an und legte gleichzeitig die Notenpresse still. In Neuyork stieg der Dollar auf 5, auf 6, auf 7 Billionen, in Köln bis auf 11. Aber diese Spekulation starb daran, daß die Zahlungsmittel dafür fehlten. Das Reich begab keine Schatzanweisungen. Die Reichsbanknoten flossen spärlich nur und scharf kontrolliert in den Verkehr. Die Rentenmark durfte nicht an Ausländer abgegeben werden. So ging der Dollarkurs wieder zurück, stand am 3. Dezember in Neuyork, am 10. in Köln gleich dem Berliner auf 4,2 Billionen Papiermark. Dadurch wurden Devisen wieder frei, die Reichsbank konnte wieder kaufen — hier war ein erster bedeutender Schritt seit Kriegsende errungen.
Heinrich Bremer begriff von alledem nur: Deutschland läßt noch nicht den Spaten im Deich stecken! Deutschland gibt sich selbst nicht auf.

28

Als die Rentenmark und die Papierbillion einen Tag wie den andern, eine Woche wie die andere den gleichen Wert behielt, daß 4,2 Rentenmark oder 4,2 Papierbillionen einen Dollar kaufen konnten, kam eines Tages Cäcilie Hansen zu Pastor Eschels. Er ahnte, weshalb sie kam, und sie tat ihm leid. Sie war grau im Gesicht, sorgenzerfressen.
„Herr Pastor", sagte sie, denn sie gehörte zu den wenigen im Dorf, die weder blutsverwandt noch verschwägert mit ihm waren und also auch nicht auf du und du mit ihm standen, was ihrem Verkehr eine gewisse Distanz gab, die den übrigen Dorfbewohnern leider Gottes fehlte. „Herr Pastor, was ist dieser Schein jetzt wert?", und sie hielt ihm ihren Fünfzigdollarschein so dicht vor die Augen, daß er ihn unmöglich hätte erkennen können, wenn er nicht auch ohnedies gewußt hätte, weshalb sie kam.
„Jee, Frau Hansen, zweihundertundzehn Billionen."
Sie wurde zornig.
„Das weiß ich als längst. Aber wenn die nicht mehr steigen, was nützen sie mir dann?"

„Kaufen Sie sich zweihundertundzehn Rentenmark dafür und danken Sie Ihrem Mann, daß er so viel Geld geschenkt hat."
Ihr graues Gesicht rötete sich, wurde kupferfarben.
„Sie freuen sich noch daran, daß ich so reingefallen bin!" schrie sie wütend, riß die Ofentür auf und wollte den Schein ins Feuer stecken. Aber Peter Boy Eschels war schneller, als sie gedacht hatte, entwand ihr den Schein und schloß ihn in seinen Geldschrank, ehe sie wußte, wie ihr geschah. Er war ärgerlich. Eine leise Schadenfreude an ihrem Pech hätte er jetzt nicht leugnen können. Die Hansens störten oft den Gemeindefrieden. Neuerdings hatte der Sohn sich eine junge Frau Hansen vom Festland heimgebracht. Die trug aber nur zufällig den gleichen Namen wie er, war eine Kriegerwitwe aus Kiel, und als Pastor Eschels dem jungen Hansen deshalb Vorhaltungen gemacht, hatte der patzig erwidert: „Wohl sind wir verheiratet, aber nur unter uns. Ihr Mann war zu guter Letzt noch zum Offizier gemacht. Da bekommt sie eine schöne Rente. Sollen wir die aufgeben, nur um aufs Standesamt zu gehen? An der Kirche liegt uns sowieso nicht ein Groschenwert."
„Geben Sie mir meinen Schein zurück!" schrie Cäcilie Hansen.
„Was wollen Sie damit?"
„Ins Feuer stecken!"
„Dazu gebe ich ihn Ihnen nicht. Wenn Sie ihn nicht mehr haben wollen, geben Sie das ordnungsmäßig zu Protokoll, und ich werde das Geld unter unsere Armen verteilen."
„Ich werde Ihnen meinen Sohn herschicken!" und Cäcilie fuhr wütend zur Tür hinaus. –
Nicht für jedermann also brachte die feste Währung, die Deutschland sich nun geschaffen hatte, angenehme Folgen. Als Heinrich Bremer nach Husum kam, war das erste, daß er sich krank melden mußte. Er ging in ein kleines Erholungsheim der holsteinischen Schweiz und schlief dort vierzehn Tage lang fast ununterbrochen. Dann war sein Kopf wieder frei, und er fühlte sich fähig, seine Lage zu überdenken. Die feste Währung war wunderschön, wenn man von dem wertbeständigen Gelde überhaupt etwas bekam. Das Reich aber kam mit seinem Kredit nicht aus, und da die Reichsbank die Notenpresse stillgelegt hatte, blieb der Regierung nichts anderes mehr übrig, als ihre Ausgaben einzuschränken.

Es wurden die Unterstützungen der Schulen, wissenschaftlichen Institute, Bibliotheken, Museen und sonstigen Bildungsanstalten eingestellt oder doch aufs äußerste beschränkt;
es wurden alle Bauten der Reichsverwaltung stillgelegt;
es wurden alle Beamten über 65 Jahre hinaus pensioniert, von den übrigen 25 Prozent abgebaut;
es wurden alle Angestellten entlassen und alle entbehrlichen Arbeiter entlassen;
es wurden die Unterstützungen der Erwerbslosen weitestgehend eingeschränkt –
Post und Bahn anheimgestellt, sich selbst zu helfen.
Und die Bahn half sich selbst, indem sie zunächst, der Reichsregierung folgend:
alle Bauten stillegte;
alle Beamten über 65 Jahre pensionierte und von den übrigen 25 Prozent abzubauen sich vorbehielt;
alle Angestellten entließ und was von Arbeitern irgend entbehrlich war –
„Sind Sie eigentlich Beamter?" fragte der Baurat Pflüger, und Heinrich Bremer mußte antworten:
„Nur für den Sylter Dammbau eingestellt." –
Es wurden von der Reichsbahn sogleich die große Mehrheit aller Angestellten und 10 Prozent der Beamten abgebaut, danach sollten weiter 5 Prozent je zum 1. Februar, zum 1. März und 1. April entlassen werden. Heinrich Bremer saß in dem kleinen „Neubauamt Dammbau Sylt" und erwartete täglich seine Entlassung; sie kam nicht. So vertiefte er sich immer mehr in die Pläne, die jetzt hier ausgearbeitet wurden, Pläne, in denen er alle Erfahrungen des letzten Jahres praktisch verwerten konnte. Und je mehr er sich darein vertiefte, desto schwerer wurde ihm der Gedanke, daß der Damm vielleicht niemals zur Ausführung kommen würde – so schwer, daß er diesen Gedanken immer weiter von sich schob und endlich im neuen Jahr ganz zu vergessen sich bemühte.
Er arbeitete hier mit dem Techniker Scholz, mit dem Buchführer vom Wasserbauamt und dem Baumeister Bahrenfeld zusammen, mit dem er sich, wenn ihnen das Glück hold sein würde, dereinst in die Ausführung teilen konnte. Sie bauten hier in Gedanken, Zeichnungen und Plänen den Damm, nicht wie er für das arme

Deutsche Reich billig genug sein möchte, sondern wie er allein nur fest und sicher stehen würde: bauten eine Spundwand nach Süden vor der ganzen Länge des Dammes, die sie mit Steinen einschütteten, mit bestem Granitschotter! Legten hinter diese Spundwand erst das von Buschdämmen durchzogene Spülfeld – nach Norden zu würden die Lahnungen schon halten, wenn nur die starke Südströmung ihnen abgedämmt würde. Spülten aber auch mit andern Methoden als im vorigen Sommer: gar zu oft waren Bremer die Spüler und alle Geräte von hohen Fluten verschoben; gar zu schwierig war es gewesen, die Liegestellen im Osterley immer wieder auszubaggern, um sie tief genug zu halten. Heinrich Bremer forderte einen Bagger an, der weiter draußen liegen konnte und in den ein Spüler gleich eingebaut wurde, legte schwimmende Rohre bis zum Spülfelde hin, die mit der Arbeit zugleich weiterwanderten – sie bauten den Damm, wie er nicht besser gebaut werden konnte – auf dem Papier, in ihren Gehirnen, bauten in leidenschaftlichem Eifer einen Bahndamm für die Ewigkeit.

Doch als Baurat Pflüger das Werk besah und mit dem Buchführer die Kosten durchrechnete – denn nun wieder feste Preise galten, konnte man jede Einzelheit genau veranschlagen –, da zeigte sich, daß dieser neue Plan den ersten um eine volle Hälfte noch verteuerte und –

„– das kann sich Deutschland jetzt nicht leisten. Das bringt die Reichsbahn nun und nimmer auf!"

29

Im zweiten Monat des neuen Jahres kam Pastor Eschels nach Husum und ins Neubauamt, wo Heinrich Bremer noch allein über einigen Privatbriefen saß; kam mit zwei nicht eben großen Handkoffern an, die aber schwer wie Eisen waren.

„Es war da eine Anzeige in der Sylter Zeitung, daß hier ein Händler altes Notgeld aufkauft, vermutlich zum späteren Weiterverkauf an Sammler. Nun bin ich hier mit unserem Morsumer Notgelde, denn fürs Einstampfen sind diese netten Bilderchen doch zu schade."

„Daß Sie sich für Ihre Gemeinde so abschleppen!"
„Ich bot mich freiwillig an", schmunzelte Eschels listig, „mich interessiert Husum so außerordentlich. Und da die Morsumer seit dem Verkauf des Pfarrackers Vertrauen zu mir haben – leider allerdings mehr zu meinen kaufmännischen als pastoralen Eigenschaften! –, so setzten sie mir 10 Prozent vom Gewinn aus, falls mir der Verkauf glücken sollte."
Er grub die Anzeige aus seiner Brieftasche, und Heinrich Bremer half ihm gutmütig, die schweren Koffer nach der angegebenen Wohnung des Händlers zu schleppen. Der aber war längst hinter Deich und Fluß, würde jetzt wahrscheinlich gerade in Bremen sein, meinte seine Frau.
„Macht nichts", sagte Eschels in unverwüstlich guter Laune; „gibt es überhaupt solche Händler, wird es deren wohl auch in Hamburg geben, und ich kann gleich weiter dorthin fahren. Heute noch? Nein, mich verlangt's nach einem guten Abendschoppen mit Ihnen. Kommen Sie, ich lade Sie auf meine 10 Prozent ein!"
Kaum aber saßen sie in einem stillen Winkel der gemütlichen Weinstube, als Peter Boy Eschels auch gleich aufs ganze ging:
„Wie steht es mit dem Damm?"
Da fiel die Mutlosigkeit über Heinrich Bremer.
„Die Reichsbahn kann ihn nicht bauen. Seit Wochen schon verhandelt der Baurat mit den Herren. Wie kann auch ein Unternehmen, das kaufmännische Gesichtspunkte vor allem vertreten soll, einen Damm bauen, der teuer werden muß, soll er stehen!"
Pastor Eschels trank schweigend.
„Wie sollte sich die Aufgabe verzinsen?" fuhr Heinrich Bremer erregt fort. „Das arme Deutschland wird nicht mehr so viel Badegäste nach Sylt schicken können wie früher das reiche Deutschland –"
„Desto mehr Passanten fürs Wochenende, wenn die Bahn erst fährt", sagte Eschels trocken, „und schließlich wird uns das aufschlickende Land manch guten Koog für die Bauern liefern. Das Landwirtschaftsministerium muß helfen."
„Tut es auch", bestätigte Bremer etwas getröstet, „die haben da wohl so allerlei Rosinen im Kuchen, weil die Landwirtschaft durch die Inflation doch gewonnen hat."

„Das ist blauer Dunst. Die Claasens müssen Vieh verkaufen, nur um die Steuern zahlen zu können — aber die Köge am Damm können ertragreich werden, das ist keine Frage; angeschlicktes Land ist wertvoller als jedes andere. Freilich: die See schafft das Land nicht, sie verlagert es nur. Was sie an Ihrem Damm schaffen wird, hat sie vorher von Sylt abgerissen — und soll dann doch so viel wertvoller werden, als die Sylter Marsch an sich ist."
„Ich verstehe von alledem nichts", rief Heinrich Bremer aus. „Ich weiß nur, daß ich jetzt einen Damm bauen könnte, der halten würde!" und fing an und erzählte, wie er sich nun den Bau dachte, mit eingeschütteter Spundwand als festem Rückgrat — und nahm die Weinkarte und zeichnete auf, was er Eschels mit Worten allein nicht klarmachen konnte.
Peter Boy Eschels aber saß und trank und seine Gedanken gingen andere Wege — und aus Peter Boy Eschels wurde immer mehr wieder Peter Bleik Bun, der alte Morsumer Bauer. Er war vor einigen Wochen Meiners begegnet, und der hatte ihn nach dem Damm gefragt. „Wenn wir ihn nicht wollen, Pastor, dann kann daraus nichts werden. Wir Menschen sind Gottes Hände. Wenn Zeppelin nicht sein Luftschiff gewollt hätte, würde Gott allein es nicht fertiggebracht haben" —
„Was haben Sie aus dem Meiners gemacht, Bremer!" sagte Eschels.
Bremer fand sich nicht gleich zurecht. Er stand mit seinen Gedanken am Osterley und suchte die Strömung zu durchdämmen. Aber Max Milian Meiners war nicht sehr weit davon entfernt.
„Meiners?" sagte er zerstreut, „was habe ich für ihn getan?"
„Sie hatten Geduld mit ihm und dadurch hat der Mann reden gelernt. Als ich ihn seinerzeit traute — es war das stumpfsinnigste Brautpaar, das ich je gesehen! Der Krieg hat ihn etwas wachgerüttelt. Aber durch den Verkehr mit Ihnen hat er erst reden gelernt, nun finden seine Gedanken den Weg zu seinen Mitmenschen — Sie hatten Geduld mit ihm. Ohne Sie gerät er ins Sinnieren. Kommen Sie zurück. Helfen Sie ihm weiter. Sie haben Geduld mit ihm!"
„Er mehr noch mit mir", murmelte Bremer und dachte an den letzten Tag auf Barthels Kuhfenne — und glitt wieder ins Osterley — „Ja, sehen Sie, Pastor, da ist noch ein Problem —" und

rechnete, wie sich die Strömung verstärken mußte, wenn er sie mit Steinschüttungen einengen würde, und erschrak vor den eigenen Zahlen und rechnete wieder –

– und Peter Bleik Bun saß neben ihm, trank und dachte: „Gott kann nichts tun ohne uns. Aber war es denn wirklich Gott, der den Damm wollte? Oder war Er es, der ihn vernichtete? Ich, Peter Bleik Bun, wünsche den Damm nicht. Vielleicht, da ich seine Folgen klarer übersehe, verwünsche ich ihn mehr noch als sonst jemand im Dorf. Und doch will ich ihn – weshalb? Ist das Gottes Stimme, die mir von ihm spricht? Oder nur meine eigene, menschliche – fluchwürdige Neuerungssucht? Was ist's, das mich treibt? Ich weiß es selbst nicht –"

„Das Profil war gut", sagte Bremer, in seine Zeichnung vertieft. „Das kann so bleiben, die Bermen 1 : 8 –"

Peter Bleik Bun legte seine Hand auf die Zeichnung.

„Ich weiß nicht, was Bermen sind, aber sagen Sie mir, Baumeister: was ist Gott?"

„Ja, wenn Sie das nicht wissen? Meines Amtes sind die Bermen!"

„So sagen Sie mir: wofür bauen Sie den Damm? Für Gott oder für den Teufel?"

Heinrich Bremer sah mit etwas besorgtem Blick auf die leeren Flaschen, die da vor ihnen standen; hatten sie die wirklich ausgetrunken?

„Wofür bauen Sie den Damm? Für Deutschland oder für Sylt?"

„Für mich", sagte Heinrich Bremer, und wollte das Wort erklären und fing wieder an, von seinem Plan zu sprechen, der in seinem Herzen lebte nicht minder als in seinem Kopf. Aber Eschels verstand ihn auch ohne Erklärung –

„So bist du dein eigener Gott", dachte er und winkte, daß eine neue Flasche gebracht werde, trank hastig und dachte weiter: „Du willst den Damm – für dich! Für mich kann ich ihn nicht wollen, denn ich brauche ihn nicht, weder so noch so. Was geht er mich an? Nur, daß ich die Macht spüre, ihn ins Werk zu setzen. Und die Macht, ihn zu hindern. In meine Hand ist er jetzt gegeben – brauche ich meine Macht? – lasse ich den Augenblick vorübergehen? Wer mir doch sagen könnte, was recht ist –" seufzte und schenkte sich ein frisches Glas ein.

„Wenn eine Frau ein totes Kind zur Welt brächte, der könnte nicht schlimmer zumute sein als mir, wenn ich meinen neuen Plan in den Ofen stecken müßte", sagte Heinrich Bremer. Peter Bleik Bun sah ihn von der Seite an.
„War da nicht ein Versprechen?"
„Mir hat niemand etwas versprochen, soviel weiß ich für sicher", antwortete Heinrich Bremer schwermütig.
„Aber uns, den Syltern, bei der Abstimmung – hee, wäre das nicht ein Spaß, wenn jetzt die Zeitungen plötzlich anfingen zu schreien: Versprochen ist versprochen! Deutschland muß sein Versprechen halten und wenn's ihm noch so sauer wird? Hee, wäre das nicht ein Pläsier?"
Was wollte der Alte?
„Ich glaube, wir sollten die Sitzung schließen, Herr Pastor!"
„Was Sie nicht alles glauben! Und von Gott wollen Sie doch nichts wissen? Wollen mir nicht sagen, ob der Damm von Gott wäre oder vom Teufel? Wollen mir nicht sagen, ob das Alte von Gott war oder das Neue von Gott sein wird? Tat Graf Zeppelin Gottes Werk?"
„Für mein Gefühl – ja, Herr Pastor."
„Und der das elektrische Licht erfand, tat auch Gottes Werk, hee? Aber wie steht's mit dem Schießpulver und mit Bomben und Maschinengewehren?"
„Je nachdem –"
„– ob wir sie verwenden oder unsere Gegner, hee? Sie kommen wirklich Salomo gleich in seiner Weisheit, mein Sohn. Aber vielleicht haben Sie auch darin recht, daß wir die Sitzung jetzt aufheben sollten – uff, diese alten Knochen! Reiben Sie mir doch mal ein bißchen das Kreuz, werter Herr Baumeister –" und während Bremer lachend seinen Wunsch erfüllte, fuhr Eschels seufzend fort: „Also es wäre ein Spaß, wenn der deutsche Blätterwald zu rauschen begönne? Es wäre wahrhaftig das rechte Mittel, um der teuren Reichsbahn etwas auf die Hacken zu treten?"
Und Heinrich Bremer rieb weiter und lachte, daß ihm die Tränen in die Augen traten:
„Als ob dabei nicht wieder der Teufel seine Hand im Spiel hätte?"
„Sie wissen nicht, worüber Sie lachen, Bremer", sagte Pastor

Eschels und wickelte sich einen alten grauwollenen Schal dreimal um den Hals: „Aber meinen Sie nicht, Herr Baumeister, daß es — ganz abgesehen vom christlichen Standpunkt — einfach menschlich wäre, wenn Sie mich jetzt in mein Hotel und mein Bett brächten?"
Und immer noch lachend gingen sie endlich Arm in Arm durch die längst nächtlich stillen Straßen der kleinen Stadt, bis sie das Hotel wiederfanden, in dem Pastor Eschels von Morsum seine Koffer voll Millionen- und Milliardenscheinen eingestellt hatte.

30

Acht Tage später legte Baurat Pflüger ein Hamburger Blatt auf Bremers Arbeitstisch:
„Und wenn ich's selbst bezahlt hätte, könnte es mir nicht besser zupaß kommen", sagte er vergnügt.
„Was wird aus dem Sylter Damm?" las Heinrich Bremer, und unter dieser Überschrift einen kurzen, reichlich schön gefärbten Bericht über das erste Baujahr; über die Sturmflut vom 30. August, die eben eine Naturkatastrophe gewesen, wie sie in hundert Jahren kaum einmal vorkäme; eine klägliche Schilderung der durch den zugefrorenen dänischen Hoyerkanal jetzt vom Festland abgeschnittenen Insulaner — und zum Schluß die kurze Bemerkung: „Wenn wir uns recht entsinnen, wurde seinerzeit den Syltern eine deutsche Verbindung mit dem Festlande ausdrücklich vom Deutschen Reich aus zugesagt; welche Opfer die feste Währung sonst auch fordern mag: Versprochen bleibt versprochen!"
„Nichts könnte mir besser passen", wiederholte der Baurat und rieb sich die Hände, „hätte ich nur irgend Beziehungen zur Presse, ich würde den Herren schon einheizen!"
„Vielleicht kommt ohnehin schon eine Entgegnung darauf", meinte Bremer hoffnungsvoll, aber — abgesehen davon, daß ein paar kleine Provinzblätter den Aufsatz besprachen — schien niemand sonst sich sehr für den Sylter Damm zu interessieren, hatte doch jedermann genug eigene Sorgen.
Bis am vierten Tage danach plötzlich eine große süddeutsche Zeitung darauf zurückgriff:

„Versprochen ist versprochen – freilich, und da Dänemark alles gehalten, was es seinen Optanten versprach, so wäre wünschenswert, daß Deutschland dahinter nicht zurückstehe. Eine andere Frage ist aber, ob dieses Versprechen in Anbetracht der wirtschaftlichen Lage Deutschlands nicht reichlich leichtsinnig war? Die Insel selbst hat kaum 6000 ständige Einwohner, die Zahl der Badegäste wird sicherlich zurückgehen, und der erhoffte Landgewinn ist doch vorläufig nur eine Fata Morgana, der nachzulaufen Deutschland sich nicht wird leisten können."

Das Hamburger Blatt brachte sogleich eine lebhafte Erwiderung, gespickt mit den herrlichsten Zahlen – drei Berliner Zeitungen mischten sich in den Streit – die Kölnische mahnte in würdigen Worten zur Ruhe: „Noch ist nicht erwiesen, daß Reichsbahn und Regierung sich dieses Versprechens entziehen wollen, denn wie uns berichtet wird, liegen im ‚Neubauamt Dammbau Sylt' schon neue Pläne vor, die alle Erfahrungen des ersten Jahres zugunsten bester Ausführung des Dammes verwerten." Sobald aber das Interesse an diesem Streit auch nur ein wenig nachließ, brachte das Hamburger Blatt, das zuerst damit begonnen, wieder irgendeine kleine Notiz, die es von neuem anfachte – und jedesmal sekundierte die gleiche süddeutsche Zeitung, indem sie heftig widersprach und durch ihre Worte viel Widerworte hervorrief – die ganze Minderheitenfrage wurde daran aufgerollt – Goethe „Faust II" zitiert und wieder zitiert –

Baurat Pflüger hatte einen Vetter in der Eisenbahndirektion zu Altona. Den lud er zum Sonntagmittag nach Husum, und Bremer und Bahrenfeld wurden auch gebeten. Der platzte vor Wut.

„Wenn man der Presse doch das Maul verbinden könnte! Sie machen eine Prestigefrage Dänemark gegenüber daraus. Wir werden schließlich gezwungen werden, den Damm zu bauen, den wir nicht mehr wollen." Er lachte etwas künstlich: „Sehen Sie wenigstens zu, meine Herren, daß wir ihn billig bekommen."

„Wenn überhaupt, dann wird er teuer", sagte der Baurat und suchte seinen Vetter durch die Güte des Weines zu besänftigen. „Du mußt doch selbst sagen, Dieter: unsolide zu bauen, darf sich heute niemand leisten."

Der Altonaer knurrte. Dann wandte er sich plötzlich an Bremer: „Haben Sie irgend Beziehungen zur Presse?"

„Leider nicht, sonst würde ich sie eher genutzt haben."
Dieser Beweis war zu einleuchtend, um nicht glaubwürdig zu sein. Der Altonaer brütete ein Weilchen über seinem Ärger, schweigend, dann:
„Kennen Sie Pastor Eschels aus Morsum?"
„Gewiß", antwortete Bremer unbefangen, „im Laufe des letzten Sommers bin ich doch öfter auf Sylt gewesen."
„Ob der —?" murmelte der Altonaer und versank dann völlig. Aber auch Heinrich Bremer, der Harmlose, fand geraten, seinen Gedanken nicht zur Klärung zu verhelfen — was ging es ihn an, woher der Wind wehte, der den deutschen Blätterwald so erfreulich zum Rauschen gebracht hatte?

31

Sechs Wochen später stand Heinrich Bremer wieder im Watt zwischen Klanxbüll und Morsum. Über ihm blaute ein klarer kalter Himmel, hell und hoch. Ein bissiger Wind nahm ihm die Nase aus dem Gesicht, aber an den Füßen trug er wieder feste Wasserstiefel und auf dem Rücken eine Lederjoppe, die dauerhafter war als sein alter Gummimantel; dies waren die Freuden der festen Währung. Daneben freilich war er die Angst um seine Entlassung immer noch nicht los, obgleich ihm das Gehalt an jedem Monatsersten in erfreulicher Weise bestätigte, daß die Reichsbahn seiner gedachte. Der Winter war kalt gewesen, und auch jetzt war das Watt nur obenauf ein wenig glitschig, darunter saß noch der harte Frost. Aber in diesen ersten Wochen machte Bremer hier auch nur wieder Vermessungsarbeiten, denn zu allen andern Kosten des neugezeichneten Dammes hatte das „Neubauamt Dammbau Sylt" noch eine stärkere Ausbiegung nach Norden zu, abweichend von der ersten Linie, fordern müssen, um dem Osterley und dem Holländer Loch, die beide durch die Augustflut noch gewonnen hatten, nach Möglichkeit auszuweichen — und es war alles bewilligt worden, was das „Neubauamt Dammbau Sylt" gefordert hatte.
War das nun Teufels Blendwerk oder sollte der Damm wirklich entstehen?

Eine Woche, zwei, lief Heinrich Bremer hier im Watt nur erst mit Hannes-Hannes und wenigen Gehilfen umher. Dann aber bekam er den Auftrag, 500—600 Arbeiter einzustellen, um die Materialmassen, die von allen Gegenden Deutschlands angefahren werden sollten, sogleich in Ordnung zu verstauen und die Arbeit zu beginnen. Die Rodenäser kamen auf den ersten Wink, und was sonst noch aus der Wiedingharde arbeitshungrig war. Die Husumer ließen sich auch nicht lange bitten, und von Kiel schickten sie ihm gleich fünfzig Mann auf einmal. Daneben rollten die Materialzüge an, die Pfähle, Balken, Bretter zur Spundwand brachten; Kohlenberge für die Schmalspurzüge, die wieder ins Watt hinauslaufen sollten; Maschinen, Loren und Hunde; das im Herbst noch aufgesammelte Material wurde von neuem durchgeprüft, und so still, so klar war diese herbe strahlende Vorfrühlingsluft, daß man das lustige Hämmern auf klingendem Eisen bis weit ins Watt hinaus hören konnte.

Fünf- bis sechshundert Arbeiter sollte Bremer bis zum 1. April aufgesammelt und eingestellt haben. Wenn ihm diese Aufgabe Schwierigkeiten bereitete, so lagen diese nicht in einem Zuwenig, sondern in einem Zuviel des Angebots. Hunderte standen an jedem Morgen vor dem großen Tor des Materialfeldes, dahinter auch Bremers Baracke und sein Büro lagen. So groß war jetzt die Arbeitsnot in Deutschland! Die Inflation hatte eine künstliche Wirtschaftsblüte getrieben; da die deutsche Mark im Auslande weniger gegolten hatte als im Inland, hatte das Ausland den deutschen Markt leergekauft und dadurch einen fieberhaft beschleunigten Umsatz erregt, der den deutschen Arbeitnehmern gesteigerte Arbeitsgelegenheit geboten hatte — freilich gegen schlechtes Geld. Den Zusammenhang aber erkannten nicht viele; die meisten dachten, daß der starke Umsatz nur ein Wettlauf um deutsche Arbeit wäre, von der das Ausland so lange abgeschnitten war. Nun zeigte die wertbeständige Mark erst den wahren Sachverhalt — Hunderttausende wurden arbeitslos! Bis nach Süddeutschland, bis nach Österreich hinein verbreitete sich die Kunde, daß der Dammbau wiederaufgenommen würde, und obgleich immer wieder und überall öffentlich bekanntgegeben wurde, daß nur der Aussicht auf Einstellung hätte, der aus der Provinz selbst stammte oder von einem Arbeitsamt der Provinz besonders empfohlen würde, strömten doch von Süden herauf Unzählige hier zusammen, auf den blauen Dunst, auf die sinnlose Hoffnung hin, es könnte doch vielleicht noch eine Ausnahme gemacht werden. Sie kamen zu Fuß nach langer Wanderung, sie kamen mit Frau und Kind, zerlumpt und zerrissen, halb verhungert, ohne einen Pfennig Geld in der Tasche; sie hatten sich ihren Weg erbetteln müssen, hatten gestohlen, wo sie nur stehlen konnten. Nun waren sie am Ziel – und Bremer mußte sie abweisen, denn das Provinzialarbeitsamt prüfte seine Listen aufs genaueste. Am 25. März hatte er 600 Arbeiter beisammen, doch obgleich er die Tatsache in allen Wanderherbergen, in allen Arbeitsämtern der Provinz und von Hamburg bekanntgeben ließ, hielt der Zustrom an. Am 30. stieg die Zahl derer, die er abweisen mußte, auf 800. Er war froh, als er sich am 31. vom Motorboot nach Sylt bringen lassen und Bahrenfeld das Weitere überlassen konnte.

Heinrich Bremer ging nach Sylt, denn nun wurde, was auch die Erfahrungen des vorigen Sommers gelehrt hatten, vorgesehen, daß die Arbeit mit möglichster Beschleunigung auch von Morsum aus aufgenommen werden sollte. Da Morsum aber kein Hinterland hatte, das nur das mindeste Material liefern konnte, so bestand Bremers erste Aufgabe darin, hier eine Ladebrücke zu bauen, daran das nötige Material, von Husum ausgesandt, gelöscht werden könnte. Seine eigene Unterkunft und das Unterbringen der fünfzig Arbeiter, die er zuerst nur mitbrachte, bereiteten ihm unerwartete Schwierigkeiten. Cäcilie Hansen ging es schlecht. Sie hatte ihren Fünfzigdollarschein vom Pastor nicht wieder geholt, aber sie war ein wenig hintersinnig geworden über den Streich, den das Schicksal in Gestalt der deutschen Rentenmark ihr gespielt hatte. Da fand Bremer es nicht verlockend, sich wieder bei ihr einzumieten. Er ließ sich die kleine Baracke wohnlicher ausbauen, nahm einen Jungen an, der Kaffee kochen konnte, und wollte versuchen, nun hier draußen zu hausen mit Hannes-Hannes und Magge Sörensen, den er sich als Buchhalter aufgegriffen hatte.

Die Arbeiter aber wollte ebenfalls niemand im Dorf aufnehmen. Bremer ging schließlich zu Pastor Eschels, und der suchte Meinert Claasen auf.

„Unklug seid ihr mit eurer Widerborstigkeit!" rief Eschels aus,

als Claasen zunächst sich auch ihm gegenüber ablehnend verhielt. „Wie soll das neue Pfropfreis am Baum anwachsen, wenn nicht die Kräfte hin und wider schießen? Wie soll Sylt mit Deutschland zusammenwachsen, wenn ihr jetzt die Gelegenheit nicht nutzt?"
„Du meinst, wir wollten jetzt Geld verdienen, so viel wie möglich und gleich auf welche Art, um hernach unsere Wirtschaften auf intensiveren Betrieb einstellen zu können?" Meinert Claasen rechnete eine Weile schweigend. „Gut, so will ich es tun", sagte er dann entschlossen. „Ich werde den alten Schuppen hergeben, darin können wohl dreißig Mann Platz finden. Aber das sage ich dir gleich: pünktlich zahlen müssen sie, und der Baumeister muß dir versprechen, daß er mir nur ordentliche Leute schickt und danach, wenn die größere Masse der Arbeiter anrückt, aber eine Wohnschute ans Vorland legt, und alles, was sich hier im Dorf nicht sinnig beträgt, dortunterbringt." –
Eschels war seines leichten Sieges froh, wollte auch mit seinen Neffen sprechen und machte den Umweg über den alten Hof Volquart Claasens, traf aber nur seine Schwester daheim. Die saß in ihrem weißen Kopftuch im Lehnstuhl und strickte. Sie war jetzt oft müde, und oft auch hatte Eschels das Gefühl, als wollte sie nur deshalb nichts Neues hören, weil Kairene Holm-Peters ihr allerlei vorgetühnt hatte. Auch heute war sie wieder abweisend. „Wir wollen all das Neue nicht. Wir wollen unsere Ruhe wieder haben. Weil Deutschland nun arm geworden ist, müssen wir alle uns nun in einem ärmeren Leben einrichten; das muß sich helfen. Darüber hinaus aber wollen wir unsere Arbeit tun wie in alter Zeit und wollen es so haben, wie es vor dem Kriege war."
„So, wie es vor dem Kriege war, kann es doch nie wieder werden", antwortete Pastor Eschels geduldig. „Überlege dir doch selbst, wie die Welt sich dadurch verändert hat!"
„Ai wohl", entgegnete sie müde; „wenn aber der Damm nicht gebaut würde, brauchte ich die neue Zeit doch nicht mehr zu schmecken."
Entmutigt ging Pastor Eschels von ihr. Wie sie, so fühlten alle alten Leute im Dorf – so empfand er selbst, soweit er alt und ein Morsumer war. Nur der Universitätsprofessor D. Peter Boy Eschels dachte anders, aber es war ein kaltes Denken, rein aus dem Verstande geboren. Der sah eine neue Zeit kommen, und

ihn gelüstete, sie noch kennenzulernen. Und da er sie zögern sah, tat er selbst ihr die Tür auf und rief sie. Wohl hatte er schon erkannt, daß sie seinem Denken mehr zu sagen hatte als seinem Fühlen, seiner Empfindung; aber wer einmal Universitätsprofessor gewesen, kann nie wieder ganz Bauer werden. Für Sylt würde der Damm erst der neuen Zeit den Weg bereiten — Lene hatte recht. Er wollte den Damm, weil er sich sagte: „Aufschieben taugt nur vom Zorn!" Aber sein Denken lag darum doch stündlich noch mit seinem Fühlen im Streit.

Wie aber fühlten und dachten, wie sprachen die Jungen?

„Jee, Oheim", sagte Rasmus Claasen, dem er auf der Nösse über den Weg lief, „ich bin froh, daß ich wieder ein tüchtiges Stück Geld verdiene. Was wir im vorigen Jahr bekamen, mußten wir gleich in den Hof stecken, damit es nicht entwertete. Wir haben das neue Dach bekommen und den alten Brunnen gereinigt, haben im Stall neue Ständer ziehen und den Steinwall flicken lassen. Aber wir hatten nicht genug bar Geld auf der Sparkasse, unsere vierte Kuh zu halten, als es ans Steuerzahlen ging. Nun gibt es wieder gutes Geld, und wir verdienen wie Petrus beim Fischfang." Und er lachte vergnügt, was er selten tat.

„Aber der Damm, Erasmus, der Damm selbst? Die Zukunft, die sich dadurch auftut?"

Da wurde Rasmus Claasen gleich wieder kalt wie seine Mutter.

„Die müssen wir uns doch erst einmal in der Nähe besehen, Pastor! Nehme an, daß uns diese goldene Zukunft fürs erste mehr kosten als bringen wird. Die Frauen werden nach Westerland fahren wollen — kostet ‚ja nur ein paar Groschen, Vater!' Die Kinder sollen dann weiterlernen, sollen in Niebüll die Realschule besuchen, weil die Mittelschule dann bald nicht mehr gut genug sein wird. Ja, ob der Hof, selbst bei günstigeren Frachtsätzen durch die Bahn, das alles wird tragen können, das weiß ich auch nicht vorher. Was uns reich machte, Oheim, das war unsere Anspruchslosigkeit. Im Kriege bin ich doch weit herumgekommen und habe gesehen, wie es in der Welt zugeht. Aber daß ich die Welt da draußen nun besser fände als unser altes Morsum, wie es vor dem Kriege war, das kann ich wahrhaftig nicht sagen."

„Ohne den Krieg aber wärest du nie hinausgekommen — möchtest du das missen?" rief Pastor Eschels aus. „Der Verstand, den du hast, wäre nie geweckt worden; in deinem Kopf wäre nichts von all den bunten Bildern, die der Krieg dir gezeigt hat; leer wärest du geblieben und stumpf! Und solltest du jetzt in Wahrheit in das Vorkriegsmorsum zurückversetzt werden, so würde es dir eng und grau und öde, und die Menschen darin beschränkt und kleinlich erscheinen. Du kämest in die Gefahr, in der auch Max Milian Meiners steht, und er mehr noch als du: daß ihr über euer tägliches Leben hinaus ins Grübeln gerietet, ins Sinnieren und Spintisieren, einfach weil euch der Alltag nicht genug geistige Nahrung mehr böte für euern aufgeweckten Verstand. Ihr wißt ja selbst nicht mehr, wie viel euch der tägliche Umgang mit Bremer und Scholz jetzt wert ist und wie viel die neue Arbeit – viel mehr als nur das, was ihr davon auf die Sparkasse bringen könnt!"

Doch das wollte der Neffe nicht wahrhaben. „Wer gern Brei mag, spricht viel von Grütze – Ihr wollt eben den Damm, Pastor-Ohm. Ich aber will ihn noch heute nicht, obgleich ich daran mitarbeite. Ich nutze ihn nur als Geldverdienst und sehe, was sich aus dem gegenwärtigen Augenblick herausschlagen läßt. Weiter denke ich nicht. Und einen Arbeiter nehme ich nicht ins Haus. Meine Frauen haben nicht nötig, auf Verdienst zu sehen wie Meinert Claasens Frau."

Er sprach so bestimmt, daß Eschels keinen Versuch machte, ihn zu überreden.

„Ob Geik –?" Doch da lachte Rasmus Eschels nur:

„Geik sagt: Meinert-Ohm ist zwischen dir und Holm-Peter wie ein Frosch zwischen zwei Enten. Der eine zieht ihn hierhin, der andere dorthin, mag sein, daß sie ihn schließlich klein kriegen, ohne daß einer Gewinn daran hat. – Wenn Geik Arbeiter ins Haus nehmen will, tut er das auch ohne dein Zureden; und wenn er nicht will, nützt dir all dein Priestern auch nichts."

32

Es war aber Peter Boy Eschels mehr darum zu tun, daß der Damm als Ganzes gute Aufnahme in Morsum fände, denn die einzelnen

Arbeiter. So ging er einige Wochen später auch zu dem Lehrer Abrumeit, obgleich nun alle Arbeiter schon längst im Dorf oder in der Wohnschute untergebracht waren. Der Lehrer stammte aus dem hintersten Ostpreußen, war erst durch den Krieg nach Sylt gekommen, hatte aber durch seine ernste und würdige Art, die den Morsumern wohl zusagte, bald Einfluß gewonnen.

„Sie haben die Jugend in der Hand", sagte Eschels, „Sie müssen mir helfen, den Dammbau im Dorf volkstümlicher zu machen. Die Jugend ist dem Neuen am ehesten zugänglich."

Der Abrumeit wollte nicht.

„Ich bin selbst nicht für das Neue, Herr Pastor, dafür steht uns Ostpreußen die Treue zu hoch."

„Treue ist ein schönes" – Ding! hatte Eschels sagen wollen, aber er stutzte unwillkürlich davor und änderte es: – „Wort, und doch nicht mehr als das, wenn nicht eine ehrliche Mannestat dahintersteht. Die neue Zeit kommt, ob wir sie haben wollen oder nicht – ist sie doch nichts anderes als der Wille der meisten, und der einzelne, der sich ihr entgegenzustemmen sucht, wird zerrieben. Wir müssen uns rüsten, der neuen Zeit zu begegnen, und deshalb" – unwillkürlich streckte Eschels dem andern die offene Hand hin: – „noch einmal die Bitte, unsere Jugend dem Neuen zugänglicher zu machen. Die Jugend ist die Zukunft!"

Doch der Lehrer nahm die Hand nicht.

„Treue ist nicht nur ein schönes Wort, Herr Pastor, sondern ist in sich schon eine Mannestat, denn es ist wahrlich leichter, sich von jedem Neuen einfach nur treiben zu lassen, als mit aller Kraft am Alten festzuhalten."

Enttäuscht ließ Eschels die Hand sinken.

„Wer spricht denn davon, daß man sich einfach nur hemmungslos treiben lassen sollte? Ich doch nicht! Wer sich nicht selbst in der Hand hält, ist ein Schädling, ganz gleich, in welchem Lager er steht!" Und da der Lehrer hierauf nicht antwortete, sondern sich nur schweigend, aber deutlich spürbar innerlich zur Wehr setzte, fuhr Eschels mit leichtem Seufzer fort: „Was aber wollen Sie dann tun?"

„Nun ich einmal hier bin – so will ich das Friesentum hochhalten!"

Eschels lachte ärgerlich.

„Sie wissen ja gar nicht, was Sie da reden, Abrumeit! Machen Sie sich doch nicht lächerlich. Nach den neuesten Forschungen ist es nicht einmal mehr sicher, ob wir Sylter wirklich von den Friesen stammen oder etwa von den Ambronen oder Teutonen oder Chauken oder Sigulonen oder Angeln oder Sachsen oder Angelsachsen —" in seinem Ärger hätte er noch gern ein paar Namen mehr dazu erfunden, aber der Lehrer unterbrach ihn schon, gekränkt und aufgebracht:

„So sagen wir einfach: das Alte, das Althergebrachte. Aber die Sylter selbst können sich bei dem Wort ‚Friesentum' immer noch am meisten denken. — Im übrigen aber muß ich Sie doch daran erinnern, daß seit der Revolution der Pastor in der Schule nicht mehr das große Wort zu führen hat!"

„Seit der Revolution —? Ich denke, Sie sind nicht für Neuerungen!" gab Eschels spöttisch zurück. Doch dann wurde er ernst. „Ich hatte nicht die Absicht, in Ihren Schulunterricht einzugreifen. Ich dachte vielmehr an den Einfluß, den Sie auch außerhalb der Schule auf die erwachsene Jugend des Dorfes ausüben können und ja auch ausüben — weshalb gründen Sie jetzt einen neuen Gesangverein? Ich meine, wir hätten an einem genug."

„Das geht Sie gar nichts an, Eschels", entgegnete der Lehrer patzig, aber er rutschte doch auf seinem Sitz unbehaglich hin und her und wurde zornrot. „Und noch einmal: Sie haben mir gar nichts dreinzureden!" —

„Dem habe ich's aber gut gegeben", erzählte der Lehrer hinterher dem Gastwirt vom „Haus Hamburg", wo der verwitwete Mann sein Mittagessen einzunehmen pflegte, „als er mich nur ‚Abrumeit' anredete, sagte ich einfach ‚Eschels' zu ihm. Na, da ging er denn auch."

Dies aber hatte Peter Bleik Bun nicht einmal gemerkt. Er war nur traurig und bekümmert und verstand des Lehrers Haltung nicht. Gondelina mußte ihn aufklären.

„Du hast ihm auf sein Lieblingshühnerauge getreten, alter Vater, das verzeiht er dir so bald nicht. Sieh: heiraten will er Metta Holm-Peters, aber gern hat er Erkel Simonsen aus Klein-Morsum, wo die vielen Kinder sind und Erkel sicher kaum das Bett mitbekommt, wenn sie heiratet. Um der Metta willen muß er das Friesentum hochhalten, denn dafür ist Holm-Peters. Und für Erkel

hat er den neuen Gesangverein gegründet, denn seit du die Arbeiter in den alten aufnahmst, darf sie darin nicht mehr mitsingen."
„Seit Erkel die schwere Grippe gehabt hat, sollte sie nicht mehr singen."
Darin hatte Eschels schon recht. Auch der Arzt sagte das. Aber es änderte an der Lage nichts, und nun er anderntags wie gewöhnlich das Gemeindeblatt in die Schule schickte mit dem Vermerk, die Kinder möchten es austragen, bekam er den ganzen Packen ins Haus zurück und der Lehrer schrieb dazu, das hätten die Kinder nicht mehr nötig.
Das band denn doch das Fuder zusammen. Als Eschels in der folgenden Woche einer Sitzung der Kirchenvertreter beiwohnte, brachte er auch seine Zwistigkeiten mit dem Lehrer zur Sprache. In bezug auf das Gemeindeblatt gab ihm sogar Holm-Peters recht: das sei ein alter Brauch, daß die Kinder für ihre Eltern oder auch Nachbarn das Blatt aus der Schule mit heimbrächten; das sollte auch so bleiben. Aber von dem neuen Gesangverein wollte niemand etwas wissen.
„Was geht uns das an. Da laß Pastor und Lehrer sich nur miteinander einigen."
„Er will sich aber nicht mit mir einigen!" rief Eschels aus. „Als ich ihn gestern ansprach – er hatte Pause und stand am Zaun –, drehte er mir den Rücken zu, ging ins Haus, ohne mir zu antworten, und ließ mich stehen – vor allen Kindern!" Unwillkürlich sah er dabei zu Jens Simonsen hinüber, ob der wohl etwas davon wüßte.
„Das muß der Herr Lehrer selbst wissen, ob er dazu das Recht hat", entgegnete Simonsen steif. „Wir wollen, daß Pastor und Lehrer sich vertragen, damit Ruhe ist im Dorf. Wie sie das machen, geht uns nichts an."
Und diese Rede fand allgemeinen Beifall.

33

Wenn Lehrer Abrumeit als Landfremder in Morsum heimisch werden und sich einen ganz bestimmten Einfluß sichern wollte, dann konnte er in Wahrheit nichts Klügeres tun, als hier „das Friesentum hochzuhalten“. Er tat es aber nicht nur aus Ehrgeiz, sondern ihm lag die ostpreußische Treue wirklich im Blut, und er fand unter denen, die Pastor Eschels bei sich die Morsumesen nannte, die besten Familien des Dorfes. Holm-Peters war ihr Haupt, kein Zweifel, wenn er auch längst nicht mehr als Gemeindevorsteher herrschte. Aber er war dennoch durch seine Persönlichkeit allein stärker als Meinert Claasen, der sich ihm in mancher Hinsicht auch unterwarf. Seine Frau war eine Base der Claasens; seine Söhne hatten gut geheiratet; wenn seine Tochter den Lehrer heiraten würde, konnte er auch damit zufrieden sein, denn der Lehrer stand im besten Ansehen. War Holm-Peters auch nicht so lebhaften Geistes wie die Claasens, so desto stärkeren Willens und wohl der Mann danach, seine Anhänger auch nach seinem Sturz noch bei sich zu halten.

Es gehörte aber auch Pastor Eschels eigene Schwester, Lene Volquart Claasen, zu den Morsumesen. Ihr Mann war mit kluger Entschiedenheit sogleich nach dem Kriege als Führer der Jüngeren aufgetreten und hatte dadurch alle Heimkehrenden für sich gewonnen. Seine Frau aber hatte seine Überlegenheit stets stillschweigend anerkannt, und erst nach seinem Tode trat nunmehr ihre eigene Prägung klarer hervor, und sie war es, die nun dem großen Hauswesen vorstand. Es lebten im Hause Volquart Claasens auch heute noch seine sämtlichen Kinder und Enkel unter einem Dach, bot das Haus doch Raum genug, daß jede Familie für sich wohnen konnte.

Die Söhne hatten im Kriege mancherlei durchgemacht. Ihre Frauen stammten aus Familien, die sehr verschiedene Wege gingen. Die älteste Tochter, stets kränklich, war nie zum Heiraten gekommen; die zweite früh verwitwet in das Elternhaus zurückgekehrt; die jüngste hatte sich durch ihr eigentümliches Wesen, ihre scheinbar kalte und schroffe Art selbst jede Heiratsaussicht verdorben. Doch, wenn also auch jeder in diesem Hause sein eigenes Schicksal, sein eigenes Erleben still in sich trug – nicht einer fühlte sich als Einzelwesen, abgesondert oder gar im Widerstreit gegen die andern, desto stärker jeder sich als Glied des Ganzen. In diesem, wie im Hause des Holm-Peters und der besten Familien des Dorfes überhaupt ging alles nach altem, vielleicht schon sehr altem Brauch und Regel. Jedes Neue, das zuerst durch die verwitwete Tochter, danach durch die Schwiegertöchter ins Haus kam, wurde sogleich von Frau Lene organisch dem Ganzen, dem Alten eingegliedert. Es gehörte viel feiner Takt, viel Vorsicht und Umsicht dazu, alle zu vereinen, ohne auch nur einen zu beengen. Darin jedoch war Peter Boy Eschels Schwester Meisterin. Sie hatte auch ihrem Bruder und seiner Tochter sogleich nach ihrer Ankunft in ihrem kleinen Staatswesen eine ganz bestimmte Position gegeben. Sie waren ihre nächsten Blutsverwandten, und doch empfand Gondelina deutlich, daß sie vor Kindern und Enkeln zugleich auch den „Herrn Pastor und seine Frau" darstellten. Dienstboten gab es nicht außer einem alten Knecht, der die schwerste Feldarbeit verrichtete; alles andere besorgten Töchter und Schwiegertöchter; zu kleineren Hilfeleistungen wurden auch die Enkel schon herangezogen. Geik und Rasmus gingen zum Dammbau; Haus- und Landarbeiten liefen auch ohne die Männer in den ausgetretenen Gleisen.

Gondelina fühlte sich wohl bei den Verwandten. Daß sie sich heimisch gefühlt hätte, dazu fehlte noch viel. Sie sah dem stillen Kommen und Gehen der jüngeren Frauen mit heimlicher Freude zu. Sie selbst bewegte sich mit Vorsicht und stieß doch immer wieder leicht an. Wohl spürte sie die alte Sitte, die hinter jeder einzelnen Handlung stand. Jeder Stuhl im Hause hatte einen bestimmten Platz, jede Handreichung – und war sie in sich auch noch so geringfügig – einen bestimmten Sinn. Aber die Landfremde konnte ihn nicht ergründen, so gern sie auch tiefer eingedrungen wäre.

Bis sie endlich dahinterkam, daß die Urgründe solcher Gebräuche niemandem mehr bekannt waren. „Das war immer so" – „das haben wir immer so gehabt", mehr wußten die Morsumerinnen selbst nicht.

34

Peter Boy Eschels aber konnte nicht leugnen, daß diese von alt ehrwürdiger Sitte getragene Art der Morsumesen einen Mann wie den Lehrer Abrumeit anziehen mußte; dachte Abrumeit doch nicht weit und frei genug, den Wert einer Sitte, deren Sinn und Ursprung niemand mehr kannte, darum etwa anzuzweifeln! Leider aber mußte Eschels daneben auch allen denen recht geben, die ihm sagten, daß sich das neue Deutschland vorläufig in wenig erfreulicher Gestalt den Blicken darstellte. Er mußte sich selbst eingestehen, daß auch in Morsum sich das Streben nach dem Neuen weit öfter aus Unzufriedenheit mit dem Alten erklären ließ, als daß es von vorwärtsdrängendem Lebensmut Zeugnis abgelegt hätte. Es waren vor allem die Frauen, bei denen er diesen Zug bemerkte. Da war Lene Volquart Claasens eigene Schwägerin, Engeline, die Frau des Meinert, die nicht gleich Volquarts Frauen über dem Kleinkram des Alltages stand, sondern gewissermaßen darin ertrank.

„Wenn ich statt meiner vier Jungen auch drei Töchter hätte wie Lene — oder wenigstens zwei — oder auch nur eine — so würde es bei mir auch anders aussehen!" sagte sie oft, und wenn ihr Mann sie zu trösten suchte:

„Schließlich bekommst du auch einmal eine Schwiegertochter ins Haus", so stellte sie nicht ohne Bitterkeit fest:

„Das kann noch zehn Jahre dauern und auch noch länger."

Mit den dreißig Arbeitern, die Meinert in seinem alten Schuppen aufgenommen hatte, kam nicht neue Last für sie ins Haus; die sorgten für sich selbst. Da sich aber Gelegenheit bot, auch noch drei Maschinenmeister zu beherbergen, die im Hause selbst eine größere Kammer forderten und am Sonntag daheim essen wollten, nahm Meinert auch diese auf. Seine Frau hatte noch nie fremde Menschen im Hause gehabt und übersah nicht recht, wieviel neue Arbeit zu der alten dadurch hinzukommen würde. Sie wünschte nur Geld zu verdienen, wie ihr Mann auch. Sie waren bei weitem nicht so wohlhabend wie Volquart Claasens. Meinert war Bauer, nichts weiter, während Volquart Claasens sich durch das Wissen, das er in seiner Jugend als Bürovorstand eines Kieler Rechtsanwalts aufgesammelt, manchen guten Nebenverdienst zu schaffen gewußt hatte. Auch hatten beide Söhne wohlhabend geheiratet. Als Gemeindevorsteher bekam Meinert wohl einen Zuschuß in die Wirtschaft, aber das bare Geld war immer knapp bei ihnen, und die Steuertermine neuerdings Tage der Angst.

So nahmen Meinert Claasens auch die drei Maschinenmeister noch ins Haus, und Engeline versorgte sie, als wären sie nicht ihre Mieter, sondern ihre Gäste. Das ließen sich die Männer gern gefallen, ließen sich auch von ihr zurechtflicken, wenn sie zerrissen von der Arbeitsstätte kamen, und während sie selbst als feine Herren in Westerland auf der Strandterrasse einherstolzierten, saß Engeline am Sonntagnachmittag daheim und nähte an den alten Sachen. Pastor Eschels fand sie bei dieser Beschäftigung, da er sie aufsuchte, weil er sie seit längerem schon in der Kirche vermißte.

„Zum Kirchgang habe ich einfach keine Zeit nicht mehr", erklärte sie, eifrig stichelnd und es ihrem Mann überlassend, für das Behagen des Gastes zu sorgen. „Sie essen ja nun sonntags auch mit uns zusammen, sie bezahlen es gut, so muß ich doch immer etwas Besonderes auf den Tisch bringen. Und der Sonntagnachmittag ist die einzige Zeit, wo ich zum Nähen komme. Ja, so ist das nun."

Meinert Claasen zündete sich eine Pfeife an und sagte nichts dazu.

„Lene sollte dir doch eine von ihren Töchtern zur Aushilfe schicken", schlug Eschels vor. Sie sah auf, ließ ihren Nähkram sinken, so erstaunt war sie.

„Dann würden sie dort ja nicht rumkommen mit der Arbeit, so ordentlich wie Lene es haben muß", sagte Engeline und dann: „ja und dann – das hatten wir doch noch nie so –!"

„Nun, dann fangt doch einmal damit an", meinte Peter Boy Eschels in leiser Ungeduld. „Muß denn immer alles bleiben, wie es seit je gewesen? Kann denn nie etwas Neues kommen?"

„Sieh, das sagt der Kieler auch immer! Und recht hat er!" Engeline klopfte im Eifer mit ihrem Fingerhut auf den Tisch. „Er sagt, wir wären dumm, daß wir uns so plagten, man müßte nur die ganze Welt anders einrichten. Wenn wir nur wüßten, wie das zu machen ist, dann könnte jeder es so gut haben, wie er wollte."

„Nur leider wissen wir's nicht", bemerkte Meinert trocken, „oder willst du es machen wie Paula Borre?"

Sie lachten alle drei, denn es war nun so, daß Paula Borres zweite Ehe an einem Hosenknopf gescheitert war. Kamp, der Schmied, hatte in erster Ehe die Berta Hansen zur Frau gehabt, die eine geschickte Schneiderin gewesen, und alles, was sie für den Hausstand gebraucht, sich selbst verdiente, während ihr Mann seinen Verdienst vertrank. Paula Borre aber dachte nicht im geringsten daran, außer der Wirtschaft noch irgendeine Arbeit zu suchen, und da er von ihr verlangte, daß sie ihm einen Knopf annähen sollte, forderte sie erst mal einen Groschen, um besagten Knopf zu kaufen. Dadurch war er in solche Wut geraten, daß er mit einer Eisenstange nach ihr geschlagen hatte — worauf Paula heulend aus dem Haus lief, um nicht zu ihm zurückzukehren. Nun hatte sie den Pastor gebeten, die Scheidung für sie einzuleiten, und da Kamp, der Schmied, mit dem gleichen Ansinnen an ihn herangetreten war, so meinte Eschels bei sich, daß es ihm wohl nicht fehlen könnte, die Sache zum glücklichen Ende, d. h. einer glatten Scheidung, zu führen.

Engeline Claasen nahm ihre Näherei wieder auf.

„Du weißt, daß ich von Paula Borre nicht mehr halte als du, Meinert", sagte sie dabei, noch immer halblachend. „Aber wenn du Niggels Kamp wärst, weiß ich doch nicht, was ich täte."

Die Männer rauchten schweigend.

„Früher habe ich nie für möglich gehalten, daß eine Frau sich überhaupt je freiwillig wieder von ihrem Mann trennen könnte", fuhr sie fort. „Aber der Kieler sagt auch: weshalb denn noch zusammenbleiben, wenn man sich nicht mehr leiden kann? Weshalb auch so viel Kinder in die Welt bringen, wenn sie einem nicht mehr zupaß kommen? Weshalb sich Gedanken machen, weil man's nicht so ordentlich haben kann wie andere? Wenn der Damm erst steht, wird uns auch das leichtere Leben vom Festland kommen. Unsere Kinder sollen es einmal nicht so schwer haben wie wir. Und Erkel Simonsen habe ich auch geraten, daß sie doch lieber als Zimmermädchen nach Westerland gehen soll, als zu Hause all die schwere Arbeit zu tun, die ihr so sauer wird."

Sie legte ihr Nähzeug zusammen, da sie draußen die Buben hörte, und ging hinaus. Eine Weile rauchten die Männer noch schweigend weiter, dann sagte Meinert Claasen langsam:

„Wo liegt die Grenze zwischen deiner Schwester Lene und Paula Borre? Wohl so etwa bei Engeline, nicht wahr, Pastor? Worin

aber liegt die Gewähr, daß diese Grenze nicht überschritten werden darf, sollen wir hier nicht auch solche Verhältnisse bekommen, wie sie in Rußland jetzt sind, so wie ich aus meiner Zeitung sehe?"
Peter Boy Eschels aber dachte an sein eigenes Wort, das er einst dem Generalsuperintendenten gegenüber ausgesprochen hatte: „Wenn die Bahn erst läuft, wird hier keine Gemeinde mehr zu versorgen sein" – mußte sich nicht alles auflösen, wenn nicht einmal eine Frau wie Engcline eine feste Grenze mehr anerkennen mochte?
„Ich muß –", sagte er sorgenvoll, denn auch ihm war nicht wohl dabei zumute – „ich muß sehen, die Arbeiter selbst mehr in die Hand zu bekommen, damit sie solche Ideen nicht hier im Dorf verbreiten. Man muß ihnen zu denken geben über den Alltag hinaus, denn es ist immer ein Zeichen von einer äußeren oder inneren Not, wenn der Mensch anfängt, nach dem Weshalb? und Warum? zu fragen." –
Und hiernach war es geschehen, daß Pastor Eschels die Arbeiter in den Gesangverein zog.

35

Den alten Gesangverein hatte Eschels schon hier vorgefunden, als er vor zehn Jahren nach Morsum kam. Abrumeits Vorgänger leitete ihn, und auch Abrumeit selbst übernahm später die musikalische Leitung. Eschels war nur oft allein oder mit seiner ebenfalls unmusikalischen Tochter als zuhörender Gast erschienen. Aber in jedem Jahr hatte er dem Verein im Pfarrhause ein kleines Fest gegeben und hatte auch mehrmals wertvolle Noten gestiftet, wenn es sich darum handelte, daß er besondere Lieder zu besonderen kirchlichen Feiern einstudiert wünschte. So hatte immer das beste Einvernehmen zwischen dem Gesangverein und dem Pfarrhause bestanden, bis endlich Eschels drei stimmbegabte Arbeiter aus Bremers Wohnschute hier eingeführt hatte. Zunächst nur drei – danach aber hatten sich noch mehr gemeldet, und Eschels hatte auch diese nicht ablehnen können.
Heute gestand er sich selbst ehrlich ein, daß er damit eine Dumm-

heit begangen hatte. Die ersten drei waren ganz ordentliche Leute gewesen und gute Sänger. Aber die sie nach sich zogen, weitere Bewohner der Wohnschute, benahmen sich zum Teil nicht so, wie es dem guten Ton im Dorf angemessen war. Sie lernten hier die jungen Morsumerinnen kennen, und niemand konnte ihnen wehren, auch zum Tanz ins Wirtshaus zu kommen. Dabei tranken sie dann mehr, als sonst an Tanzabenden üblich war, randalierten und belästigten schließlich auch Frauen und Mädchen, wenn sie hinterher grölend durchs Dorf streiften.

Da war zuerst Erkel Simonsen aus dem alten Gesangverein weggeblieben, und zwar, wie sie offen erzählte, auf den ausdrücklichen Befehl ihres Vaters hin. Dann hatte Lehrer Abrumeit des Pastors Wünsche immer mehr unberücksichtigt gelassen unter dem Vorwand, daß er den Arbeitern nicht mit kirchlichen Gesängen kommen dürfte. Und nun hatte er den neuen Gesangverein gegründet, dem sofort alle Morsumer Mitglieder des alten beitraten. Damit aber hatte Eschels nun jede Verbindung mit dem Morsumer Gesangverein überhaupt eingebüßt und mußte den Arbeitern mitteilen, daß ein Konkurrenzunternehmen den alten Verein tot gemacht hätte.

„Schade", sagten die Männer, „es war doch etwas. Nun haben wir wieder nichts mehr. Besuchen Sie uns doch mal auf der Schute, Herr Pastor, wenn Sie vor den andern keine Angst haben."

„Wenn Sie mich einladen, werden Sie auch wohl für meine persönliche Sicherheit einstehen können", antwortete Eschels; „ich komme gern einmal hinaus, wollte lange schon sehen, wie Sie dort hausen." Er war entschlossen, diese Einladung zu nutzen, und eines Tages ging er nach Feierabend wirklich unterm Kliff zum Vorland hinaus. Die Wohnschute der Arbeiter lag so nah wie möglich der Abbruchkante, aber ein schwankender Steg hoch überm Schlick mußte doch noch die Verbindung vom festen Rasen zum Bord vermitteln. Als Eschels darüber hinbalancierte, tönten ihm schon Gelächter und rohe Zurufe entgegen, aber er ließ sich nicht beeirren und fragte nach seinen Bekannten.

Die erschienen eilig, noch naß aus der Waschschüssel, und führten ihn artig in den größeren Eßraum.

„Der Herr Pastor ist unser Gast, und wer sich nicht anständig benimmt, fliegt 'raus!"

„Oho, anpriestern lassen wir uns nicht, das haben wir hier nicht nötig."
Eschels sah den Sprecher an. Es war ein großer Kerl mit finsterem, aber keineswegs rohem Gesicht.
„Dazu kam ich nicht. Wer den Pfarrer in mir sucht, muß ins Pfarrhaus kommen. Hier will ich nichts als einmal sehen, wie es Ihnen geht."
„Schweinisch genug ist's", brummte der Mann unwirsch, „was ist daran zu sehen?"
Einer der Sänger bot Eschels zögernd ein Glas wässerigen Bieres; der nahm es mit unbefangenem Dank. „Schweinisch?" sagte er dann, „ja, man bringt viel Klei an den Stiefeln mit herein, wenn man übers nasse Vorland kommt. Aber das kennen wir Morsumer nicht anders. Wie steht es denn mit der neuen Baracke, die neben dem Büro gebaut werden soll?"
„Damit hat's noch gute Weile", mischte sich ein weiterer in das Gespräch, „mir ist ganz wohl hier, das kann ich nur sagen. Nachdem ich den ganzen Winter über arbeitslos war —"
„Aber im nächsten Winter werden Sie in der neuen Baracke wohnen", sagte Eschels zuversichtlich. „Dann, wenn die langen Abende kommen, werden Sie sich da einen Leseraum einrichten, geheizt, mit Büchern — ein paar Bildern an den Wänden —"
„Na, man nicht zu christlich", meinte der erste Sprecher wieder, und alle lachten. „Sonst aber bin ich wohl für Bücher, so von Karl May und Jack London" — die andern rückten näher — „und ein paar Zeitungen —"
In der schlechten Luft des niedrigen Raumes überkam Eschels eine leichte Benommenheit. Er atmete vorsichtig durch die Nase. „Weshalb", so dachte er unwillkürlich — „weshalb nur muß der größere Teil der sogenannten zivilisierten Menschheit dauernd in diesem Gestank leben? Billiger Tabak, Transtiefel, unsaubere Körper, ungelüftete Stuben — sie können dies alles ja gar nicht vermeiden, und doch verachten wir sie ein wenig darum —"
Als er eine halbe Stunde später aufbrach, machte der scharfe Westwind ihm den Weg über die schwanke Latte recht unangenehm. Aber er überwand ihn und rief vom festen Lande her zurück:
„Auf Wiedersehen!"

– und wenn auch ein paar Stimmen antworteten: „Nicht nötig!" und andere darüber lachten, tönte ihm doch ein allgemeines Gemurmel nach, das er mit viel gutem Willen für eine Aufforderung zum Wiederkommen nehmen konnte. Und er war entschlossen, sie zu nutzen, um den Arbeitern Gedanken zu bringen „über den Alltag hinaus".

36

Am nächsten Sonntagabend saß Lehrer Abrumeit bei Holm-Peters in der guten Stube.

„Habt Ihr's gehört? Der Pastor geht zu den Arbeitern in die Schute, um mit ihnen zu trinken."

„Das mag doch wohl nicht wahr sein?" meinte Frau Kairene begütigend. Der Lehrer fuhr auf mit rotem Kopf.

„Was ich sage, ist allemal wahr, wie's heilige Evangelium! Volquart Claasen hat's in der Schule erzählt. Sein Vater, Rasmus, bekam Besuch vom Schachtmeister Everschop aus Westerland, der bei der Firma Hurtig angestellt ist. Der hatte die Geschichte vom Kantinenwirt der Wohnschute selbst. Ich hörte, wie Volquart es zu Dirk Dirksen sagte, und fragte ihn: ‚Was redest du da?' Denn ich dachte: ‚Hat er nur in den Kohl gespuckt, soll er ihn selber fressen.' Aber er hat mir die Sache noch einmal ganz genau gleich berichtet. ‚Ich möchte wohl mit auf die Schute', sagte er mit blanken Augen. Nein, der hat nicht gelogen."

„Siehst du wohl, Mutter?" sagte Metta vorwurfsvoll, und Frau Kairene schwieg bedrückt. War sie auch mehr für Pastor als für Lehrer, so wollte sie doch auch gern ihre Tochter verheiraten.

„Es ist ungehörig", begann Holm-Peters selbst nach einer Weile, „es ist durchaus ungehörig, daß unser Pastor sich zu den Arbeitern hält" – und eine starke und würdige Betonung lag auf dem Worte „unser".

„Er ist aber", warf der Lehrer um der Gerechtigkeit willen ein, „auch zum Seelsorger der Dammarbeiter hier bestellt, wie mir der Propst vorm Jahr schon sagte."

„So? Davon wußte ich nichts. Nun, wenn der Propst ihn dazu zwingt –"

„Zwingen kann er ihn wohl nicht."
„Na, was hat der Pastor denn davon?" Und da der Lehrer das auch nicht sagen konnte, fuhr Holm-Peters in seiner ursprünglichen Rede fort: „Ich sage, es ist ungehörig, daß unser Pastor sich zu den Fremden hält. Mit dem Baumeister hat er gleich im Anfang schon einmal auf der ‚Hohen Heide' eine Nacht durchgetrunken —"
Ein allgemeines Erstaunen belohnte diese interessante Mitteilung, doch Frau Kairene kam wieder mit ihrem unbequemen:
„Mag sein, daß es nicht wahr ist, Vater?" Worauf er unerschüttert antwortete:
„Meinert Lorenzen hat es mir selbst erzählt." Und die Tochter noch einmal Gelegenheit fand, ein vorwurfsvolles:
„Siehst du wohl, Mutter?" anzubringen. —
Diese Gerüchte wanderten durchs Dorf, wärmten und nährten sich an jedem Herdfeuer und nahmen dadurch täglich an Umfang und Sicherheit des Auftretens zu. Endlich stellte Frau Lene Claasen ihren Bruder, erzählte ihm, was sie gehört hatte, und schloß:
„Sie sagen, daß du jeden Abend zu den Arbeitern gehst, um mit ihnen zu trinken."
„Sie haben nur das Wörtchen ‚Dienstags' dabei vergessen", antwortete Eschels mit Sanftmut. „Ja, ich gehe jeden Dienstagabend zu den Arbeitern in die Wohnschute — wenn auch nicht gerade zu dem einzigen Zweck, um ihr scheußliches Bier zu trinken. Hast du etwas dagegen?"
„Du bist doch unser Pastor!" sagte Frau Lene, und es lag eine starke und würdige, eine geradezu besitzanzeigende Betonung auf dem besitzanzeigenden Fürwort. „Die Leute meinen freilich, der Propst könnte dich dazu zwingen, daß du auch zu den Arbeitern gehen müßtest, aber das will ich doch nicht glauben —"
„Da tust du recht daran, Schwester", warf Eschels salbungsvoll ein und zwinkerte vergnügt mit den Äuglein. Aber sie ließ sich nicht mehr aufhalten.
„Du bist doch unser Pastor", wiederholte sie ernstlich. „Du bist dazu da, daß wir zu dir kommen können, wann wir wollen —"
„Nur wollt ihr leider selten", unterbrach er sie trocken. Sie war einen Augenblick lang etwas aus dem Konzept gebracht, dann aber nahm sie den angesponnenen Faden hartnäckig wieder auf.

„Es könnte aber doch einmal sein, und dann mußt du für uns zu Hause sein, daß wir dich finden können, wenn wir dich brauchen. Und deshalb darfst du nicht immer hinter den Arbeitern und sonst fremden Leuten herlaufen. Baumeister Bremer ist in dieser Woche schon zweimal bei dir gewesen –"

„Was ihr nicht alles wißt!" spottete er gutmütig. „Ich kann aber mit gutem Gewissen versichern, daß mir dein Besuch nicht weniger angenehm gewesen wäre." Doch sie achtete nicht auf seine Worte.

„– und einmal", fuhr sie erregt fort, „als du selbst auch wieder nicht daheim warst, hat Gondel eine gute Stunde allein mit ihm gesessen, auf der Bank vorm Hause –"

Nun aber lachte Eschels aus vollem Halse.

„Auf der Bank vorm Hause, jawohl! Und da sie überdies so etwa zehn Jahre älter sein mag als er, liegt die Gefahr allerdings nahe, daß da etwas Unrechtes geschähe."

„Das habe ich nicht gesagt, und habe ich nicht gemeint", entgegnete Frau Lene ruhiger. „Aber was gehen sie diese Fremden überhaupt an? Das ist nicht recht, Peter, und du als unser Pastor solltest das am besten wissen. Schon als die Juden sich mit den Heiden mischen wollten, hat Gott die Juden mit seiner Strafe geschlagen."

Peter Boy Eschels schwieg – schwieg lange. Endlich sagte er:

„Sind wir nicht allzumal Christen, Lene?"

„Ob die Arbeiter das sind, ist mir keineswegs sicher. Der Baumeister – je nun –", denn, daß Heinrich Bremer ein Neues Tastament besaß, und zwar ein griechisches, wußte natürlich das ganze Dorf. Und daß er sogar darin las, entband ihn nicht nur in Frau Lenes Auffassung von jeglicher Verpflichtung zum Kirchgange, wenn er es doch geradesogut konnte wie der Pastor selbst – „aber die Arbeiter, Peter?"

Und da Pastor Eschels in diesem Punkte auch seine verschwiegenen Bedenken hegte, entsann er sich der weisen Kampfregel, daß ein Hieb unter Umständen die beste Parade bleibt, und antwortete gelassen:

„So gute Christen wie ihr Morsumer sind sie gewißlich noch, denn von der christlichen Tugend der Barmherzigkeit spüre ich bei euch wenig."

37

Inzwischen schob sich vom Festlande aus die neue Spundwand ins Wattenmeer hinaus. Sie hatten im „Neubauamt Dammbau Sylt" den neuen Nordstrander Wattendamm gründlich studiert; während der Kriegszeit hatte er nicht im nötigen Maße beaufsichtigt werden können, danach fanden sich viel Schäden zu bessern, und auch er war nun um das Rückgrat einer sicheren Spundwand zum Teil neu aufgebaut worden. Die dabei gemachten Erfahrungen kamen nun dem Sylter Damm zugute. Hoch und fest wurde diese Wand gebaut, einen halben Meter noch über normalen Hochwasserstand hinaus, und dann sogleich mit bestem Steinschotter eingeschüttet, den die kleinen Loren auf dem mit der Spundwand wandernden Gleis übers Watt hinausführten. Hinter der hohen Wand lag das Spülfeld bald völlig gesichert. Das Wasser stieg, doch fast ohne Wellenbewegung, so daß der eingespülte Boden sich bei wieder abziehendem Wasser in gewünschter Weise zwischen den Buschwänden lagerte. Und von der Insel aus wuchs eine ähnliche Wand ins Watt hinaus, langsamer freilich, da die Zufuhr der Materialien oft stockte.

Es ärgerte die Morsumer, daß Heinrich Bremer — denn er war für sie der alleinige Bauherr — trotz der großen Augustflut die Arbeit in diesem Frühjahr wiederaufgenommen hatte. Es ärgerte sie noch mehr, daß er sie nun mit ganz neuen und besseren Methoden durchführte, was sie als praktische Menschen auch gegen ihren Willen anerkennen mußten. Es ärgerte sie am allermeisten, daß bei alledem das Geld überhaupt keine Rolle zu spielen schien. Diese Spundwand, an der nun die Sylter und die Arbeiter aus der Wohnschute beschäftigt waren, die sollte nur erst den Anschluß an eine Ladebrücke vermitteln, an der später die großen Materialmengen gelöscht werden würden; danach erst begann der eigentliche Dammbau! Das alles war so weitläufig und kostspielig gedacht, daß den Morsumern der Atem wegblieb, wenn sie untereinander davon sprachen. Dann sollten auch hier die kleinen Lorenzüge über die Spundwand rollen, und der kostbarste Granitschotter sollte mir nichts dir nichts ins Watt geschüttet werden, rein um gar nichts, denn daß der „blanke Hans" schließlich doch wieder das letzte Wort sprechen und die ganze Herrlichkeit hinwegfegen würde, da blieb doch kein Zweifel! Daß er das konnte und auch tun würde, hatte er doch im August bewiesen — der Baumeister war wohl ganz von Gott verlassen in seiner sinnlosen Verschwendungssucht, nun es doch Deutschland so schlecht ging und die kleine Landwirtschaft kaum die Steuern aufbringen konnte — „wenn der Bauer leidet Not, hat das ganze Volk kein Brot —"

So sprachen die Morsumer untereinander, bis Peter Boy Eschels Geduldsfaden einmal wieder riß. Das geschah, als er bei einem Abendessen, das Meinert Claasen gab, mit der Familie des Holm-Peters zusammentraf und Hinrich Peters, des Cornelius Sohn, sich weitschweifig über all die Dämme und Deiche ausließ, die ehemals auf Sylt gebaut und wieder zugrunde gegangen waren.

„Sie bauen nicht selbst am Damm mit, Herr Peters", warf Eschels zunächst noch vorsichtig ein. „Meine Neffen Geik und Rasmus sehen das Ding doch anders an."

Hinrich Peters sah hochmütig an seiner Nase entlang.

„So oder so, der blanke Hans bleibt sich gleich."

„Gewiß. Die Entfernungen auf der Erde und auf dem Wasser sind sich auch gleich geblieben, und doch erreichen wir heute in Stunden, wozu die Menschen ehemals Tage brauchten."

„Ich verstehe nicht, was du damit meinst, Peter", sagte Engeline Claasen von der Frauenseite her mit erstaunten Augen, aber ihr Mann antwortete etwas ungeduldig:

„Das ist doch klar genug. Pastor meint, daß der Mensch die Erde immer mehr beherrschen lernt, und also auch wohl einen Damm quer durchs Wattenmeer bauen kann —"

„So meine ich's", bestätigte Eschels schnell. „Früher wurde ein Damm oder Deich von einer einzelnen Insel oder einer kleinen Festlandsgemeinde gebaut. Heute steht hinter diesem Bau das ganze große Deutschland! Es soll nun täglich ein Materialzug von 70 Waggons in Klanxbüll ankommen. Stellt euch doch vor, was solch ein langer Zug alles heranschaffen kann: Pfähle, Balken und Bohlen aus fernen Wäldern; Granitschotter aus mitteldeutschen Steinbrüchen; Kohle aus den westdeutschen Bergwerken — welche Deichgemeinde hatte früher solche Hilfsquellen? Und hatte solche Ingenieure, die das ganze Werk auf dem Plan bis in alle

Einzelheiten auszuarbeiten verstanden, so daß nun tausend und mehr Arbeiter zu gleicher Zeit daran beschäftigt werden können?"

Nach Peter Eschels Worten ging ein Schweigen durch die Gesellschaft. Sie wußten alle nichts darauf zu erwidern, mußten sie die Tatsachen doch anerkennen.

„Du darfst das eine nicht vergessen, Pastor", begann endlich Meinert Claasen von neuem und schob seinen Teller zur Seite, als wäre ihm die Eßlust vergangen. „Dies eine: wenn nun die Spundwand fertiggebaut ist, mit all den ungeheuren Kosten, die Baumeister Bremer da hineinsteckt — und es kommt dann noch eine Flut wie die große Augustflut: ja, meinst du dann, daß die Spundwand allein die ertragen könnte?"

„Das glaube ich nicht", antwortete Eschels widerstrebend.

„Und ob Deutschland dann noch genug Geld haben wird, den Bau zum drittenmal anzufangen? Ja, da schweigst du auch, denn das wissen wir doch alle: wenn Deutschland sich nicht durch sein Versprechen damals gebunden gefühlt hätte, so würde es schon zum zweitenmal nicht von neuem angefangen haben. Nimmt aber nun wieder eine hohe Flut die ganze Spundwand weg, so hat es dann wohl das Recht zu sagen: ‚Jetzt kann doch jedermann sehen, daß wir den Damm nicht bauen können!' Und damit ist es sein Versprechen quitt. Wenn der ganze Damm richtig fertig ist, dann kann er wohl auch große Fluten aushalten, das glaube ich selbst, wenn ich mir so überschlage, was der Baumeister da alles hineinstecken will. Solange der Damm erst nur im Bau ist und noch nicht fest, solange —"

Er schwieg, und Holm-Peters fügte hinzu:

„— solange dürfen wir noch hoffen, Herr Pastor, und tun's auch!" Er sah Eschels mit trüben Augen an. „Sie haben leicht reden: der Damm kommt! Sie verlieren nichts darum. Sie gewinnen vielleicht noch. Sie können dann leicht mal zum Propst hinüberfahren und hören dann mehr von der Welt als jetzt. Wir aber?"

„Ich meine, auch Sie könnten dabei gewinnen. Wenn Ihnen selbst nichts daran liegt, mehr von der Welt zu hören, so doch vielleicht Ihren Söhnen. Die waren im Kriege, die haben mehr von der Welt kennengelernt als Sie und auch als ich. Glauben Sie nicht, daß sie gern die Beziehung zu der größeren Welt festhalten möchten?"

„Das ist so, Herr Pastor", entgegnete Hinrich Peters rasch, ehe noch sein Vater sich auf eine Antwort besinnen konnte. „Wir brachten alle die Unruhe mit heim, die die Städter in den Knochen haben und die Leute vom Festland jetzt meist alle, auch wenn sie auf dem platten Lande wohnen. Aber ich meine, man gewöhnt sich wohl wieder, und wer die Unruhe in sich hat, der ist kein rechter Bauer. Unruhe ist nur da, wo die Leute sich nicht wohlfühlen in ihrem Leben. Das hat wohl in den Städten so angefangen, als die Städte so groß wurden, daß niemand mehr ein Stück Land haben konnte. Alle Reichen, ja die schafften sich dann bald wieder einen Garten an, damit sie doch etwas hätten. Aber die Ärmeren? Und es kann einer in der Stadt Geld verdienen, so viel, daß wir uns das gar nicht ausdenken können, und kommt doch noch lange nicht zu einem Stück Garten. Und so ein Garten ist doch noch kein rechtes Land! Ja, dann kommt die Unruhe in die Menschen, und das kann ich auch wohl verstehen. Ich kenne die Unruhe doch auch. Als ich im Kriege in Serbien war und dann nachher ganz durch Österreich kam und Wien gesehen habe und all die schönen Städte dort. Da dachte ich auch: wenn wir hernach nur den Damm bekommen, daß uns das Reisen bequemer wird, dann möchte ich mal im Frieden das alles hier sehen. Dann will ich nicht immer still in Morsum sitzen. Wenn die Welt so schön ist, weshalb soll ich dann nicht auch mein Teil daran haben? Aber nun ich hier wieder bin und alles Geld, das wir noch auf der Sparkasse hatten, ist weg, und wenn ich auch nur einen Pfennig zuviel ausgebe, dann muß ich hernach Vieh verkaufen, um nur die Steuern bezahlen zu können. Dann bezwinge ich mich lieber, daß ich all die bunten Bilder wieder vergesse. Denn wenn man auch nur etwas will, das man nicht kann, dann findet man aus der Unruhe nicht wieder heraus. Und ein Bauer mit Unruhe in sich, so wie sie jetzt drüben auf dem Festland alle sitzen, und im Winter noch nicht mal zur Ruhe kommen – nein, das ist kein rechter Bauer mehr!"

Hinrich Peters schwieg, ganz erschöpft von der langen Rede, die er gehalten hatte. Aber es hatten ihm alle andern auch zugehört, und Meinert Claasen hatte mit dem Kopf genickt, und auch Lene

Volquart Claasen hatte ihr Strickzeug, das sie schon vornehmen wollte, nicht auseinandergerollt und hatte ihren Bruder angesehen: „So meine ich's auch!“ Holm-Peters aber sagte nun mit Würde:
„Es hat doch wohl keine Art, Hinrich, wenn der Sohn dem Vater das Wort aus dem Munde nimmt. Aber du hast es richtig gesagt, was ich auch meine. Und solange der Damm nur erst im Bau ist und noch nicht fertig, und noch eine Sturmflut kommen kann, die ihn wieder wegnimmt, so lange dürfen wir wohl noch hoffen – dürfen auch wohl –“ und er sah Pastor Eschels finster in die Augen – „dürfen auch wohl – darum beten!“
Etwas hastig reichte Meinert Claasen dem Pastor seinen Tabakskasten, und Eschels bediente sich umständlich, aber er fühlte, daß er sich dieser Anmahnung nicht entziehen dürfte und antwortete nach einer Weile langsam:
„Ich kann nicht gegen meinen eigenen Glauben beten. Ich glaube aber, daß der Damm kommen wird. Als ich vor elf Jahren zum erstenmal davon in der Zeitung las, sah ich schon, wie er durchs Watt wanderte und wie die großen Eisenbahnzüge darauf entlangfahren werden. Ich meine nun, ihr müßtet euch bereiten, der neuen Zukunft zu begegnen –“
„Intensiver wirtschaften, meinst du“, warf Meinert Claasen ein und drehte dann geschickt das Gespräch vom Damm hinweg. „Da werden wir wohl bald amerikanisch werden müssen, nur daß wir nicht so viel Land haben wie die da drüben –“ und brachte die Unterhaltung nun auf Verwandte, die drüben lebten, und machte seinen Spaß dazu, daß auch in Deutschland nun schon die Kühe elektrisch gemolken würden. Worauf dann die Frauen alle auf einmal anfingen zu schnattern und ihre Handarbeiten herauszogen – und jedermann sich bemühte, des Pastors Antwort zu vergessen. – –
Als Gondelina mit ihrem Vater spät am Abend heimging, war er schweigsam, bis sie endlich seinen Arm nahm und ihre Finger leise in die seinen schob.
„Laß uns lieber freiwillig von hinnen gehen, Vater, ehe wir hinausgeworfen werden.“
Sie glaubte, daß er ihres Mitfühlens tröstlich bedürfe, er aber antwortete wohlgemut:

„Davon ist keine Rede, Gondelina, Kind. Laß mich sie nur noch ein wenig rütteln, dann werden sie doch endlich aufwachen. Der Damm kommt. Ich sehe ihn."
Gondelina verzog das Gesicht, als hätte sie Zahnschmerzen.
„So werde ich für mein Teil einige Wochen nach List gehen, um dort zu malen, Herr Don Quichotte von der Mancha!"

38

Daß Gondelina nach List fuhr, um dort zu malen, wurde im Dorf mit Wohlwollen besprochen. Andreas Dirks aus Tinnum hatte auch gemalt und hatte ein anständiges Stück Geld damit verdient und war doch ein ordentlicher Sylter geblieben, was man auch schon an seiner Sprache hören konnte. So gut sprach Gondelina nicht; man merkte doch, daß sie als Kind deutsch gesprochen hatte. Aber sie hatte ja auch keine Sylter Mutter gehabt, das arme Ding, was konnte man da viel verlangen!
So also fuhr Gondelina nach List, und Morsum gab seinen Segen dazu. Leider aber reichte dieser Segen nicht aus, ihr in List ein Unterkommen zu verschaffen. Es war da eine geologisch-geographische Gesellschaft, die Wanderdünen studierte, die nahm alle zu vermietenden Zimmer von List in Anspruch. Da aber Gondelina die gleichen Absichten verfolgte, wollte sie nicht nach Kampen zurückgehen. Und blieb also in Klappholttal hängen, obgleich — nun, in manchen Dingen war sie doch auch Morsumerin, und Klappholttal gehörte den Freideutschen, war eine ausgesprochene Fremdenkolonie; Gondelina hätte lieber in einem Stall geschlafen, als in solcher Baracke unterm schwarzen Pappdach.
Sie blieb also doch in Klappholttal, trotzdem sie nicht einmal eine eigene Kammer mehr bekommen konnte, sondern mit einer Mimi aus München und einer Mitzi aus Wien zusammen schlafen mußte. Aber die Lister Dünen hatten es ihr doch wieder angetan, kaum, daß sie sie nur von der Bahn aus gesehen hatte. Hergott, waren diese weißen Berge schön, wenn die Sonne darauf briet, und wenn die Wolkenschatten darüber hinflogen, und wenn Sturm und Regen sie in graue Wirbel hüllten! Denn es war ein unruhiger und kalter Juni. Am schönsten aber, wenn an seltenen

Tagen eine warme Sonne über ihnen gestanden hatte und nun blaue Schatten gegen Abend aus den dunklen Tälern wuchsen – denn diese Täler voll Heidekraut und Beeren, die waren das Allerschönste.

Gondelina hatte ihr Malzeug mitgebracht, aber zunächst konnte sie sich nicht entschließen, auch nur einen Pinsel oder Bleistift in die Hand zu nehmen. Dies war alles so anders als die Morsumer Heide und das Watt in seiner Schwermut. Dort waren tiefe, erdhafte Farben; hier alles wie durchleuchtet von Sonne und Licht, auch das Grau der Schlechtwettertage. Es erinnerte sie daran, wie sie zuerst auch in Paris und seiner Umgebung nicht hatte malen können, weil die lichte Klarheit der Luft ihr, wie sie fürchtete, unlösbare Rätsel aufgab. Damals hatte sie sich nach den erdhaften Farben des deutschen Heimatwinkels zurückgesehnt – bis endlich an einem der wenigen dunklen Tage des Pariser Herbstes ihr eine Verbindung zwischen Erde und Licht gedämmert war.

So war es auch hier ein trüber Tag, grau, warm und still, der ihr den ersten Ansatz gab. Sie war mürrisch gewesen, unzufrieden mit sich und mit ihrem Vater, der ihr brieflich mitgeteilt hatte, daß die Haushälterin zum Quartalsersten gekündigt hätte, weil er ein paar Arbeiter für etliche Tage aufgenommen hatte. „Sie kamen – Gott mag wissen, woher? Zerlumpt und halb verhungert. Sie hatten Papiere vom Provinzialarbeitsamt. Aber in Klanxbüll waren alle Listen geschlossen. Nun wollten sie es bei Bremer versuchen. ‚Wenn wir ihn sehr bitten –' Nein, sagte ich, das ist falsch. Kommt zu mir. Flickt euch zurecht. Eßt euch drei Tage lang satt. Dann geht zum Baumeister und bittet nicht, sondern macht ihm klar, daß er solche Kerle, wie ihr seid, nicht noch einmal auf der Landstraße findet, jetzt, mitten im Sommer, wo anständige Arbeiter längst nicht mehr freihändig herumlaufen. Und sie blieben. Und Bremer hat sie auch genommen, alle drei. Aber Frau Matthis hat gekündigt, denn wie konnte ich ihr versprechen, so etwas nie wieder zu tun?"

Zuerst hatte Gondelina lachen müssen, denn dieser Brief malte ihr die Situation deutlich genug und zeigte ihr den Vater in all seiner liebenswerten Unbesonnenheit. Dann aber war ihr eingefallen, daß sie deshalb also am Quartalsersten nach Morsum heimkehren müßte. Freilich waren noch gut drei Wochen bis da-

hin — aber wenn sie doch nicht malen konnte? Es war zum Verzagen, und darüber war sie mürrisch geworden, unzufrieden mit ihrem Vater, aber auch mit sich selbst. So lag sie gegen Abend in den Dünen, in ihren alten Lodenumhang gewickelt, nur um nicht bei Mimi und Mitzi sitzen zu müssen oder sonst bei den Klappholttalern. Da war ganz, ganz fern unten am Horizont plötzlich die graue Wand aufgerissen, nur einen Augenblick lang, dann wehte ein Regenschauer über sie hin. Aber in diesem Augenblick war es über sie gekommen: das kann heut' noch etwas geben! Wie ein plötzlicher Fieberanfall hatte es sie gepackt, daß sie aufsprang und heimlief, zur Baracke, die zufällig still und leer war. Sie hatte ihren Malkram zusammengesucht, in einer starken Konzentration, die sie nichts vergessen ließ, und war wieder hinausgelaufen. Sie keuchte, als sie die Düne wieder erklomm, auf der sie vorhin gelegen hatte, aber auch hier war sie glücklich allein — der Himmel riß auf — sie konnte wieder malen —
Nach diesem Abend hatte sie eine schlaflose Nacht. Bild um Bild rollte an ihr vorüber, die sie in diesen Tagen schon gesehen hatte, ohne doch selbst zu wissen, daß und was sie sah. Unruhig drehte sie sich hin und her auf ihrem engen Lager, auf dem Strohsack, der hier in Klappholttal obligatorisch statt der Federbetten war, schlief einen kurzen, wirrbunten Traumschlaf, und war schon wieder draußen, als eben der erste Lerchenton erklang. Das harte Dünengras war noch grau von Nässe, und unten auf dem breiten Wattwege standen noch Pfützen vom gestrigen Regen. Ihre Schuhe waren bald durchnäßt, sie schauerte in dem kalten Winde, der dem Tag voranlief. Aber dann saß sie südlich unter der Vogelkoje und malte die rötlich durchleuchtete Morgendämmerung der flachen Wattwiesen unter dem hohen Himmel — bis ein plötzliches Aufflammen der Röte das Kommen der Sonne und eines bösen Schlechtwettertages kündete.

Sie malte, sie zeichnete — sie wußte kaum noch von sich selbst und nichts mehr von ihrer Umgebung. Wo sie ging und stand, sah sie, was ihr wie ein Geschenk war, sah Farben und Formen — sah plötzlich auch, wie schön die nackten spielenden Kinder am Strande sich mit Sonne und Meer einten. Wenn es nur regnete, zeichnete sie. Goß es aber vom Himmel, so saß sie im Tanzsaal und beobachtete die nackten Füße, denn es war verboten, den

Saal in Schuhen zu betreten, um die gewachsten Dielen zu schonen. Einmal zeichnete sie auch Mimi und Mitzi, die nackt vor ihr tanzten, aber daraus wurde nicht viel.
„Wir Sylterinnen haben mehr Haltung", sagte sie unzufrieden. „Wir tragen immer noch eine unsichtbare Krone, die alte ‚Hüf' unserer verlorenen Tracht. Ihr seid mir zu spielerig, ihr seid wie die Pariser Modelle, die immer posierten."
„Halte dich nur an die Landschaft", sagten die jungen Dinger. „Die Insel selbst ist schöner als alle Menschen sein können. Wir — wenn wir nur hier bleiben könnten, aber unser Geld geht schnell zu Ende."
Da fragte Gondelina, ob sie als Haustöchter zu ihr nach Morsum kommen wollten?
„Dies ist ein wahrhaftiges Märchenglück!" sagten sie.
Je weiter der Juni vorschritt, desto voller wurde das freideutsche Lager, und endlich wurde auch Gondelina aufgesagt, denn ihr Bett war schon lange voraus fest bestellt gewesen. Der Leiter von Klappholttal regte sie an, doch nach Puans Klent auf der Hörnumer Halbinsel überzusiedeln. Vorher aber bat er sie, noch eine Ausstellung ihrer Arbeiten im Tanzsaal zu machen. Sie folgte seinem Begehr, ganz unbefangen, so selten sie sonst Skizzen und flüchtige Studien zeigen mochte. Aber diese Menschen hier in Klappholttal waren die gleichen, zwischen denen sie während ihrer Studienjahre in München und Paris gelebt hatte. Die würden sie verstehen. Und sie verstanden sie. Was mehr war: sie verstanden auch List, die Dünen, den Strand des Meeres und vom Watt. Sie kannten jeden Fleck, sie kannten jede farbige Wandlung des Lichtes, die hier in der hellen Landschaft möglich war. Sie sagten nicht viel dazu. Sie gingen rundum und schauten. Ein junger Naturforscher brachte ihr ein paar Vogelzeichnungen, die er gefertigt hatte, lachte vergnügt und meinte:
„Die sind besser als Ihre Enten aus der Vogelkoje!" Und sie mußte ihm recht geben.
Und ein anderer in einer zerschlissenen Leinenjacke, der ihr als Hausknecht oft die Schuhe geputzt hatte, stand vor der kleinen Skizze von Mimi und Mitzi und sagte:
„Hatten Sie in Paris Anatomie-Unterricht in der *École des Beaux Arts?"*

Und als sie bejahte, trat ein feiner älterer Herr zu ihnen, den sie mehrfach vor Tage an der Pumpe getroffen, aber nie, wenn der große Schwarm derer, die sich hier waschen wollten, anrückte. Der sagte: „Ihre Kinderakte sind besser. Sie haben viel von Girandot und Collin gelernt, hätten aber sich mehr an Courtois halten sollen; gehen Sie jetzt einmal wieder dorthin? Nach Hörnum wollen Sie morgen? So wünsche ich Ihnen einen Gewittertag auf Hörnum Odde!" –

Aber auf Hörnum verflog Gondelinas Arbeitsfieber. Puans Klent war ihr nicht Klappholttal, der Charakter der Dünen sehr anders, und zu neuerlichem Einarbeiten fühlte sich Gondelina nach den vierzehn Schaffenstagen zu müde. Dazu kam, was der Badegast „schönes Wetter" nennt; eine blanke Sonne, die abends ihre Strahlen ablegte, um nackt ins Meer zu stiegen; ein ordentlich aufgeräumter Himmel; eine plätscherige See und ein leichter unverbindlicher Festlandswind aus Osten. Da machte sie noch einige Wanderungen, ging nach Hörnum Odde, wo sie noch nie gewesen war – sah aber nichts als eine langweilige helle Fläche ohne jede Gliederung. Und freute sich endlich mehr an einigen eleganten und wirklich besonders reizvollen jungen Frauen in Westerland, als sie am letzten Tage vor der Heimkehr hier noch einmal über die Terrasse ging, um das bunte Badeleben zu genießen.

39

Gondelina kehrte heim, und die Morsumerinnen kamen, ihre Bilder zu sehen, und Mitzi und Mimi zu begutachten. Gondelina selbst fand, daß sie mit den beiden jungen Mädchen einen guten Griff getan hatte: sie wuschen und scheuerten, gruben im Garten und gingen mit dem Pastor ins Heu nach Nösse hinaus, ob's regnete oder stürmte; sie lernten den Stall ausmisten und lernten auch die Kuh melken. Aber um nach Morsum zu passen, dazu sangen und lachten sie zuviel, und die Morsumerinnen ließen das Gondelina bald merken. Auch mit den Arbeiten, die sie heimgebracht hatte, erklärten sie sich nicht so ganz einverstanden.

„Ich mag deine Morsumer Bilder lieber", sagte Petrina Rasmus Claasen spitzig, und auch Tante Lene meinte:

„Mich dünkt, von Morsum hat man mehr."
„Jedes nach seiner Art", antwortete Gondelina. Aber dann stellte sich heraus, daß nicht viele der Morsumerinnen Listland kannten oder die Hörnumer Halbinsel. Hamburg wohl, auch Berlin. Aber was soll man doch in den Dünen? Und Gondelina sagte ärgerlich zu ihrem Vater:
„Wem gehört denn die Insel in Wahrheit zu eigen? Jedem, der sie sieht und liebt? Oder dem, der sie nur nützt?"
Aber er fuhr sich mit allen fünf Fingern durch seinen weißen Haarschopf und meinte bedenklich:
„So etwas mußt du nicht fragen, Gondel!"
Wenn aber einer Gondelinas Bilder zu sehen verstand, so war es Heinrich Bremer.
„Hören Sie", sagte er ganz erregt. „Dies ist gut, und das auch! Hören Sie, Fräulein Eschels, das hätte ich Ihnen nicht zugetraut."
Und er war der einzige, der endlich auch jene allererste Klappholttaler Studie verstand, die nicht einmal Pastor Eschels ganz anerkennen mochte: eine kraß orangerote Wolkenschicht von lila Streifen durchsetzt, die sich scharf gegen den leuchtend grünen Äther abhob — nur mit einem halben Hundert harter Pinselstriche brutal hingeschmiert.
„Im Watt habe ich sehen gelernt, was diese Luft hier kann. Nein, dies nicht, dies kann nur über der offenen See sein, über dem großen Wasser. Nein, dies sah ich nicht. Aber es überzeugt mich — überzeugt mich völlig." Und Gondelina dachte: wenn es in seiner Familie auch nur einen tüchtigen Maler gibt, und nicht einmal besonders nah verwandt, wie er sagt, so muß es desto mehr Kunstverständige in ihr geben — Künstler, denen das Sehen selbst zur Kunst geworden ist. Sein Verständnis freute sie, und wieder mußte sie sich fragen: wem gehört denn die Erde? Dem, der sie sieht? Oder dem, der sie nützt?

40

Wem die Erde, wem die Insel gehört, das mag dahingestellt bleiben. Das Watt jedenfalls gehörte in diesen Jahren Heinrich Bremer und seinen Arbeitern. Er kannte es nun zu jeder Tageszeit, bei gutem und bei schlechtem Wetter; hatte es um seiner Arbeit willen lieben, und seit der Sturmflut vom 30. August 1923 fürchten gelernt. Aber dieser Sommer des Jahres 1924 war ihm günstig. Wohl waren im Mai und Juni noch häßliche Tage gekommen, die auch hohe Wasserstände brachten. Danach aber wurde es ein richtig festländischer Sommer mit einer Sonne, die weder stach noch Wasserdämpfe an sich zog, sondern die still und freundlich ihre Bahn wandelte, was man hier in dem vielen Wasser immer brauchen konnte, und sonst nicht weiter mehr von sich reden machte. Und so auch der Wind. Er kam von Osten, vom Festland herüber, wo er den reifenden Roggen bestäubt hatte, und fächelte nun auf Sylt den Leuten, die bei der Heuernte beschäftigt waren, sanfte Kühle zu – und das konnte man auf den Feldern, auf dem trockenen Boden, den die Sonne durchwärmte, auch wiederum gut brauchen. Der Ostwind drückte auch das Wasser aus dem Watt, so daß manche Priele, die Bremer sonst viel Not gemacht hatten, nun trockenliefen, und die Arbeit von der täglichen Flut kaum gestört wurde.

So ging die Arbeit ihren Gang, und in dem Augenblick, da Heinrich Bremer sich von den dringendsten Sorgen befreit sah, fing er auch schon an, sich zu langweilen. Nicht, daß sein Tag nicht ausgefüllt gewesen wäre – bewahre! Nur fehlte ihm das kleine Überher, das ihm der Kampf mit dem Wasser sonst so reichlich geliefert hatte. Er aß jetzt mittags in der hohen Heide, aus keinem andern Grunde, als weil dort der Westerländer Kremser vorfuhr, und er mit den Herren der Firma Hurtig, die hier das Gelände inspizierten, seine Glossen über die Inselfremden machen konnte. Doch kam ihnen allen der Spott nicht aus ehrlichem Herzen. Heimlich sahen sie doch mit hungrigen Augen auf die hellen Kleider und bunten Schirme, die da wie große Blumen plötzlich in der dunklen Heide auftauchten. Und Heinrich Bremer fuhr auch den einen und andern Sonntag ganz nach Westerland hinüber, mitten aus aller Arbeit heraus, und wenn eine Frau ihn jetzt an sich gelockt hätte, dann hätte sie ihn wohl auch fangen können. Da sein äußerer Mensch aber in diesen Dammbaujahren beträchtlich an Eleganz eingebüßt hatte, fiel er den Frauen nicht als lohnender Fang in die Augen. Er selbst aber fand nicht die

Zeit, eine kleine Anknüpfung, die der Sonntag etwa ergeben, am Montag dann weiterzuspinnen. Dann stand er schon wieder im Watt, war froh, daß er sich mit keiner bestimmten Verabredung festgelegt hatte und empfand daneben doch wieder ein leichtes Hungergefühl –

– bis endlich das Osterley für das nötige Überher an Sorgen und Arbeit aufkam. Denn das Osterley war nach wie vor das Schmerzenskind dieser ersten Baustrecke westlich Klanxbüll. Es wehrte sich durchaus gegen den Damm. Es wollte sich nicht einfangen lassen. Als die Spundwand ihm näher rückte, nahm es nicht einen ehrlichen Kampf dagegen auf, sondern wich ihr einfach weiter nach Westen hin aus; kolkte sich dort ein neues Bett aus und nahm bei jeder fallenden Flut die Pfähle wieder mit, die der Baumeister Bahrenfeld ihm während der vorigen Hohlebbe eingerammt hatte. Bahrenfeld hatte während des Krieges mitgeholfen, die Wybelsumer Bucht bei Emden dem Dollart abzugewinnen. Er kannte die Arbeit im Watt, nur die hiesigen Ströme waren ihm fremd, und da er an dem Osterley fast verzagte, rief er nach Bremer.

Der kam in seinem ratternden und stinkenden kleinen Motorboot übers Watt, und da er sah, wie sich das Osterley nun schon verbreitert und vertieft hatte, meinte er, es durch Schnelligkeit überrumpeln zu müssen, ließ auf Barthels Kuhfenne ein Stück Spundwand setzen, was in dem augenblicklich so stillen Wetter keine Schwierigkeit bot, und rückte dann auch von dort her dem Osterley zu Leibe. Vierzehn Tage blieb Heinrich Bremer in Klanxbüll, drei Wochen. Dann glückte es, das Osterley zu überschlagen! Es war die Strömung im Ley so träge und der Wasserstand so ungewöhnlich niedrig, daß endlich die Spundwand in ihm von beiden Seiten her zusammengeschlossen werden konnte. Dann schlief der Wind ganz ein, schlief etliche Tage völlig, so daß kein Wasser ins Watt kam und Heinrich Bremer – wie er meinte: höchst überflüssigerweise! – hier festsaß. Bis endlich eines Tages, als er am Morgen herauskam, ihm die Luft anders roch. Er schnupperte.

„Mag sein, daß wir wieder mehr Wasser bekommen. Das wäre mir lieb, endlich nach Morsum zurückzukönnen."

Gegen Abend war er bis spät in die Dämmerung hinein noch draußen auf der Spundwand überm Osterley. Sah wie die Flut sich an dem noch ungewohnten Hindernis stieß – wie sie sich brach – zum Stehen kam – wie dann die Ebbe merklich spürbar wieder einsetzte. Gewonnen!

Am folgenden Morgen fuhr Bremer noch einmal mit Bahrenfeld hinaus. Er wollte die Flut noch nützen, nach Sylt hinüberzufahren, so waren sie früh aufgestanden und nahmen die erste Maschine, die nur eben angeheizt war. Der Dampf der kleinen Lokomotive flog nach Nordost, im Kessel pfiff und heulte es.

„Es gibt wieder Wind", sagte der Heizer.

„Der tut uns nichts mehr", lachte Bahrenfeld, aber in einem plötzlichen Mißtrauen hätte Bremer ihn gern gebeten: „Verreden Sie's nicht!"

Sie hielten kurz vorm Osterley, stiegen aus und ließen die Maschine zurückgehen, kletterten ins Spülfeld hinunter, wieder zur Spundwand hinauf – vom Festland her pfiff der erste Arbeiterzug, der hier herauskam. Der Loki, der große Bagger, machte Dampf auf und heulte seinen Morgengruß ihm entgegen.

Was veranlaßte Bremer und Bahrenfeld, die Spundwand direkt überm Osterley nicht zu betreten? Der Wind war nicht stark. Trotzdem blieben sie östlich der Strömung, beugten sich vor und beobachteten, wie die kommende Flut zuerst im Bett des Osterley sich hob.

Die Flut kam. Kam ohne viel Wellenbewegung, aber schneller und höher als in den Tagen vorher – kam und nahm fast ohne Geräusch vier Meter der neuerbauten Wand auf ihren Rücken –

Heinrich Bremer fühlte seine Hände zittern. Er sah, daß Bahrenfeld weiß im Gesicht wurde. Der Arbeiterzug kam näher.

„Was" – sagte er mit Anstrengung – „taten Sie doch am Wybelsumer Deich mit dem letzten Loch?"

„Wir schütteten es ganz mit Steinschotter ein."

Der Arbeiterzug war angelangt. Unter den Männern, die ihm entstiegen, war auch der lange Husumer Zimmermann mit seinen Leuten, der vor drei Tagen die Spundwand geschlossen hatte, kam und war sehr bereit, sein eigenes Werk aufrichtig zu bewundern. Bremer winkte ihm.

„Wie schnell können Sie diese Lücke hier so überschlagen, daß wir das Gleis sicher vortreiben können?"

Der Mann starrte mit offnem Munde hinunter.
„Gottverdammich, das sieht böse aus!“ brummte er – dann schlug er sich mit der Faust vor die Stirn und gleichzeitig ballte auch Bremer seine Hand in der Tasche zur Faust und drückte die Nägel tief in den Handballen, nur um nicht einen Schrei des Schreckens auszustoßen: eine mächtige graue Woge war gekommen, stand nun unter der neuen Wand, hob geruhig neben der vier Meter breiten Lücke noch weitere sechs Meter Spundwand aus, hob und trug sie einen Augenblick waagerecht auf ihrem breiten Rücken – darauf ein Strudel, ein Wirbel in die Tiefe – was gewesen, war nicht mehr; die Arbeit von drei harten Wochen durch einen einzigen tieferen Atemzug des Meergottes vernichtet. An der Farbe des Wassers aber sah Heinrich Bremer, daß hier das Osterley sich ein neues, tieferes Bett strudelnd auskolkte.
„Nun?“ sagte Heinrich Bremer, „was meinen Sie? Können Sie hier überhaupt noch eine Brücke schlagen?“
„Wenn's sein muß?“ antwortete der Zimmermann, angesteckt von des Baumeisters scheinbar unbewegter Ruhe, gab seinen Leuten Anweisung und begann das Werk, noch während er sprach.
„So müssen wir also auch dies Loch mit Steinschotter füllen“, sagte Bremer zu Bahrenfeld. „Wenn Sie binnen das Laden beaufsichtigen wollen? Zunächst was der Zimmermann braucht. Ich werde hier bleiben.“ Blieb und wartete, bis der erste Zug mit allem kam, was der Zimmermann und seine Leute hier brauchten. Wies die Leute im Spülfeld an, zu bergen, was irgend mit der Strömung noch an Balken und Brettern vorübertrieb. Wartete diese Ewigkeit hindurch, bis das Gleis ganz zum Osterley vorgetrieben war – bis die ersten Brückenbalken sicher lagen – das Gleis weitergezogen werden konnte – bis der erste Zug mit Steinschotter ihm gemeldet wurde. Als der Zug kam und er, im immer schärfer aufgehenden Winde stehend, das Ausladen beaufsichtigte, fühlte er, daß sein ganzer Körper feucht war von der inneren Erregung, die er seine Leute doch nicht merken lassen wollte.
Drei Tage und drei Nächte hindurch blieb Heinrich Bremer hier am Osterley, einen Zug Schotter nach dem andern in das saugende Loch kippend. Ließ sich Essen hier herausbringen. Schlief nachts, während um ihn herum bei Fackellicht weitergearbeitet wurde, im Windschutz hinter einem entgleisten und halb über

die Spundwand hinabgerutschten Wagen, und hörte auch im Schlaf immer noch, ob die Schotter richtig rollten und die Wagenzüge im rechten Zeitmaß sich folgten; daß keiner den andern behinderte und doch keine Pause in der Arbeit entstände.

41

Als Heinrich Bremer hiernach wieder in Morsum landete, fand er im Gasthaus „Zur Hohen Heide" den Baurat Pflüger aus Husum.

„Seit acht Tagen sitze ich hier — wie man so hübsch sagt: zur Erholung", klagte der Baurat. „Ich hoffte natürlich, Sie hier zu treffen; statt dessen fördert der gute Scholz allein hier die Spundwand mit seinem bekannten Phlegma. Und es gehen die beunruhigendsten Gerüchte über das Osterley um. Wäre ich doch auf dem Festland geblieben!"

Bremer berichtete in Kürze, was sich mit dem Osterley begeben und der Baurat hörte gierig zu.

„Sie stopften das Loch mit Schotter — Sie hätten es geradeso gut mit purem Golde füllen können!" rief der Baurat aus.

„Herr Baurat", entgegnete Bremer empfindlich; „mir ist auch leid, daß Sie nicht dabei waren. Ich ließ Husum anrufen. Man sagte mir, daß Sie nach Helgoland gefahren wären. Und der Strudel hatte sich binnen zwanzig Minuten ein schätzungsweise vier bis fünf Meter tiefes Loch ausgekolkt. Durfte ich zögern?"

„Nein, Sie haben durchaus richtig gehandelt", sagte Baurat Pflüger ernstlich. „Ich bin ungerecht, aber ich kann nicht mehr schlafen. Mich verfolgen die Zahlen, diese Summen, für die wir verantwortlich sind, wie Gespenster. Dieser ganze Bau ist ein wahnsinniges Unternehmen!"

„Wer sich von Gespenstern schrecken lassen will —" dachte Heinrich Bremer halb verächtlich; laut sagte er kühl: „Das Land schlickt jetzt schon an, drüben mehr als wir vorher annahmen und besonders im Süden. Geht das so weiter, wird das Osterley nach drei Jahren schon ungefährlich sein, und der Landgewinn bald noch schnellere Fortschritte machen."

„Mag sein, daß der Damm sich in hundert Jahren vorzüglich

verzinst, nach fünfzig Jahren vielleicht schon" — der Baurat stützte den Kopf in die Hand. „Bremer", sagte er halblaut, „wir dürften ihn doch nicht wagen! Verfolgen Sie die Entwicklung der deutschen Finanzlage? Sie haben keine Zeit dazu? Glücklicher Mann! Ich aber muß es, und mir ist die Lage schauderhaft klar. Wovon bauen wir? Wovon lebt die Bahn? Wovon lebt ganz Deutschland? Von Anleihen! und wird, um die Anleihen zu verzinsen, neue Anleihen aufnehmen müssen. Sie freuen sich der festen Reichsmark — die Rentenmark war mir lieber, trug sie doch nicht den Ausfertigungs-Kontrollstempel. Doch das ist schließlich Geschmackssache. Die eine wie die andere kann nicht sicher bleiben, wenn Deutschland nicht Maß hält in seinen Ausgaben. Wenn es ‚um des Prestiges willen' solchen Bau heute unternimmt. Als ehrlicher Mann hätte es sagen müssen: ich bin zu arm geworden, mein Versprechen zu halten. Denn nicht dürfen wir heute berechnen, welche Zinsen uns dieser Damm in späteren Jahrhunderten tragen kann, sondern wie wir durch die nächsten Jahrzehnte kommen!"

In diesem Augenblick kam eine Gesellschaft von mehreren Herren in das Gastzimmer, darin Bremer und der Baurat beim Abendbrot saßen. Eschels war dabei und grüßte mit unverhohlener Neugier zu Bremer hinüber.

„Wer war das?" fragte der Baurat.

„Der Morsumer Pastor."

„Eschels? So, der ist das? Den möchte ich gern kennenlernen."

„Das kann leicht geschehen, wenn wir nur lange genug hier ausharren —" lachte Bremer; er hatte Eschels Blick ganz richtig gedeutet. Der brannte ja nur darauf, einen Bericht übers Osterley zu erwischen. Bremer überlegte, was er ihm sagen wollte. Seit er Eschels im Verdacht hatte, den deutschen Blätterwald zum Rauschen veranlaßt zu haben, war er in seinen Mitteilungen außerordentlich vorsichtig geworden. Ihm war die Erinnerung daran unangenehm. „Wenn ich mich von Gespenstern schrecken lassen wollte —" dachte er — „aber es geschah nicht um meinetwillen und nicht aus meiner Initiative heraus, was Eschels tat."

Und dann versank er in seine eigenen Gedanken, wie der Baurat ihm gegenüber auch längst wieder in seinen Grübeleien versunken war, denn ihm fiel plötzlich ein, wie sehr er selbst sich doch auch von Gespenstern der Sorge und des Kleinmuts hatte schrecken lassen — wie kam es, daß er heute an Elisabeth Eickemeyer denken mußte? Er hatte weder Zeit für sie noch für Gespenster irgendwelcher Art gehabt in diesen Wochen überm Osterley. Die Arbeit hatte ihn geschluckt mit Haut und Haaren, der Damm — nein, er baute ihn nicht für Sylt wie Eschels, nicht für Deutschland wie der Baurat — „aber wenn wir so oder so die feste Währung nicht gehabt hätten, wäre mir nicht möglich gewesen, auch nur so weit mit der Spundwand zu kommen, wie sie jetzt doch immerhin gediehen ist", sagte er aus seinen Gedanken heraus.

Der Baurat schrak auf. „Wir haben noch das Holländer Loch vor uns und das Westerley."

„Ich lasse Bohrproben machen die ganze Baustrecke entlang, um den günstigsten Grund zu finden. Meinert Lorenzen macht sie, der Wirt hier auf der hohen Heide, oder vielmehr der Mann der Frau Wirtin. Er fuhr vor dem Kriege als zweiter Offizier für die Hapag, er ist zuverlässig. Er soll mir auch noch die Heide hier anbohren. Der Pastor meint, da könne nur Lehm sein, und auf Lehm rutschen die Bagger, das ist ein schlechtes Arbeiten."

Sie versanken wieder in ihre Gedanken. Bremer dachte wieder ans Osterley. An dem Steinwall, den er da geschüttet hatte, würde das Osterley sich schon die Zähne ausbeißen. Aber es war klar, daß er dies Gewaltmittel bei den andern Strömungen nicht auch anwenden durfte, ohne den ausgesetzten Etat gar zu weit zu überschreiten. An den nächsten Worten des Baurats merkte er, daß der seine Gedanken die gleichen Wege hatte wandern lassen.

„Wenn wir die Strömungen offen ließen? Wenn wir ein Wehr einbauten?"

„Der Boden östlich und westlich der Strömungen wird zu weich sein."

„Wir müßten die entsprechenden Enden der Spundwände stärker einschütten natürlich — das wäre immer noch nicht so teuer —"

„Und wenn wieder eine Sturmflut käme und das noch ungefestigte Stück der Spundwand wegnähme —"

„Wir können ja auch Glück haben", sagte der Baurat plötzlich wieder voller Hoffnung; „wie weit werden Sie in diesem Herbst noch kommen?"

Nicht lange danach fuhr der Nössewagen vor, die andere Gesellschaft abzuholen. Wie Bremer erwartet hatte, ließ Eschels seine Gäste allein abfahren.
„Wenn wir Glück haben, hoffe ich die Ladebrücke hier doch fertigstellen zu können."
„Soll ich Herrn Pastor später auch noch holen?" fragte der Kutscher, und Eschels antwortete zerstreut:
„Später – ja, ja."
Dann kam er zu Bremer und begrüßte den Baurat.
„Ich hörte schon von Ihrer Anwesenheit hier", sagte er unbefangen, doch der Baurat ging seinerseits schnell zum Angriff über:
„Wir haben auf Sie gewartet, Herr Pastor, damit Sie uns gutes Wetter prophezeien!"
Im Augenblick wurde aus Pastor Eschels wieder Peter Bleik Bun, der Morsumer Bauer, der sich von Fremden nicht ausholen läßt.
„Das kann so kommen, Herr Baurat, kann aber auch anders kommen; da weiß ich nichts von. Aber Sie können sicher sein: das kommt, wie das muß."

42

Baurat Pflüger war wieder abgereist – nicht ohne vorher noch einmal auf seine Sorgen zurückzukommen.
„Versprechen Sie mir zu sparen, wo Sie können!" sagte er noch am letzten Tage.
„Wo ich kann!" antwortete Bremer und wollte sich zu keinem weiteren Zugeständnis bequemen. „Will ich die Leute bei gutem Mut erhalten, darf ich die Prämien nicht einschränken; für Arbeiten im Wasser, für Überstunden, für gefahrvolle Flutzeiten und gefährliche Stellen im Watt. Das Vorwärtsschreiten der Spundwände hier und drüben bleibt hinter meinen Erwartungen immer etwas zurück. Als vorm Jahr die große Sturmflut kam, ja, da wußte man, wodurch alles kurz und klein geschlagen war! Da war eine Naturgewalt, die ihre Kraft *ad oculos* demonstrierte. In diesem Jahr aber, wo wir noch keinen einzigen Sturm wieder erlebten, wo nichts uns hindert als das zweimal tägliche Kommen

und Gehen der Flut, das ewige Rinnen und Rieseln in den Wasseradern, die immer wieder sich zeigenden Verschiebungen des weichen Bodens — Herr Baurat, daran verzagt der Mensch; auch der einzelne Arbeiter, wenn er auch von seinem Standpunkt aus das Ganze nicht übersehen kann. Da braucht's von Zeit zu Zeit eine unerwartete kleine Freude, eine Anregung. Und dann: seit ich weiß, was dies Watt kann, wenn eine richtige Sturmflut darüber wegfegt, seitdem kann ich auch nirgends im Bau mehr die geringste Fehlstelle dulden. Es muß alles vom Besten sein. Der Damm muß für Jahrhunderte gebaut werden — oder gar nicht."

„Weiß Gott, daß ich Ihnen hierin recht gebe!" rief der Baurat aus. „Und wir werden den Privatfirmen, mit denen Sie im nächsten Jahr Hand über Hand zusammenarbeiten müssen, scharf auf die Finger sehen, damit sie der Bahn für ihr teures Geld auch gute Ware liefern. Und dennoch, dennoch: sparen Sie, sparen Sie!" und brauchte die gleichen Worte, die Frau Lene Volquart Claasen immer auf den Lippen führte: „Wir müssen uns in einem ärmeren Leben einrichten. Das lernt sich schwer. Aber so nur kann Deutschland frei und ehrenhaft bleiben. Prestigefragen als Grund für große Ausgaben dürfen uns nicht mehr bestimmen."

Und es war dies letzte Wort, das Heinrich Bremer veranlaßte, seine Ausgaben noch genauer als bisher zu durchdenken, ehe er sie tätigte. Als er den langen Husumer Zimmermann und seine Leute neulich entlohnte, hatte er die Arbeit nicht nur nach dem berechnet, was sie tatsächlich wert war, sondern hatte einen Überschuß auszahlen lassen für das, was sie für den ganzen Bau in diesem Augenblick bedeutete. Das war vielleicht unbewußt auch ein wenig „um des Prestiges willen" geschehen. Nun strich er sich derartige Gefühle, und wenn er auch fernerhin für nötig hielt, gelegentlich die Stimmung der Leute durch Extralöhne zu beleben, so begann er doch, schärfer und nüchterner noch zu rechnen.

„Werden Sie knauserig?" fragte Pastor Eschels spöttisch, aber mit leiser Sorge im Unterton, „das dürfte Ihrem Damm nicht gut bekommen." Doch Bremer antwortete nur kurz:

„Ich hoffe, gerecht zu bleiben."

„Das bleiben Sie! Den Willen zur Gerechtigkeit spricht Ihnen niemand ab, doch spüre ich in steigendem Maße eine gewisse

Härte in Ihnen. Und auch der Wronski, der Halunke, den Sie neulich durch den Landjäger mitten aus der Arbeit herausgreifen ließen, der soll nachher noch geprahlt haben ‚Ich fürcht mich nich; nich vor Gott; nich vorm Teufel – nich mal vor Herrn Baumeister!' Dies letzte aber glaubte ihm niemand."

Heinrich Bremer zuckte die Achseln.

„Mein werter Herr Pastor, dies freut mich eher – Deutschland hat lange genug unterm Glassturz der eigenen Weichmütigkeit gesessen. Man hat Bismarck den Schmied des Deutschen Reiches genannt, aber er hat Deutschland schließlich doch nur politisch zusammengeschmiedet. Ich hoffe, daß die Not uns nun erst hart hämmern wird, uns, das ganze Volk. Und was ich an meinem Teil daran tun kann, das soll geschehen."

„Vielleicht haben Sie recht –" meinte Eschels zögernd, aber Bremer unterbrach ihn:

„Mir ist's nicht ums Rechthaben. Mir ist's nur darum zu tun, daß der Damm stark und tüchtig werde, und deshalb kann ich als Mitarbeiter daran keine Menschen dulden, an denen ich irgend etwas Faules spüre. Der Wronski ist übrigens nur roh, nicht schlecht."

Er verabschiedete sich. Pastor Eschels aber sprach hinter ihm drein:

„Ihm fehlt eine Frau, Gondel, das macht ihn hart. Er fuhr während der Saison ja ein paarmal nach Westerland – mag sein, daß er wußte, was er dort wollte."

Ja, Heinrich Bremer wußte das wohl, und mehr als einmal stand jetzt Elisabeth Eickemeyers Bild vor ihm, wie er es in der dänischen Zeitschrift gesehen hatte. Wie kam es, daß sie dort abgebildet war? Er konnte sich keinen Vers daraus machen. Wenn dies Bild ihn nicht so gefangengehalten, hätte er vielleicht bemerkt, daß die Mimi und die Mitzi niedliche Kätzchen waren, aber er beachtete sie nicht mehr als die richtigen Kätzchen, die jetzt im Baubüro zur Welt gekommen waren. Daß aber in Gondelina Eschels schließlich auch eine Frau steckte, war ihm noch nie bewußt geworden. Er hatte sie von Anfang an nicht anders denn als guten Kameraden gewertet, und seit er ihre Klappholttaler Studien gesehen, war seiner Kameradschaft ein guter Posten Hochachtung beigemischt.

Aber wenn Heinrich Bremer auch wußte, was er in Westerland

gewollt hatte — der Kampf mit dem Osterley war ihm doch mehr gewesen. Ihm ging die Arbeit vor allen andern Gedanken, er baute den Damm für sich. Er dachte: „Ich kann Friedrich den Großen wohl verstehen, daß er seinen Offizieren das Heiraten verbot, solange der Krieg dauerte — wenn ich nur wüßte, wie Elisabeth in die dänische Zeitschrift kam!"

43

Was dieser Sommer dem Damm gebracht, das hatte er auch den Syltern Bauern gegeben: eine mäßige Durchschnittsernte. War beim Dammbau die Arbeit trotz günstigen Wetters immer noch langsamer gegangen als Heinrich Bremer wünschte, so war das heitere Wetter wohl auch dem Einbringen der Feldfrüchte günstig gewesen, nur war leider nicht viel einzubringen, da der leichte Boden mehr Feuchtigkeit gebraucht hätte. Zum Erntedankfest aber kamen deshalb doch nicht weniger Morsumer in die Kirche als in andern Jahren. Ging doch der Morsumer überhaupt nicht zur Kirche, um sich dort religiöse Erbauung zu holen, sondern mehr in dem Gefühl, Gott dadurch die Ehre zu geben, und das Zeremoniell dafür stand seit Jahrzehnten, vielleicht Jahrhunderten schon unverbrüchlich fest: zum Erntedankfest erschien aus jedem Haus der Gemeinde zumindest ein Familienmitglied.
So war die kleine Kirche heute anständig gefüllt, und außer all den bekannten Morsumer Gesichtern entdeckte Pastor Eschels in der hintersten Ecke auch noch ein fremdes. Das wunderte ihn. Auf der Insel waren wenig Sommergäste mehr — der Geologe, der jetzt noch in der „Hohen Heide" das Gastzimmer inne hatte, war es auch nicht — doch nach einem flüchtigen Erstaunen störte ihn das fremde Gesicht nicht weiter in dem, was er seinen Morsumern zu sagen hatte. Nach der Predigt leerte die Kirche sich schnell. Als Pastor Eschels aus der Sakristei trat, fand er sich mit dem Fremden allein. Nein, es war durchaus nicht der Geologe, er war größer, war schlank und hoch gebaut, trug einen Mantel, der aufschlagend ein kostbares Pelzfutter zeigte, hatte ein durchgeistigtes, stubenblasses Gesicht — vornehme, zurückhaltende Hände — er stellte sich vor: es war der Bischof aus Kiel.

„Mir war es bisher immer noch nicht möglich, einmal nach Sylt zu kommen, um Sie und Ihre Herren Amtsbrüder hier zu besuchen. Darf ich Sie heimbegleiten? Ich will hernach gleich nach Keitum und Westerland weiterfahren – meine Zeit ist leider begrenzt –"
Sie gingen zusammen die schmutzige Dorfstraße entlang. Ein feiner, kalter Regen sprühte sie an. Der Westwind ließ Eschels Talar flattern, mühte sich aber vergebens, den Herrn Bischof irgend zu irritieren. Der sprach ein paar ruhige Worte über die Landschaft, die ihn als gebürtigen Schlesier eigentümlich berührte; über die Umwandlung der Staatsbahnen in ein kaufmännisches Unternehmen, als das sie sich jetzt als „Deutsche Reichsbahn" den Blicken darstellte, und äußerte ein gemessenes Erstaunen darüber, daß der Sylter Dammbau unter diesen Verhältnissen dennoch weitergeführt würde.
In Eschels Arbeitszimmer aber, im behaglich warmen und windstillen Raum, kam er mit ganz andern Dingen zutage.
„Leider, mein Herr Pastor, muß ich mitteilen, daß Ihre Gemeinde Grund zu haben glaubt, Beschwerde über Sie zu führen."
„I der Dausend", antwortete Eschels ehrlich überrascht, „wer denn?"
„Daß ich auf diese Frage nicht Auskunft geben darf, werden Sie wohl selbst empfinden."
Nun erst bekam Eschels einen roten Kopf.
„Verzeihung! Ich bin aber fast mit jedermann im Dorf verwandt, versippt oder verschwägert, so war es ein natürliches Gefühl, das mich zu dieser Frage trieb. Doch weshalb sich die Gemeinde über mich beschwerte, das darf ich wohl erfahren?"
Der Bischof neigte sich liebenswürdig gegen ihn.
„Glauben Sie mir, ich komme nicht deshalb nach Morsum. Ich wollte nur die Gelegenheit nutzen, da ich Sie und die andern Sylter Herren endlich aufzusuchen in der Lage bin – ich selbst messe dieser Beschwerde kein Gewicht bei. Worüber Ihre Gemeinde klagt? Daß Sie Unruhe ins Dorf trügen – und nach dieser Predigt – mein Werter, halten Sie diese Gemeinde denn für reif, Ihren Gedankengängen folgen zu können?"
Eschels trommelte ungedundig mit seinen kurzen und derben Fingern auf der blanken Tischplatte.

„Reif sind sie eben nicht. Gescheit genug aber sind sie allemal noch, wenn sie ihren Verstand nur etwas in Bewegung setzen möchten; dazu ja rüttele ich sie: sie können denken und also sollen sie's auch!"

„Hm, dies vermag ich vielleicht nicht ganz zu beurteilen, da mir die hiesige Bevölkerung noch etwas fremd ist", meinte der Bischof skeptisch. „Die Leute selbst aber klagen doch darüber, daß Ihnen die Gesellschaft der studierten Herren vom Bau augenscheinlich lieber wäre — es fiel das Wort ‚Trinkgelage' —"

„Lächerlich!"

„Nicht wahr? So empfand ich's gleich, aber sie führen Tatsachen an: Sie wären mit einem Herren in Husum nachts durch die Straßen gezogen, Arm in Arm, in überaus heiterer Stimmung —" Der Bischof zog sein Notizbuch — „Sie wären auf der ‚Hohen Heide' geblieben, nachdem Ihre eigenen Gäste schon heimgefunden hätten, nur um mit den Herren vom Bau weiterzutrinken, so daß Sie endlich der sogenannte ‚Leichenwagen' hätte heimholen müssen —" Er machte eine kleine Pause, doch da Eschels sie nicht zu einem Einwurf nutzte, fuhr er mit leisem Räuspern fort: „Da waren noch andere Klagen. Sie sollen sich von dem Gelde, das für eine Kirchenheizung gesammelt war, einen Ofen hier ins Pastorat haben setzen lassen, ohne die Genehmigung dazu erst einzuholen —"

„Ich bin bereit, den Betrag dafür an die Kirchenkasse zurückzugeben", schob Eschels ein.

„Sie sollen einer armen Frau einen Fünfzigdollarschein weggenommen haben — Sie sollen, obgleich Witwer, zwei junge Mädchen im Hause halten —"

Eschels konnte ein heiteres Lachen nicht unterdrücken.

„Dies ist die einzige Sünde, deren ich mich schuldig bekenne", sagte er mit kaltem Spott und stand auf — „wenn der Herr Bischof sich einmal an dies Fenster bemühen möchten? Die Große dort im Garten ist meine Tochter und zugleich Hausfrau. Die beiden Kleineren, Jüngeren in den lustigeren Farben meine — oder vielmehr ihre Haustöchter —" Und obgleich die Mimi gerade wieder etwas sagte, darüber die Mitzi hellauf lachen mußte, bestand die kleine Gruppe so einwandfrei vor den kritischen Blicken, daß Eschels wohl zufrieden sein durfte.

„Ich muß wiederholen, daß ich dieser Beschwerde ohnehin keinen Wert beilegte", sagte der Bischof erleichtert. „Haben Sie vielleicht sogenannte Prozeßhansel in Ihrer Gemeinde? Nein? Doch, wie dem auch sei – ich sage Ihnen all dies nur, damit Sie Bescheid wissen, nicht wahr? Und in Zukunft vielleicht – hm, ein wenig vorsichtiger in Ihrem Tun sein möchten. Ihre Bauern scheinen mir recht empfindlich. Sie halten sie nicht dafür? Glauben, daß es nur einzelne sind? Und glauben, sie besser zu kennen als ich?"

„Ich komme selbst aus altem Morsumer Bauernstamm –"

Der Bischof schwieg einen Augenblick, wandte sich und betrachtete scheinbar interessiert Eschels Bücherregale. Dann verabschiedete er sich plötzlich mit Liebenswürdigkeit.

„Wir müssen ein andermal noch eingehender darüber sprechen, Herr Pastor, jetzt erwartet mich der Wagen am Wirtshaus – nein, danke, Ihre Begleitung lehne ich durchaus ab. Ich rieche Bratendüfte, und da Ihre Frau Tochter nun heimkam –"

Der Bischof ging zur „Stadt Hamburg" hinunter, wohin er sich einen Wagen, ein einfaches Mittagessen und Holm-Peters mit seinem Anhang bestellt hatte. Er teilte ihnen in Kürze mit, daß er ihre Beschwerde als grundlos befunden hätte, und sie hörten ihn schweigend an. Da sie schwiegen, glaubte er annehmen zu dürfen, daß seine Ausführungen sie überzeugten, und fuhr befriedigt davon.

44

Peter Boy Eschels rief Gondelina zu sich ins Arbeitszimmer und berichtete ihr, was sich zugetragen.

„Das war Holm-Peters und sein Anhang!" rief sie aus und sagte ihm damit freilich auch nichts Neues. „Was hast du dem Bischof geantwortet?"

„Was konnte ich antworten, ohne Holm-Peters in den Rücken zu fallen? Nichts!"

Gondelina starrte ihn an.

„Nichts? Aber, lieber Vater, weshalb denn nichts?"

„Weil es noch nie erhört war, daß ein Morsumer einen andern gegen einen Landfremden bloßstellte."

„Er tat es zuerst."
„Das gilt mir gleich."
Gondelina seufzte.
„So wirst du gegen Holm-Peters unterliegen."
„Ich kämpfe nicht gegen Holm-Peters, ich kämpfe für den Damm."
„Was geht dich der Damm an!"
Da lachte Peter Bleik Bun sein grimmigstes Lachen.
„Du könntest mich geradeso gut fragen: was geht dich Morsum an? Ich glaube, daß der Damm kommen wird, ich sehe ihn, ich höre das Rollen der Festlandszüge. Und ich bin der einzige hier, der Festland und Insel zugleich überschauen kann und sieht, wie beides sich wohl verbinden ließe!" —
In der nächsten Kirchenvertretersitzung aber machte Peter Bleik Bun seinen Morsumern eine „Affenschande", wie sie bei sich meinten, und putzte sie gehörig herunter:
„Ihr aber wißt, daß vor zwei Jahren, während der schlimmsten Geldentwertung, unser alter Fonds für die Kirchenheizung nur noch einen einzelnen Ofen hergab und täglich mehr noch dahinschwand. Ihr wißt, daß der Ofen im Pfarrhause längst einer Erneuerung bedurfte. Ihr wißt, daß man von dem Gelde aber keine Kohlenschaufel mehr hätte kaufen können, wenn ich erst eine Genehmigung beantragt und abgewartet hätte. Dies alles wißt ihr genau so gut wie ich selbst und seid mir im Grunde noch dankbar, daß ich das Setzen des Ofens zu rechter Zeit noch durchführte, denn heute könntet ihr dafür das Fünfzigfache bezahlen. Dies alles habe ich dem Bischof nicht gesagt, denn das war noch nie, daß ein Morsumer die andern vor einem Landfremden bloßstellte. Ich habe ihm nur gesagt, daß ich das damals ausgegebene Geld heute ersetzen würde. Ich habe mir vom Revisor nachrechnen lassen, wieviel die damalige Ausgabe in heutigem Gelde betragen würde — hier habt ihr den Bettel!" und warf ihnen das Geld hin, daß die Münzen lustig über den Tisch rollten: „Zwei Mark und sechsundachtzig Pfennige sind es, zählt nach und laßt's vom Revisor prüfen!"
Es war aber die Beschwerde nur von Holm-Peters und seinem Anhang ausgegangen, den vier „Morsumesen" in der Kirchenvertretung. Sie hatten die andern zwölf nicht einmal gefragt.

Aber die zwölf wollten die vier nun auch nicht bloßstellen, denn wenn Peter Eschels auch gebürtiger Morsumer war, so war er daneben doch Beamter und sie nahmen ihn nicht mehr ganz für echt. So strichen sie das Geld schweigend ein, und da sie schwiegen, glaubte auch Eschels, damit die Beschwerde überhaupt aus der Welt geschafft zu haben. Glaubte es, obgleich er selbst aus Morsum stammte und also seine lieben Landsleute besser hätte kennen müssen als der landfremde Bischof.

45

Heinrich Bremer beschleunigte den Bau einer Wohnbaracke für seine eigenen Arbeiter nach Möglichkeit. Denn nun sollte die Firma Fritz Hurtig Söhne anrücken, die den Bau der Landstrecke Westerland-Morsum im Auftrage der Reichsbahn ausführte. Diese Firma setzte ihre Baracken hart nördlich des Nösseweges, so daß sie zwischen Bremers Wohnschute und seinen Arbeitsplatz zu liegen kamen. Bremer ahnte Unzuträglichkeiten, und da die Ladebrücke immer noch nicht so weit gefördert war, daß er die Wohnschute daran festmachen konnte, baute er in aller Beschleunigung die Baracke und legte seine Arbeiter dort hinein. Gab die Wohnschute aber doch nicht gleich wieder nach Husum ab – was Eschels als erfreuliches Zeichen nahm, daß er seine Arbeiterschaft vermehren würde. Und die Firma Hurtig rückte nun auch an.
Gondelina freilich freute sich des Zuwachses nicht so unbefangen wie ihr Vater.
„Nun hatte Bremer seine Leute schon so gut gesiebt, nun wird es erst wieder neuen Verdruß geben!"
„Was kann denn geschehen?" meinte ihr Vater unbekümmert. „In der ‚Hohen Heide' sitzen die Herren selbst. Die Gastwirte im Dorf sind übereingekommen, die Arbeiter nicht in ihre Wirtschaften zu ziehen, und Bremer hat für seine Kantine nur alkoholfreien Betrieb beantragt."
Peter Bleik Bun aber hatte als echter Morsumer fälschlich angenommen, daß Morsum allein auf der Welt läge. Ein Keitumer kaufte ein Stück Land hart neben dem fiskalischen Baugelände und errichtete dort ebenfalls eine Kantine, für die er sich heimlich

schon vorher die volle Konzession erworben hatte — so daß Bremer nun das gleiche tun mußte, sollte sein Kantinenpächter überhaupt bestehen.
So kam bald viel Alkohol unter die Leute. An den Arbeitstagen merkte man von den Arbeitern der Firma Hurtig fast weniger noch als von Bremers Leuten. Dort wurde ständig mit Überstunden gewerkt. „Wir sind die Firma Hurtig, und wer nicht hurtig mitarbeiten will, der mag nur lieber gleich wegbleiben", sagten die Schachtmeister und Werkführer, und jeder suchte mit seiner Kolonne dem andern noch zuvorzukommen. So hatten die Arbeiter alltags keine Zeit zum Trinken. Sonntags aber ging es dafür desto großartiger her. Da vertranken die meisten ihren reichlichen Lohn in rücksichtslosem Leichtsinn. Dann war oft ein wüstes Treiben im Dorf. Scharen betrunkener Männer zogen durch die sonst so stillen Straßen, grölten und johlten, stiegen auch wohl über die Steinwälle in die Gärten ein, klopften von außen an die erleuchteten Fenster, erschreckten Frauen und Mädchen, und daß nicht öfter noch Schlimmeres geschah, verdankte Pastor Eschels mehr den soliden Fäusten seiner Landsleute als seinem eigenen pastoralen Einfluß. Er hatte den Lesesaal bei Bremer erreicht, hatte ihn mit Büchern und Bildern freundlich ausgestattet, und Gondelina hatte gutmütig ihren alten Globus darein gestiftet. Allwöchentlich hielt Eschels hier den Arbeitern naturwissenschaftliche oder geschichtliche Vorträge, denn für religiöse dankten die Arbeiter selbst, und politische hatte Bremer prinzipiell untersagt. Aber das war auch alles, was Eschels hier tun konnte, um den Leuten „über den Alltag hinaus" etwas zu denken zu geben.
Die undurchführbaren Verordnungen und Gesetze der Kriegszeit hatten die ursprüngliche Achtung vor dem „Es stehet geschrieben" durchbrochen; die vielfach unverständlichen Verfügungen der Nachkriegszeit den letzten Rest der Achtung hinweggefegt. Was an staatlicher Disziplin geblieben, war kaum mehr als der natürliche Mensch an sich besaß — je nach Bildung und Eigenkultur ein mehr oder minder beeinflußbares Gewissen. Den ungelernten Erdarbeiter, der beim Dammbau beschäftigt wurde, erhob es nicht hoch über das Tier. Die diesjährige Westerländer Saison war unter normal geblieben, und etliche von den Frauenzimmern, die Frau Lene Volquart Claasen nicht hätte „mit der Feuerzange

anfassen" mögen, hatten bei Schluß nicht einmal mehr genug Reisegeld gehabt, um den nächsten deutschen Festlandsort zu erreichen. Die waren nun in Morsum gestrandet. Es gab da eine Franziska und eine Lovise, aber auch eine Cilly und eine Rosemarie – es war für jeden Geschmack der passende Artikel vorhanden, nur leider nicht in Auswahl, sondern in der Menge stark beschränkt. Sie alle aber, die in Westerland schließlich jeden Pfennig genommen, wußten nun von heut auf morgen wieder ihren Preis zu setzen. Nicht, daß es sich nur um bar Geld gehandelt hätte, bewahre, es ging auch um „Liebe", und drei von ihnen sahen in Bremers nur unter Vorbehalt wieder eingestelltem Rammarbeiter Wronski, einem riesenhaften Kerl, das Ideal aller Männlichkeit, namentlich, wenn er zu allen sonstigen Vorzügen noch stark betrunken war. Hinter der Cilly allein aber waren mindestens zwanzig Männer her, obgleich der Herr Pastor diesen Geschmack nicht recht verstehen konnte. Aber um hier Frieden zu stiften, dazu reichte sein pastoraler sowohl als auch menschlicher Einfluß bei weitem nicht aus –

„Bleib du man außen vor – wenn ick dir block seh, kommt mir's Essen zurück!" Oder:

„Ick schmeiß dir in'n Kleiderschrank, daß du an de Knaggen hängenbleibst!" Solche und ähnliche freundliche Erwiderungen wurden Eschels als Dank für seine Bemühungen – es kamen aber auch unfreundliche vor.

Schließlich wurde klar, daß Wronski sich der Frau Sigulla zuwandte, und dadurch kam es zur Katastrophe. Sigulla selbst nahm dies übel. Er war ein gefährlicher Kerl, hübsch und auffallend brünett, obgleich er seinen Papieren nach aus der Segeberger Gegend stammen sollte, heftig, jähzornig und über die Maßen verliebt. Leider nicht immer und ausschließlich nur in seine Frau. Kaum aber mußte er bemerken, daß der Wronski sich um sie bemühte, so erschien ihm die eigene Frau auch wieder begehrenswert. Sie lief ihm davon und stellte sich unter den Schutz der Frau Kantinenwirtin. Da kam er ins Pfarrhaus.

„Ich hab' auch Schuld, Herr Pastor, weshalb lief ich der Cilly nach, aber die wollte ja auch nur den Wronski. Und nun meine Frau. Ich sag' Ihnen: helfen Sie mir, daß ich aus der Kolonne Everschop komme! Wenn ich so neben dem Wronski arbeiten

muß, und ich hab' gerad den schweren Hammer zu fassen, ich weiß nicht, was geschieht –"
Der Mann sah gefährlich aus in seiner Wut, und Eschels fand geraten, dem ehrlichen Hilferuf Folge zu leisten. Aber als Bremer ihn dabei etwas erstaunt grüßte: „Was hast du denn vor Tau und Tage hier auf dem Arbeitsplatz zu suchen?", da bekam sein Schiff ein Leck, und er erzählte ihm den Roman.
Bremer wurde ärgerlich.
„Sie hätten lieber gleich gestern abend noch zu mir oder einem der Herren der Firma Hurtig schicken sollen! Der Sigulla schießt uns noch in irgendein Fenster, dahinter er den Wronski vermutet, und trifft einen von uns. Oder die Cilly streut uns Gift ins Essen."
„Mir ist ja unverständlich", sagte Eschels nachdenklich, „was die Frauen alle am Wronski haben."
„Mir nicht!" erwiderte Bremer trocken. „Wenn er betrunken ist, können sie ihm den letzten Groschen aus der Tasche ziehen. Es ist mir nicht ums Geld, sagt die Cilly –, aber man will sich doch auch mal was kaufen."
Mit tiefer Lebensweisheit beladen zog Eschels wieder heim, und am gleichen Nachmittage noch schoben Bremer, der Vertreter der Firma Hurtig und Meinert Claasen mit vereinten Kräften die gesamte Kantinenweiblichkeit aufs Festland ab.
„Ja, Pastor-Ohm", sagte Rasmus Claasen mit behaglicher Schadenfreude, „mit der christlichen Brüderlichkeit und Schwesterlichkeit hat es doch so seine Schwierigkeiten. Du willst, daß wir uns mit den Arbeitern auf gleich und gleich stellen – möchtest du mir solch Barackenleben gönnen?"
„Ihnen aber euer Leben!"
„Wäre doch –" antwortete Rasmus Claasen hierauf, und der ganze Stolz des alteingesessenen Bauerngeschlechtes sprach aus seinen Worten: „– wäre doch nicht einer unter ihnen fähig, einen Hof zu halten!"

46

Nicht immer waren die Herren vom „Neubauamt Dammbau Sylt" und die der Firma Hurtig so einig wie im Falle Sigulla kontra Wronski. Wenn sie des Abends in der „Hohen Heide“ zusammentrafen, dann kam es oftmals zu mehr oder minder ernst gemeinten Sticheleien. War irgendeine Schlägerei gewesen – immer hatten die Arbeiter der andern Firma daran schuld. War im Betrieb irgendeine Schlamperei entdeckt – sicherlich lag der Fehler nicht bei der eigenen Firma! Pastor Eschels besorgte oft, daß diese Sticheleien dem guten Einvernehmen der Herren endlich schaden und damit den Fortschritt des Dammbaus womöglich gefährden könnten. Und er als gebürtiger Sylter wußte wohl, daß in der schnellsten Ausführung des Dammbaus auch die größte Gewähr für sichere Fertigstellung lag. So ging er denn auch häufig hinauf, um das Öl der Sanftmut auf die erregten Wogen der Meinungen und Gegenmeinungen zu träufeln – wobei er denn freilich auch manchmal erleben mußte, daß die Herren plötzlich einen unvermuteten Frontwechsel machten und allesamt vereint über die Sylter herfielen.

Einige Tage nach dem Abschied der Kantinenweiblichkeit traf er also wieder mit den Herren in der „Hohen Heide“ zusammen, erzählte ihnen die Äußerung seines Neffen und klagte darüber, daß die Arbeiter sich den Bauern gegenüber genau so ablehnend verhielten:

„Sie halten den Bauern einfach für dumm, weil er anders denkt als sie selbst.“

Es war auch einer der Söhne Hurtig selbst mit am Tisch, ein stattlicher Herr, der aus dem Kriege sich einen Schaden an seiner Lunge mitgebracht hatte und nun hier auf Sylt die Arbeit seiner Firma sozusagen beaufsichtigte, um dabei das „gleichmäßig ozeanische Klima“ zu genießen. Aber Baumeister Kurz trug in Wahrheit die Last der Geschäfte und Dr. Hurtig langweilte sich häufig; wenn er sich aber langweilte, bekam er philosophische Anwandlungen.

„Was Gott zusammengefügt, soll der Mensch nicht scheiden, Herr Pastor, aber was Gott geschieden hat, soll der Mensch auch nicht zusammenfügen wollen. Gott schied den Arbeiter vom Bauern, als Deutschland nicht mehr Land genug hatte, alle Bauern zu ernähren. Über einer Haustür in Wenningstedt las ich als Willkommgruß das schöne Wort: ‚Let mi töfreer!‘ Könnte je ein Arbeiter zu seinen Genossen sagen: Laßt mich zufrieden?“

„Es müßte einer vom andern lernen", entgegnete Eschels bestimmt, „mit ‚let mi töfreer' kommt auch der Bauer heute nicht mehr durch die Welt."
„Ist doch noch nie jemand in der Welt hängengeblieben", spöttelte Dr. Meusel, der Arbeiterarzt; er war in Klanxbüll angestellt, mußte aber jede Woche einmal auch die Sylter Baracken und Wohnschuten inspizieren. „Das Schlimmste ist, daß Ihre Sylter auch nicht mal echte Bauern sind, wie die Niedersachsen etwa. Es ist zuviel Seemannsblut in die Rasse eingesprengt. Was steht und liegt hier noch alles in den Stuben herum an Mitbringseln von der andern Seite unserer runden Erde! Allerlei Gehörn von ausländischem Wild, bunte Kästchen, Geflochtenes und Geschnitztes, Kokosnüsse, die nicht in Hamburg gekauft sind. Glauben Sie mir, ich habe Blick dafür, bin ich doch selbst zwei Jahre als Schiffsarzt gefahren —"
„Wohl, wohl, und ein Seemann zu Pferde ist ein Greuel vor Gott, hilft man ihm auf der einen Seite hinauf, fällt er von der andern wieder herunter", stimmte Eschels zu, aber er tat es ungern, denn er mochte den Landfremden gegenüber auch nicht einmal so viel gern zugeben, aber Bremer setzte nun erst recht noch einen Trumpf darauf:
„Da haben Sie recht, Doktor, etwas mehr tummeln könnten sich die Sylter Bauern schon, sonst wird ihnen hernach das Festland bös auf die Hacken treten. Meinert Lorenzen macht mir nun doch die Bohrprobe hier im Gelände. Wieviel Lehm gibt es da — ja, weshalb kümmern sich die Sylter nicht um Gemüsebau? Der hat für die Sommersaison doch ganz andern Wert als die Handvoll Getreide, die sie ausgerechnet auf den Sandäckern bauen. Man merkt heute noch, daß die Frauen hier die Wirtschaft besorgen und die Männer sich andern Verdienst suchen. Kaum einer, der eine landwirtschaftliche Winterschule besucht hat. Nicht wenige, die von dem Boden, darauf sie ackern, gar keine Ahnung haben. Die ganzen Wattwiesen müßten einmal umgepflügt werden —"
„Man sachte mit jungen Pferden, Bremer, von gepflügtem Land reißt die Flut mehr ab als von alter Grasdecke", meinte Dr. Meusel, und da Eschels eine neue Flasche bestellte, brach er auf; er war nie über ein gewisses Maß hinaus zum Bleiben zu bewegen. Baumeister Kurz aber rückte näher an Bremer heran.

„Was ist's mit den Bohrproben? Fanden Sie wirklich nur Lehm?"
Nein, Meinert Lorenzen fand auch anderes noch, aber Bremer fühlte sich nicht verpflichtet, davon Mitteilung zu machen, ehe er das Gebiet ganz übersehen konnte. So gab er eine ausweichende Antwort und schloß sich Dr. Meusel an, und Peter Boy Eschels blieb etwas mißvergnügt bei den Herren der Firma Hurtig Söhne sitzen.

47

Die Spundwand, die von der Morsumer Nösse aus östlich ins Watt hinausgetrieben wurde, machte Bremer viel Not. Der Abbruchkante war ein breiter Schlammstreifen vorgelagert. Erst etwa zweihundert Meter weiter draußen kam festerer Boden — kamen aber bald auch kleine Priele, die eine Schotterschüttung forderten. Den Schotter hierher zu bringen, war schon schwierig genug. Es kam ein Schlepper von Husum mit einem langen Schwanz von Leichtern hinter sich. Der Schlepper kam nur bis zum Landtief, einem Ausläufer des Westerley. Die Leichter konnten nur bei hohem Wasserstande bis zur Spundwand vorgestakt werden. War aber hoher Wasserstand, so kam er doch meist mit stärkerer Wellenbewegung, die das Löschen und Schütten sehr erschwerte.
Quer vor die Spundwand, nachdem sie die gewünschte Länge erreicht hatte, baute Bremer dann die eigentliche Ladebrücke, am Rande des Landtiefs, nach Norden und nach Süden ihre Arme reckend. Das Schmalspurgleis, das auf der Spundwand selbst vorgetrieben wurde, vermittelte die Verbindung vom Morsumer Lagerplatz zur Brücke. Wenn hier erst die Leichterzüge von Husum direkt zu löschen vermochten, würde er das Arbeitstempo ernstlich beschleunigen können. Es ging ihm alles zu langsam, ach, so viel langsamer, als er berechnet hatte — die Morsumer ahnten nicht, daß er sich die Lippen zerbiß vor Ungeduld; sie sahen nur die solide Arbeit und meinten, daß er mit dem Wetter doch mächtig Glück hätte. Der Herbst brachte nicht viel Wind, der Winter zögerte zu kommen.

Anfang Dezember wurde die Ladebrücke fertig. So hatte Heinrich Bremer freilich noch erreicht, was er sich für diesen Sommer vorgenommen – aber wieviel langsamer und mit wieviel höheren Kosten, als er im Frühjahr veranschlagt hatte! Doch, die Sache mußte nun durchgefochten werden, ein Zurück gab's nicht mehr. Und so warf er noch ein paar hundert Mark hinterdrein und lud nicht nur die gesamte Arbeiterschaft, sondern auch noch sämtliche Morsumer mit Weib und Kind zur Besichtigung der fertigen Brücke und anschließender gemeinsamer Kaffeetafel im Gasthaus „Zur Hohen Heide" ein.
Es war ein heller und klarer Frosttag mit kaltem Himmel und scharfem Winde, als die Geladenen sich am Ausgang der Spundwand versammelten, wo Bremer sie mit Scholz und den Werkführern empfing. Max Milian Meiners, als Arbeiterführer, überreichte ihm einen stachligen Tannenkranz, den Heinrich Bremer ernsthaft an der Rammaschine aufhängte, weil er nicht wußte, wo er sonst damit abbleiben sollte. Einer der Arbeiterräte aus der Baracke hielt eine kurze Anrede. Meinert Claasen sprach ein paar höfliche Worte. Und endlich gab auch Pastor Eschels seinen Segen zum fertigen Werke.
Als danach die ganze Gesellschaft zur „Hohen Heide" hinaufzog, färbte sich der Himmel unten am Horizont schon gelbrot, während hoch oben im lichtgrünen Äther die klar umrissene Mondsichel schwamm. In der schwarzen Heide lag hier und dort noch der Reif der vergangenen Nacht, den die nur niedrig steigende Sonne nicht hatte erreichen können. Die Leuchttürme von Hörnum und Kampen winkten freundlich herüber – alles in allem ein schöner Tag zum Festefeiern, und dies sprach auch Heinrich Bremer aus, als er hernach von der Mitte der hufeisenförmigen langen Tafel aus auf die Ansprachen antwortete, die unten an der Ladebrücke sein Werk gefeiert hatten. Er dankte vor allem der Arbeiterschaft.
„Solch Wetter wie heute, das wünsche ich mir allezeit beim Bau!" sagte er zum Schluß, „dann sollte der Damm schon wachsen! Wie es später hier aussehen mag, wenn das ganze Werk erst vollendet sein wird, das kann wohl niemand voraussagen; auch ich kann es nicht. Nur das möchte ich heute noch aussprechen" – und hier wandte er sich den Morsumern zu: „Ich kam als Freund und nicht

als Feind zu Ihnen, und nichts wünschte ich mehr, als daß der Damm späterhin Morsum und ganz Sylt zum Segen werde!"
Da erhob sich Meinert Claasen, der Weltgewandte.
„Wir danken dem Herrn Baumeister für seine freundlichen Worte, und wenn wir die Wirkung des fertigen Dammes auf unser Leben auch erst noch abwarten müssen, so kann ich doch heute schon im Namen des Dorfes bekennen, daß wir an der freundlichen Gesinnung des Herrn Baumeisters und der andern Herren" – doch sein Blick, der die langen Tafeln hinunterging, glitt ab, ehe er die Arbeiter erreichte – „mitnichten zweifeln."
So war aller Höflichkeit Genüge getan und jedermann befriedigt. Nur Pastor Eschels konnte nicht umhin, auch seinerseits noch einmal sich zum Worte zu melden. Meinert war ihm wieder einmal zu wenig fest, zu wenig klar und eindeutig in seinem Auftreten.
„Ob uns der Damm zum Segen oder Unsegen gereiche, das, meine ich, liegt ganz allein an unserer eigenen Einstellung dazu. Gehen wir den Weg mit Gott, so führt jeder noch zum rechten Ziel. Und daß Gott selbst mit dem Werke ist, können wir alle doch schon daran sehen, welch einen günstigen Sommer und Herbst er hierfür bereitet hat! Kein starker Sturm, keine übernormal hohe Flut hat den Fortgang der Arbeit gestört –" hier war es, daß Bremers Narbe an der linken Schläfe ungeduldig zuckte. Er dachte an die drei Nächte überm Osterley, und der Spott kam ihn an. „Was weißt du von meinen Sorgen? Jeder Kubikmeter Wasser mehr im Watt macht mir schlaflose Nächte" – und verlor sich in Berechnungen, denn Bahrenfeld hatte ihm Botschaft geschickt, daß er noch einmal ans Osterley kommen müßte.
„Immer haben jene Sylter das Leben der ganzen Inselgemeinschaft vorwärtsgebracht und höher gehoben", fuhr Eschels fort und vergaß, daß diese Gedankengänge den Arbeitern gleichgültig sein mußten, „die ihre Zeit verstanden und das Neue, das sie brachte, zu ergreifen den Mut hatten. Denkt an Lorens Hahn, der nicht nur selbst auf Grönland fuhr, sondern bald die ganze junge Mannschaft der Insel nach sich zog. Denkt an Uwe Jens Lornsen! Er selbst freilich ging zugrunde, aber wenn auch nur *ein* Mensch einem neuen Gedanken Durchlaß gewährt durch sein

Gehirn, so findet dieser Gedanke danach auch selbst den Einlaß in anderer Menschen Gehirne. Lornsen hat als Erster ein deutsches Schleswig-Holstein gedacht, und ob er auch starb, ohne es in Wirklichkeit gesehen zu haben, so wuchs es dennoch aus seinem Geist. Wir würden nicht deutsch sein ohne ihn. Wir werden auch ihm den Damm zu danken haben, denn Dänemark hätte ihn nicht bauen können" — er verwirrte sich etwas, denn er sah in Holm-Peters kaltem Blick die Frage: „Bist du so sicher, daß wir andern ihm den Damm auch wirklich danken?" hörte plötzlich, daß die Arbeiter längst zu halblauten Sondergesprächen übergegangen waren; daß ein paar junge Mädchen untereinander tuschelten und kicherten; fühlte auch Meinert Claasens ungeduldigen Spott mit seiner langen Rede, obgleich er ihn auf der gleichen Seite hatte und nicht sehen konnte. Nein, es hörte eigentlich niemand mehr recht zu, und nur Heinrich Bremer nickte noch höflich und gedankenabwesend, als Eschels nun unvermittelt schloß: „So lasset uns denn aufmachen und den Weg des Dammes mit gutem Willen gehen — mit Gott!"

Und sogleich, nun fesselfrei, rauschte die Unterhaltung lustig auf. —

Eine aber war nicht zum Fest gekommen: Cäcilie Hansen. Doch gegen Ende, als alle Gruppen sich schon lösten, trat ihr Sohn zu Pastor Eschels.

„Ich möchte Sie bitten, mir doch meiner Mutter Schein heute abend noch zu geben. Mein Vater hat mir nun den Hof überschrieben, und sie will zu ihm nach drüben gehen. Aber wir möchten nicht, daß viel Geschrei davon gemacht wird, und so will sie morgen in aller Stille über Munkmarsch abreisen."

„Das ist gut", sagte Eschels eifrig, „das halte auch ich für die beste Lösung" — und bei sich schmunzelte er: „Ich als Pastor darf's natürlich kaum denken, aber ich buche ihren Abgang entschieden auf die Kredit-Seite des Dammbaus!"

Unterdes war Gondelina schon aus dem Saal und auf die kleine Veranda hinausgetreten. Sie sah auf die dunkle Landschaft, die sich unter ihr breitete, die nächtliche Landschaft, die nur dem Eingeweihten verständlich gegliedert wurde durch die funkelnden Sterne des Orion, das in seinem sonderlichen Rhythmus kommende und gehende Feuer von Hörnum, die Lichtpünktchen des

neuen Brückenkopfes, des Baggers weit draußen, des hastig schaukelnden Motorbootes näher dem Lande. Doch obgleich jedes kleine und große Licht bekannt zu Gondelina sprach, sah sie eigentlich nichts, als die zuckende Narbe an Bremers Schläfe und Meinert Claasens spöttischen Mund, der auch ohne Worte deutlich genug sagte:
„Jeder hat meist Sauerkohl genug im Hause — du brauchst ihn uns nicht erst noch zu bringen, mein guter Peter!" Denn was Peter Boy Eschels an Meinert Claasen als halb und unklar empfand, war im Gegenteil ein ganz bewußtes Neutralitätsprinzip.

48

Es dauerte denn auch nicht mehr lange, bis Lene Volquart Claasen ihrem Bruder eine Predigt hielt über das gleiche Thema: „Jeder hat meist Sauerkohl genug im Hause — du brauchst ihn uns nicht mehr zu bringen." Und Pastor Eschels empfand, daß sie, wenn auch nicht geradezu im Auftrage, so doch als Vertreterin der Morsumesen zu ihm sprach.
„Deine Rede beim Fest droben auf der Heide — deine Rede ‚mit Gott!' die hat uns schon gar nicht gefallen, Peter", sagte sie mit jener strengen Mißbilligung, die ihr als älterer Schwester wohl anstand, „und im Gesangverein hat der Lehrer neulich angedeutet: besser wäre wohl gewesen, du hättest die Kantine des Keitumers überhaupt verboten, statt nun selbst mit den Arbeitern darin zu sitzen und mit ihnen zu trinken!"
„Wie konnte ich sie verbieten, Lene? Das steht doch nicht in meiner Macht. Übrigens war es Holm-Peters selbst, der ihm das Land dafür verkaufte."
„Konnte er doch nicht wissen, was der Mann damit wollte, und der bot ihm ein rundes Stück Geld."
„Wußte ich's doch auch nicht!"
„Du hättest es aber wissen müssen", meinte sie vorwurfsvoll, „dafür eben bist du doch unser Pastor! Der neue Kantinenwirt ist ein schlechter Mensch. Er braucht viel Brot und Fleisch hier aus dem Dorf, aber er bezahlt es nicht. Er hat den ganzen Gesangverein zum Grog eingeladen, aber den Rum dafür ist er

schuldig geblieben. Da ist mir nicht lieb, daß du bei ihm sitzt zwischen den Arbeitern."
„Du weißt, daß ich es nicht tue, um mit ihnen zu trinken." Peter Eschels war all dieses Geredes so müde, aber er hielt für besser, das Gespräch nicht vor der Zeit abzubrechen; er fühlte, daß noch etwas kommen sollte, und es war ihm ernstlich darum zu tun, mit dem Feinde Fühlung zu behalten.
Und es kam noch etwas, das aber bekümmerte Frau Lene Claasen so sehr, daß sie nicht streng oder heftig dabei wurde, sondern nur leise davon sprach, mit stillen Tränen in den Augen.
„Ja, Peter, und am letzten Sonntag sagtest du in der Kirche: ‚Wie der Kranke zum Arzt geht.' Hattest du denn nicht gesehen, daß auch Erkel Simonsen unter der Kanzel saß? Und weißt du nicht, daß Dr. Meusel nun ganz die Hand von ihr geschlagen hat?"
„Nichts weiß ich davon!" rief Eschels erschrocken aus. „Wie kann sie dann aber noch zur Kirche kommen, wenn es so schlecht um sie steht?"
Frau Lene trocknete ihre Tränen und nahm den Strickstrumpf wieder vor: „. . . vier, fünf, siehst du, nun habe ich mich verzählt. Das kommt nur davon, daß du gar nicht mehr weißt, was bei uns vorgeht. Nein, Peter, es ist nicht so mit ihr, daß es nun bald zum Sterben gehen könnte. Aber Dr. Meusel hat gesagt, wenn sie nicht täte, was er verordnete, dann gäbe er die Behandlung auf."
„Das kann ich ihm nicht verdenken. Ich traf sie Mittwoch wieder, als sie gerade vom Gesangverein kam, lachend, schwatzend, mit offener Kehle bei dem Seenebel aus Nordost."
„Wenn sie das nicht darf – das hat noch nie jemand geschadet. Aber nun sie keinen Arzt mehr hat, darfst du doch so etwas nicht mehr in der Kirche sagen."
„Sie kann ja nach Westerland gehen."
„Meinst du, daß einer der Westerländer Ärzte etwas anderes verordnen würde? Sie soll nicht singen, nicht tanzen. Sie soll nach Sonnenuntergang nicht mehr über die Wattweiden gehen. Sie soll sich warm und ruhig halten –"
„Und weshalb tut sie es nicht? Weil sie immer noch hofft, Lehrer Abrumeit würde sie heiraten. Der aber ist sicherlich schon mit Metta Holm-Peters versprochen, da gehe ich jede Wette ein!"

„Es heißt so", antwortete Frau Lene, und wieder feuchteten sich ihre Augen, „und ich glaube es auch. Es ist noch nicht acht Tage her, da waren die Schwiegereltern von Rasmus und Geik bei uns zum Geburtstag, und Erkel kam auch, nur eben so zum Gratulieren. Und als sie wieder gegangen war, sagte der alte Brodersen: ‚Wie kann das nur angehen, daß sie jetzt im Winter ohne Strümpfe in den Schuhen läuft?' Du weißt, er kann nicht gut mehr sehen. Aber sie trug auch ganz dünne rosa Strümpfe, die aussahen wie die nackte Haut. Wie kann ein Mädchen aus guter Familie das tun, daß sie keine selbstgestrickten Strümpfe mehr trägt!"

Trotz aller ehrlichen Betrübnis mußte Eschels doch etwas lachen – „ach Lene" –

Es war gut für ihn, daß sie sein Lachen nicht verstand.

„Ja, sieh Peter, da hättest du mit ihr reden sollen. Was wir selbst wissen, ob wir das Alte wollen oder das Neue, darum brauchst du dich nicht zu quälen. Aber was wir nicht machen können, dafür solltest du da sein. Seit Erkel bei dir im Hause war, hört sie doch auf alles, was du ihr sagst, und es wäre so gut für sie gewesen, wenn sie Abrumeit hätte bekommen können. Die Stelle könnte sie leicht noch versorgen, sie brauchten nicht einmal Vieh zu halten. Man sagt, daß er wohl tausend Taler Gehalt bekäme. Aber du weißt ja nicht einmal mehr, was im Dorf vorgeht. Was gehen dich die fremden Arbeiter an und die Herren, die alle Woche ein paarmal bei euch abendbroten? Du bist doch unser Pastor!" – –

Drüben an der schleswig-holsteinischen Westküste geht ein Gespenst um, „Deichgeschichten" genannt. Wenn im Herbst der Regen über See kommt und das schwere Kleiland in einen zähen Sumpf verwandelt, der die einzelnen Höfe hinterm Deich oft wochen- und monatelang von der Außenwelt abschneidet, dann werden an jedem Herdfeuer die alten Geschichten des vorigen oder auch vorvorigen Winters wieder aufgewärmt, und da sie inzwischen vielleicht schon etwas abgestanden und muffig von Geschmack geworden sind, tut die Hausfrau gern selbst ein Körnchen frischen Salzes oder ein pikantes Gewürz daran. Auf den Inseln der Westsee aber gehen ähnliche Gespenster um. Je einsamer ein Dorf liegt, desto seltener kommen neue Geschichten dahin; desto häufiger ist's nötig, daß die Hausfrau ihnen mit eigenem Gewürz wieder frischen Geschmack verleiht. In Morsum gab es eine Art der Geselligkeit, die nicht unpassend „Aufsitzen" genannt wurde, denn eigentlich gab es dabei keine andere Unterhaltung, als rund um die Stube zu schwatzen, dabei rechts an der Wand entlang die Männer, links an der Wand entlang die Frauen ihre Plätze hatten. In der Mitte aber, da, wo sich beide Geschlechter unterm Fenster vereinen, saßen die Pastorsleute – in diesem Fall also Peter Boy Eschels und Gondelina. Kaffee wurde gereicht und unzählige Sorten selbstgebackener Kuchen, dazu der neueste Dorfklatsch. Wo aber die Pastorsleute einmal nicht anwesend waren, da gab es sicherlich keinen willkommeneren Gesprächsstoff als diese beiden Persönlichkeiten. Viel war wohl selten von ihnen zu sagen. Viel war ja auch eigentlich von Peter Bleik Bun und seiner Tochter nicht zu berichten. Desto öfter also mußten die alten, die schon reichlich abgestandenen Gerüchte wieder aufgewärmt werden, mußte die Hausfrau ein wenig Salz oder pikantes Gewürz daran tun, um sie wieder aufzufrischen –

Ach, Peter Bleik Bun hatte sich zu früh gefreut, als die Dorfhexe nach Amerika abschwamm. Auch Cäcilie Hansen hatte sonst Zungen und Gedanken angenehm beschäftigt. Nun trat er noch ihr Erbe an.

49

Elisabeth Eickemeyer tanzte durch die Welt und machte sich tanzend einen Namen von gutem Klang. Ihr Bild tauchte in den illustrierten Blättern auf, immer häufiger, bis es sich endlich die erste Seite erobert hatte. Ihre Hände gaben für manches Bildnerwerk das Modell. Ein treffliches Gemälde von ihr wurde auf der Hamburger Kunstausstellung gezeigt. So glaubte sie, zu recht annehmen zu dürfen, daß Heinrich Bremer von ihr wüßte. Doch die Grenzen ihrer Welt und der Morsumer berührten sich noch nicht.

Im Sommer, da Heinrich Bremer nichts anderes dachte, als wie er das Osterley überschlagen könnte, war Elisabeth Eickemeyer aufgefordert worden, in Westerland zu tanzen, und da sie annahm, daß Morsum nur elf Kilometer hinter Westerland läge, nahm sie die Aufforderung an. Morsum aber lag immer noch etliche Jahrhunderte hinter Westerland, und so erfuhr Heinrich Bremer auch hiervon nichts. –

Bald nach dem Fest in der „Hohen Heide" siedelten Dr. Hurtig und der Baumeister Kurz wieder nach Westerland über, um während des Winters hier noch so viel Arbeit wie möglich zu leisten, da im Sommer während der Saisonmonate die Ruhe der Badegäste nicht gestört werden durfte. Es waren aber einige Kolonnen der Firma Hurtig noch auf Nösse geblieben, und da die jungen Techniker dort nicht die genügende Disziplin erreichen konnten, fuhr Bremer selbst nach Westerland hinüber, um mit den Herren ein offenes Wort zu sprechen. Er ließ den Wagen an der östlichen Schmiede und ging zu Fuß weiter. Gegen Sturm und Regen kämpfte er sich um die Straßenecken und – las plötzlich den Namen Eickemeyer. Las diesen Namen auf einem halb abgeweichten und im Winde flatternden gelben Plakatrest an der Litfaßsäule, die ihm eben im Wege stand. Freilich war's nicht mehr der ganze Name „–ckemeyer" stand da nur noch in fettem Druck. Darunter „er Kurhaussaal, abends acht Uhr pünktlich." Aber seine Neugier war nun doch geweckt, und indem er die Firma Hurtig noch ungeschoren ließ, wanderte er nun durch das ganze leere und nasse Städtchen, studierte eine Litfaßsäule nach der andern, bis er schließlich den Text richtig beisammen hatte. Leider war es ja nun zu spät, sich noch eine Karte für Elisabeths Tanzabend am 22. August dieses Jahres zu lösen, wie ihm hier immer wieder und dringend genug geraten wurde. Aber er war gerade recht gekommen, sich einen Stachel der Unruhe ins Herz zu drücken.

Der Sommer war anstrengend gewesen, keine Frage. Seit aber doch noch das Osterley überschlagen und zu guter Letzt die Ladebrücke fertig geworden war, hatte Heinrich Bremer im Augenblick nicht viel anderes mehr zu tun als abzuwarten, was die Winterstürme bringen würden. Nun er einen großen Teil der Arbeiter wieder nach dem Festland abschieben konnte, und für die Übriggebliebenen mehr als genug Aufsichtspersonal ihm zu Gebote stand – denn von den eingearbeiteten Bauführern, Werkführern, Schacht- und Maschinenmeistern mochte er nicht einen über Winter entlassen – nun lief sein Leben äußerlich etwas ruhiger dahin, und er hatte Zeit zum Denken, zum Sinnen, zum Träumen.

Das war gefährlich. Acht Tage später fand er schon wieder eine Rücksprache mit den Herren der Firma Hurtig nötig, eine persönliche Rücksprache. Fuhr wieder nach Westerland. Sah aber an all den gelben Fetzen der Litfaßsäulen stramm vorbei. Ging geradewegs zum nächsten Photographen und kaufte sich dann doch nur ein paar Ansichtskarten, die er — in den nächsten Briefkasten warf, weil er nicht wußte, was er damit anfangen sollte. Es war ein Ding, daß ihm Elisabeths lächelndes Bild aus Tondern wieder im Gehirn lebendig geworden war — es war aber ein ganz ander Ding, nach diesem oder einem ähnlichen Bilde von ihr einen leibhaftigen Photographen zu fragen.

Hiernach blieb er in Morsum. Aber der Winter war lang, und die jüngeren Herren vom Bau fanden den regierenden Herrn Baumeister nun manchmal etwas schwierig und hätten ihm von sich aus gern einen runden Urlaub gegönnt. Auch Pastor Eschels vermißte die sonst so bereitwillige Teilnahme Bremers an seinen Nöten etwas. Gondelina aber fiel's auf, daß er neuerdings der Mimi und der Mitzi nachdenklich mit seinen Blicken folgte. Freilich waren diese Blicke eben mehr nachdenklich als etwa verliebt — es lag etwas Suchendes darin, etwas wie ein schwer zu findender Vergleich, und wenn er auch gelegentlich auf ihr munteres Lachen horchte, so regte er sie doch dazu nicht an —

„Soll ich an Elisabeth schreiben — oder tu ich's lieber nicht?" dachte Heinrich Bremer. Schrieb ihr einen Brief nach dem andern, doch nicht auf dem Papier, sondern nur in seinen Gedanken.

50

Der Winter war milde. Bis über Weihnachten hinaus gab es kaum ein paar Nachtfröste. Und doch kam in diesem Winter Erkel Simonsen zu liegen, um nicht wieder aufzustehen. Da Dr. Meusel aufs Festland zurückgegangen war, und Erkels Eltern sich scheuten, einen der andern Inselärzte holen zu lassen, fand es Pastor Eschels von sich aus nötig, öfter einmal nach der jungen Kranken zu sehen, um ihr selbst und den Eltern zuzureden, daß sie in eine Lungenheilstätte ginge. Er glaubte wohl, ihr durch seine mannigfachen Verbindungen irgendwo einen Freiplatz schaffen zu können, und für das Reisegeld würde sich auch wohl noch eine Hilfe finden, meinte er. Aber die Eltern wollten durchaus nicht die öffentliche Wohltätigkeit in Anspruch nehmen, und Erkel selbst hatte nur den einen Wunsch: daheim bleiben zu dürfen.

Pastor Eschels saß oft an ihrem Bett, um ihr ein wenig von den Dorfgeschehnissen vorzuplaudern und ihr guten Mut zu bringen. Mehr noch aber lag ihm daran, festzustellen, ob die Anweisungen, die Doktor Meusel gegeben hatte, auch befolgt würden; ob die Kammer geheizt wäre und trotzdem das Fenster geöffnet – was als Verschwendung und sinnloses Tun von Erkels Mutter verachtet wurde; ob Erkel auch mit Milch und Eiern recht gepäppelt würde – was seine Schwierigkeiten hatte, weil ihre Eßlust immer mehr versagte; ob auch die kleineren Geschwister von der Kammer ausgesperrt blieben – und dies durchzuführen war nun vollends nicht möglich, und Pastor Eschels mußte den Krankenwärter spielen, was niemand ihm dankte.

„Schlimm genug, daß Erkel so daliegt, Peter", sagte die Mutter bekümmert, „daß sie vom Bett aus die Kleinen hütet, ist wirklich das einzige, was sie noch helfen kann."

„Aber die Kleinen werden sich anstecken –"

„Wie magst du das nur sagen! Gott ist doch barmherzig, der wird das doch nicht zulassen!"

„Dr. Meusel sagt –"

„Ist er mehr als Gott, Peter?"

Und Peter Boy Eschels ging seufzend zu der Kranken, trieb die jüngeren Geschwister hinaus, öffnete das Fenster, legte ein paar Briketts auf den Ofen – denn da er sie selbst geschickt hatte, durfte er sich solchen Übergriff erlauben; setzte sich an das Bett, nahm Erkels Hand und hörte betrübt auf ihre heisere Stimme.

„Du solltest so viel nicht sprechen, Erkel!"

„Ach, Simon kann und kann nun mal das Einmaleins nicht lernen, und wenn ich's ihm nicht abhöre, wo ich ihn nur irgendmal erwische, dann bleibt er Ostern noch sitzen."

„Ich werde mit Lehrer Abrumeit über ihn reden", sagte Eschels unbedacht, denn nun wurde Erkel eifrig.

„Herr Abrumeit darf ihn doch nicht versetzen, wenn er seinen Lex nicht kann, Pastor-Ohm. In der Schule muß doch alles sein Recht haben, und wenn der Lehrer sagt, daß Simon nur faul ist und nicht ordentlich aufpaßt, dann ist das auch so –" und sie bekam rote Backen und ihre Augen glänzten.

Eschels bereute, das Gespräch auf dies Thema gebracht zu haben. Doch da es nun einmal geschehen, nahm er die Gelegenheit wahr, es auch durchzufechten.

„Du verteidigst Abrumeit gut, Erkel", sagte er, gab ihre Hand frei und machte sich am Ofen zu schaffen. „Ich weiß nicht, ob er's wert ist. Er soll ja nun mit Metta Holm-Peters versprochen sein –"

„Ich weiß."

„So ist das wirklich wahr?"

„Metta hat es mir selbst erzählt."

Pastor Eschels schwieg bestürzt. Er stellte sich ans Fenster und schaute in den kleinen Kohlgarten hinaus.

„Wann war das, Erkel?"

„Beim Fest in der ‚Hohen Heide'." Ihre Stimme klang angestrengt, und sie warf sich im Bett hin und her. Aber Eschels wandte sich nicht um, und so fuhr sie in ihrem Bericht fort: „Metta hat es mir selbst erzählt. Er kam einmal zu ihnen zu ungewohnter Zeit. Ihre Eltern waren nicht daheim. Da suchte er sie und fand sie unter der Kuh sitzend. Und da hat er gesagt: ‚Sieh, das lobe ich mir! Solch eine Frau wünschte ich mir wohl auch!' Er hat dabei gelacht, aber Metta denkt, daß er's wohl ernstlich gemeint hat, und – und – das denke ich auch."

Eschels seufzte. Auch ihm schien's wahrscheinlich. Und selbst wenn dies nicht gewesen wäre – er konnte Erkel nicht wieder gesund machen. Auch der Aufenthalt in einer Heilstätte konnte die Krankheit nur eben zum Stillstand bringen – heiratsfähig konnte Erkel nie wieder werden, das hatte Dr. Meusel ihm ausdrücklich gesagt.

„Ich –" flüsterte Erkel, und er hörte ihrer Stimme an, daß sie dabei weinte – „ich durfte ja überhaupt nicht wieder melken, seit ich die schwere Grippe hatte –"

Eschels kam vom Fenster zurück und setzte sich wieder an ihr Bett.

„Erkel, liebes Kind, ich will dich nicht aufregen, aber sage selbst: wäre es nicht besser, du gingest alledem aus dem Wege? In dem Erholungsheim lernst du neue Menschen kennen, es ist nicht trübselig dort, das mußt du nicht denken. Wenn du nur erst wieder gesund würdest – es gibt auch andere Männer –"
Doch da hob sie den Blick zu ihm und lächelte unter Tränen:
„Das verstehst du nicht, Pastor-Ohm!" – –
Am folgenden Tage kam Frau Merret Simonsen zu Gondelina.
„Tu mir die Liebe, Gondel, und laß deinen Vater nicht mehr zu Erkel kommen. Ich weiß, er meint es gut, daß er ihr immer noch zur Reise rät. Aber es regt sie nur auf und hinterher ist sie kränker als sonst. Was soll es auch, daß er kommt? Früher hat er ihr immer noch Fieber gemessen, nun tut er das längst nicht mehr –"
„Hätte es noch einen Zweck, Merret?"
„Ja, dann nützt das wohl nichts mehr. Und sonst werde ich auf Erkel schon gut aufpassen. Die Kinder sollen auch nicht mehr so viel bei ihr sein, heute hat sie die ganze Nacht wieder gehustet. Aber sage es deinem Vater so, daß er merkt, wir sind nicht undankbar. Es ist nur um Erkel, weil sie mehr Ruhe braucht."
Als Gondelina ihrem Vater bei Tisch die Botschaft ausrichtete, antwortete er ruhig:
„Merret hat schon recht. Ich wäre selbst nicht mehr so oft hingegangen. Vielleicht kannst du sie einmal besuchen?" Aber er schob den Teller zurück und mochte nicht essen. „Ich kann nicht sagen, wie leid es mir um Erkel ist! In all den langen Jahren hier habe ich keine Konfirmandin gehabt, die mir lieber geworden wäre als sie. Der aber, dem zuliebe sie sich diese Krankheit holte, mag nun sehen, wie er mit seinem Gewissen fertig wird!" schob auch seinen Stuhl zurück und stand vom Tische auf, ohne etwas gegessen zu haben.
Mimi und Mitzi aber, die auch traurig über Erkel Sinomsens Krankheit waren, trugen dies harte Wort ins Dorf, wo es bald durch die ganze Gemeinde lief; sie kannten die Verhältnisse noch nicht so recht und ahnten nicht, was sie damit taten – wußten auch nicht, auf wen es ging.

51

Der Winter war nicht nur milde, sondern brachte auch weder starken Wind noch hohe Fluten. Da alles Denken, Sinnen und Träumen Heinrich Bremer nichts weiter einbrachte als die Erkenntnis, daß er Elisabeth Eickemeyer durch eigene Schuld aus den Augen verloren hatte, ließ er den Fall endlich auf sich beruhen und warf sich von neuem mit ungeteiltem Eifer auf seine Arbeit.

Der letzte Sommer war nicht schlecht gewesen, und was gebaut war, hielt nun stand. Aber es war alles so langsam gegangen, so qualvoll langsam! Von drüben her hatte Bahrenfeld trotz äußerster Anspannung volle drei Monate an 440 Meter Spundwand verbaut — wann sollten sie mit dem 11 Kilometer langen Damm je fertig werden, wenn das so weiterginge? Zum größten Teil lag dies an den ungünstigen Bodenverhältnissen. Die Anfuhrstrecke auf dem nassen Vorlande konnte trotz aller Sorgfalt nicht dauernd fahrbar gehalten werden. Eine Stopfkolonne von 30 bis 40 Mann war unaufhörlich daran beschäftigt. Trotzdem gab es tagtäglich Entgleisungen der Transportzüge, nicht selten auch Unfälle, mit denen Dr. Meusel ernstlich zu tun bekam. Weiter im Watt hatte das Osterley die größten Schwierigkeiten bereitet, dadurch, daß es vorm Kopf der Spundwand herwanderte, bis Bremer ihm von Barthels Kuhfenne aus den Weg verlegte. Als es dann die Spundwand wieder durchbrach — an jenem Morgen, an den Bremer nicht ohne nervöse Angst zurückdenken mochte —, da hatte der Husumer Zimmermann zu ganz ungewöhnlichen Maßnahmen greifen müssen, hatte eiserne Spundbohlen bis zu 12 Meter Länge rammen lassen müssen, nur um das Loch zu überschlagen. Und wenn Heinrich Bremer es dann nicht noch „mit Gold eingeschüttet" hätte, wie der Baurat sagte, so würde sich das Osterley endlich auch diese Zähne wieder ausgezogen haben. Es lag nach dem Zuschlagen der Strömung der Wasserspiegel im Norden um mehr als einen Meter höher als im Süden; das zeigte den starken Druck, zeigte auch, wie stark der Durchsturz bei einem Wehr sein würde, wie der Baurat es nun im Ernst für die andern Ströme plante. Waren doch außer dem Osterley noch das Holländer Loch, das Westerley und das alte

Sylter Ley zu überwinden! Freilich lag die Sandbank zwischen ihnen, die „Dracht", niedriger als Barthels Kuhfenne, so daß der abfließende Ebbestrom hier nicht ganz so stark war, wie auf Barthels Kuhfenne. Aber ob das viel ausmachen würde, ließ sich vorher nicht sagen.

Und endlich waren die Fortschritte im Spülfeld auch durchaus nicht nach Wunsch gewesen. Obgleich die Wasserbewegung durch die südliche Spundwand erheblich gemildert wurde, hielt der eingespülte Boden doch nicht recht stand. Auch bei stillem Wetter schwamm er breiig auseinander nur dadurch, daß die Flut kam, die Ebbe ging. Und da der Boden, darin sie befestigt waren, sich auch als zu weich und nachgiebig erwies, gaben dann die Buschdämme wieder nach, ließen sich von den Schlammmassen auseinanderdrücken — vom Wasser mitziehen. Erst wo mit Trockenförderung gearbeitet wurde, gewann der Dammfuß Halt; der sandige Kleiboden hielt, kostete aber auch sehr viel mehr Zeit.

Wenn Heinrich Bremer sich überschlug, wie lange der Damm auf diese Art noch dauern würde, ging ihm die Ungeduld wie Fieber durch die Adern. Dann wandte er sich wieder Meinert Lorenzens Bohrproben zu, baute Luftschlösser: wenn! und — wenn! und — wenn! Rechnete — fing an mit noch ungesicherten Hoffnungen zu rechnen, bis ihn die Erinnerung an des Baurats Mahnung: „Sparen Sie! Sparen Sie!" dann wieder auf den Boden nüchterner Tatsachen stellte. — —

Es kam aber der Tag, an dem Heinrich Bremer erfuhr, daß seine Luftschlösser sich zu soliden Bauten auf dem Erdboden der Wirklichkeit verdichten sollten! Es kam der Tag, da Meinert Lorenzen ihm einen abgerundeten Vortrag über das Ergebnis seiner Bodenuntersuchungen hielt und ihm an Hand der Proben seine Hoffnungen als Möglichkeiten bewies. Bremer packte ihn mitsamt seinen Bohrproben auf das Motorboot und fuhr mit ihm nach Husum zum Baurat Pflüger.

„Herr Lorenzen hat Süßwasser gefunden, genug für die Baustellen auf der Insel und Festlandsseite. Er hat im Morsumer Höhenrücken ein tüchtiges Lager tertiären Tons festgestellt. Er hat im Watt zunächst der Insel auch nur Schlamm gefunden, nichts als einen Schlammstreifen von etwa 200 Meter Breite. Danach dann aber grobkörnigen Sand und Kies in Mengen, Schichten von mehreren Metern Tiefe." Also sprach Bremer, da er nicht die Ruhe hatte, Meinert Lorenzens bedeutend längeren Vortrag noch einmal über sich ergehen zu lassen. Lorenzen aber packte seine Bohrproben aus, breitete seine Skizzen vor den Baurat hin und bewies an Hand seiner Karten die Zuverlässigkeit seiner Funde. Der Baurat verstand.

„Wieviel können wir dadurch sparen?" fragte er, und Heinrich Bremer antwortete:

„Drei bis vier Monate noch an den fünf Jahren, die ich als Mindestsatz annehmen muß. Hiernach hoffe ich, daß wir's bis zum Winter 1927/28 schaffen können."

Er sparte aber in der Folge ein ganzes Jahr.

52

Mit einem Kopfsprung gewissermaßen stürzte Heinrich Bremer sich nun wieder in die Fluten seiner Arbeit. „Ist der Damm von Gott oder vom Teufel?" hatte Pastor Eschels einmal gefragt, „ist das Werk gut oder böse?" Wenn er heute Elisabeth Eickemeyer so fragen würde – und wenn sie geahnt hätte, wie nahe Heinrich Bremer schon daran gewesen, ihr zu schreiben! – dann würde sie sicherlich in ihrem Leben den Damm als böses Prinzip verurteilen. Aber sie wußte nichts von Heinrich Bremers innerer Unruhe und wurde auch nicht gefragt. Er selbst aber empfand das Werk im Augenblick als gut, nur als gut – wußte er nun doch, wohin mit seiner Unruhe.

Die Ladebrücke vor Morsum-Nösse hatte eine nutzbare Länge von 600 Metern, er verbreiterte sie so, daß drei Gleise nebeneinander darauf verlegt werden konnten. Anstelle der einfachen Hebekräne baute er zwei große Portaldampfkräne darauf auf. Der Winter blieb so milde, daß nur die stehenden Pfützen auf den Sandbänken eine leichte Eisdecke zeigten, daß aber die Strömungen im Watt nicht einmal fest zufroren. Die Schiffahrt Husum-Morsum war nicht für einen Tag behindert. So konnten die Schlepper heranführen, was Bremer nur irgend brauchte. Auf dem flutfreien Morsumer Höhenrücken schuf er einen Lagerplatz, mit direkter Gleisverbindung von der Brücke aus, schuf Wohn- und

Magezinbaracken, Werkstätten und Büros; legte aber außerdem noch eine Wohnschute an die Brücke, die bestimmt war, mit der vorrückenden Spundwand ins Watt hinauszuwandern. Denn er war mit Baurat Pflüger einig geworden, die Spundwände im kommenden Sommer nun so zu forcieren, daß sie ihre Feinde, das Holländer Loch, das alte Sylter Ley und das Westerley gewissermaßen überrumpelten.

Kaum war denn auch der Sylter größte Festtag des Jahres, der Petritag mit Biikenbrennen und Tanz und festlichen Gasten und Aufsitzen vorbeigerauscht, als auch die Arbeit im Watt schon angesetzt wurde. Ein ganz anderes Tempo schlug Heinrich Bremer nun an, schickte die Morsumer voraus, die beiden seitlichen Pfahlreihen zu setzen und zu rammen, und da sie mit der kleinen Handramme nicht schnell genug vorankamen, ließ er stärkere Gerüste bauen, ließ größere Rammen von Husum kommen. Den Morsumern auf dem Fuße aber folgten weitere Zimmermannskolonnen, die zwischen den Pfählen Bohle an Bohle rammten, so daß eine feste Wand nun das südliche vom nördlichen Watt, die Hörnumer Bucht von der Lister trennte. Den Zimmerleuten folgten die Schienenleger, die das Transportgleis auf die Spundwand vortrieben. Diesen wiederum die kleinen Lorenzüge, die den Steinschotter brachten zum Einschütten der Bohlenwände. Und kaum war die Spundwand also gesichert, als nördlich von ihr schon die Lahnungen des Spülfeldes entstanden. Als der neue größte Eimerbagger seine Tätigkeit aufnahm, und der Schutensauger mit festen Spülgeräten den groben Sand und Kies zwischen die Buschwände einspülte. Der Kies, den Meinert Lorenzen gefunden hatte, war aber so grobkörnig, daß Steine bis Faustgröße darin vorkamen. So floß das Spülfeld nicht breiig auseinander, sondern lag hoch und fest, die Neigung war kurz und steil — Heinrich Bremer konnte bis zu drei Meter über den normalen Wasserstand hinaus schütten, und er tat es; die Unruhe in ihm kam einzig und allein seiner Arbeit zugute —

— er war bereit, Elisabeth Eickemeyer wieder zu vergessen.

Heinrich Bremer hatte seine Arbeiterzahl in diesem Frühjahr um das Dreifache vermehrt – die Firma Hurtig vermehrte die ihre um das Vierfache. Der Chef kam wieder selbst nach Morsum, und da Erasmine Broder Thiessen dem Pastor ihre schlechte wirtschaftliche Lage klagte, veranlaßte Eschels sie schließlich doch, Dr. Hurtig ihre beiden südlichen Vorderzimmer anzubieten. „Der ist doch nicht anders als ein Westerländer Badegast", tröstete er sie, und dies Wort half ihnen über den schweren Entschluß hinweg, einen Fremden in ihr väterliches Haus aufzunehmen. Sie setzten ihre Preise den Westerländer Saisonpreisen gleich, und da Dr. Hurtig gutmütig genug war, jede ihrer Forderungen zu erfüllen und die frisch gewaschenen Gardinen nicht anzurauchen – er rauchte seiner kranken Lunge wegen überhaupt nicht –, so vertrugen sie sich nicht einmal schlecht. Baumeister Kurz aber, der sich über Winter eine junge Frau zugelegt hatte, bekam von Bremer den Rat, doch einmal bei Lütje Hansen anzufragen. Die Anfrage verlief befriedigend für beide Teile, und der Baumeister und Frau bewohnten nun die Zimmer Cäciliens, der entschwundenen Dorfhexe, ohne übrigens böse Folgen davon zu spüren.

Das Beispiel der Herren machte Schule: immer mehr von den jüngeren Angestellten, Bauführer, Schachtmeister, Werkführer, suchten und fanden jetzt im Dorf Unterkunft auch für ihre Familien. Zwei der Schachtmeister heirateten Morsumerinnen. Immer mehr junge Frauen tauchten plötzlich hier auf – übers Jahr würde es eine ganze Lämmerherde Dammbaukinder hier geben.

Es überstieg endlich die Zahl der gesamten Arbeiterschaft die der Dorfgemeinde selbst um mehr als das Doppelte. Die Morsumer fanden keine Zeit mehr, sich zu überlegen, ob sie die Arbeiter dulden wollten oder nicht. Die Arbeiter waren nun einmal da, in Massen, und die Morsumer mußten sich mit ihnen abfinden. Die Geschehnisse hatten all ihre Grundsätze über den Haufen gerannt. Aber die Arbeit selbst schützte das Dorf davor, daß die Arbeiter etwa die Oberhand gewonnen hätten. Es gingen für Bremer allein drei Schlepper mit zwanzig Schuten und etliche dreißig Segler unaufhörlich zwischen Husum und der Nösse hin und her. Er baute die Dammsohle, die Firma Hurtig den Oberteil des Dammes. Die Kolonnen arbeiteten oft auf geringem Raum nebeneinander. Sie sahen sich gegenseitig auf die Finger, jeder suchte den andern zu überflügeln. Es wurde in zweimal zwölf Stunden mit den Schichten abgewechselt, bei Fackelschein, mit Überstunden und Ausnutzung jeder Arbeitsminute. Nicht die hohen Löhne, nicht die Prämien allein trieben die Arbeiter voran auch in Sturm und Regen, auch bei hohen Wasserständen – war es Bremers heiße Unruhe, die sie trieb? War es der Wettbewerb der Firmen gegeneinander? Bei der Firma Hurtig arbeiteten ehrgeizige Werkführer mit ihren Kolonnen bis zu zwanzig Stunden am Tag ohne andere Unterbrechung als ein hastig heruntergeschlucktes Mittagessen. Die Arbeiter selbst gönnten sich kaum eine Pause – aber es kamen auch viele Unfälle jetzt vor; Dr. Meusel und Pastor Eschels bekamen beide viel zu tun.

54

So geschah es eines Tages, daß die auf unordentlich gelegten Bohlen einherschwankende Lokomotive des Materialzuges kippte, umstürzte und den Maschinenmeister Braun unter sich begrub. Er wurde schnell genug von seinen Leuten befreit und schien auch nicht stark verletzt zu sein. Doch konnte er sich nicht auf den eigenen Füßen halten, brach stöhnend zusammen und verlor das Bewußtsein. Dr. Meusel war gerade weit draußen auf dem großen Bagger, wo einer der Männer mit dem Arm in die Kettenzüge geraten war; die ganze Brücke war überdies im Augenblick von Materialzügen blockiert. So rief Bremer ein Auto aus Keitum herbei und schickte Max Milian Meiners mit dem Verunglückten nach Westerland zum Krankenhaus. Er selbst aber ging nach Feierabend zum Pfarrhause hinauf, um Pastor Eschels zu bitten, sich um die junge und landfremde Frau zu kümmern, die bei Ludwig Bossen im Dorfe wohnte.

Die Stille im Pfarrhaus erschreckte Bremer, und da er auf sein Klopfen an des Hausherrn Tür keine Antwort erhielt, ging er zur Küche, wo er Gondelina oder eins der jungen Mädchen zu treffen hoffte. Er fand in dem dämmerigen Raum aber nur einen Arbeiter, der ihm auf seine Frage mitteilte, daß alle andern Be-

wohner des Pfarrhauses zu einer Taufe nach Keitum gegangen wären.
„Und Sie? Was tun Sie hier?“ fragte Bremer in dem mißtrauischen Verantwortungsgefühl, das diese drei Jahre ihm anerzogen hatten.
„Ich hüte Haus“, antwortete der Mann, „Pastor Eschels nahm mich hier auf, weil er mir anmerkte, daß ich mich in der Baracke nicht sehr wohl fühlte“ – und fügte mit spöttischer Bitterkeit hinzu: „Vielleicht auch, weil er voraussah, daß ich keine silbernen Teelöffel stehlen würde.“
Weder Stimme noch Ausdrucksweise muteten Bremer als die eines Arbeiters an. Unwillkürlich griff er nach dem Schalter neben der Tür und drehte das elektrische Licht an. Der Arbeiter machte eine Bewegung, als wollte er sich dem Blick des Baumeisters entziehen, doch dann hielt er ruhig und ein wenig trotzig stand – und Bremer fuhr erschrocken zurück.
„Martin Eickemeyer? Um Gottes willen, wie kommst du hierher? Und als einfacher Arbeiter? Was heißt das? Seit wann? – ich sah dich doch nie!“
„Ich fand bei der Firma Hurtig Söhne Arbeit“, antwortete der Jüngere. „Seit wann? Seit dem ersten Frühjahr schon. Sie sahen mich noch nie? Nun ja, auf einen Baumeister kommen wohl fünfhundert Arbeiter – ich sah Sie oft schon, aber ich war froh, daß Sie mich nicht beachteten. Mir wäre lieb, wenn auch weiterhin niemand erführe, daß Sie mich kennen“ – und er ging hin und schaltete das Licht wieder aus –, „meine Stellung unter meinen Genossen ist ohnehin schon etwas zweifelhaft geworden, seit ich hier wohne.“
Heinrich Bremer zog einen Stuhl unter dem Küchentisch hervor und setzte sich. Er war müde. Es lag in dieser Gebärde aber auch der Entschluß, die Sache hier ins reine zu bringen, und der junge Arbeiter blieb neben der Tür an die Wand gelehnt stehen, das Gesicht dem entschwindenden Tageslicht zugekehrt. Es war ein hageres Gesicht, scharf trotz der Jugend und mit hartem Zuge um den Mund.
„Erzähle!“ bat Bremer leise.
Martin Eickemeyers Blick streifte ihn flüchtig und ging dann zum Fenster zurück, dahinter ein mattrötlicher Schimmer jetzt über

den grauen Himmel sich breitete. Er schwieg noch eine Weile, dann sagte er langsam:
„Weshalb kamen Sie nicht – damals? Vielleicht wäre alles anders geworden bei uns."
Damals –
„Ich war krank", sagte Heinrich Bremer; er wußte es nun. Der andere seufzte müde.
„Vielleicht wäre alles anders geworden –" wiederholte er nachdenklich. „Besser? Doch nein, noch bereue ich nichts. Wie es kam, daß ich unter die Hand- statt unter die Kopfarbeiter ging? Es taten es manche meiner Altersgenossen – es war die Revolution –"
„Es war versetzter Idealismus."
„Nennen Sie's, wie Sie wollen. Es war doch etwas Gesundes darin. Ich habe in diesen Jahren viel gelernt. Mehr als auf der Universität. Reales Wissen vom Leben habe ich gewonnen –"
„Und wie denkst du dir deine Zukunft?"
„Ein ungelernter Gelegenheitsarbeiter hat keine Zukunft. Ich arbeite. Gegenwart allein ist Leben. Vergangenheit – Zukunft sind nur Worte."
„Und wenn du heute versagst?"
Die Dämmerung hatte sich nun schon so weit verdichtet, daß Bremer den Zug von Angst nicht sah, der über das junge Gesicht ging. Martins Stimme aber antwortete in ruhigem Gleichmut:
„Ich habe immer viel Sport getrieben, ich bin gut in Form."
„Sportliches Training genügt nicht, hier wird robuste Kraft verlangt", entgegnete Bremer bestimmt, und da hierauf nur ein totes Schweigen folgte, fragte er unruhig: „Du sagtest vorhin, es hätte alles anders kommen können – was denn hätte ich dir zu nutzen vermocht – damals?"
Wieder folgte zunächst nur ein Schweigen, aber dies war nicht tot, das fühlte Heinrich Bremer, und er wartete geduldig.
„Deutsch sein heißt, eine Arbeit um ihrer selbst willen tun", begann Martin Eickemeyer endlich zögernd. Doch da Bremer eine unwillkürliche Bewegung machte, unterbrach er sich schon wieder: „Lachen Sie?" fragte er mißtrauisch.
„Ich lachte nicht – nicht über dich jedenfalls", antwortete Bremer begütigend, „vielleicht über das Wort, das mir ans Herz schlug

als eine Sinnlosigkeit für uns Deutsche von heute. Ich tue meine Arbeit hier nicht um ihrer selbst willen. Ich glaube nicht, wie Pastor Eschels tut, an den alleinseligmachenden Damm –"

„Meines Vaters Werk – er wird eine Kulturtat ersten Ranges!"

„Zunächst wird er die Eigenkultur des Sylter Volkes vernichten, so sehe ich ihn an", sagte Heinrich Bremer kalt. „Doch selbst wenn die Sylter sich im letzten Augenblick noch zu Herren der Situation machten, selbst wenn der Damm nötig, wenn er lebensnotwendig wäre für Sylt und auch für Deutschland – ich müßte mich selbst belügen, wollte ich behaupten, daß ich ihn deshalb baute. Der Damm braucht mich nicht. Versage ich, stehen zehn hinter mir, die meine Arbeit tun können. Hinter jedem Werkführer stehen Hunderte. Hinter dir Hunderttausende. Deutschland hat mehr Arbeitskräfte, als es verwenden kann. Deutsch sein heißt mir heutzutage: die Arbeit an mich zu reißen, die ich brauche!"

Er nahm die Mütze ab und trocknete mit dem Taschentuch die Stirn, die sich ihm feuchtete.

„Gegenwart allein ist Leben. Hier stimme ich mit dir überein. Nur wer den Augenblick erfaßt und aus seiner Kraft lebt, wird dies Dasein meistern. Tust du das aber wirklich in dieser Arbeit bei der Firma Fritz Hurtig Söhne? Laß mich hier in dieser Dunkelheit einmal das Wort aussprechen, das sonst keiner von uns gern unnützlich führt: Gott! Wir haben uns nicht selbst geschaffen. Unsere Geburt ist nicht unsere Willenstat. Der Gott in uns suchte seinen Körper, seine körperliche Umgebung. Wer sind wir, daß wir ihm widerstehen dürften? Dir und mir gab unsere Geburt den Verstand und die Möglichkeit, ihn weiterzubilden. Schenkte uns die Gabe, durch geistige Arbeit unser täglich Brot zu verdienen – ist diese Gabe nicht zugleich auch eine Aufgabe?"

Martin Eickemeyer ließ seinen Kopf auf die Brust sinken, als träfen ihn Bremers Worte. Aber er antwortete nicht. Bremer suchte seine Hand zu fassen:

„Kehre jetzt noch um –" doch Martins Hand entzog sich ihm, wenn auch mit leichtem, fast unmerklichem Druck. Da stand Heinrich Bremer schwerfällig auf, tappte sich durch den dunklen Flur und zum Hause hinaus –

55

Eine knappe Woche später saßen drüben in Leck, im Amtszimmer des Propstes, vier Morsumer Kirchenvertreter; saßen da mit steinernen Gesichtern und einer ruhigen Würde, die dem Propst, der aus dem leichtlebigen Rheinland stammte, nicht wenig Eindruck machte.

„Wir möchten dem Herrn Propst nur sagen, daß es sich mit unserm Pastor um nichts gebessert hat", nahm Holm-Peters das Wort. „Der Besuch vom Herrn Bischof hat rein gar nichts genützt, und wir wollten den Herrn Propst nun fragen, ob er nicht unserm Pastor den Rat geben kann, sich nach anderwärts hin zu melden."

Der Propst hatte sich nach der ersten Beschwerde eingehender mit den Personalakten des Peter Boy Eschels beschäftigt. „Wenn ich nur dahinterkommen könnte, weshalb er damals seine Professur aufgab", dachte er, „darüber will niemand etwas wissen, aber einen Grund — und vermutlich keinen schönen! — muß es doch gehabt haben." Vorsichtig antwortete er jetzt nur:

„Ehe Pastor Eschels nach Morsum kam, stand Ihr Pfarrhaus jahrelang leer. Er meldete sich, soviel ich weiß, nur aus dem Grunde, weil er aus Morsum selbst gebürtig war, und tatsächlich war er der einzige Bewerber. Lassen Sie ihn also gehen, müssen Sie gewärtig sein, daß sich so bald nicht wieder ein Anwärter auf Ihre Pfarre melden wird."

„Das soll uns gleich sein", sagte Holm-Peters, nachdem er durch einen Blick rundum die Zustimmung seiner Beisitzer eingeholt hatte. „Lieber gar keinen Pastor, als einen, der uns nur Ärger und Unruhe bringt."

„Ja, was in aller Welt tut er denn?"

„Er hält —" sagte Holm-Peters und griff den Daumen seiner linken Hand in seine rechte gewaltige Faust, als wollte er die Sünden Peter Boy Eschels an seinen Fingern abzählen — „er hält Predigten, die uns nicht gefallen. Er erzählt uns ganz andere Dinge von unserm Herrn Jesus Christus, als wir in unserer Jugend gehört haben —"

„Nun, was das anbetrifft —" meinte der Propst gedehnt, aber Holm-Peters ließ sich nicht unterbrechen.

„– und immer bringt er uns den Dammbau irgendwie hinein; nicht gerade so direkt, aber so hintenrum – den Eisenbahndamm!" Das Wort platzte förmlich aus dem Sprecher heraus. „Gehört der Damm wohl in eine christliche Predigt, Herr Propst?"

Solcherart zur Meinungsäußerung gezwungen, mußte der Propst zugeben, daß der Dammbau der deutschen Reichsbahngesellschaft nicht unbedingt notwendiger Bestandteil einer Predigt sei.

„Pastor Eschels hat", begann Holm-Peters wieder und hielt noch immer den linken Daumen mit seiner rechten Faust in Gewahrsam, „der Frau Cäcilie Hansen einen Fünfzigdollarschein weggenommen, und Cäcilie ist nun nach Amerika ausgewandert."

Der Propst seufzte nur und winkte ihm, fortzufahren.

„Er hat zwei nette junge Mädchen im Haus, obgleich der Herr Bischof da war –"

„Aber ich bitte Sie! Der Bischof hat die jungen Mädchen selbst gesehen und sich geäußert, es läge wahrhaftig kein Grund vor, ihre Anwesenheit in einem christlichen Pfarrhause zu beanstanden."

„Wir wollen das eben nicht", sagte Holm-Peters in unerschütterlicher Ruhe. „Wenn der Herr Pastor mit ihnen ausgeht, dann lacht er auf offener Straße und singt mit ihnen –" er holte tief Atem und wiederholte mit Betonung: „Singt mit ihnen auf der offenen Landstraße unter Gottes freiem Himmel! Und all die Herren vom Bau kommen ihm ins Haus deswegen, und das gehört sich nicht für unsern Pastor. Ob das anderswo so Sitte ist, das wissen wir nicht, und das geht uns auch nichts an. Wir wollen einen Pastoren, der die nötige Achtung hat, oder gar keinen."

Unter Achtung verstanden die Morsumer steife, äußerliche Würde, aber das wußte der Propst nicht. So seufzte er noch einmal und sagte resigniert:

„Kommen wir zum Schluß!"

„Beim Schluß sind wir noch lange nicht", entgegnete Holm-Peters abweisend. „Die Hauptsache kommt erst noch. Vorher aber noch dies: er verträgt sich auch nicht mit dem Lehrer. Wenn unsere Kinder, wie es immer üblich war, die Gemeindeblätter austragen sollen, dann will der Lehrer das plötzlich nicht mehr."

„Ja, dann muß der Lehrer doch dazu veranlaßt werden."
„Das ist schon geschehen, da braucht sich der Herr Propst nicht mehr um zu kümmern. Wir wollen nur, daß unser Pastor und unser Lehrer sich miteinander vertragen. Wir wollen Ruhe im Dorf haben."
„So halten Sie den Pastor also für den Unverträglichen?"
Die Morsumer sahen einander an. Diese Zwischenfrage paßte nicht in ihr Programm. Sollten sie nicht besonders darüber nachdenken müssen, blieb ihnen kein anderer Ausweg als die Frage mit einem runden Ja zu beantworten. Das taten sie denn auch.
„Wenn der Herr Propst mich nicht immer unterbrechen möchte!" sagte Holm-Peters mißbilligend und fuhr eintönig fort: „Als der Schachtmeister Braun verunglückte, hat er sich um die Frau erst hinterher gekümmert, so daß meine eigene Schwesterstochter, die Frau Ludwig Bossen, die ganze Last davon gehabt hat. Und nun kommt die Hauptsache, was das Hauptärgernis für uns ist", sagte Holm-Peters und faßte den Daumen der rechten Hand in die linke Faust: „Immer ist er hinter den Fremden her, und mit den Herren vom Bau und mit den Arbeitern hält er Trinkgelage."
„Ich denke, dieser Verdacht wäre längst als unbegründet zurückgewiesen", entgegnete der Propst schnell, „soviel ich weiß, hat der Herr Bischof selbst die Grundlosigkeit dieser Beschuldigung festgestellt."
„Er hat den Pastor gefragt, aber nicht uns."
„So — ich denke, er kam auch zu Ihnen?"
„Er hat mit uns gesprochen. Aber er hat uns nichts gefragt. Und was er gesprochen hat, das hatte ihm der Pastor selbst vorher eingeblasen. Wir bleiben dabei: er trinkt!"
„Nun", meinte der Propst scherzend, „tun Sie das nicht vielleicht auch einmal?"
Vier Augenpaare blickten ihn mit äußerster Strenge an.
„Wir Morsumer nicht! Und wenn unser Pastor das tut, dann sagen wir: er hält — Trinkgelage!"
Dies Wort kam mit unerhörtem Nachdruck heraus, und der Propst fühlte sich unsicherer werden.
„Können Sie diese Behauptung wirklich vertreten?"
„Wir sagen nichts als die lautere Wahrheit" — und die drei andern nickten.

Nun schwieg der Propst, von Zweifeln bedrückt. Es schwiegen auch die Morsumesen, bis Holm-Peters endlich würdevoll sagte:
„Ja, das ist nun alles." Und das klang, als hätte er inzwischen sich innerlich noch einmal seine Lektion abgehört und für recht befunden.
„Was wollen Sie nun, das ich mit Ihren Angaben tue?" fragte der Propst, „soll ich sie an den Herrn Bischof weitergeben?"
„Das ist von uns aus nicht nötig", antwortete Holm-Peters für alle, nachdem er die Genehmigung der andern wieder durch einen rundum gehenden Blick eingeholt hatte. „Wir wünschen es nicht einmal, denn man mag es doch nicht gern bekannt sein, daß man einen Pastor hat, der sich nicht bessern will. Und wir wollen Peter Eschels ja auch nicht schaden, weil er es doch gut meint. Aber wir wollen eben keinen Pastor haben, der uns neue Sitten einführt und sich zu den Fremden hält. Wenn der Herr Propst ihm nur sagen mag, daß er sich von uns wegmelden soll, weil er uns ein Greuel und ein Ärgernis ist —", doch auch diese harten Worte wurden von den drei andern ohne äußere Anzeichen innerer Gemütsbewegung hingenommen. In der Tat drückte Holm-Peters damit auch nur seine persönlichen Gefühle aus, und die andern hielten sie, als Worte der Bibel, diesem feierlichen Augenblick durchaus für angemessen.
Sie nickten beistimmend mit ihren würdigen Häuptern, und der Propst wußte nicht mehr, was er von dem Ganzen halten sollte — wünschte auch nicht, hier irgendeine Verantwortung zu übernehmen, sondern gab die ganze Angelegenheit schließlich doch an den Bischof weiter.

56

Der Westerländer Pastor, der lange schon kränkelte, erbat und erhielt nun seinen Abschied. Als der Propst seinen Nachfolger auf der Insel einführte, benutzte er die Gelegenheit, sich für den nächsten Tag bei Pastor Eschels in Morsum anzusagen.
Die der Gemeinde so ärgerlichen Pfarrhaustöchter hatten ein treffliches Mahl bereitet, saßen mit bei Tisch, warteten aber auch

auf, indem sie sich unauffällig in ihren kleinen Ämtern abwechselten, und machten, obgleich sie heiter, ja sogar lustig blickten und sprachen, doch alles in allem einen so tadelfreien Eindruck auf den kirchlichen Herrn, daß ihm die Hälfte seiner Sorgen schon abgenommen schien, ehe er mit dem Angeklagten auch nur ein Wort über seine Stellung zur Gemeinde hatte wechseln können.

Nach dem Essen saß er mit Pastor Eschels und Gondelina allein in Eschels Arbeitszimmer — bei einer recht guten Zigarre und einem Glas trefflichen Rotweines. Er hob das Glas gegen das Licht und meinte wie beiläufig:

„Mehr noch würde ich mich hieran freuen können, wüßte ich nicht, daß Ihre Gemeinde Ihnen diesen Genuß leider verdenkt."

„Tut sie das?" gab Eschels unbekümmert zurück, „danach frage ich sie nichts."

„Oh, ich meine, es handelt sich doch alles darum, mit seiner Gemeinde zu verkehren wie ein Vater mit seinen lieben Kindern. Würden Sie jemals tun können, was Ihren eigenen Kindern Ärgernis bereitet?"

Der Propst fühlte Gondelinas aufmerksamen Blick, doch Eschels selbst antwortete so sorglos wie vorher:

„Ich bereite meiner Tochter viel Ärgernis, aber ich bereue dann auch, tue Buße und wir vertragen uns wieder, hm, Gondel?"

Sie legte ihre Hand auf die seine, ließ aber ihren Blick nicht von dem Gast.

„Liegt etwas Besonderes vor, Herr Propst?"

„Nur die alten Nöte", sagte der Propst bekümmert. „Ich bitte Sie, diese Mitteilung als vertraulich aufzufassen; tatsächlich ist aus Ihrer Gemeinde heraus schon der Wunsch geäußert worden, daß Sie sich um eine andere Pfarrstelle bewerben möchten."

„Ich bin ihnen unbequem", stimmte Eschels ohne jede Empfindlichkeit zu. „Ist es des Pastors erste Pflicht, ein möglichst bequemes Inventarstück seiner Gemeinde zu sein?"

„Gewiß nicht, aber doch sollte vom Pfarrhause aus Frieden in das Gemeindeleben strömen, nicht Unruhe und ärgerlicher Zwiespalt. Soweit an uns liegt, sollten wir doch vermeiden, durch kleine oder gar belanglose Äußerlichkeiten die Gemeinde zu verstören."

„Zum Beispiel?"
„Zum Beispiel dies hier" – und der Propst ließ wie in einer Bitte um Entschuldigung sein Glas leise an das Eschels klingen. „Vielleicht könnten Sie Ihrer Gemeinde näher kommen, wenn Sie dem Blauen Kreuz beiträten?"
Peter Boy Eschels lachte ärgerlich.
„Am Blauen Kreuz ist mein Vorgänger gescheitert, da er die Morsumer durch Hinweise auf ihre Sündhaftigkeit und des Himmels Gnade in ihrer Würde kränkte. Wer durch und durch tugendhaft ist, der braucht keine Gnade."
„Ich bitte, so kommen wir nicht weiter", sagte der Propst unruhig, und nun war es Gondelina, die sich wieder gleichmütig mit ihrer Handarbeit beschäftigte, während ihres Vaters Blick an aufmerkender Schärfe gewann.
„Damit Sie sehen, daß ich nicht eigensinnig bin, und um meinen guten Willen auch in dieser Hinsicht zu erweisen, werde ich hier einen Guttemplerorden gründen", sagte Eschels ruhig, hob sein Glas, atmete bedachtsam den Duft des Weines ein, nahm einen langen Zug und fügte mit mehr Wärme hinzu: „Ich gestehe offen, Herr Propst, daß es mir leid darum ist. Ich glaube auch nicht, daß ich viel dadurch erreichen werde, doch sei's drum – und weiter?"
„Mein werter Herr Amtsbruder", sagte der Propst geniert, „ich stehe doch hier nicht als Richter, sondern lediglich als Vermittler zwischen Ihnen und den Ihren, wenn ich so sagen darf. Ich komme ja nicht in amtlicher Eigenschaft heute. Nur gelegentlich dieses rein persönlichen Besuches, den ich doch Ihrer Tochter längst schuldete, möchte ich Ihnen einige kleine Winke geben –"
Eschels nickte:
„Geben Sie nur!" Aber angesichts dieser heiteren Bereitwilligkeit des andern fand der Propst es schwieriger als er vorher gedacht, die Rede auf Eschels kleine Sünden zu bringen. So fuhr er mit etwas übertriebener Gemütlichkeit fort:
„Winke geben – ja, mein Herr Pastor, das ist auch leichter gesagt als getan. Doch – hm – weshalb z. B. passen Sie Ihre Predigten nicht etwas mehr dem Fassungsvermögen Ihrer Gemeinde an?"
„Sie unterschätzen dies Fassungsvermögen, Herr Propst", entgeg-

nete Eschels scharf, nun ganz bei der Sache. „Man irrt, wenn man uns Inselfriesen für dumm hält, da wir nur schweigsam sind. Nach mir freilich dürfen Sie unsere Schweigsamkeit nicht mehr messen; ich bin durch meinen Beruf schon entartet. Der echte Morsumer aber ist schnell zum Denken, langsam zum Reden; bereit zum Hören, unbereit sich selbst zu äußern. So wirkt er beschränkt, wo er in Wahrheit nur ungewandt ist. Er schläft; ich will ihn wecken. Er ist sich selbst genug; ich zeige ihm, daß es draußen überm Watt auch noch Menschen gibt ähnlich ihm selbst. Ich zeige ihm durch mein Benehmen handgreiflich, daß mir auch die Festländer Brüder sind, die Herren vom Bau, die Arbeiter —"

Der Wagen des Propstes fuhr vor.

„Ich weiß nicht, ob wir uns hier ganz verstehen", sagte der Propst unschlüssig, „vom kirchenpolitischen Standpunkt aus scheint mir hier in Schleswig-Holstein doch wichtiger, die alteingesessenen Dorfgemeinden bei der Kirche zu halten, als auf Eroberungen in Arbeiterkreisen auszugehen." Und er legte, mit einem Blick auf den Wagen vorm Fenster, seine erst halb gerauchte Zigarre in den Aschbecher.

„Ich bitte —" und in seinem ernstlichen Eifer, daß der andere ihn noch anhören möchte, legte Eschels seine Hand auf den Arm des Propstes und bannte ihn so an seinen Platz. „Was ich an den Arbeitern tue, geschieht lediglich um der Morsumer willen, aus keinem andern Grunde. Die Erschütterung der jahrhundertealten Sylter Eigenkultur ist durch die Verbindung mit dem Festland unvermeidlich. Die einzige Möglichkeit ihres Fortbestehens liegt darin, daß die Insulaner vorher sich selbst ihrer bewußt werden. Daß sie selbst ihren Eigenwert erkennen. Sie sollen lernen, sie sollen wissen, was sie selbst wert sind!" rief Eschels zornig, und sein weißer Haarschopf sträubte sich, so daß der Propst einen Augenblick lang an einen alten Kakadu erinnert wurde. „Das aber ist rein durch Selbstbetrachtung und Selbstgenügsamkeit niemals möglich. ‚Willst du dich selber erkennen, sieh, wie die andern es treiben!' Die andern: die Festländer, die Herren vom Bau, die Arbeiter. An ihnen soll der Sylter sich selbst messen lernen. Das Neue ist nicht mehr aufzuhalten. Der Damm kommt, ob der Morsumer ihn will oder nicht. So will ich, daß er sich selbsttätig dazu stelle, nicht fatalistisch nur mit sich geschehen lasse –"

Nun stand der Propst aber doch auf.

„Mir scheint, daß Sie manches wollen, das eigentlich außerhalb Ihrer amtlichen Pflichten und Befugnisse liegt", meinte er kühl. „Wie mir gestern in Westerland angedeutet wurde, sollen sich Ihre Morsumer neuerdings vielfach mit den mittleren Baubeamten verbrüdern –"

„Und dies ist das Allerschlimmste, denn die mittleren Beamten sind nicht nur einfach unkirchlich, wie die Arbeiter und die Herren, sondern zumeist kirchenfeindlich eingestellt", antwortete Eschels mit Nachdruck. „Die Verbrüderung ist natürlich, da die Bildungsstufe auch der Frauen hier der dörflichen am nächsten steht; der unterste Zustand der Roheit ist überwunden, ein freieres und klareres Weltbild aber doch nicht gefunden. Bei den Schachtmeistern, Werkführern, den mittleren Baubeamten eben mag das in der Natur der Sache selbst liegen; sie stehen zwischen Herren und Hörigen, haben nach der einen Seite sich zu fügen, nach der andern zu treiben, ohne doch in einer oder der andern Hinsicht selbständig handeln zu können. Der Bauer aber ist sein eigener Herr, und der Morsumer, der Sylter, ist fähig, auch eigen zu denken, eigen zu prüfen, eigen zu urteilen. So sollte er's tun. Und wenn er sich mit den Fremden verbrüdert – was ich durchaus wünsche! –, soll er sich nicht von ihnen beeinflussen lassen, wie er's häufig tut. Er sollte seinen eigenen Verstand gebrauchen und selbst erkennen, daß die Kirche die stärkste Hüterin bäuerlicher Kultur ist, ihre treueste Dienerin –"

„Dienerin – na!" sagte der Propst.

„– Dienerin ist oder doch sein sollte", vollendete Eschels ruhig, und nun ging der Propst doch. –

Peter Boy Eschels sah dem Wagen noch eine Weile nach. Dann kam er ins Haus zurück und fand in seinem Zimmer Gondelina beschäftigt, Gläser und Flaschen wegzuräumen.

„Nun, was sagst du zu einem Vater Guttempler?" spottete er gutmütig. „Laß mir die halbe Flasche hier, die trinke ich heute abend zum Abschied noch aus."

„Ach, lache nicht", erwiderte sie unwirsch, „mir ist's ärgerlich. Wie viel Freude hast du immer an deinem Wein gehabt. Nun läßt du ihn auch noch fahren um der Morsumer willen. Aber das Leben ist nicht so reich, daß man eine gute Freude ohne Grund daraus streichen dürfte."

Gedankenlos nahm Eschels ein Glas von dem Brett, das Gondelina schon hinausbringen wollte, und ließ es noch einmal an den andern Gläsern klingen. Dabei seufzte er leise, denn ihm fiel der Abschied wirklich schwer.

„Ohne Grund?" sagte er fragend, halb nur zu ihr gewandt, halb zu sich selbst sprechend. „Weshalb ging seit 1870 so viel Eigenkultur deutscher Stämme im Deutschen Reich unter? Weil das Land, darein die Kultur wurzelt, sich von der oberflächlicher denkenden, aber schneller redenden Großstadt überrennen ließ. Man kann den Dammbau nicht mehr hindern —"

„Und wenn du es könntest, würdest du es doch nicht tun, Vater."

Der Alte hob den Kopf.

„Ich habe den Damm gewollt!" sagte er mit starker Betonung. „Ich will ihn — will ihn deshalb, weil ich die neue Zeit für Sylt herbeizurufen wünsche, solange ich noch lebe und Einfluß üben kann."

„Und wirst dennoch nichts erreichen."

„Weshalb nicht?"

„Weil man nur dem helfen kann, der Hilfe wünscht. Die Morsumer aber fragen nicht nach dir, wünschen nur, sich selbst zu helfen. Gib's auf, Vater, der Damm selbst wird sie lehren, was zu lehren noch möglich ist. Laß sie laufen."

„Das eben kann ich nicht. Das will ich nicht", sagte Peter Bleik Bun störrisch. „Denn ich bin auch Morsumer."

57

Den ganzen Sommer über hatte das Arbeitsfieber drunten am Dammbau nicht einmal abgenommen. Ja, es schien fast, als ob die ersten Herbstnebel, die unerwartet früh einfielen, den Eifer noch höher trieben bei allen ohne Ausnahme: bei den Herren, den mittleren Beamten, den Arbeitern und Peter Eschels, dem „Dammbaupastor". Die ehedem in Süddeutschland verlebten

Jahrzehnte hatten den unverfälschten Morsumer in Eschels doch ein wenig abgewandelt: er liebte seitdem den kleinen Rausch. Wie er einst sich nicht nüchtern und vernunftgemäß verheiratet, sondern durch sein junges Blut verführt, verliebt hatte; wie er dann später einen edlen Wein zu pflegen und zu genießen verstand; wie er auch heute noch das Lachen der Mimi und der Mitzi hervorzulocken liebte — so gab er sich nun, da alles andere ihm irgendwie verdorben war, dem Rausch dieser fieberhaften Arbeitswochen hin, ließ sich davon mitbegeistern, ließ ihn in sich mitschwingen und wollte vor sich selbst nicht wahrhaben, daß er sich nur als Zuschauer und still beobachtend beiseite halten müsse —

Er war auch wieder draußen am Arbeitsplatz an diesem Tage, da ein Wort durch die Reihen und Gruppen lief; ein Wort, das überall freudigste Teilnahme erregte; das die Arbeiter veranlaßte, ihre Schaufeln und Hacken, ihre Sägen, Hämmer und sonstigen Werkzeuge einen Augenblick ruhen zu lassen; eine Botschaft, die Hannes Scholz dazu trieb, im Galopp zum Büro zu laufen, um sie auch dort ins Fenster hineinzurufen — nun tönte das Wort auch an Eschels Ohr:

„Die Spundwand ist geschlossen!"

Nun begriff er die Botschaft ganz:

„Die Spundwand ist geschlossen!"

Die Spundwand geschlossen! Die Verbindung hergestellt zwischen Insel und Festland! Wahrhaftig, nicht wie vorm Jahr war die Pfahlwand ins Watt hinausgewandert — gelaufen war sie, gehüpft, gesprungen, mit einer Geschwindigkeit von fünfzig Metern an jedem Tage und vielleicht sogar noch etwas mehr, so schnell konnte Peter Boy Eschels das gar nicht ausrechnen. Die Spundwand geschlossen!

„So will ich der erste sein, der nach dem Festland hinübergeht!" rief Eschels aus, und empfand in seinem Eifer nicht das Schweigen, das seinen Worten folgte. Doch als er nun ans Watt hinunterging, lief sein eigen Wort neben ihm her durch die Gruppen der Arbeiter, und als er den Fuß auf den untersten Balken setzte, stand da die Sylter Kolonne, und eine Stimme sagte hinter ihm drein — spöttisch salbungsvoll:

„So geh mit Gott!"

Er wandte sich nicht. Er tat, als hätte er's nicht gehört. Er wußte, daß die Spundwand nicht geworden wäre, wenn er selbst nicht den Damm gewollt hätte, und er war sich seines guten Willens zu ehrlich bewußt, als daß er seinen ersten Impuls nun hätte verleugnen mögen. Aber die unbefangene Freude war ihm verdorben, und danach erwies sich sein Unternehmen doch weit beschwerlicher, als er sich vorgestellt hatte.
Es waren freilich zwischen den Gleisen der kleinen Transportbahn Bretter für Fußgänger gelegt, doch nur als Notbehelf, denn selten ging hier ein Mensch. Wer hier draußen arbeiten mußte, wurde mit dem kleinen Zug hinausgenommen, und andere Leute hatten hier nichts zu suchen. So waren die Bretter vorläufig nur flüchtig befestigt, manche lagen ganz lose und wackelten sogar unter Eschels vorsichtigen Schritten. Als er die erste Weiche erreichte, traf er einen Arbeiterzug. Wenn es auf der eingleisigen Strecke geschehen wäre, hätte der Zug halten müssen, um ihn nicht zu überfahren, und Eschels hätte aufsteigen und mit zurückfahren müssen. Nun aber fuhr der kleine Zug eifrig pustend an ihm vorbei, und die Männer darin lachten und winkten ihm mit lustigen, aber auch spottenden Zurufen.
Es war hoher Vormittag gewesen, als er die Spundwand betrat. Mochte sein, daß diese Leute hier zur Mittagsschicht wechselten. Er mußte sich sputen, die zweite Weiche zu erreichen, ehe der ausfahrende Zug ihn von rückwärts überholte. Doch der Vorsatz, sich zu eilen, war leichter gefaßt, als seine Ausführung sich im folgenden erwies. Es war nicht ungefährlich, hier oben entlangzuturnen. Ein falscher Tritt, ein Stolpern und Fallen, und er lag unten auf Steinschotter oder auf weichem Schlick, je nachdem. Viel Wasser gab's nicht bei diesem Ostwind. Noch fiel die Ebbe und doch lag das Watt weit hinaus trocken, nur die Ströme führten noch Wasser.
Eschels kam nach dem fast leeren Landtief bald ans Westerley, das viel weniger Not gemacht hatte, als Bremer vorher fürchten mußte. Es hatte sich doch die niedrige Lage der Dracht als außerordentlich günstig erwiesen. Der Strom, der von Süden kam, staute sich nicht an dieser Sandbank, wie er es vor Barthels Kuhfenne tat, sondern floß darüber hinweg nach Norden ab, was ein gleichmäßigeres Arbeiten ermöglichte. Bremer hatte das Wester-

ley gleich zuschlagen können, während er dem alten Sylter Ley und dem Holländer Loch vorläufig noch durch Wehre mehr Bewegungsfreiheit gönnen mußte. Eschels wunderte sich, daß immer noch kein Arbeiterzug wieder hinter ihm dreinkam. Er stolperte so weiter von einer der weit auseinanderliegenden Weichen zur andern, konnte nicht, wie er sonst gern tat, die spielenden Färbungen von Luft und Wasser beobachten, sondern mußte nur angespannt auf die wackligen Bretter unter seinen Füßen achten.

Aus größerer Entfernung sah er dann, daß beim Wehr am alten Sylter Ley doch eine Menge Arbeiter beschäftigt waren. Ehe er aber nahe genug herangekommen, um sie zu begrüßen, rief ein Gong von der Wohnschute her sie zum Essen. Da wurde ihm klar, daß nur diese jetzt noch weiter hier draußen angesetzt wurden, und daß also kein Zug heute mehr nach der Insel zurückgehen würde. Auch hörte nun das Gleis ganz auf, nur die wackligen Bretter liefen noch über die Spundwand — liefen auch über das kleine Wehr des alten Sylter Ley, und er stieg vorsichtig darüber hinweg, obgleich ihn bei dem nun schon steigenden Wasserstrom, etwa anderthalb Meter unter seinen Füßen, ein unbehagliches Schwindelgefühl überkam. Noch einmal drängte sich ihm der Gedanke an Umkehr auf, aber wieder klang der boshafte Zuruf ihm im Ohr: „So geh mit Gott!" und er konnte sich nicht dazu überwinden. Er mochte aber nicht darüber nachdenken, wer der Rufer gewesen war — vielleicht einer seiner eigenen Neffen, vielleicht aber auch ein anderer, der nur die bequeme Sylter Sprache genutzt hatte, ihn unauffällig und spöttisch zu duzen.

Als Eschels endlich das Holländer Loch erreicht hatte, mußte er sich erst eine Weile vorsichtig auf die Spundwand niedersetzen und die Beine über das hier schon hochziehende Wasser baumeln lassen, ehe er sich entschließen konnte, das Wehr zu übersteigen, das hier doch gut und gern seine 150 Meter Breite zeigte. Er saß da, baumelte gedankenlos mit den Beinen, fühlte sich müde und hungrig, denn auch daheim im Pfarrhause war nun die Essenszeit gekommen — Gondelina würde auf ihn warten — dann ohne ihn sich mit der Mimi und der Mitzi zu Tische setzen. Eschels grub in allen Taschen seiner alten Joppe, fand auch glücklich noch ein kümmerliches Stückchen Schokolade. Merkte dabei aber auch,

daß er keinen Pfennig Geld in der Tasche hatte. „Gut, daß Bremer drüben ist, der muß mich über Nacht beherbergen und mir das Geld zur Rückreise leihen", dachte er und schaute blinzelnd übers braune Watt hin, durch das nun die bläulichen Schlangen der steigenden Flut krochen. Dann stand er ächzend auf und überstieg das Wehr. Als er drüben war, zitterten ihm die Knie und seine Stirn war feucht vor Anstrengung.
Und hier war's, wo ihm endlich einfiel, daß er Jens Simonsen gestern versprochen hatte, Erkel heute nachmittag zu besuchen! Vor etwa vier Wochen hatte Lehrer Abrumeit sich nun wirklich mit Metta Holm-Peters öffentlich verlobt; sie hatte nicht länger mehr warten wollen. Seitdem war es mit Erkel schnell schlimmer geworden, und jetzt schien nach Ansicht des Westerländer Arztes, den sie nun doch noch geholt hatten, das Ende nahe zu sein. Gondelina war öfter noch bei ihr gewesen, und gestern hatte Jens Simonsen ihn auf dem Kirchhof angesprochen: es wäre wohl an der Zeit, sich nach einer Grabstelle umzusehen, und ob der Pastor wohl noch einmal zu ihr kommen möchte?
Pastor Eschels blieb stehen und schaute zurück. Wäre ihm dies doch vor dem langen Wehr eingefallen! Er fühlte, daß er nun einfach nicht mehr die körperliche Kraft zur Umkehr hatte — das war ihm leid, das war ihm sehr leid. Und er trottete bedrückt weiter, bis er vorm Osterley noch auf die ersten Gruppen der jenseitigen Arbeiter stieß, die ihn nicht kannten, aber ihn lachend mit lustigen Zurufen als den ersten Insulaner grüßten.
Auf dem grünen Vorland traf er Heinrich Bremer, der konnte eine kleine eifersüchtige Regung im Augenblick nicht ganz unterdrücken.
„Nun, haben Sie als Erster die Blockade gebrochen? Ich stand im Begriff, es meinerseits zu tun."
Doch als er sah, wie erschöpft Pastor Eschels war, nahm er sich seiner tatkräftig an, brachte ihn zu Bahrenfeld, richtete ihm seine eigene Kammer für die Nacht ein und lieh ihm Geld für die Rückreise über Hoyerschleuse-Munkmarsch, ehe er selbst sich auf den umgekehrten Weg über die Spundwand machte. Drüben aber nahm er sich dann Hannes Scholz vor und gab ihm den Auftrag, in Zukunft etwas mehr darauf zu achten, daß der Dammbaupastor nicht allzuviel auf den Arbeitsplätzen herumstände. Und

da Hannes-Hannes sich darüber ärgerte, ließ er seinen Ärger an Magge Sörensen aus – und so kam zwischen ihm und dem Schreiber die Sache auch zur Verhandlung, und der allgemeine Tidenhub lief sich dann wieder im Dorfe aus.
Als aber Pastor Eschels am Abend des nächsten Tages glücklich heimkehrte, empfing ihn Gondelina mit der Nachricht, daß Erkel Simonsen in aller Morgenfrühe sanft gestorben wäre, nachdem sie sich die Nacht über noch sehr gequält hatte.

58

Die Beerdigung der jungen Erkel Simonsen traf auf den ersten ausgesprochen herbstlichen Tag des Jahres. Der Sommer war so vorübergerauscht in all der Arbeitshetze, die schließlich doch das ganze Dorf mitgezogen hatte, denn überall in den Familien saßen nun die fremden Arbeiter, und neben Landwirtschaft und Ernte hatten die Frauen auch noch für ihre Mieter zu sorgen gehabt; waren gutmütig genug, ihnen auch noch ihre Anzüge zurechtzuflicken, wenn sie zerrissen von der Arbeit heimkamen. So hatte niemand viel von der Lieblichkeit des diesjährigen Sommers gemerkt, und nun erst, da er dahingegangen und der kalte Regen auf die Trauergemeinde niederschlug, während der Nordwest um die Kirche fuhr, spürte man ihn im Entbehren.
„So wird es uns allen auch mit Erkel gehen", sagte Pastor Eschels am offenen Grabe: „Niemand achtete viel auf sie, solange sie noch unter uns lebte. Sie machte selbst so gar kein Wesens aus dem, was sie allein nur anging. Immer war sie freundlich und achtsam, wo es sich um andere handelte. Wer zu ihr sprach, durfte der lieblichsten Teilnahme stets gewärtig sein. Mir ist leid – ach, mir ist bitter leid, daß ich einen letzten Besuch bei ihr in Vergeßlichkeit versäumte! Nicht, daß ich glaube, ihr noch etwas hätte nützen oder geben zu können – umgekehrt: dies junge Ding hat mich alten Mann oft viel lehren können, an Geduld, an Sanftmut, an Liebe – an Nachsicht auch mit ihren kleinen Geschwistern, die mir oft störend schienen in der Krankenstube. Vielleicht hätte sie mir noch ein gutes Wort mitgeben können auf meinen weiteren Lebensweg" – und da er Lehrer Abrumeit unter den Schulkin-

dern stehen sah, die hernach singen sollten, und das dunkle Gesicht des Mannes bemerkte, mußte er denken: „— vielleicht hätte sie mir auch für dich noch ein gutes Wort gesagt — mir scheint, auch du hättest es brauchen können!" Und während er sonst sorgfältig vermied, seiner Gemeinde allzu plastisch irdische Bilder von einem „Jenseit des Grabes" zu zeichnen, ließ er sich heute hinreißen, Erkels lichte Gestalt jedermann vor Augen zu stellen, als lebte sie noch unter ihnen.

Aber der kalte Regen schlug hernieder und der Nordwest fuhr jaulend wie ein herrenloser Hund um die kleine Kirche, die der Trauergemeinde nicht viel Windschutz bot, und Erkels jüngere Geschwister mochten vielleicht alle nicht so sehr sicher mit der Gesundheit sein —

Danach, als alles vorüber, ging Eschels ins Schulhaus und klopfte bei dem Lehrer an. Der stand noch am Fenster und sah den Simonsens nach, wie sie, seitlich gegen den Wind ankämpfend, weiter südlich schon den unteren Weg gewannen. Halb widerwillig wandte er sich dem Eintretenden zu, und da er Eschels erkannte, verfinsterte sich sein Gesicht, das soeben nur voll Trauer gewesen, und sein Blick wurde hart.

„Sie haben", sagte Pastor Eschels ohne Umschweife, „mir gestern noch Ihren Stundenplan für das Winterhalbjahr ins Haus geschickt. Darin sind die Stunden der Oberklasse so gelegt, daß ich nirgend den Konfirmandenunterricht anfügen kann. Ließe sich das nicht noch ändern?"

Er holte das Blatt aus seiner kleinen Mappe und legte es vor dem Lehrer auf den Tisch. Der schob es gleichgültig beiseite.

„Die Schule hat mit dem Konfirmandenunterricht nichts mehr zu tun."

„Dem Buchstaben nach nicht, das ist auch mir bekannt. Wir müssen aber doch unsere besonderen dörflichen Verhältnisse hier in Betracht ziehen. Sie wissen so gut wie ich, daß unsere Kinder hier bei schlechtem Wetter die weiten Wege unmöglich zweimal am Tage machen können."

„Das geht mich nichts an."

Eschels seufzte mutlos.

„Abrumeit", sagte er eindringlich, „so wie das Verhältnis zwischen uns sich jetzt entwickelt, wird es schließlich für uns unhaltbar und für die Gemeinde unerträglich. Sagen Sie mir, wo ich gegen Sie fehlte – sagen Sie mir, was ich an meinem Teil an unserm Verhältnis ändern könnte –"

„Nichts", unterbrach ihn der Lehrer kalt abweisend. „Sie vertreten den Dammbau, Sie vertreten die neue Zeit. Ich –" er schwieg einen Augenblick, dann vollendete er den Satz mit Anstrengung: „Ich wählte das Alte."

Da wußte Peter Boy Eschels, daß Abrumeit sich selbst auch als Erkels Mörder empfand; wußte aber auch, daß der andere von dem bösen Wort gehört hatte – „für wen sie sich diese Krankheit geholt hat, der mag nun sehen, wie er mit seinem Gewissen fertig wird"; wußte endlich auch dies, daß nach Abrumeits Willen einer von ihnen in der Gemeinde allein führen müßte, nicht beide vereint. Er nahm den Kampf auf, nun nicht allein mehr für den Damm, sondern auch gegen Abrumeit, gegen Holm-Peters und die andern Morsumesen – aber er gab sich über den Ausgang keiner Selbsttäuschung hin, kannte er sich selbst doch zu gut und wußte, daß er niemals „klug wie die Schlangen" seinen Weg gehen würde. „Soll man hier denn jedes Wort auf die Goldwaage legen?" hatte er neulich erst unmutig seinem Neffen gegenüber geäußert, und Rasmus Claasen hatte kalt erwidert:

„Ich tu's, Pastor-Ohm. Ich habe keinen so starken Rücken, daß ich mir ein böses Maul leisten könnte. Du weißt, daß ich mit meiner Frau Vater nicht zum besten stehe. Da muß ich mir selbst oft den Mund verbieten. Es tut nicht gut, alten Hunden das Bellen lehren."

Aber Peter Boy Eschels hatte durch die Gewöhnung seines Lehramtes solche Zurückhaltung verlernt.

59

Pastor Eschels bat Meinert Claasen, eine Vollsitzung der Kirchenvertreter einzuberufen. Hier legte er den Zwiespalt zwischen Schulstunden und Konfirmandenunterricht öffentlich klar.

„Lehrer Abrumeit ist der Form nach durchaus in seinem Recht", fügte er hinzu. „In Wirklichkeit ist aber die Frage, was die Kinder bei schlechtem Wetter leisten können, wenn sie die weiten

Wege zweimal am Tage machen. Wie soll es nun mit den Konfirmandenstunden werden?"
Kirchenvorsteher und Kirchenvertreter sahen sich gegenseitig an.
„Ja, das muß der Pastor doch selbst wissen. Da muß er sich mit dem Lehrer einigen. Da haben wir doch noch nie Schwierigkeiten mit gehabt."
„Ihr hattet noch nie Schwierigkeiten, weil Lehrer Abrumeit sich bisher nach der alten Regel einrichtete. Die Gesetze sind aber tatsächlich inzwischen geändert, und der Lehrer ist nicht mehr verpflichtet, sich nach dem Konfirmandenunterricht zu schicken. Auch darf ich ihm die Kinder nicht etwa aus seinen Schulstunden wegnehmen."
„Das mag wohl sein – wenn Lehrer Abrumeit das sagt."
„Es ist so. Und was soll nun geschehen?"
„Das muß doch der Pastor wissen."
„Aber ich bitte euch", rief Eschels ungeduldig. „Es handelt sich um eure Kinder! Im Sommer ist mein Unterricht so gut wie nichts nütze. Gestern sollten die Kinder im Heu helfen. Heute im Korn. Morgen müssen sie die Schafe nach Keitum bringen, damit sie dort gegen Räude gewaschen werden –"
„Jee, Pastor, da können wir doch nichts dafür, daß dies so schlimm wurde im Sommer."
„Nein, aber ich komme mit meinem Unterricht nicht voran. Ich kann froh sein, wenn ich die Hälfte der Kinder beisammen habe. Das ist doch kein Arbeiten. Ihr wollt, daß die Kinder etwas lernen sollen. Aber ihr wollt ihnen nicht die Zeit dafür geben. Nun haben wir im Winter viel nachzuholen. Und ich frage euch: wie soll es nun eingerichtet werden?"
Wieder sahen die Männer sich gegenseitig an.
„Das haben wir noch nie gehabt", sagt Meinert Claasen ärgerlich. „Wir wollen das auch nicht. Pastor und Lehrer müssen sich vertragen. Es taugt uns nicht, wenn die Kinder nach Hause kommen und sagen: Pastor will so, und Lehrer will so. Da muß doch Einigkeit sein."
„Da bin ich ganz deiner Ansicht", entgegnete Eschels mit Beherrschung. „Ich bitte euch aber, anzuerkennen, daß ich nach den neuen Gesetzen gar keine Handhabe mehr mein eigen nenne, dadurch ich den Lehrer zu irgend etwas zwingen kann. Ich kann ihn

nur auffordern, sich mit mir zu einigen. Das tut Lehrer Abrumeit aber nicht. Im Gegenteil nimmt er mir nach Möglichkeit jede Wirkung aus der Hand. Er hat den neuen Gesangverein gegründet, wodurch der alte überflüssig wurde. Er hat beantragt, daß die kleine Bücherei der Gemeinde, die meine Tochter gegründet und eingerichtet hatte, vom Pfarrhaus in die Schule überführt würde. Er hat einen Leseabend zusammengebracht, ohne sich vorher mit mir darüber zu verständigen —"

„Er ist tüchtig", sagte Holm-Peters stolz. „Er wird es noch so weit bringen wie der Keitumer, der nun eine Belobigung vom Herrn Minister selbst erhalten hat."

„Gewiß. Aber mit alledem nimmt er mir den Wind aus den Segeln. Und doch bin ich ihm in all diesen Dingen jederzeit entgegengekommen: ich habe es nicht zu einer öffentlichen Abstimmung kommen lassen, sondern sogleich nachgegeben. Ich habe den Leseabend sogar von der Kanzel abgekündigt, wozu ich keineswegs verpflichtet bin. Sie müssen mir also zugeben, daß es an meinem guten Willen nicht mangelt —"

Hier blickten alle Männer stumm und steil vor sich hin. Nur Jens Simonsen wechselte einen kurzen Blick mit Holm-Peters, schnell und scharf wie einen Schwerthieb, aber Holm-Peters blieb unbewegt.

„Wir können das alles dem Lehrer doch nicht verbieten. Wir können es dem Pastor auch nicht verdenken", sagte Meinert Claasen unbehaglich. „Aber wir wollen das nicht. Wir wollen keine Unruhe im Dorf. Wir wollen wieder Ruhe haben wie früher."

„Claasen", sagte Eschels und sah ihm gerade in die Augen. „Die alten Zeiten kann niemand von uns wiederbringen. Durchgekämpft muß es einmal werden. Die Gemeinde selbst muß das Verhältnis zwischen Lehrer und Pastor neu regeln. Das gibt Kampf. Gewiß. Der eine wird diesen, der andere jenen bevorzugen. Aber auch der Kampf der Geister kann fruchtbar sein, wenn er mit Ernst geführt wird —"

„Wir wollen keinen Kampf."

„Er ist aber unvermeidlich! Seht euch doch um! Ist es in Keitum und Westerland denn irgend anders? Das kirchliche Leben muß in neue Kanäle geleitet werden. Ihr könnt euch davon nicht ausschließen —"

„Pastor", sagte Jens Simonsen und hob die Hand, um ihn zu unterbrechen. „Denke nicht, daß ich dir Böses will, weil ich mich nun hier einmische. Du bist sehr gut zu meiner Erkel gewesen und hast sie am Grabe gelobt rein über Menschenmaß. Aber du willst zuviel. Du willst immer das Neue. Du bist uns zu lebendig, Pastor" – hier nickten mehrere Morsumer beistimmend, was den Redner veranlaßte, das Wort noch zu verstärken: „Du bist ein Lebemensch. Wir aber wollen das nicht. Du meinst es gut auch mit den Arbeitern und gibst deine Zeit und dein Geld und deine Gesundheit dafür dran, denn es ist wohl nicht leicht, nach Feierabend und bei schlechtem und dunklem Wetter noch über die Spundwand zu laufen nach der Wohnschute hin. Aber das ist uns doch alles zuviel! Die Arbeiter danken es dir nicht, daß du dich so um sie kümmerst. Was sind denn das für Leute? Nicht einer von ihnen hat einen eigenen Hof oder wenigstens ein Erbteil an einem Stück Land. Das sind doch gar keine rechten Christen! Ja, dann ist mal einer verunglückt, und ein anderer will heiraten, und dann hältst du ihnen noch Vorträge im Lesesaal – das ist doch alles die Zeit, die doch eigentlich uns gehört und unsern Kindern –"

„Und mit den Herren vom Bau trinken Sie", fügte Holm-Peters giftig hinzu, „ja, Simonsen hat schon recht: Sie sind ein Lebemensch!"

„Ich trinke mit ihnen!" rief Eschels aus. „Hält denn im Ernst mich wirklich einer von euch für trunkfällig?"

„Nein, das tut niemand", antwortete Meinert Claasen schnell, „seit du Guttempler geworden bist, kann von Trunksucht überhaupt nicht mehr gesprochen werden. Uns ist auch wohl recht, daß nun zwei von den Schachtmeistern auch den Guttemplern beigetreten sind, gerade die ärgsten, und sonst noch allerhand junge Leute, denen das gut ist, und nur durch dich. Aber nun kommen die wieder abends zu dir ins Pfarrhaus, und es geht überaus lustig bei euch zu. Das bereitet doch Ärgernis, Pastor! Das wollen wir nicht."

„Ihr wollt gar vieles nicht, Claasen", sagte Eschels still und ließ seinen Blick rundum gehen und fügte in einer leisen Bitterkeit das alte Sylter Wort hinzu: „Zehn gegen einen ist weder Kunst noch Ehre, das solltet ihr auch bedenken –"

Es schwiegen aber alle, die hier versammelt waren, denn mochten sie auch rückschrittlich oder fortschrittlich gesonnen sein – gegen die Fremden standen sie noch alle wie eine feste Mauer und wünschten, daß ihr Pastor gleich ihnen täte. So legte Eschels denn seine Empfindungen zu den Akten und fragte kurz:

„Was also soll in Sachen des Konfirmandenunterrichts denn nun geschehen?"

Ja, das wußte niemand zu sagen.

„Schreiben Sie doch an den Propst", schlug Holm-Peters vor, „daß unsere Kinder bei schlechtem Wetter nicht zweimal die weiten Wege machen könne."

„Und was soll das nützen?"

„Dann kann er bestimmen, daß ein paar Schulstunden ausfallen müssen."

„Das kann der Propst allein nicht bestimmen, da muß er die obere Schulbehörde in Bewegung setzen, und das wird dem Lehrer auch nicht recht sein."

„Wenn ihm das aber befohlen wird, kann er doch nichts mehr dagegen tun."

Pastor Eschels schloß seine Mappe mit scharfem Knacken. „Abrumeit ist kein Sylter." Und da sie ihn alle fragend anschauten, was er damit wohl meinen könnte, fand er nötig, sein Wort näher zu erläutern. „Seit euch 1890 durch das neue deutsche Bürgerliche Gesetzbuch die Selbstverwaltung aus den Fingern gezogen wurde, habt ihr damit zugleich auch alle Selbstverantwortung euch nehmen lassen –"

Holm-Peters bekam einen roten Kopf.

„Seid Untertan der Obrigkeit! Das habe ich bei Pastor Dahme noch gelernt. Schlimm genug, daß du deine Ohren nicht besser aufgetan hast und willst nun unser Pastor sein!"

„Abrumeit aber ist kein Sylter", fuhr Eschels fort, als hätte niemand inzwischen gesprochen, denn er wollte nicht gehört haben, daß Holm-Peters ihn duzte wie vor sechzig Jahren. „Abrumeit wird mir zur Last legen, was die Obrigkeit von ihm fordern wird, und das Verhältnis zwischen ihm und mir wird dadurch nicht besser werden. Könnt ihr das wirklich wünschen?"

„Das muß sich helfen", antwortete Meinert Claasen.

Von seinem Weg über die Spundwand und allen Folgen, die sich daraus ergaben, hatte Peter Bleik Bun nicht eben viel gelernt. Er konnte es nicht lassen, nach wie vor seine Finger in anderer Leute Kochtöpfe zu stecken – war dann freilich gescheit genug, sich nicht zu wundern, wenn er sich die Finger dabei verbrannte. Das kümmerte ihn auch nicht viel, wenn er nur irgend nützen konnte – Dank erwartete er nicht und entbehrte ihn nicht, wenn er ausblieb.

Es wurden jetzt zum Winter die Wege immer schlechter. Die Morsumer aber dachten nicht daran, sie vorm Frühjahr wieder in Ordnung zu bringen, da sie die außerhalb des Dorfes gelegenen Wege im Winter überhaupt nicht befuhren. Für die Firma Hurtig aber war der eine Zufahrtsweg zu ihrem Lagerplatz auch im Winter von Wichtigkeit, und eines Abends klagte der Baumeister Kurz bei Eschels darüber.

„Eine Pferdeschinderei ist's, eine verfluchte", schimpfte er, „aber ich versuch's erst gar nicht, mit Meinert Claasen deshalb anzubändeln. Im Winter ist der Bauer auf beiden Ohren taub, da legt er sich aufs eine Schlappohr und deckt sich mit dem andern zu –"

„I, das müßte man doch erst versuchen", unterbrach Eschels den Erregten, „wozu haben wir denn unser neues Telephon?" Und nahm den Hörer und ließ sich mit Meinert Claasen verbinden: „Du, hier ist Herr Baumeister Kurz – ja, steht neben mir. Er möchte den Süderweg gern festmachen –"

„Oho!" rief Kurz entsetzt. Eschels winkte ihm zu schweigen.

„– festmachen, ja, und ob du etwas dagegen hättest?"

„Was soll ich dagegen haben?" sagte Meinert Claasen im Telephon, „der ist wohl dumm wie 'n Badegast? Zum Frühjahr müßte ich ihn doch von uns machen lassen –"

„Was sagt er?" fragte der Baumeister ungeduldig dazwischen.

„Er müßte ihn zum Frühjahr ohnehin machen lassen", übersetzte Eschels, „und würde Ihnen da gern bei entgegenkommen."

„Das habe ich nicht gesagt!" rief Claasen entrüstet.

„Ist doch aber so", meinte Eschels gemütsruhig, „der Herr Baumeister will ja gern Kies hergeben und Steine –"

„Will ich das?“ fragte Kurz verblüfft.

„– und so wäre doch wohl nur recht, wenn du die Fuhren stelltest, hm? Jetzt im Winter haben die Pferde doch nichts zu tun, und ob ihr nun jetzt etwas mehr für Hafer ausgeben müßt, oder hernach zum Frühjahr für Kies und Steine, das bleibt sich wohl gleich. Und mit der Arbeit paßt es euch jetzt doch besser.“

So kam denn dies zurecht und wurde zu aller Zufriedenheit auch gleich ausgeführt. Und dann kam noch das mit Lahnungen. Da war Eschels einmal wieder auf der „Hohen Heide“, obgleich er mit den Herren jetzt nicht mehr trank, sondern nur noch Schach spielte und dabei von Zeit zu Zeit mit einem Wort in dem Topf herumrührte, darin der Dammbau gekocht wurde. Es kam an dem Abend das Gespräch auf die Spundwand, und wie der stille und doch nicht sehr kalte Wniter – der zweite nun schon in gleicher Art! – dem Spülfeld hinter der Spundwand so überaus gut bekäme.

„Mir scheint fast, es schlickt von selbst schon auf in der Nähe des festen Landes“, meinte Bremer. Da schoß Eschels ein plötzlicher Einfall durch den Kopf.

„Tut es das, dann sollten Sie doch gleich auch Lahnungen weiter ins Watt hinaus vortreiben –“ schaute auf und begegnete Bremers Blick und hielt inne – die andern Herren hatten nichts gemerkt, hatten Eschels Worte gar nicht beachtet. Heinrich Bremer kam auch nicht noch einmal darauf zurück, aber am folgenden Sonntag war er in Keitum und schaute vom Tipkenhoog aus in das Watt zu seinen Füßen, als ob er dort eine Goldgrube vermutete, und danach fing es an, daß er überzählige Arbeiter nicht mehr entließ, sondern sie den Winter über mit dem Setzen von Faschinen weiter draußen im Watt beschäftigte.

61

Ehrlich gestanden: es kam Heinrich Bremer sehr gut zupaß, daß er die überzähligen Sommerarbeiter nun im Winter auch nützlich beschäftigen und dadurch gleich bei der Arbeit halten konnte. Aber er fühlte sich doch nicht veranlaßt, Peter Boy Eschels groß dafür zu danken. Der Damm war sein Werk, sein Eigentum –

mochte ja auch sein, daß der gute Dammbaupastor kaum gewußt hatte, welch vortrefflichen Tip er ihm da gegeben hatte. Heinrich Bremer neigte jetzt dazu, sich etwas einzukapseln, sich in sich selbst zurückzuziehen, wie ein Einsiedlerkrebs in sein Schneckenhaus, und die Scheren vorzustrecken, wenn ein Besuch sich meldete — „let mi töfreer!" —

An einem Morgen gegen das Frühjahr hin, als ein nasser Schnee vom Himmel kam, las Heinrich Bremer zufällig in einer Zeitung, die Magge Sörensen als Frühstückspapier benutzt hatte, daß Elisabeth Eickemeyer am gleichen Abend in Hamburg tanzen würde. Ohne sich weiter mit Überlegungen aufzuhalten, ließ er sich mit Baurat Pflüger in Husum verbinden.

„Kann ich heute wohl einen Urlaubstag nehmen? Familienangelegenheit — ja, ich muß heute abend notwendig in Hamburg sein. Wer mich vertritt? Hannes-Hannes natürlich — ich meine den Techniker Scholz. Morgen? Bewahre, ich komme nachts wieder zurück, morgen früh mit dem ersten Arbeiterzug über die Spundwand. Ja, jetzt muß ich sofort aufbrechen, sonst erreiche ich den Niebüller Zug nicht mehr. Bewilligt? Besten Dank — oh, sicherlich bin ich morgen früh mit dem Ersten wieder hier —"

Und machte, daß er davonkam. Zum Umkleiden blieb ihm keine Zeit. Wie er ging und stand, sprang er auf die nächste Maschine, die gerade auf die Spundwand hinauslief. Ging ein paar hundert Meter weit zu Fuß über die Gleise. Fand glücklich eine andere Lokomotive, die eben einen leeren Lorenzug zum Festland zurückschob und kam in Klanxbüll an, gerade ehe der Niebüller Zug abfahren wollte. Erst aber als er hinter Niebüll schon im Hamburger Zuge saß, kam ihm das Bedenken, ob er auf Sörensens fettigem Butterbrotpapier auch recht gelesen. Er kaufte sich in Heide alle Hamburger Zeitungen, die nur irgend ausgeboten wurden, aber die Vorsicht war überflüssig gewesen: als er die erste aufschlug, fand er gleich den Namen, den er suchte. Nur freilich war der Tanzabend so früh angesetzt, daß er vom Bahnhof aus sofort ein Auto würde nehmen müssen —

Inzwischen war der Schnee nicht trockener geworden. Es begann zu nieseln — zu nebeln — die Frage eines jungen Schotten fiel ihm ein, mit dem er in seinen Studentenjahren viel zusammen gewesen war:

„Ach, nennt man das hier auch ‚Nebelwolken', wenn es so scheußlich gießt?"
Als der Zug in Hamburg einlief, goß es aufs scheußlichste. Als Heinrich Bremer aus der Bahnhofshalle hinaustrat, fuhr ihm eben das letzte Auto vor der Nase weg.
„Wenn Sie nur einen Augenblick warten möchten, es kommen sogleich andere", sagte der Verkehrsbeamte, der Bremers entrüsteten Blick bemerkte. Aber obgleich Bremer sich selbst sagte, daß es eine Torheit wäre, ließ er sich doch von seiner Ungeduld verführen, zu Fuß loszulaufen. Er glaubte Hamburg gut genug zu kennen, verlief sich dann aber doch – alle Elektrischen waren überfüllt, jedes Auto besetzt – als er endlich das Hotel erreichte, wurde er nicht mehr in den Saal eingelassen.
„Es ist nur der kleine Saal, und sind nicht so sehr viel Menschen", sagte der Saaldiener wichtig. „Es sind eben so auserwählte Kunstkenner, und auch nur kleine Musik, aber lauter Solisten eigentlich. Und die Preise sind ja auch danach, mein Herr, mir ist ausdrücklich gesagt, daß ich nicht eine Maus mehr hineinlassen dürfte –"
„So melden Sie mich der Dame hernach", sagte Heinrich Bremer enttäuscht, begab sich derweil ins Restaurant und ließ sich etwas zu essen geben. Aber die Enttäuschung verschlug ihm den Appetit, und er ging in die große Halle zurück, setzte sich in einen der tiefen Klubsessel und beobachtete das Kommen und Gehen, bis ihm die Augen schwer wurden.
„Ja, wo ist denn der Herr?" hörte er plötzlich Elisabeths Stimme hell und scharf und etwas ungeduldig, merkte, daß er eingedusselt war, sah auf die große Uhr und erschrak: „In einer halben Stunde muß ich ja schon wieder auf der Bahn sein – welch ein Unfug!" Sah dann aber auch Elisabeth Eickemeyer selbst, und sah, daß alle Menschen in der großen Halle auf sie schauten, wie auf etwas Besonderes. Sie wandte ihm den Rücken zu, und ein langes, schwarz-weißes Tuch schleppte hinter ihr drein – der Portier machte eine Bewegung zu ihm hin. Da erst stand Heinrich Bremer auf und gab seine Geneigtheit kund, mit ihr zu ihrem Zimmer hinaufzufahren.
Droben in ihrem Zimmer blieb sie stehen und sah ihn schweigend an: was willst du?

„Ich wollte dich tanzen sehen und kam zu spät."
Ihr Mund verzog sich und ihre Lippen zitterten leicht, als ob sie lachen oder weinen wollte. Sie tat aber keins von beidem, sondern ließ sich wie müde in einen niedrigen Sessel gleiten, und da warf er sich neben ihr nieder, legte den Arm um ihren Nacken und seinen Kopf an ihre Schulter.
„Ich wollte dich tanzen sehen – ach, nein, ich las eben nur deinen Namen –"
„Bleibe!" sagte sie leise.
„Ich kann nicht. Habe nur fünf Minuten noch. Wenn ich den Nachtzug nach Flensburg nicht nehme, dann ein Auto hinüber nach Klanxbüll, komme ich nicht zum Arbeitsbeginn –"
„Würdest du deine Stellung darum verlieren?"
„Ach, nicht deshalb – aber meine Arbeit! Denke, nur die Spundwand läuft durchs Watt, ein schmaler Bretterzaun vor der Nordsee, die täglich zweimal hereinkommt. Ein einziger Sturm – ich mag das Wort nicht mehr denken seit dem August vor zwei Jahren –"
„Ich weiß. Mein Vater schickte mir alles, was auf den Damm Bezug hat. Er freut sich meiner Anteilnahme an seinem Werk."
„Es ist mein Werk!" entgegnete Heinrich Bremer eifersüchtig. „Dein Vater – wie stehst du mit ihm?"
„Sonderbare Frage. Du kennst ihn doch. Kennst doch meine beiden Eltern. Es sind die sprichwörtlich besten Eltern von der Welt."
„Ach, du verstehst wohl, wie ich's meine. Es muß für Eltern heute nicht leicht sein, ihre Kinder eigne Wege gehen zu lassen."
„Ist auch für die Kinder nicht leicht, sie zu gehen", sagte Elisabeth langsam – „Martin –"
„Du weißt, daß er auf Sylt ist?"
Sie zuckte zusammen, so daß er es durch alle Nerven spürte.
„Nein", sagte sie atemlos. „Nein, das wußte ich nicht. Dann komme ich hinüber."
Er hielt sie fest, sah aber auf die Uhr an seinem Arm – nur drei Minuten noch –
„Heute? Jetzt gleich? Unmöglich, es ist keine Verbindung."
„Dann morgen, oder sobald es möglich ist. Du wirst mir schrei-

ben?" Und da sie spürte, daß er sich von ihr löste, klagte sie leise: „Weshalb kamst du nicht früher schon? Damals?"
Er hob den Kopf.
„Ja, jetzt könnte ich dir davon sprechen —"
„Sage mir nur noch das eine: war es eine andere?" und errötete tief über der eigenen Frage.
„Eine andere?" wiederholte er verständnislos. „Ach — Frau, meinst du? Nein, Elisabeth, es war keine andere Frau und ist auch heute nicht. Heute ist's in Wahrheit nur meine Arbeit, aber sie frißt mich mit Haut und Haaren, diese Geliebte —"
Sprang auf seine Füße, fand auch die Mütze, auf die er dabei trat — er wagte nicht, ihre Lippen zu küssen, sonst hätte er nicht mehr vermocht, sich von ihr zu lösen —
Lief die Treppen hinunter und mit langen Schritten durch die Halle, so daß die Gäste auseinanderstoben, der Portier ihm bedenklich nachschaute, und der Liftboy, der seine Welt- und Menschenkenntnis aus dem Kino bezog, angstvoll meinte:
„Finden wir die hernach da oben ermordet, dann ist der's gewesen, da schwör ich jeden Eid! Ist das überhaupt ein Herr, der recht hierher gehört mit der alten Jacke und den Stiefeln?"
Aber ein Herr wär's doch gewesen, wies ihn der Portier zurecht, und die schöne Tänzerin war denn ja auch nicht ermordet — wußte nur anderntags nicht recht, ob sie nach Berlin fahren wollte oder etwa nach Niebüll — ging endlich aufs Reisebüro.
„Wenn ich da die Wahl hätte —!" meinte der Liftboy.

62

Nein, es gab im Augenblick keine Verbindung nach Sylt. Der gewöhnliche Postdampfer nach Hoyerschleuse lag eingefroren mitten auf dem Wattwege von Sylt noch eben auf deutschem Gebiet, so daß man nicht einmal Dänemark einen Vorwurf daraus machen konnte. Ein Motorboot war auch ausgesandt und nicht wieder heimgekehrt.
„Wo ist denn das geblieben!" fragte Elisabeth unwillkürlich.
„Das findet sich wohl im Frühjahr wieder", meinte der Beamte gemütlich. „Jetzt taut es auch? Gewiß, aber mag sein, daß sie

noch nicht wieder genug Wasser haben. Die Post? Ja, die war gestern noch hier, aber die soll nun über die Spundwand geschickt werden. Ist ein ungeschicktes Arbeiten jetzt da. Dänemark mag nicht mehr recht, und der Weg über die Spundwand – nein, für so Damen ist der sicher nichts. In voriger Woche sind in einer Nacht dreißig Sylter hinübergegangen, mit ihren Frauen, sollen auch ein paar Kinder dabeigewesen sein. Tags wird scharf aufgepaßt, da schlichen sie sich nachts durch, aber einer ist abgestürzt und hat sich das Bein gebrochen. Nun wollen die Herren vom Bau das durchaus nicht mehr. Schließlich haben sie ja auch die Verantwortung –"

Von alledem verstand Elisabeth nicht eben viel. Sie kannte die Nordsee auch nicht besser als Heinrich Bremer vor vier Jahren. Es lag ja auch eigentlich kein Grund vor, gerade heute oder überhaupt jetzt in dieser ungünstigen Jahreszeit nach Sylt zu gehen und Martin aufzusuchen. In Berlin hingegen wurde sie erwartet – und Martin? Er würde sie doch nur heimschicken. Aber sie fühlte sich sonderbar unschlüssig.

Inzwischen hatte Heinrich Bremer auf dem Arbeiterwege längst wieder Sylt erreicht. Ihm war die lange Nachtfahrt nicht leicht geworden. All seine Nerven sprachen ihm von Elisabeth; seine Sinne hatten sie ganz in sich aufgenommen. Als er in Neumünster den Gegenzug traf, hatte er seinen ganzen Willen aufbieten müssen, nicht umzukehren und zu ihr zurückzufahren. Dann aber, als er endlich in Klanxbüll landete, war er froh, sich nicht nachgegeben zu haben. Auf der Fahrt die Ostküste entlang hatte er nicht gemerkt, wie sehr das Wetter seit gestern früh sich verschlechtert hatte. Hier sah er's. Das war kein Sturm – nein, durchaus nicht. Aber der Wind kam aus Südwest, das Wasser stand hoch, und es goß auch hier aufs scheußlichste. Bahrenfeld riet ihm sogar ab, jetzt sogleich nach der Spundwand hinauszufahren. Er würde in der Mitte wieder mehrere hundert Meter zu Fuß laufen müssen. „Warten Sie doch den Postzug ab, der in der Mittagspause zwischen den Schichten ganz in eins hinübergehen wird." Aber Bremer hatte keine Ruhe mehr.

Irgend etwas trieb ihn. Er schluckte ein hastiges Frühstück herunter und ging dann über den Binnendeich zur Abfahrtstelle der Dammzüge. Es stand ein Schotterzug zur Abfahrt nach Barthels

Kuhfenne bereit, aber das Wasser ging noch zu hoch, um dort mit Erfolg schütten zu können. Da ließ Bahrenfeld, der mitgekommen war, die Maschine abkoppeln und sie allein für Bremer laufen. „So kommen Sie doch wenigstens noch übers Holländer Loch hinweg; es ist nicht gemütlich, zu Fuß über das lange Wehr zu turnen, wenn der Strom hochgeht." Und Bremer war es zufrieden, weniger, weil ihm das lange Wehr ungemütlich war, als der Zeitersparnis halber. Und während er nun abfuhr, hellte sich das Wetter schon auf.

„Es wird kein böser Tag", meinte der Lokomotivführer und schaute gleich Bremer erleichtert der zunehmenden Helligkeit entgegen. „In der Nacht war's schlimmer."

„Gut, daß ich doch zurückkam", dachte Bremer, „obgleich — halten könnte auch ich die Spundwand nicht, wenn Sturm käme" — und mußte über der Vorstellung fast lachen. Und beugte sich vor und beobachtete, wie unter den Schienen das Wasser drängte, aber nirgend sah er einen Schaden.

Über der Dracht stieg er ab und ließ die Maschine zurückfahren. Das Wasser fiel, Wind und Regen ließen deutlich spürbar nach, aber beides war doch noch stark genug, ihm den Weg zu erschweren. Nun hörte er auch das unaufhörliche harte Schrillen der Schotter, die vom Wasser gehoben und geschoben wurden. Hörte aus weiter Ferne das laute Stöhnen der Ankerketten am großen Bagger, aber sehen konnte er ihn nicht. Grau in grau schloß sich eng der Horizont rings um ihn, nichts als Wasser unten und Wasser oben und zwischen beidem dieser einsame unsichere Fußsteg mitten durch die unruhig bewegte Wasserwüste hindurch. „Dies wäre kein Weg für Elisabeth", schoß es ihm durch den Sinn. Er sah sie wieder. Er fühlte sie. Ihm war, als rührte sie ihn an. Ihr Erschrecken, als er Martins Anwesenheit auf Sylt erwähnte, ließ auch jetzt noch seine Nerven leicht zusammenzucken. So körperhaft nah war sie ihm plötzlich, daß er voller Entsetzen mitten auf einem wackelnden Brett stehenblieb, um hinter sich zu blicken. Doch da war nicht mehr als vor ihm — war nur die unendliche undurchsichtige graue Einsamkeit, dadurch der schmale Schienenweg lief.

Er ging weiter, aber sein Herz schlug beklommen. „Mir ist verständlich, wie die Menschen dieser Gegend zu ihren Hexen und

Gespenstern kommen. Man ist allein hier draußen und ist es doch nicht. Hier spürt man den andern Menschen, auch wenn man ihn nicht sieht" – so redete er zu sich selbst; mehr, um Gefährten an den eigenen Gedanken zu haben, als weil ihm seine Gedanken darüber so besonders wichtig gewesen wären. Wenn er als Kind durch den langen dunklen Korridor der elterlichen Wohnung geschickt wurde, hatte er leise für sich gepfiffen – da fehlte nicht viel, daß er auch jetzt zu pfeifen begonnen hätte. „Der Mensch ist doch nicht mehr gewöhnt, allein zu sein."

Aber mit weiter fallender Ebbe flauten Wind und Wellen immer mehr ab. Der Himmel riß auf, ein erst mattes, dann allmählich stärker sich färbendes Frühlingsblau kam von Westen her über die Insel. Der große Bagger zeigte sich zunächst als wesenloser Schatten, nahm dann aber überraschend schnell an Körperlichkeit zu. Nun konnte Bremer von fernher schon Arbeitergruppen erkennen – dann spähte er nach einem Zuge aus, der ihn etwa mitnehmen könnte, es fand sich aber keiner.

Endlich kam er der Insel nahe, traf hier über dem grünen Außenland die Kolonne Steinhof der Firma Hurtig, und da er wußte, daß Martin Eickemeyer unter Steinhof arbeitete, warf er dem Werkführer im Vorübergehen ein gemütliches: „Wird ein schöner Tag heute!" zu.

Der Mann lachte – lachte in einer Art, daß Bremer dachte, er wäre betrunken.

„Das mögen Sie wohl sagen, Herr Baumeister! Aber wir sind zwei Nächte über schon draußen, und die waren nicht immer schön. Zwischenein hatte ich mich mal unter den Rammbock dort verkrochen, um ein paar Augen voll Schlaf zu nehmen. Kommt da der Bauführer Kniebel vorbei, fragt meine Leute: ‚Wo ist der Steinhof?', und als sie mein Versteck verraten, fällt er über mich her und verprügelt mich wie einen Schuljungen – wie einen Schuljungen, Herr Baumeister!" Und wieder lachte der Mann mit heiserer Stimme.

„Weshalb haben Sie's denn so eilig?" fragte Bremer erstaunt.

„Der Everschop kommt mir voran, das geht doch nicht –" da ging Bremer weiter und ärgerte sich. Diese Wettarbeit erschien ihm so sinnlos. Er war mehr für ruhige, solide Ausführung und meinte, wenn man nur keine Minute unnütz vertäte, schaffte man ebensoviel, wie diese Werkführer mit ihrer Rekordwut, dabei sie nur die Leute schinden mochten. Bremer sah sich flüchtig noch nach Martin Eickemeyer um, aber er konnte ihn nicht entdecken und wollte nicht stehenbleiben, um nicht noch einmal der trunken anmutenden Geschwätzigkeit dieses Steinhof anheimzufallen. Betrunken war er wohl nicht, war wohl nur übermüde, oder als hätte er irgendwie ein schlechtes Gewissen.

Auf dem Lagerplatz traf er Hannes Scholz, und während er sich noch von ihm Bericht erstatten ließ, tauchte am Tor schon Pastor Eschels auf und winkte ihm von weitem.

„Daß man den Pastor auch nie los wird!" entfuhr es ihm ärgerlich. Dann aber, da er das Lächeln seines Technikers sah, tat ihm seine Äußerung schon wieder leid, und er ging Eschels mit doppelt höflichem Gruß entgegen.

„Sie müssen mir erlauben, auf der nächsten Maschine hinauszufahren, Bremer", sagte Eschels bittend. „Ich muß unbedingt den Werkführer Steinhof sprechen. Der Arbeiter, der bei mir wohnt, ist seit zwei Nächten nicht heimgekommen."

„Die Kolonne Steinhof arbeitet im ersten Spülfeld am Vorland. Da können Sie zu Fuß hingehen, Herr Pastor. Ich glaube aber, es wird nicht nötig sein. Die Kolonne hat tatsächlich zwei Nächte hindurch gearbeitet –"

„Aber nur je zwanzig Stunden am Tage. Die andern sind alle für eine kurze Nachtruhe in ihre Baracke zurückgekommen, nur der Eickemeyer nicht. Wenn Sie mich begleiten könnten, Bremer? Ich kann mit dem Steinhof nicht recht auskommen."

Es lag Bremer nahe, Eschels Bitte abzuschlagen, denn er fand es prinzipiell falsch, daß er selbst sich in die Angelegenheiten der Firma Hurtig mischte. Aber er dachte an Elisabeth und ging mit, trotz des erstaunten Blickes, den Hannes-Hannes ihm nachsandte. Er ging mit und ließ Eschels von Martin erzählen, ohne seinerseits ein Wort hinzuzufügen.

Der Werkführer Steinhof stellte sich zunächst unwissend und sehr erstaunt über des Pastors Anfrage. Ja, der Eickemeyer wäre heute nicht zur Arbeit gekommen, er hätte gestern schon schlapp gemacht – aber dann fragte Bremer binnen zwei Minuten auch das Weitere aus ihm heraus. Als Eickemeyer nicht mehr mitgekonnt hätte, mochte er sich wohl eine Weile hingelegt haben –

„da hinten, Herr Baumeister, wo das viele Seegras liegt, wir arbeiteten gestern ja da draußen. Das war schon gegen Abend, und hernach ist er dann wohl heimgegangen. Ich habe ihn nicht mehr gesehen."

„Heimgegangen!" sagte Eschels bitter. „Sie haben ihn dahin legen lassen, und dann hat ihn die Flut mitgenommen, bewußtlos wie er war — denn daß der Eickemeyer die Schottergabel nicht abgibt, solang er selbst noch stehen kann, das weiß ich." Er wunderte sich nicht, daß der Werkführer ihm nicht mehr widersprach. Aber er sah mit Erstaunen, wie farblos Bremers Gesicht wurde.

„Sie nehmen sich's mehr zu Herzen als dieser Steinhof tut", sagte er beim Rückweg zornig, aber Heinrich Bremer meinte, er wäre selbst nur etwas übernächtig —

Trennte sich dann von Eschels und ging zu dem Baumeister Kurz, der die Firma Hurtig hier vertrat. Er sagte ihm, daß ein Arbeiter der Kolonne Steinhof gestern schlapp gemacht hätte und von der Flut mitgenommen wäre — was Kurz nicht eben schwer nahm.

„Aber dieser Arbeiter hieß Eickemeyer, Martin Eickemeyer —"

„So der? Schade, war einer von den Stillen —"

„— und überdies der älteste Sohn von jenem Geheimrat Eickemeyer, der 1912 die ersten Pläne vom Damm entwarf."

„Donnerwetter — wahrhaftig? Wissen Sie das für sicher, Bremer? Das wäre ja eine ganz faule Geschichte."

„Ganz sicher. Ich kannte ihn persönlich. Habe auch einmal im Dunkeln und unter vier Augen mit ihm gesprochen. Habe ihm zugeredet, diese unsinnige Arbeit hier aufzugeben. Aber er war ja ein Dickkopf. War auch längst mündig. Was sollte man tun? Er wünschte nicht, daß unsere Bekanntschaft hier beklatscht würde — so möchte ich Sie auch bitten, meinen Namen gegen den Geheimrat nicht zu erwähnen, wenn Sie nun an ihn schreiben."

„Muß ich das? Wissen Sie, Bremer, ich schätze solche Dinge durchaus nicht. Sie hätten mir auch wohl vorher einen Wink geben können, daß ich ihn in eine andere Kolonne steckte. Ausgerechnet Steinhof! Ja, Steinhof und Kniebel, die können zwischen sich schon einen Menschen zu Tode kniebeln, wenn er vielleicht nicht ganz fest mit dem Herzen ist. Ja, was meinen Sie? Muß ich wirklich schreiben?"

„Ich halte es für das Angemessene", antwortete Bremer kühl. —

Er selbst schrieb an Elisabeth, schrieb bis spät in die Nacht hinein – wußte anderntags aber nicht, wie er den Brief absenden sollte. Im Büro gab's keine Diskretion, und von der Sicherheit des Postgeheimnisses im Dorfe hielt er auch nicht viel. So mußte er endlich mit einem Kieszuge nach Keitum fahren, um den Brief dort in den Kasten zu werfen.

63

Acht Tage später aber wußte außer Heinrich Bremer und den Eschels kaum einer mehr etwas von Martin Eickemeyer. Er wurde im Arbeitsgetriebe schnell genug vergessen, am schnellsten von Steinhof, der kein Prinzipienreiter war, seine Arbeiter ja auch nicht um irgendeines Prinzips willen „kniebelte", sondern einfach, weil seine eigene gewaltige Lebenskraft ihn von andern fordern ließ, was er selbst mit Freuden leistete. Die Tafelwehre überm Alten Sylter Ley und überm Holländer Loch wurden nun mit vorbereiteten Tafeln dicht gesetzt und mit Steinschüttungen stark versichert, was bei diesem frostig kühlen und stillen Wetter keine Schwierigkeiten bot; es wirkte nun auch jedes Tief nur noch für sich selbst und keins verstärkte das andere. Nicht einmal das Holländer Loch wehrte sich noch in bedenklicher Art.

Und dann begann in diesem Frühjahr, was eigentlich der interessanteste, weil am schnellsten fördernde Teil der Dammbauarbeiten war: das Setzen der Buschwände und Einspülen der Dammsohle im großen. Hinter der Spundwand arbeitete sich's gut im seichten und fast ganz unbewegten Wasser. Den Arbeitern, die hier die Buschlahnungen setzten, folgten die Rohrleitungen der Spüler, die den groben Kies der weiteren Wattengründe mit ungeheurer Geschwindigkeit und nicht minder ungeheurem Lärm direkt vom Bagger aus zwischen die Buschwände spülten. Auf diese gut 50 Meter breite Sohle sollten dann die tonigen Massen aufgespült werden, doch mußte hier schon bald zum Trockenbetrieb übergegangen werden, weil der Ton in der Spülung versagte. Bremer ließ noch größere Bagger kommen und wieder stärkere Spülgeräte, setzte die Höchstgrenze für den Kies noch um einen halben Meter höher, so daß er damit allein schon die Höhe der Spundwand erreichte. Deckte ihn mit dem Sand der Morsumer Heide, der im Trockenbetrieb aus der Bahnschlucht gewonnen wurde, und legte diesem dann Ton auf, reinen Ton, trocken gefördert, eingewaschen und endlich stark geschlagen, so daß er steinhart wurde.

Den Erdarbeitern folgten die rheinischen Steinsetzer, die nun die Böschungen der Dammsohle mit Basaltsäulen pflasterten; den Steinsetzern die Sodenleger, die endlich die oberste Kuppe mit den Grassoden deckten, die drüben aus dem Wiedingharder Vorlande gewonnen wurden. Es arbeiteten am Einschnitt des Morsumer Höhenrücken drei Trockenbagger und draußen im Watt sechs schwimmende Eimerbagger und zwei große Schutenbagger. Es liefen unaufhörlich Material- und Arbeiterzüge auf der Spundwand hin und her, denn nun konnte alles Material, das auf der Insel gebraucht wurde, direkt vom Festland herbefördert werden, ohne den Umweg übers Wasser, die Ladebrücke war entbehrlich geworden. Es arbeiteten auf der 11 Kilometer langen Strecke im Watt und der ebenso langen auf der Insel insgesamt 1500 Menschen vom ersten Morgengrauen bis in die sinkende Dämmerung und beim Schein der Magnesiumfackeln die ganze Nacht hindurch — Tag- und Nachtschichten wurden doppelt besetzt. Den ganzen Damm entlang, entlang der Gleisstrecke über die Insel an Archsum, Keitum, Tinnum vorbei leuchteten die blendenden Lichtpünktchen der Magnesiumfackeln und sammelten sich endlich am Schlußpunkt der Strecke, dem Westerländer Bahnhof, als wäre hier die Milchstraße vom Himmel gefallen — blieb das Wetter nur dies eine Jahr hindurch noch günstig, so konnte man bei diesem Betrieb ein ganzes Arbeitsjahr einsparen. Und der Reichsbahn lag alles daran, dies zu erreichen, erreichte es endlich auch. Bei alledem aber keimte in Heinrich Bremer ein leises Gefühl der Ernüchterung, wuchs und nahm zu. Er wurde undankbar — ein Sturm, mit dem er einen schweren Kampf hätte aufnehmen müssen, wäre ihm fast willkommener gewesen. Aber wenn das Wetter auch kalt, grau und trübe blieb, das ganze Frühjahr hindurch und sich gegen den Sommer hin nicht viel anders anließ — die Nacht, die er auf der Bahn zwischen Hamburg und Flensburg verlebt hatte, war doch die schlimmste dieses Jahres gewesen und blieb es vorderhand auch.

„Das Wetter könnte gar nicht günstiger sein!" frohlockte Pastor Eschels. Aber Heinrich Bremer war nun doch schon so weit Sylter geworden, daß er nur mürrisch erwiderte:
„Ich kann beim besten Willen nicht klagen."

64

Elisabeth hatte ihm auf seinen Brief nicht geantwortet. Dies war nicht etwa der Grund von Heinrich Bremers Verstimmung, bewahre! Er hatte ja gar nicht erwartet, daß sie ihm antworten würde — hätte sie einen Briefwechsel mit ihm begonnen, würde er ihn sehr lästig gefunden haben. Er hatte keine Zeit für solche Dinge. Er hatte nicht einmal mehr genug Zeit, mit den andern Herren abends auf der „Hohen Heide" einen Abend zu verbringen; kaum Zeit, einmal ins Pfarrhaus zu gehen. Oder fand er vielleicht die Zeit nur nicht? Er saß des Abends oft noch spät allein im Büro, las die Zeitungen, die da herumlagen. Sah auch wohl die illustrierten Blätter ein. Suchte nach einem Namen, nach einem Gesicht und fand beides nicht. Versuchte auch gelegentlich, sich selbst Elisabeth vorzustellen — fand sie aber auch nicht in seiner Erinnerung. Das halbe Kind, das er während des Krieges gekannt hatte, das war inzwischen vergangen. Die Frau, die er in Hamburg traf — ja, vergebens schloß er die Augen, er sah immer nur Einzelheiten. Sah das lange schwarz-weiße Tuch, das hinter ihr drein durch die Halle schleppte; sah auch die Orchideen, die sie in der Hand gehalten, und an die sich ihm eine leise eifersüchtige Regung knüpfte; sah auch ihren fragenden Blick: was willst du? Sie selbst konnte er nicht wiederfinden.
Dann aber, mitten am Tage, mitten in aller Arbeit, wenn er auch nicht einen halben Gedanken an sie wenden konnte, dann plötzlich war sie da, war ihm so nah, daß er wieder, wie an jenem Tage auf der Spundwand, sich umblickte, ob sie etwa hinter ihm stände. Mitten im Getöse der kreischenden Bagger und jaulenden Spüler, der stoßenden Rammen; mitten im Rauch und Staub, der wie eine schmutzige Wolke jetzt oft auf der blanken Wasserfläche lag — so stille Tage gab es nun; mitten zwischen den wimmelnden Arbeitermassen, wenn er alle Dinge im Kopf haben mußte, die

Schachtmeister und Bauführer, Werkführer, Maschinenmeister und Techniker im Augenblick etwa von ihm wissen wollten, dann spürte er plötzlich die leichte Berührung ihrer Hand, fühlte ihren zärtlichen Körper in seinen Armen und küßte ihre Lippen, die er an jenem Abend – nicht geküßt hatte. Dann war ihm der Reiz der Arbeit verflogen, dann war ihm dies, was er hier schaffte, nur ein Ding, wie ohne Leben. So vergingen ihm Frühling und Sommer.

Bis er eines Tages dachte:

„Wenn ich ihr dies doch zeigen könnte!"

Ging heim und schrieb einen zweiten Brief:

„... mich freut mein Werk nicht mehr, wenn ich es Dir nicht zeigen kann. Weshalb antwortest Du nicht auf den Brief, darin ich Dir von Martins Tod berichtete? In Hamburg mußt Du doch gemerkt haben, daß ich Dich jetzt brauche. Wenn meine Arbeit mich nicht festhielte, würde ich zu Dir kommen. Wärest Du nicht jeder ‚Kriegstrauung' abgeneigt, ich bäte Dich: komm Du zu mir! Ich weiß nicht, worum ich Dich jetzt bitten darf ..."

Doch eine Woche um die andere verging, und auch auf diesen Brief bekam Heinrich Bremer keine Antwort.

65

Bald nach Sommersende fing das Wetter an, unruhig zu werden. Was kümmerte das Heinrich Bremer noch? Der Damm stand! Stand fest und breitfüßig genug im Watt, um jedem Sturm trotzen zu können. Die Spülarbeiten waren beendet. Der Damm bis zu zwei Meter über dem normalen Hochwasserstand aufgehöht. Was konnte ihm noch geschehen? Aber er dachte es gleichgültig. Um diese Zeit traf er Gondelina Eschels im Dorf.

„Haben Sie immer noch so viel zu tun?" fragte sie spöttisch. Da kam ihm zum erstenmal der Gedanke, sie könnte sein Fernbleiben als Stellungnahme gegen ihren Vater auffassen. Über Eschels Zwiespalt mit seiner Gemeinde lief mancher Klatsch durch Dorf und Arbeiterbaracken. Holm-Peters wühlte energisch; er und seine Anhänger gewannen täglich an Einfluß. Auch Heinrich Bremer hatte gehört, daß das gegenseitige Verhältnis nicht besser geworden war – hatte es öfter besprechen hören, ohne doch weiter darüber nachzudenken, was dies etwa für Eschels bedeuten könnte. Das tat ihm nun ehrlich leid, und am selben Abend noch ging er zum Pfarrhaus hinauf.

Die Mimi – oder die Mitzi? Er konnte sie nicht unterscheiden, obgleich die eine blond, die andere dunkel war – führte ihn ins Wohnzimmer. Da waren zwei weibliche Gestalten. Die eine war Gondelina Eschels. Die andere – er neigte sich und küßte wortlos die Hand, die sich ihm bot.

„Kennt ihr euch?" fragte Gondelina erstaunt. Aber sie bekam keine Antwort. –

Am folgenden Morgen ging Heinrich Bremer über den Damm. Nicht anders als am Tage vorher. Plötzlich aber dachte er: „Wo hatte ich denn nur meine Augen? Der Damm steht ja! Mein Werk ist vollendet!" und eine stürmische Freude ließ sein Herz lauter schlagen. „Was fehlt hier denn noch? Nichts mehr als ein Winter voll Ameisenfleiß –" ging zur Nösse zurück, zum Lagerplatz, ging ins Büro und ließ sich mit dem Bauamt telephonisch verbinden.

Bei Feierabend, als die Löhne der Woche gezahlt wurden, war Heinrich Bremer heute selbst im Büro, saß an seinem eigenen Tisch am Fenster, ließ Magge Sörensen wie gewöhnlich mit den Leuten abrechnen, sagte dann aber zu jeder einzelnen Gruppe, die kam und wieder ging:

„Von heute ab werden keine Prämien mehr gezahlt, weder Wassergeld noch für außergewöhnliche Arbeiten; solche sind nicht mehr nötig. Wir arbeiten von nun an ohne Überstunden, in regelmäßigen Tag- und Nachtschichten."

Er fügte kein Wort weiter hinzu, aber da war unter all den Männern nicht einer, der nicht verstanden hätte: der Damm ist fertig! Der Damm steht! Der große Verdienst hat ein Ende! Schweigend nahmen sie ihr Geld. Schweigend drückten sie sich wieder zur Tür hinaus. Nur die rheinischen Steinsetzer murrten.

„Für unsere Arbeit müssen wir immerhin Saisonzuschläge bekommen. Wird die Pflasterung nicht vor dem Winter noch dicht, geht doch der ganze Damm zum Teufel."

„Dafür trage doch wohl ich die Verantwortung!" sagte Heinrich Bremer scharf. „Ich zahle keinen Pfennig mehr über Tarif."

Da traten die Steinsetzer draußen in Gruppen zusammen und kündigten ihm dann einer für alle, alle für einen. Das fuhr Bremer doch in die Nerven, denn es waren überm Osterley und beim Holländer Loch noch Granitblöcke aus Schweden vorgesehen, drei bis vier Zentner schwer, um dort vor jeder Unterspülung sicher zu sein. Aber er mußte denken: „Gebe ich jetzt den Steinsetzern nach, streiken mir morgen alle Wasserarbeiter im Spülfeld." So ließ er sich nichts merken, sondern sagte ruhig:
„Wer nicht weiter mehr mitarbeiten will, mag sich morgen früh vor Arbeitsbeginn am Maschinenschuppen einstellen. Ich werde Anweisung geben, daß dann die Strecke für einen Zug nach drüben freigehalten wird" — und ließ sich mit Bahrenfeld verbinden.

66

Pastor Eschels saß mit Gondelina und Elisabeth Eickemeyer nach dem Abendessen in seinem Arbeitszimmer. Da wurde die Tür aufgerissen und Rasmus Claasen trat ungestüm ein.
„Dein Wunsch ist erfüllt, Peter-Ohm, der Damm steht!"
Pastor Eschels sah ihn verwundert an.
„Von gestern auf heut — was heißt das?"
Rasmus Claasen berichtete kurz, was Bremer auch zu der Morsumer Kolonne gesagt hatte, und fügte unmutig hinzu: „Was heißt das anders als: ich brauche euch nicht mehr!"
„Ihr Morsumer habt ihn immer merken lassen: wir brauchen dich nicht", warf Gondelina trocken ein. „Wenn es euch nicht paßte zu arbeiten, ginget ihr heim. Er hatte nie eine Möglichkeit, euch zur Arbeit zu zwingen. Das mag ihn auch oft geärgert haben. Nun zahlt er's euch zurück in gleicher Münze."
„Und dich freut's."
„Gondelina! Erasmus! Streitet euch nicht, Kinder", sagte der Alte friedfertig. „Im Grunde seid ihr — sind wir ja alle der gleichen Meinung: wir können den Damm nicht wünschen, aber wir haben ihn alle dennoch gewollt, und also steht er nun."
Rasmus Claasen sah finster vor sich hin, aber er ließ es dann doch geschehen, daß Gondelina ihn mit Elisabeth Eickemeyer bekannt machte, und zog sich einen Stuhl zum Tisch.

„Ja, auch ich habe ihn gewollt, sofern ich daran mitgearbeitet habe", sagte er mit Überwindung. „Aber als Mutter heute über Tisch etwas zu Volquart sagte, und der Junge antwortete ihr auf hochdeutsch —" er vollendete den Satz nicht, doch die Hand, die auf seinem Knie lag, ballte sich unwillkürlich zur Faust. „Als ich ihn darauf zur Rede stellte, gab er mir zurück: ‚Mit Sylter Friesisch allein kommt man heut nicht mehr zur Nösse.' Da fühlte ich doch, wie sauer es mir ankommt, Sylt sein Grab zu graben — mit meiner eigenen Hand —" und er hob seine Faust und betrachtete sie, als sähe er sie zum erstenmal in seinem Leben.

„Sie sind alle in Deutschland untergegangen, alle die einzelnen Völkerschaften", erwiderte Eschels unwirsch, „und haben sich noch alle damit abgefunden."

„Ich sage ja nicht, daß wir uns nicht auch damit abfinden werden — bleibt uns doch nichts anderes übrig, das sehe ich wohl. Und mit einer Notwendigkeit ist der Sylter noch allemal fertig geworden. Ich sage nur, daß es mir sauer ankommt."

„Gewinnen Sie nicht auch manches dabei?" fragte Elisabeth begütigend.

„Wir haben bei diesem Handel mehr zu verlieren als zu gewinnen, Fräulein Eickemeyer. Was wir günstigstenfalls gewinnen können, sind wirtschaftliche Vorteile. Was wir verlieren —" er brach ab, und trotz seiner bösen Stimmung mußte er plötzlich lachen. „Lassen Sie sich von Eschels erzählen, was die Borres hier im Dorfbild bedeuteten. Vor drei Tagen traf meine Schwester diese Paula Borre in Flensburg. Paula, die durch ihre Tapsigkeit die ganze Familie ausgerottet hat. Die ging in Flensburg in seidenem Kleid über die Straße. Ja, sie hätte eine gute Stellung. In einer Schuhfabrik. Sie packe Schuhe in Kartons. Mit Seidenpapier dazwischen. Oh, sie könne wohl gut davon leben. Und der Sohn? fragte meine Schwester. Peter? Ja, der wäre auch gut zu Schick. Der wäre in den großen Ferien bei dem Grafen v. Arnim-Muskau gewesen. Wie er dazu käme? Nun, er wäre von der Schule aus dahin geschickt, weil er so mieserig aussähe. Acht Pfund hätte er da zugenommen. Hätte mit einem andern Jungen zusammen einen eigenen Diener gehabt — ja, das ist Paula Borre auf dem Festland, in der Stadt."

Elisabeth Eickemeyer sah ihn fragend an.

„Ich verstehe nicht —"

„Sie verstehen nicht, was ich damit sagen will?" und in sein Gesicht stieg eine dunkle Röte. „Sie haben Paula Borre nicht gekannt, deshalb verstehen Sie mich nicht. Sie war hier — sie war —" er suchte nach einem Ausdruck und sagte dann kurz und bündig: „— sie war zu gar nichts. Nett anzusehen, gewiß. Auch nicht ganz dumm. Auch nicht ganz faul. Aber sie leistete nichts. Alles verkam unter ihren Händen. Und nun dort drüben geht es ihr gut. Besser als meinen Frauen. Sie geht am Alltag in seidenen Kleidern und hübschen Schuhen. Sie braucht nicht einmal auf schlechte Wege zu kommen. Sie ist geschickt mit den Händen. Tag für Tag tut sie ihre Arbeit, bei der sie nicht zu denken braucht, und der Junge, der besser gar nicht lebte, der wird von einem Grafen hochgepäppelt, bis er groß genug ist, daß er stempeln gehen kann. Ja, sehen Sie denn nicht, daß solch ein Beispiel uns andern die Achtung vor dem Wert der Arbeit tötet? Die Badegäste da in Westerland, die sind manchmal von außen her nicht anders anzusehen. Aber wir wissen doch alle, daß die nur ein paar Ferienwochen so leben und hernach heimfahren und wieder ihre ehrliche Arbeit leisten. Wenn aber die Festlandsbahn erst fährt, und wir dann täglich sehen müssen, wie solche, die zu gar nichts sind, drüben ihr gutes Leben haben — und wir sollen die Steuern bezahlen — nein, das taugt uns nicht."

„Und doch", sagte Elisabeth zögernd, „war mir Herders Wort immer lieb: ‚Ihr Völker, duldet euch! Ihr Menschen verschiedener Sitten, Meinungen, Charaktere, helft und vertragt euch! Seid Menschen!'"

„Ist doch nichts", fügte Pastor Eschels hitzig hinzu, „ist doch nichts in der Welt gut oder böse an sich, Rasmus. Was wir Menschen daraus machen, ist Gottes Werk oder des Teufels."

Rasmus Claasen sah auf Elisabeths Hände, die sie vor ihm auf dem Tisch leicht ineinanderfaltete, und er wunderte sich, wie anders ihre Finger sich bewegten als die seiner Frauen daheim.

„Ich kam, dir eine Freude zu machen, Oheim, nicht, eine Predigt anzuhören", sagte er nun abwehrend. „Die ist nicht nötig. Überzeugt mich auch nicht. Wird dermaleinst Deutschland auch nicht leicht ankommen, wenn es seinen Damm nach Europa bauen soll."

Pastor Eschels las die gleiche Hamburger Zeitung wie sein Neffe, so wußte er, worauf dieser anspielte.
„Ob dieser Dammbau je Wirklichkeit werden kann, das zu beurteilen ist mir hier von Morsum aus nicht möglich, und wenn ich zwanzig Zeitungen täglich läse. Dazu müßte ich in der Großstadt leben und europäisches Leben um mich spüren, nicht nur von Deutschland wissen. Aber setzen wir einmal den Fall, so sehe ich, daß nur das Volk, das die Geschehnisse vorausbegreift und mit dem Willen auch ergreift, Gutes davon haben wird. Niemals das Volk, das sich schieben läßt, statt selbst zu schieben. Als Deutschland den Krieg begann, hatten seine Führer mehr Angst vor dem eigenen Volk, als vor den Feinden –"
Jetzt sah Rasmus Claasen von Elisabeths Fingerspiel auf und seine Augen waren hellwach. „Und – mit Recht –?"
„Das weiß Gott allein", sagte der Herr Pastor mit einem tiefen Seufzer. „Jedenfalls aber kam es dadurch in die Lage, daß es sich von den Ereignissen schieben ließ, anstatt ihnen zuvorzukommen. Dies aber und das Schicksal, das es sich dadurch bereitete, sollte Sylt sich als Warnung dienen lassen! Was die abgeschlossene Entwicklung Griechenlands und Roms meinem historischen Sinn, das ist das nunmehr vollendete Lebensbild Sylts meinem lebendigen Gefühl –"
„Das vollendete – so sagst du selbst damit: Sylt ist tot!"
„Und sage dennoch: Es lebe Sylt!" gab der Alte gelassen zurück. „Kann doch ein jeder Baum mehr als nur einmal in seinem Leben grünen, und wenn er im Winter auch noch so tot aussah. Freilich hat's keinen Zweck, die alten Blätter künstlich festhalten zu wollen. Und wenn ihr euer Sylter Friesisch heute noch pflegt, müßt ihr dessen eingedenk sein, daß es euch nur noch mit der Vergangenheit, nicht aber der Zukunft verbindet – dein Junge hat recht: es reicht über die Insel nicht hinaus. Heute aber gilt's für euch, neue Blätter und neue Frucht zu treiben! Geh in den Lesesaal. Sieh dir den alten Globus an, den Gondel dafür schenkte. Wie klein ist Europa! Wie winzig Deutschland! Sylt ist ein Pünktchen. Morsum ein Nichts. Das Kleine und Besondere aber geht immer mehr im Größeren und Allgemeinen auf –"
„– oder unter!" vollendete Rasmus Claasen hart, schob seinen Stuhl zurück und verabschiedete sich kurz.

67

Es war Gondelina lieb, daß Elisabeth Eickemeyer den ganzen Winter über im Morsumer Pfarrhaus zu bleiben sich entschloß. Als Elisabeth sie um kurze Gastfreundschaft gebeten, um im Auftrage der Eltern ihnen für die Aufnahme, die sie Martin gewährt hatten, zu danken, hatte Gondelina noch nichts derart geplant. Die wortlose Begrüßung aber zwischen ihrem Gast und Heinrich Bremer hatte ihr gezeigt, wie es um die beiden stand, und da sie merkte, wie überaus wohltuend ihrem Vater Elisabeths anmutiges Wesen war, sprach sie die Einladung aus, und Elisabeth Eickemeyer nahm sie mit lächelndem Erröten an. Nahm sie an, ohne daß die Männer darein gemischt wurden. Weder Pastor Eschels noch Heinrich Bremer fragte, wie lange jetzt, nun der Winter vor der Tür stand und die Tage zusehends kürzer wurden; keiner von beiden wagte zu denken, daß sie wieder abreisen könnte, ehe – ja, ehe jeder von ihnen sein eigen Werk zum Abschluß gebracht haben würde.

Ehrlich gestanden: um Peter Boy Eschels Werk stand es nicht gut. Es stand kaum besser, als ehedem um Heinrich Bremers ersten Damm auf Barthels Kuhfenne. Und Eschels selbst wußte wohl, was ihm fehlte: das Rückgrat eines guten Gewissens! Wäre der Damm ganz ohne sein Zutun gekommen, so würde er ihn ohne jeden Zwiespalt in seiner Seele den Morsumern einfach als eine Notwendigkeit, die ihnen das Schicksal auferlegte, predigen. So aber bohrte in seinem Herzen der Stachel, daß er ihn nicht nur gewollt, sondern auch selbst gerufen hatte in dem Augenblick, wo der Damm ohne ihn vielleicht ins Nichts zurückgesunken wäre. Die Erinnerung ließ ihn alle Gegengründe der Morsumer doppelt gewichtig erscheinen; hinderte ihn, seinem Neffen Rasmus Claasen mit voller Schärfe entgegenzutreten; machte ihn weich selbst gegen Holm-Peters und den Lehrer Abrumeit. Wenn diese Stimmung über ihn kam, wenn sein schlechtes Gewissen ihm zu schaffen machte, dann war ihm Elisabeths Gegenwart fast unentbehrlich.

Sie fragte ihn nach Paula Borre, und er schilderte sie ihr, wie er selbst sie hier erlebt hatte.

„Ich kann Erasmus nicht unrecht geben. Der westerländer Saisonarbeiter hat den ganzen Sommer hindurch übernormal guten Verdienst – am ersten Tage nach Saisonschluß geht er dennoch zum Stempeln! Die weise Sparsamkeit des Bauern, der von einer Ernte zur andern mit seinen Vorräten durchhalten muß, ist ihm unbekannt."

„Der Bauer aber steht auf eigenem Grund und Boden, das gibt ihm wohl ein Übergewicht", meinte Elisabeth halb fragend.

„Eigener Grund und Boden –? Mit den Zwangshypotheken, die ihm die Nachkriegswirtschaft bescherte? Daß es bei den meisten noch aussieht, als ständen sie sicher, kommt nur daher, daß sie selbst noch nicht begriffen haben, wie unsicher sie stehen", antwortete Eschels mutlos. „Ich komme mir oft vor wie Helfferich seinerzeit, als er um der Kriegsanleihen willen das Dogma vom Siege predigte, daran er selbst doch nicht mehr glaubte. Ehemals galt unter Bauern der als der Tüchtigste, der zugleich auch der Reichste war – denn war der Reichtum nicht einfach der äußere Beweis seiner Tüchtigkeit? Wohlstand war Gottes Segen, den er als Belohnung für tugendhaften Lebenswandel spendete, denn unter Tugend verstand der Bauer in erster Linie die tätige Sorge für Haus und Hof. Sehen Sie, das nenne ich gesunde Grundsätze! Darauf läßt sich aufbauen."

„Ist aber eine harte Lehre, wenn man die Kehrseite bedenkt."

„Der Vater meines Neffen, der frühere Gemeindevorsteher Volquart Claasen, war der erste, der für Morsum diesen Grundsatz brach, indem er öffentlich sich für die nördliche Bahnlinie bekannte, wodurch auch die Ärmsten im Dorf einen Nutzen gewannen. Die andern großen Bauern stimmten ausnahmslos für die südliche, für die sie selbst kein Land abzugeben brauchten. Sie stolperten dabei freilich über die eigene Selbstsucht; sie verloren dadurch ihren Einfluß bei der jüngeren Generation – aber vom Standpunkt einer gesunden Dorfpolitik muß ich ihnen beistimmen und nicht Volquart Claasen, der durch sein Stadtleben in jungen Jahren zu menschlich denken gelernt hatte."

Elisabeth Eickemeyer schwieg eine kleine Weile. Dann sagte sie zaghaft:

„Uns Frauen eignet wohl von Natur ein mitleidiges Gefühl für alles Schwache und Schwächliche –"

„– und könnt es im geschützten Heim ja auch nach Herzenslust auswirken. Nur darf man eben den Staat als Ganzes nicht zur Kinderstube machen wollen!" antwortete Pastor Eschels mit gutem Lächeln. Denn wenn er auch fühlte, daß sie ihn nicht ganz verstand, so tat ihm ihr Wesen doch wohl. Gondelina aber fügte noch hinzu:

„Darin nun bin ich ein Morsumer Bauer: ich mag mir nicht die Butter vom Brot nehmen lassen. Habe ich ein Butterbrot übrig, nun, so kann ich's immer noch verschenken. Aber wer, wie die Morsumer sagen: nichts abzuschneiden, nichts von zu nehmen hat, der ist auch mir verdächtig — am meisten, wenn er dann noch von andern erwartet, daß sie ihm beides gäben."

68

Je weiter der Herbst vorschritt, desto deutlicher zeigte sich's, daß Heinrich Bremers Damm eine ernstliche Sturmprobe würde bestehen müssen. Das Wetter wurde schlechter, als es seit zwei Jahren gewesen war; es stellte sich Wind ein; Westwind, der von Süd nach Nord wechselte und wieder nach Süd zurückschlug. Es waren nicht gerade Stürme — ach nein, Heinrich Bremer war im Laufe dieser vier Jahre doch zu sehr zum Sylter geworden, um diese Luftbewegungen mit einem solchen Namen bezeichnen zu mögen. Aber es waren doch recht unangenehme Winde, die das Watt aufrührten, nachdem sie die offene See vorher schon aufgerührt hatten, und die große und schwere Wassermassen auf die Art gegen den Damm vortrieben.

„Das gibt ein Krumperjahr", meinte Pastor Eschels mit Unbehagen und raufte sich seinen weißen Haarschopf. Aber auf Elisabeths Bitte, dies ihr fremde Wort etwas näher zu erklären, konnte auch er nur angeben, daß diese so außerordentlich unangenehmen Winde eben keine Stürme, sondern Krumper wären: „Ein Sturm, der kommt und geht, und wenn er weg ist, dann ist er weg. Ein Krumper aber kommt immer wieder."

„Und das ist der einzige Unterschied?" fragte Elisabeth mit großen Augen.

Ja, das war der einzige Unterschied.

„Dann sind doch Krumper viel schlimmer als ein Sturm?"

Nein, das wollte Pastor Eschels doch nicht wahrhaben – wenn er es auch nicht ganz ableugnen konnte.
Und Heinrich Bremer mochte noch weniger leugnen, daß diese Winde ganz außerordentlich unangenehm waren. Die rheinischen Steinsetzer hatte er abziehen lassen, aber ihre Werkführer waren geblieben, und diese lernten nun die einheimischen Arbeiter an. Die Handgriffe an sich waren leicht zu lehren, die Ausführung benötigte nur Genauigkeit und Sorgfalt, aber die geübten Rheinländer hatten doch schneller gearbeitet – und Eile tat not! Jedes Hundert Meter Dammböschung, das noch ungepflastert lag, konnte im Fall eines ernstlichen Sturmangriffs der See eine Gefahr für das Ganze werden.
Wenn Heinrich Bremer so tagsüber draußen im Winde gestanden und den Arbeitern auf die Finger gesehen hatte – trotz aller Vorsätze, die Einzelaufsicht den Werkführern zu überlassen – und dann den dunklen Nachmittag hindurch im Büro gerechnet hatte, und wie er draußen an der Zeit, so hier am Gelde zu sparen gesucht – dann ging er abends gern noch zum Pfarrhaus hinauf, und wenn er auch kaum einmal mit Elisabeth allein sein konnte, so empfand doch auch er ihre Gegenwart als wohltuend, wenn er mit Pastor Eschels am Schachbrett saß und die beiden Frauen drüben am großen Tisch halblaut miteinander plauderten. Er wunderte sich freilich insgeheim, was die beiden da drüben immer noch miteinander zu reden hatten, nachdem sie doch den ganzen Tag beisammen gewesen. Und wenn er einmal ein Wort auffing, so handelte das auch von nichts anderem als den alltäglichsten Dingen: von Winteräpfeln und Kohl; von Gänseschlachten und Schweineschlachten; von der Milch, die nun fehlte, da die Kuh trocken stand; und von den faulen Hühnern, die keine Eier mehr legen mochten. Als aber die beiden Herren einmal ihrem Erstaunen über die Wichtigkeit dieser Dinge durch spöttische Anzüglichkeiten Ausdruck gaben, meinte Gondelina:
„Nun, Fräulein Eickemeyer, dann gehen Sie nur wieder nach Berlin, um zu tanzen, und ich werde mich im Atelier droben einschließen. Dann wollen wir den Herren der Schöpfung bis Weihnachten einmal das ganze Haus zu alleiniger Benutzung überlassen – ich wette, wir finden sie als elende Skelette wieder!" Seitdem wunderten die Herren sich nur noch schweigend.

Aber das Wetter wurde bösartig. Und eines Abends konnte Heinrich Bremer seine Gedanken nicht mehr am Schachbrett festhalten. Mit einer Gebärde des Überdrusses schob er die ganzen Figuren durcheinander, und in Erinnerung an all den Klatsch, den Hannes-Hannes und Magge Sörensen heut nachmittag wieder im Nebenzimmer ausgeschüttet hatten, als sie von seiner Anwesenheit im Büro nicht wußten, sagte er hastig:

„Verzeihen Sie mir eine dummdreiste Frage, Pastor: glauben Sie selbst wirklich noch an den Damm, den Sie bauen?"

Eschels antwortete nicht, sondern fing an, langsam die kleinen Figuren wieder in ihre Kästchen zu packen. Und Bremer, der fürchtete, wirklich zu dummdreist gewesen zu sein, stand auf und trat an das Fenster, das er ungestüm aufriß. Ein Strom feuchter Luft stürzte heulend ins Zimmer, ließ die Papiere auf Eschels Schreibtisch auffliegen und fegte Elisabeths Seidensträhnen vom blanken Tisch hinunter. Verwirrt warf er das Fenster wieder zu und suchte das Unheil, das er angerichtet, wiedergutzumachen. Inzwischen hatte Eschels die Figürchen wieder eingeschachtelt und schob nun bedachtsam den Deckel zu über König und Königin, Springern, Läufern und sämtlichen Bauern.

„Glauben Sie noch an den Damm, den Sie bauen?" fragte er, und Bremer, der seine eigene Frage schon wieder vergessen hatte, antwortete ungeduldig:

„Sie wissen, wie ich zweifle. Wenn ich dies Gewölk sehe, wenn ich diesen Ton höre — wäre dies uns gekommen vor einem Jahr, weder die Spundwand noch ich hätten mehr standgehalten. Heute — der Damm halbfertig —"

„Und was tun Sie, wenn der Zweifel über Sie herfällt?" Bremer blieb vor ihm stehen und sah ihn erstaunt an.

„Ich —" langsam — „baue weiter — natürlich —"

„Und also tue auch ich", schloß Peter Boy Eschels gelassen.

69

Und der Sturm kam! Keine Möglichkeit, sich dadurch noch über ihn hinwegzutäuschen, daß man ihm einen andern Namen gab. Er kam mit Schnee-, mit Regen-, mit Hagelböen. Vor wenigen

Minuten noch hatte Elisabeth vom Fenster aus in eine Schneelandschaft geblickt – nun wusch der Regen die Scheiben – und gleich darauf fuhr sie erschrocken zurück, so trommelte schwerer Hagel dagegen. Das Haus schütterte und bebte. In den Mauerfugen rieselte der trockene Mörtel. Türen knallten. Die Fenster der Westzimmer klirrten unaufhörlich in ihren Rahmen. Das Vieh brüllte im Stall. Der alte Birnbaum draußen ächzte und stöhnte, obgleich er an der Ostseite noch Windschutz hatte. Auf dem Hausboden polterte und rumorte es, als hausten dort böse Geister. An den Stubendecken zeigten sich nasse Flecke, es regnete durchs alte Dach. Immer wieder lief eine Mimi oder Mitzi mit Scheuerlappen durchs Haus.

Elisabeth saß in der großen Wohnstube östlich des Hausflurs, der unaufhörliche Lärm in den Westzimmern war ihr unerträglich. Sie hätte lieber in der Küche mit herumgewirtschaftet, aber die Mimi brauchte ein Sonntagskleid, brauchte es aus irgendeinem unerfindlichen Grunde noch gerade für diesen Sonntag, und die Näherin hatte sie im Stich gelassen. So saß Elisabeth hier nun allein mit der Näharbeit und horchte angstvoll auf den Lärm draußen, der nicht nachlassen wollte. „Sonderbar, wie anstrengend dies ist", dachte sie.

Gegen Mittag kam Gondelina und nahm ihr der Mimi Sonntagskleid aus den Händen.

„Mir scheint, es wird ruhiger draußen", sagte Elisabeth.

Doch Gondelina schüttelte still den Kopf.

„Der Wind dreht von Südwest auf West, so steht er hier nicht mehr aufs Südfenster."

Und als wollte der Himmel ihre Aussage bestätigen, schlug hinten in der Ecke am Stallflügel die Scheunentür krachend auf, ein Donnern und Brausen füllte das Haus bis ins vorderste Zimmer, mit erneuter Gewalt stürzte draußen der Regen herab –

„Ich möchte wohl zum Damm hinunter!"

„Sie würden dem Baumeister davontanzen, geradenwegs ins Watt hinein, und ich glaube kaum, daß er Ihren Besuch heute gern sähe."

„Ich glaub's auch nicht", antwortete Elisabeth bedrückt, „aber vors Haus gehe ich doch. Sehen Sie, die Sonne scheint schon wieder!"

Im kleinen Vorgarten fanden sie an der südlichen Hausmauer Windschutz.
„Hören Sie die Brandung von Westerland?" fragte Gondelina. „Die See beißt auf Stein. Als mein Vater Kind war, kannte man diesen Ton noch nicht auf der Insel, da gab's noch keine steinerne Strandmauer. Hoffentlich halten die Dünen unterm Krankenhaus. Sie haben am Sonntag dort schon Verluste gehabt, die großen Strandtreppen sind weggerissen —"
„Wird der Damm halten?"
„Baumeister Bremer hält."
„Sie haben gutes Zutrauen zu ihm."
„Sie etwa nicht?" Gondelina lachte. Dann sah sie Elisabeths weißes Gesicht. „Kommen Sie ins Haus, Sie sind sturmkrank." —
Mitten in der Nacht wachte Elisabeth auf von einer toten Stille, aber sie fühlte sich nicht freier. Ihr Kopf schmerzte, ihr Herz klopfte angstvoll, und ihr Blut brannte bis in die Fingerspitzen hinein, als wollte es die Adern sprengen. Am Morgen sah sie, daß der Birnbaum unter ihrem Fenster die letzten Blätter verloren hatte und nun die kahlen Zweige unbeweglich in die graue Luft reckte.
Gegen Mittag kam Heinrich Bremer in hochgeknöpfter Lederjacke, das Sturmband der Mütze unterm Kinn —
Elisabeth nahm seine Hand.
„Weshalb läufst du mit der Sturmkappe? Es ist stilles Wetter."
„Ist es das?" fragte er zerstreut und schnallte den Riemen auf. „Wir bekommen aber noch mehr, sind wohl jetzt im Zentrum — ich muß Sie bitten, Herr Pastor, Ihre Morsumer zu beruhigen. Das Wasser kam hoch gestern, steht auch heute noch. Steht in Wester- und Osterende, in Schallbarg, ja auch noch Nuhörn —"
„Steht auch überall in Archsum, bis an den Bahndamm, und am Keitumer Anwachs desgleichen", fügte Eschels hinzu. „Vom obersten Bodenfenster aus kann ich's mit dem Glase erkennen. So hohen Wasserstand hatten wir August 23 nicht. Was macht der Damm?"
„Der steht. Doch nicht darum handelt es sich jetzt, sondern daß ein Gerede geht: der Damm staut das Wasser. Der Damm ist schuld, daß wir's überall in den Häusern und auf den Äckern

haben. Es wird mir aber von Husum bestätigt, daß im ganzen Stromgebiet der Elbe-, Weser- und Emsmündungen der gestrige Wasserstand der höchste war seit zehn Jahren, höher auch als im August 23. Bis zur Ems hin wirkt aber mein Damm nicht, auch nicht zur Elbe. Mich ärgert dies Geklatsch, ich bitte Sie, dem entgegenzutreten."

Elisabeth hatte von allem nur eins gehört.

„Der Damm steht?"

Bremer sah sie erstaunt an.

„Weshalb sollte er nicht?"

„Du zweifeltest —"

„Nur vor dem Sturm — jetzt —" er lachte: „Dies ist doch ehrlicher Kampf! Etwas anderes als dies ewige Geriesel und Gerinnsel, Getrudel und Gesprudel. Etwas anderes als nur dies gleichmäßige ruhige Kommen und Drängen der Flut, Gehen und Saugen der Ebbe. Lächerlich fühlt man sich, wenn man dessen nicht Herr werden kann. Gestern aber —"

Gondelina trat ins Zimmer, und auch sie fragte als erstes: „Was macht der Damm?"

„Viel Arbeit noch, da ist kein Zweifel", antwortete Heinrich Bremer aufrichtig. „Der Sodenbelag ist mir zum großen Teil davongeschwommen, und wo die Pflasterung noch nicht hoch genug lag, ist die ganze obere Kuppe arg zerwühlt, die Gleise streckenweise unterhöhlt. Ich glaube, wir müssen die Pflasterung an der ganzen Südseite des Dammes noch höher ziehen. Doch das sind nur Äußerlichkeiten — innerlich ist der Damm jetzt fest und gesund. Stark genug, auch einer Flut wie August 23 ohne wesentlichen Schaden standzuhalten. Auch bei Hochwasser konnte man gestern noch trockenen Fußes nach Klanxbüll spazieren — und wird es morgen auch können, da mag kommen was will." —

Und als anderntags der Sturm von neuem ausbrach und die Wasser der Nordsee, der Mordsee, gegen den Damm vortrieb, saß Heinrich Bremer ruhig in seinem Büro, rechnete mit Zeit, rechnete mit Geld, und sobald der Telephondraht wieder geflickt war, den der Sturm zerriß, ließ er sich mit Baurat Pflüger in Husum verbinden und trug ihm seine Berechnungen vor:

„Schaffen Sie mir noch ein paar Kolonnen geübter Steinsetzer und ebensoviel Sodenleger, dann können von mir aus die großen

Bäderzüge doch pünktlich zum nächsten Westerländer Saisonbeginn fahren."

70

In den folgenden Wochen tobten sich die Stürme dann ziemlich aus, und im November wurde es kälter, aber gleichmäßig tristes Wetter ohne unangenehme Überraschungen, so daß man wohl erwarten konnte, nun in einen mäßigen Winter einzutreten. Der Sylter konnte sich wieder dem eigenen Leben zuwenden und tat es auch. Pastor Eschels aber freute sich des Sieges, den Bremer errungen, doch zu sehr, um einfach nur den gewohnten Jahreslauf wieder aufzunehmen. Er plante eine herrliche Adventsfeier in der Lesehalle, da zum Weihnachtsfest selbst die meisten Arbeiter auf Urlaub fahren würden. Elisabeth sagte ihm auf seine Bitte ein kleines Schattenspiel zu. Die Mimi und die Mitzi wollten Lieder zur Laute singen. Als diese Pläne bekannt wurden, wünschten die Arbeiter in der Wohnschute am Vortrieb ebenso gut behandelt zu werden, und wahrhaftig zog Pastor Eschels mit seinen „vier Töchtern", wie er sagte, am Sonntag vorher schon dort hinaus. Es war heller Mondschein, so konnte der Weg wohl gewagt werden, aber die Dammkuppe war noch nicht wieder ausgeflickt seit dem Sturm, Bretter und Eisenstücke lagen umher, hier gab's Löcher, da vorspringende Pfähle — es war eine mühsame Kletterei, und als sie spät nachts zurückgingen, empfanden alle es als dankenswert, daß einige Arbeiter sie freiwillig mit Laternen geleiteten. Die Leute opferten ihre Nachtruhe darum, die sie wahrlich nötig hatten, aber sie taten es gern, denn der Abend war ein voller Erfolg gewesen.
Und der folgende Sonntag in der Lesehalle wurde es noch mehr. Die Arbeiter selbst hatten die Halle schon tags vorher mit Tannengrün und Papierblumen geschmückt, so daß Eschels nach dem Konfirmandenunterricht die Kinder dorthin führte und sie mit süßer „Brause" bewirtete. Harmlos fröhlich wie er selbst in solchen Dingen war, hatte er nicht vorausgesehen, daß Morsum hieran Ärgernis nehmen könnte. Aber das Dorf ging fast in Flammen auf —

Dies war der letzte Advent. Am Dienstag gaben die Herren vom Bau droben in der „Hohen Heide" ihren Technikern, Bauführern, Schachtmeistern, Maschinenmeistern ein kleines Vorweihnachtsfest. Auch Eschels mit Anhang waren gebeten. Elisabeth Eickemeyer erregte Aufsehen, da sie zum erstenmal mitkam. Sie reichte auch dem Werkführer Steinhof die Hand.
„Herr Baumeister Bremer hat mich darüber aufgeklärt, daß Sie in keiner Weise für das Unglück meines Bruders verantwortlich zu machen sind. Ich werde auch meine Eltern davon unterrichten. Mein Bruder war hier nicht an seinem rechten Platz."
Diese öffentliche Rechtfertigung beglückte Steinhof so, daß er sich nicht schlecht die Nase begoß. Und er war nicht der einzige, der also tat. Es wurde ein heiterer Abend. Es wurde spät – es wurde sehr spät, ehe alle Teilnehmer des kleinen Festes sich durch die dunkle Heide wieder heimgefunden hatten.
An den folgenden Abenden aber kamen die Urlauber dann wieder ins Pfarrhaus, um sich noch einmal – noch zweimal – gründlich – und gründlicher zu verabschieden. Es wurde immer später, ehe, die sich so zusammenfanden, wieder auseinandergefunden hatten.
Am Morgen des Heiligabend wachte Pastor Eschels davon auf, daß sich das Vieh im Stall unruhig regte. Er begriff sogleich, daß die Mimi und die Mitzi die Zeit verschlafen hatten. Stand geduldig selbst auf, die Kuh zu melken und den Stall für die Feiertage zu säubern. Weckte danach erst die Hausgenossen und machte sich dann bereit, die Mimi über den Damm zu geleiten, denn auch sie hatte Heimaturlaub, und den Dampfer von Munkmarsch konnte sie nun nicht mehr erreichen. Als er mit ihr über den Materialplatz zum Damm hinunterging, lief er Bremer in die Arme, der ärgerlich wurde, da Eschels ihn bat, mit der Mimi den nächsten Arbeiterzug benutzen zu dürfen.
„Sie wissen, daß die Gleise noch nicht wieder fest liegen. Täglich kommen Unfälle vor. Sie selbst sind schon mehrfach wieder gefahren? Man sollte es Ihnen verbieten wie jedem andern, der nicht zum Bau gehört!"
Ging und ließ die beiden stehen, ohne seine Erlaubnis zu geben. Eschels sah ein, daß Bremer die Verantwortung für die Mimi nicht übernehmen wollte. Er war gerecht genug anzuerkennen,

daß der Baumeister diese Verantwortung auch nicht übernehmen konnte. Wenn Eschels als „Dammbaupastor" auf den Damm hinausfuhr und dabei verunglückte, geschah es im Amt. Kam die Mimi zu Schaden, würde jeder fragen, was sie überhaupt auf dem Damm zu suchen hatte. So ging er zu Fuß mit ihr hinüber. Das war weniger gefährlich, aber anstrengender. Allein aber mochte er sie nicht durch die Arbeiterkolonnen schicken, auch wäre Bahrenfeld imstande, ihr einfach den Zutritt zu seinem Gebiet zu weigern. Der Damm war nicht als Spazierweg für jedermann gedacht.

Eschels ging mit ihr zu Fuß hinüber. Als er drüben ankam, schmerzten ihn seine alten Knochen, und ohne Bahrenfeld erst noch um Genehmigung zu bitten, fuhr er mit dem nächsten Materialzuge zurück. Der Zug ging nur eben übers Osterley hinweg. Dann mußte er wieder über Schienen, Bretter und loses Gerümpel klettern, bis er hinterm Holländer Loch eine Maschine fand, die ihn bis zur Nösseschlucht mitnahm.

Zu Hause wartete Lehrer Abrumeit schon mit Ungeduld auf ihn, um die ausführliche Liturgie der Christvesper mit ihm durchzusprechen.

Als Eschels einige Stunden später auf die Kanzel trat, schwankte er vor Müdigkeit, und seine Ansprache zeugte nicht von seinen Geistesgaben.

Im Dämmern war Gondelina zur Kirche gegangen. Als sie wieder heraustrat, lag schwarze Dunkelheit über der Insel. Das war ihr lieb. Sie fühlte voraus, was kommen mußte. Und sie hatte sich nicht getäuscht. Frau Lene Volquart Claasen sprach sie an und ihr Atem ging heiß trotz der Nebelkälte.

„Sage Peter, sage deinem Vater, daß wir keinen Pastor haben wollen, der die ganze Woche hindurch mit den Fremden juchheit und uns am Heiligabend so betrunken auf die Kanzel kommt, daß er nicht mehr weiß, was er redet!"

71

Gondelina richtete den Auftrag nicht an ihren Vater aus. Aber er wußte selbst, welchen Eindruck er gemacht haben mußte, und

dies Bewußtsein lähmte ihn auch an den noch folgenden Feiertagen.
Ende November hatte Eschels einmal zufällig auf dem Bauplatz gehört, daß der Werkführer Steinhof am Abend vorher durch die Geburt seines ersten Kindes erfreut worden war – Eschels wenigstens nahm es für ein freudiges Ereignis, so sprach er ihn gemütlich an:
„Nun laden Sie mich wohl bald zur Taufe?"
Steinhof aber war durchaus nicht so rosiger Laune, wie Eschels voraussetzte. Er hatte einen kräftigen derben Buben erhofft, einen Heini, wie der Schachtmeister Bukstegen ihn hatte mit krallblauen lustigen Augen und einem runden Kopf voller Locken. Aber seine Frau hatte ihn statt dessen mit einem mikerigen und mieserigen kleinen Ding weiblichen Geschlechts beschenkt, bei dem von Haaren und Augen noch kaum die Rede sein konnte. So antwortete er nur mürrisch:
„Wenn's sein muß – na ja, denn so kommen Sie nur, aber nicht zu bald. Mit meiner Frau ist das nichts rechts. Sagen wir Weihnachten, oder nein, lieber nicht im Fest. Nach Neujahr vielleicht – ja, das könnte wohl passen: am ersten Sonntag nach Neujahr."
Darüber waren nun gut sechs Wochen vergangen und Steinhof war nicht noch einmal auf diese Verabredung zurückgekommen. Eschels aber erwartete noch eine offizielle Ansage. Da die nicht kam, und da Steinhof überdies zu den ärgsten Spöttern unter den mittleren Beamten gehörte, so meinte Eschels bei sich, ihm wäre sein erstes Wort wohl schon wieder leid geworden. Entweder hätte er die Taufe ins Unbestimmte verschoben, oder gar ganz aufgegeben – nahm er doch den Techniker Peters, der sich vor kurzem kirchlich hatte trauen lassen, nicht schlecht damit hoch. Weihnachten und die Jahreswende brachte Eschels auch ohnedies schon genug Arbeit. Wäre er selbst aber nicht so stimmungslos gewesen, würde er vielleicht doch noch einmal nachgefragt haben; so aber – als er zum zweiten Januartage mit Gondelina nach Westerland eingeladen wurde, nahm er die Einladung für den Nachmittag und Abend gern an, um seiner eigenen Stimmung etwas aufzuhelfen.
Der zweite Januar aber war gleichzeitig der erste Sonntag im neu-

en Jahr. Steinhof hatte seiner Frau nicht gewehrt, die Taufe herzurichten und dazu eingeladen, wen sie wünschte. Um drei Uhr war die ganze Gesellschaft versammelt – der Pastor kam nicht. Sie warteten bis vier – die arme kleine Frau Steinhof fing an, Kaffee und Kuchen anzubieten –

Inzwischen verlebte Peter Boy Eschels einen unterhaltlichen Nachmittag und Abend bei seinen Westerländer Bekannten und dachte nicht mit einem halben Gedanken mehr an Steinhof und seine Taufe, spät in der Nacht erst kam er mit Gondelina nach Morsum zurück.

Am andern Vormittage, da eine blasse Wintersonne sich durch den bläulichen Nebel kämpfte, machte der Herr Pastor sich auf, ein Stück über den Damm zu wandern und dabei den Arbeitern einen geistlichen Neujahrsgruß zu spenden. Er nahm den Weg über den Material-Lagerplatz, der, eingezäunt, Unbefugten den Zugang zum Damm versperrte. Hier arbeitete Steinhof mit seiner Kolonne, und Eschels wunderte sich gleich beim Eintreten über des Werkführers graues und verbissenes Gesicht; über den noch über das gewöhnliche Maß hinaus barschen Ton seiner Stimme und die hastige, ängstliche Art, mit der die Arbeiter seinen Befehlen nachkamen. Doch als er näher herankam und sein Schatten dem Werkführer über die Füße lief, wandte der sich ihm zu, und da er ihn erkannte, glühte sein eben noch farbloses Gesicht dunkelrot auf.

„Verfluchter Pfaff!" schrie er ihn an, „scher dich vom Platz!"

„Herr Steinhof", sagte Eschels gemessen, „Sie scheinen das neue Jahr etwas gründlich angefeiert zu haben."

„Das neue Jahr? Taufe habe ich gefeiert! Taufe ohne Pastor, jawohl!"

Nun begriff Eschels. „Ich wartete auf Ihre Ansage –"

„Ansage! Verflucht noch mal! Als ob ich Ihnen nicht vor vier Wochen schon hier auf dem Platz die Taufe angesagt hätte – hier auf dem Platz!" und er deutete mit dem Finger auf den Fleck zu seinen Füßen.

„Es sind sechs Wochen seitdem vergangen. Sie haben mir weder gesagt, daß dies nun gleich als feste Verabredung gelten sollte, noch auch die Tageszeit angegeben, zu der Sie mich etwa erwarten würden –"

„Tageszeit — bah, jeden Augenblick hätten Sie kommen können. Von drei bis gegen acht Uhr haben wir auf Sie gewartet, jawohl, waren beisammen und warteten auf den Papst. Waren vergnügt beisammen, trotz alledem. Nur meine Frau hat geheult, das dumme Ding —" und wieder überkam ihn der Ärger, und er hob den Stock: „Scher dich oder ich werde dich auf Händen vom Platze tragen lassen!" Wandte sich an die Arbeiter: „Packt ihn und werft ihn vors Tor."

Doch die Arbeiter rührten sich nicht. Es war nicht einer unter ihnen, der von der Adventsfeier her sich nicht ein freundliches Gefühl gegen den alten Dammbaupastor ins neue Jahr hinüber gerettet hatte.

„Gehen Sie lieber freiwillig", sagte ein ruhiger älterer Mann halblaut mit einem Blick auf Steinhof.

Eschels stand unschlüssig.

„Ich kann nicht sagen, wie leid mir dies tut", begann er aufrichtig, aber Steinhof wollte nicht mehr hören.

„Wird's bald?" schrie er, und jetzt lief sein Gesicht blaurot an vor glühender Wut, aber seinen Stock wagte er doch nicht zu brauchen. „Wird's bald? oder soll ich die Hunde auf Sie hetzen? Harras, hierher! Minka —" und wenn Pastor Eschels nicht seinen alten Wintermantel in ernstliche Gefahr bringen wollte, mußte er wirklich den Platz räumen.

„Das lassen Sie sich aber auch gesagt sein", rief Steinhof ihm mit zornigem Lachen nach: „Ein zweites Mal werde ich Sie um mein Kind nicht mehr bemühen, Herr Hohepriester! Getauft wird bei mir nicht wieder." Und wandte sich an die Arbeiter: „Wenn ihr Lumpenhunde nicht tun werdet, was ich euch befehle, dann soll euch der Teufel holen! Dann könnt ihr euch mitten im Winter andere Arbeit suchen gehen —"

Und die Arbeiter griffen schweigend wieder zu ihren Werkzeugen.

72

Am Dienstagabend ging Eschels nach alter Gewohnheit zum Lesesaal der Arbeiter, um dort einen kirchengeschichtlichen Vortrag zu halten. Er hatte sich sorgfältig vorbereitet, denn ihm lag daran, den Arbeitern auf diese Art überhaupt kirchliche Gedanken näherzubringen. Auch glaubte er, daß trotz des unglücklichen Zwiespalts mit Steinhof sein Verhältnis zu den Arbeitern dasselbe bleiben könnte. „Nicht einmal Steinhofs eigene Kolonne gehorchte ihm, als er sie auf mich hetzen wollte, nun werde ich mir doppelt Mühe geben, ihnen Gutes zu bringen." Doch die Männer empfingen ihn ohne Gruß, und als er nach seiner Art zunächst eine harmlose Unterhaltung beginnen wollte, sagte ihr Wortführer entschieden:

„Herr Pastor, das geht nun nicht mehr. Der Werkführer Steinhof hat uns verboten, noch weiter mit Ihnen zu verkehren, und die andern Werkführer und Schachtmeister haben sich ihm angeschlossen. Wer dagegen handelt, wird entlassen, fristlos entlassen ohne Schein für die Erwerbslosenfürsorge —"

„Dazu haben die Unterbeamten doch gar nicht das Recht!" rief Eschels aus, aber der Arbeiterführer wiegte bedenklich den Kopf.

„Da sind wir uns doch nicht so sicher, Herr Pastor, und jetzt im Winter darf keiner von uns riskieren, daß er seine Arbeit aufgibt. Tja, da müssen wir schon an uns selbst denken."

Solcherart vor die Tür gesetzt, ging Eschels gleich weiter zu Heinrich Bremer und fand ihn allein noch in seinem Büro.

„Soeben hat Scholz mir gesagt, daß Steinhof nun gegen Sie hetzt — hätte ich's früher gewußt, ich würde Sie gewarnt haben!"

„Hat Steinhof ein Recht, mich in der Art vom Bau zu weisen?"

„Ganz entschieden nicht, da das Landeskirchenamt Sie nun einmal zum ‚Dammbaupastor' bestellt hat."

„Können Sie mir hierin helfen?"

Heinrich Bremer streifte das Aschenköpfchen von seiner Zigarre und betrachtete nachdenklich die glühende Fläche.

„Können —" sagte er gedehnt. „Man kann manches, was man zu tun doch nicht für gut befindet. Im Augenblick kann ich freilich auch nichts tun, denn da Steinhof der Anstifter ist, müßten Sie sich zuerst mit der Firma Hurtig darüber verständigen. Von all den Herren aber ist vorläufig nur erst der Bauführer Kniebel vom Weihnachtsurlaub zurück, und der hält durch dick und dünn mit Steinhof zusammen. Mich selbst aber gegen diese beiden einzusetzen — nein, das lehne ich grundsätzlich ab. Ich wünsche auch nicht, daß die Firma Hurtig sich in meine Personalkonflikte mischt."

Eschels stützte den Kopf in die Hand. Er fühlte sich müde und alt.

„Hören Sie, Bremer, da klingt eine falsche Note mit, oder wenigstens ein nur halb klarer Ton. Sie sprechen nicht alles aus, was Sie meinen –"

„Ich täte es gern, wenn ich sicher wäre, Sie nicht zu kränken", antwortete Heinrich Bremer schnell. „Was ich nun noch zu sagen hätte, gilt aber der Sache an sich, und darin sind Sie empfindlicher, als wo es sich nur um Ihre eigene Person handelt. Ehrlich gestanden: solch ein Verhältnis zwischen einem leibhaftigen Pastor und tausend Arbeitern ist nirgend sonst mehr möglich. Ich wunderte mich tagtäglich, daß es so lange ging. Und daß es ging, lag nur an Ihrer vollkommenen Unbefangenheit, die Ihnen gestattete, die Arbeiter auch einfach nur als Menschen zu werten und nicht als politische Faktoren. Und nicht als Untergebene in den Händen von Steinhof und Genossen. Ein einziger kleiner Fehlgriff Ihrerseits konnte Ihre ganze Arbeit hier gefährden. Nun ist es so weit. Und wenn Sie mich fragen, muß ich Ihnen raten: lassen Sie sich an dem genügen, was Sie den Leuten bisher geben konnten, und versuchen Sie nicht, den Kampf für ein Weiteres aufzunehmen. Es dauert ja ohnehin nur noch wenige Zeit –"

Peter Boy Eschels sah sich ratlos in dem nüchternen Raume um, aber der spiegelte gar zu deutlich die Eigenart seines Bewohners ab, um dem Beschauer viel Trost spenden zu können. Freilich war der Fußboden dick mit Lehm und Klei bedeckt, aber – „das tritt sich fest", hatte Heinrich Bremer einst Gondlina Eschels geantwortet, als sie ihm einen Besen schenken wollte. In dem offen stehenden Aktenschrank herrschte die peinlichste Ordnung; die Bücher, an denen Bremer noch abends spät arbeitete, waren Seite auf Seite mit gleichmäßig klaren Zahlen und unmißverständlichen mathematischen Formeln gefüllt – nein, hier war kein Raum für einfach menschliche Gefühle.

„Und doch fühle ich mich verpflichtet, den Kampf gegen Steinhof auch noch aufzunehmen", sagte Eschels nach kurzem Schweigen. „Nicht um meinetwegen, sondern um der Arbeiter willen, mit denen ich jetzt durch die kirchengeschichtlichen Vorträge so schön vorankam. An wen müßte ich mich wohl wenden, wenn ich sie nicht ‚einfach als Menschen', sondern eben auch als Masse werte, die unter der Botmäßigkeit von Steinhof und Genossen steht?"

„An den Parteiführer, der in Westerland wohnt, Niels Andresen, ein kluger und umgänglicher Mann. Sie vergeben sich nichts, wenn Sie zu ihm gehen, Herr Pastor, aber er wird Ihnen nichts anderes sagen können als ich." – –

Und danach, als Eschels in dunkler Nacht heimgehen wollte, wurde er in Klein-Morsum noch von seinem Neffen Rasmus Claasen gestellt:

„Gut, daß ich dich treffe", sagte er hastig unterm Atem, „ich wagte nicht, zu dir zu kommen und will dich doch warnen. Geik hat durch seine Schwiegermutter erfahren, daß Holm-Peters und sein Anhang wieder an einem Schriftstück für den Bischof arbeiten. Kannst du ihnen nicht zuvorkommen, indem du selbst nach Kiel fährst? Oder, besser noch, dich nun um eine andere Pfarrstelle bewirbst?"

Aber Peter Boy Eschels war zu müde, diesen guten Rat recht zu würdigen.

73

Drei Tage lang saß er still zu Hause. Dann fuhr er nach Westerland und suchte den sozialdemokratischen Parteiführer auf. Der empfing ihn mit aller Achtung, und hörte Eschels Bericht mit Teilnahme an. Ja, er verhehlte keineswegs, daß er Steinhofs Vorgehen selbst als sehr ärgerlich empfand. Als Eschels ihn jedoch bat, sich bei Steinhof und den andern mittleren Beamten für die Arbeiter zu verwenden, zog er sich in sich selbst zurück.

„Ich komme um der Arbeiter willen zu Ihnen, nicht meinetwegen", betonte Eschels noch einmal, aber Niels Andresen strich mit der flachen Hand über den Tisch, als wollte er Eschels Bitte ein für allemal hinwegfegen.

„Ja, wenn Sie nicht der Pastor wären", meinte er und zog die Worte lang, wie auch Heinrich Bremer getan hatte. „Wir mischen uns eben grundsätzlich nicht in kirchliche Dinge."

„Sie wußten doch seit langem schon um meine Vorträge vor den Arbeitern?"
„Gewiß, und ich mußte mehrfach darüber nach Hamburg berichten. Wir – verzeihen Sie! – duldeten Sie als Arbeiterfreund, da unsere Leute manchen Nutzen von Ihnen hatten, und Sie ja auch in keiner Weise einen politischen Einfluß zu gewinnen suchten. Ich persönlich hätte den Leuten wohl gegönnt, daß Sie Ihre Arbeit bis zum Schluß der ganzen Dammbauperiode hätten durchführen können. Sie hätten es auch gekonnt, wenn Steinhof nicht solch ein rabiater Kerl wäre – aber da Sie ihm nun einmal an den Karren gefahren sind, darf auch ich nicht mehr übersehen, daß Sie schließlich doch der Pastor sind, der für die Arbeiter außenvor zu bleiben hat." –
Danach ging Eschels noch zum Amtsgerichtsrat, dem er persönlich befreundet war. Der riet ihm, allen Anklagen durch eine eigene Beschwerde beim Landeskirchenamt zuvorzukommen, und von der Behörde zu fordern, daß sie ihrerseits gegen Steinhof vorginge. Eschels aber dachte an den Brief von Holm-Peters, der nun sicherlich schon in Kiel angelangt war, und wollte es lieber erst mal mit einer Privatklage versuchen. –
„Der Handelnde ist immer gewissenlos; es hat niemand Gewissen als der Betrachtende." Wenn Herr v. Goethe den Werkführer Albert Steinhof gekannt hätte, würde er vermutlich hinzugefügt haben: „Es gibt aber Menschen, die niemals zum Betrachten kommen dürfen, sollen anders sie nicht ganz entgleisen." Steinhof fand keinen andern Ausweg aus der Verwirrung, die sich seinen des Betrachtens ungewohnten Blicken bot, als daß er sich in „Stadt Hamburg" festsetzte und einen Dauersuff von vierundzwanzig Stunden absolvierte. Danach machte er sich auf den Heimweg, der ihm unerwartete Schwierigkeiten bot. Geriet endlich in die Fördergleise der schon halb abgebauten Materialbahn zwischen der Morsumer Schlucht und dem Lagerplatz. Geriet mit dem Fuß in eine Weiche, stolperte, fiel, und da der Fuß in der Weiche festsaß, trug er von dem an sich geringfügigen Unfall einen komplizierten Knöchelbruch davon. Als kaum eine Stunde später die ersten Arbeiter zur Morgenschicht kamen, wurde er gefunden und „auf Händen vom Platze getragen". Da war in Dorf und Arbeiterschaft nicht einer, der diesen Unfall

des Werkführers Steinhof nicht als „Gottesgericht" aufgefaßt und gewertet hätte. Da war die beste Gelegenheit für Pastor Eschels, sich für die Welt von Morsum wieder ins beste Licht zu setzen. Er brauchte nur die Klage gegen Steinhof jetzt mit aller Strenge durchzuführen. Er brauchte nur mit ernstem Finger auf ihn zu deuten: da liegt der Sünder!

Eschels tat das Gegenteil. Er ging zum Amtsgericht und zog die Klage zurück. Er handelte ehrlich, seinem eigenen Empfinden entsprechend.

„Er hat das Dümmste getan, was er in diesem Fall tun konnte", sagte Heinrich Bremer zu Elisabeth Eickemeyer. „Er hat seiner eigenen Natur entsprechend gehandelt – er hätte aber in diesem Fall sein Amt höher halten müssen als seine Person, und um des Amtes willen hätte er Steinhof vernichten müssen."

74

Inzwischen waren aber die Morsumer durchaus nicht so schnell mit ihrem Schriftstück zustande gekommen, als Pastor Eschels angenommen. Sie tagten hier, sie saßen da, und kamen doch mit dem schriftlichen Ausdruck ihrer Gefühle nicht recht voran.

Bis endlich Holm-Peters die Geduld knapp wurde, er seine drei zuverlässigsten Anhänger: Jens Simonsen, Andreas Bleiken und Ludwig Bossen zu sich lud, und seinen Schwiegersohn, den Lehrer, in diese erlauchte Versammlung einführte, damit er sogleich aufzeichnete und schriftlich festlegte, was die Bewahrer des alten Morsum mündlich ausarbeiten würden. Dem Lehrer war nicht wohl dabei zumute. Freilich hatte der Befehl von „oben" her, sich mit dem Schulunterricht nach den Konfirmandenstunden zu richten, ihm Eschels nicht lieber gemacht. So sehr er aber persönlich Eschels auch das Schlechteste gönnte – daß ein anderer ihm noch bedeutend unbequemer werden könnte, ahnte er wohl. Jetzt hatte er entschieden die Oberhand im Dorfleben gewonnen, und wenn er seine heutige Stellung zu nutzen verstand – und dies traute er sich wohl zu! –, so würde er auch in Zukunft leicht Eschels unterm Daumen halten können. Mit einem andern aber ging die gleiche Not vielleicht noch einmal von vorn an. Blieb endlich das

Pfarrhaus ganz leer, dann hatte er als Lehrer dabei auch nicht viel zu gewinnen. Denn, fehlte hier die kirchliche Zucht, so wurden aus den Lämmlein gar zu schnell stößige Böckchen –

Und also gab er, als die vier Freunde nun versammelt waren, seiner Sorge vor einer Abberufung des Pastors beredten Ausdruck und schlug sogar vor, die Beschwerde ganz zu unterlassen. Sein Schwiegervater aber mißbilligte diese Äußerung mit Strenge.

„Du hast hier überhaupt nicht mitzureden. Dazu bist du nicht hier. Du sollst das dann nur aufschreiben. Ich meine aber, wir dürfen die Beschwerde nun nicht länger mehr aufschieben. Wir kommen ja gar nicht zur Ruhe über den Pastor! Als die Oktoberflut war, ist er mit der Fremden durch das ganze Dorf gegangen, als ob unser Unglück nur ein Schauspiel wäre für andere Leute –", so sprach Holm-Peters, obgleich sein Haus viel zu hoch lag, als daß er etwa auch im Wasser gesessen hätte, und fuhr auf ein spöttisches Räuspern des Lehrers hin verärgert fort: „Ja, und nun diese Geschichte mit der Taufe bei Steinhof, und daß er uns am Heiligabend betrunken auf der Kanzel stand –"

„Betrunken –", warf der Lehrer hartnäckig ein, „das müßte man doch erst beweisen können, ehe man das dem Bischof schreibt. Ich habe an demselben Nachmittage noch die Liturgie mit ihm durchgesprochen, und habe nichts gerochen, als wenn er getrunken hätte."

„Wie ist sonst aber möglich, daß er so unsicher auf seinen Füßen stand?" meinte Jens Simonsen zweifelnd. „Und beim Vaterunser hat er sich zweimal versprochen, das wenigstens muß er doch können!"

„Dabei kann man sich am allerleichtesten versprechen, weil man es so oft sagen muß, daß man gar nichts mehr dabei denkt", antwortete der Lehrer. Doch das wollte niemand wahrhaben.

„Das kann doch wohl nicht angehen", meinte Andreas Bleiken kopfschüttelnd, „was man weiß, das weiß man doch eben, oder man ist irgendwie nicht ganz richtig."

„Und du hast überhaupt nicht dreinzureden, weil du nicht mit unterzeichnen willst", verwies Holm-Peters dem Lehrer noch einmal jede Einmischung. „Und nun wollen wir das aufsetzen. Wir müssen aber darauf passen, daß es nur solche Dinge sind, auf die der Bischof auch scharf ist. Daß er mit der Fremden durchs Dorf ging nach der Oktoberflut, darauf hört der Bischof nicht viel. Aber das mit der Taufe ist gut dafür. Und dann auch, daß er über die Spundwand lief an dem Tage, an dem deine Erkel starb —"

„Ich möchte das lieber nicht", unterbrach ihn Jens Simonsen leise, aber Holm-Peters Gesicht war, wie aus Holz geschnitzt, so unbeweglich.

„Möchtest du lieber, daß der Eschels hier herumgeht und über den Damm redet, und daß deine Jungen hernach aufs Festland auswandern müssen, weil in Morsum auch schon die Fremden sitzen wie jetzt in Westerland? Also schreibe!" Der Lehrer begann.

Es wurden nun noch einmal alle Sünden Peter Boy Eschels einzeln aufgezählt, von der ersten bis zur letzten, daß er die Klage gegen Steinhof zurückgezogen hätte und also wohl sich selbst dabei schuldig fühlte. Für jedes einzelne Vergehen wurde fein säuberlich ein neuer Absatz begonnen, jede Untat ausführlich dargestellt. Ein Bogen Schreibpapier nach dem andern füllte sich.

„Es summt sich", sagte Holm-Peters anerkennend. „Und nun schreibe noch, daß der Pastor gar keine Achtung hat. Das ist ein Grund mehr, weshalb mir schon lieber wäre, wir hätten ein leeres Pfarrhaus als Peter Bleik Bun darin. Wenn wir damals eine richtige Wahl gehabt hätten, würde ich ihm meine Stimme auch nicht gegeben haben. Ich habe in der Schule ein halb Jahr neben ihm gesessen. Immer hatte er Spielkram unterm Tisch. So was schickt sich nicht für unsern Pastor. Und dann kommt er als Pastor hierher und dann siezt er mich! Und ich als Gemeindevorsteher mußte doch darauf halten, daß unser Pastor Achtung hat, so gut wie ich selbst. Aber wir wurden ja gar nicht gefragt. Weder bei der Wahl noch nachher beim Damm. Sie gehen immer über unsere Köpfe weg. Und das will ich auch nicht. Denn so sollen sie nun endlich sehen, daß dabei nichts Gutes herauskommt. Also schreibe: er hat überhaupt keine Achtung."

„Ich werde schreiben: Würde. Denn das meint ihr eigentlich", sagte der Lehrer. „Unter Achtung versteht der Bischof etwas anderes."

„Was der Bischof versteht, kann ich nicht wissen. Ich meine Achtung! und ich weiß, was ich meine. Und also schreibst du auch Achtung." Und ein Murmeln des Beifalls brummte durch die

Stube – was ging die Morsumer an, wenn ihr Bischof sich etwas Dummerhaftiges zurechtdachte?
Als sie soweit waren, wurde der Lehrer aufgefordert, das ganze noch einmal vorzulesen, und es erschien allen außerordentlich gut gelungen.
„Nun muß aber", sagte Jens Simonsen, „noch etwas hinterherkommen, wenn der Herr Bischof das nicht tut, was wir wollen."
„Ja, was wollt ihr denn eigentlich?" fragte der Lehrer.
Sie sahen ihn alle mißbilligend an.
„Wir wollen, daß es wieder so ist wie früher."
„Wie vor dem Kriege? Da stand das Pfarrhaus leer."
„Davor noch."
„Da hattet ihr Pastor Bahnsen, mit dem ihr euch gar nicht vertragen konntet."
„Das lag nur an ihm. Er wollte immer, daß wir unsere sündhafte Erbärmlichkeit spürten", antwortete Ludwig Bossen ärgerlich. „Aber wir spürten doch nichts. Was soll man da machen? Nein, wir wollen, daß es wieder so wird wie bei Pastor Dahme. Der saß in der Mitte der Stube auf einem Stuhl."
„Als Ölgötze", dachte der Lehrer respektlos, zuckte die Achseln und sagte: „Damals wart ihr Schulbuben und wußtet nichts davon, wie es mit dem Pastor und der Gemeinde stand. Ihr wollt eure ausgewachsene Kindheit wiederhaben, das wollt ihr. Aber die habt ihr doch ausgewachsen und das gründlich, da ist nichts mehr zu machen."
„Du hast hier gar nicht mitzureden", wiederholte Holm-Peters zornig, und sein Zorn zwang ihn, die Gefühle zu äußern, die jeder Bauer sonst in sich verschließt: „Wie kommt es, daß du heute anders redest als sonst? Daß du mich lächerlich machen willst, weil ich meine Kindheit zurückhaben will?"
„Ich will euch nicht lächerlich machen, doch ihr verlangt Unmögliches."
„Das eben sehe ich nicht ein. Wäre Eschels nicht hier – heute noch könnten wir den Damm besiegen! Streiten sie sich nicht alle untereinander, die Herren, die daran bauen, um den Kies, den sie aus der Grube nehmen und noch andere Dinge? Streitet sich nicht der Fiskus schon mit der Reichsbahn um das Land, das doch erst anschlicken soll? Wenn man den Streit nützte –"

„Der Damm steht dennoch."
Holm-Peters sprang auf:
„So will ich desto mehr noch Peter Bleik Bun vernichten, denn er trägt die Schuld, daß der Damm steht! Hat er nicht immer als Vermittler zwischen all den Herren gestanden? Hat er nicht das Dorf beredet, daß es die Arbeiter duldete? Sein ist die Schuld, und ich hasse ihn darum, denn er hat damit den Frieden meiner Seele zerstört –" brach ab, fiel auf seinen Stuhl zurück, barg das Gesicht in den Händen und stöhnte laut. Abrumeit sah erschrocken auf ihn, ihm war der Kampf zwischen alter und neuer Zeit mehr Theorem und nur durch die Verknüpfung mit den beiden Frauen, zwischen denen er zu wählen hatte, zur Herzenssache geworden. Die andern Männer blickten schweigend vor sich zu Boden, dies war's, weshalb Holm-Peters ihnen Führer geworden!
Nach einer Weile raffte Holm-Peters sich wieder auf, sein Gesicht war verwüstet.
„Schreibe!" befahl er kurz.
„Ja, was denn?"
Holm-Peters zuckte die Achseln und schwieg. Die andern sahen sich gegenseitig bedenklich an, sogen an ihren Pfeifen, qualmten mächtig und dachten tief nach.
„Das können wir nicht schildern", sagte Jens Simonsen endlich, „schreibe ihm das."
Und also wurde das Schreiben an den Bischof mit dem Schlußvermerk gekrönt:
„Der Herr Bischof muß nun Ruhe schaffen, weil sonst Zustände hier eintreten können, die wir lieber nicht schildern wollen."

75

Heinrich Bremer wurde ungeduldig. Freilich hatte sein Beruf ihn zu nüchterner, etwas starrer Sachlichkeit erzogen. Für romantische Überschwänglichkeiten oder gar lyrische Gefühle blieb darin wenig Raum; wer einen Damm für die Eisenbahn baut, muß jederzeit bereit sein, den Wahrheitsbeweis für etwelche Hypothesen anzutreten. Aber wenn er auch mathematisch zu denken dadurch erzogen wurde, so hatte er doch kein Fischblut in den Adern, und daß er seine Glücks- und Leidenschaften um der Arbeit willen vier Jahre in eiserner Zucht hatte halten müssen, das hatte seine Empfindungsfähigkeit nicht gerade abgekühlt. Am ersten Abend, als er Elisabeth Eickemeyer im Wohnzimmer des Pfarrhauses unerwartet gegenübergestanden hatte, da war ihm alle Unruhe in einer starken Woge der Dankbarkeit geschwunden. Doch bald war die Unruhe von neuem erwacht und nicht geringer geworden dadurch, daß er nun oft mit Elisabeth zusammen, aber selten nur und immer nur auf kurze Augenblicke mit ihr allein sein konnte. Nicht, daß ihnen irgend jemand im Pfarrhause etwa ein Alleinsein mißgönnt hätte – aber es lag eben in dem ganzen Betriebe, daß es nicht dazu kam. Und das Wetter lockte nicht zum Spazierengehen. Wenn auch der Oktobersturm der schlimmste geblieben bis ins neue Jahr hinein, so war seitdem die Luft doch unerfreulich naßkalt, und immer ging doch so viel Wind, daß man im Wandern dagegen ankämpfen und sich seine Unterhaltung mit erhobener Stimme zurufen mußte, zartere Gefühle auf diese Art mitzuteilen aber mußte unbedingt einen leisen Anflug von Lächerlichkeit gewinnen, und dagegen war Heinrich Bremer empfindlich – je heißer er empfand, um so empfindlicher.

Die großen Bagger in der Nösseschlucht wurden abgebaut und aufs Festland zurückgeschickt. Da legte Heinrich Bremer die Belegschaft der Wohnschute in die Baracke, die durch den Abschub der Baggerleute frei wurde, und ließ die Wohnschute nach Husum abschleppen. Er räumte auf; er vereinfachte den Betrieb so gut er konnte; er konzentrierte alles auf das unbedingt Notwendige. So faßte er alle Kräfte am straffsten zusammen, um den letzten Beschluß seiner Arbeit aufs äußerste zu beschleunigen.

Endlich fiel Anfang Februar doch noch ein leichter Frost ein. An diesem Sonntag kam gegen Mittag einmal wieder die Sonne heraus, schien blank und warm. Da ging Heinrich Bremer zum Pfarrhaus hinauf, und als er in die Gartentür trat, öffnete Elisabeth gerade das Fenster des Eßzimmers. Er winkte ihr.

„Komm mit, es ist schön heute."

„Wohin?"

Welch dumme Frage! „Auf den Damm natürlich."

„Wird nicht gearbeitet?"

„Heut nachmittag nicht."

Sie verschwand im Innern des Hauses, kam schnell zurück und zu ihm heraus. Sie trug einen festen Mantel und ein enges Käppchen, das ihre Haare deckte. So hatte sie beinah etwas Bubenhaftes, aber das war ihm ganz lieb, wie zwei gute Kameraden liefen sie nördlich an Klein-Morsum vorbei, das noch im Mittagsschlaf lag, und durch die Heide zum Dammkopf hinunter. Elisabeth war nicht oft auf dem Baugelände gewesen, sie hätte gern dies und jenes genauer betrachtet, doch Bremer zog sie mit sich fort.

„Das kannst du an jedem andern Tage auch besehen, heut sind wir nun einmal auf dem Damm allein."

Der Himmel strahlte in kräftigem Blau. Das Watt stand hoch, flimmerte und glitzerte, wie aus der Spielzeugschachtel entnommen standen im Süden die Kirchen von Föhr. Ein paar Gruppen müßiger Arbeiter bummelten in Festtagslaune auf dem schmalen Streifen Sandstrand am nördlichen Dammfuß. Da sie aber den Herrn Baumeister kommen sahen, verdrückten sie sich so allmählich. Sie alle empfanden nicht eben große Furcht, weder vor Gott noch dem Teufel, aber der Herr Baumeister hatte auch am Sonntag unangenehm scharfe Augen, weshalb sollte man ohne dringende Notwendigkeit sich seinen Blicken darbieten?

„Dort hinten lag die Wohnschute", sagte Heinrich Bremer unwillkürlich, im Genuß dieses Alleinseins.

Elisabeth nickte nur. Sie war vollauf beschäftigt, von einer der Bohlen, die hier schon für die Vollbahn gelegt waren, zur andern zu springen. Die Entfernungen waren nicht groß, aber so unregelmäßig, daß sie gespannt aufpassen mußte, um sie nicht zu verfehlen.

„Nimm dich in acht!" rief er warnend.

Sie blieb stehen und lachte. Die Ermahnung war überflüssig. Wenn sie hier fehltrat, würde sie sich den Fuß brechen, das sah sie selbst — der grobe, lose Schotter zwischen den Bohlen war abscheulich — es kam eben darauf an, nicht fehlzutreten!

„Warm ist es hier draußen!" Sie zog den Mantel aus und warf ihn ihm zu: „Fang auf!" Dann band sie das Mützchen ab, und ihre Haare flogen im leichten Landwind.

Sie kam zu ihm zurück und hängte sich zutraulich an seinen Arm.

„Wenn dies hier Hochwasser ist, wie du sagst, dann finde ich nicht, daß dein berühmter Damm gar so ein großes Werk ist, Heinrich. Das ist doch alles Land ringsum. Was war's denn weiter — ein bißchen Sandschippen, das lernt man ja wohl schon am Westerländer Badestrand."

Er sah sie mit komischem Entsetzen an.

„So werden wohl die meisten Badegäste urteilen, die später hier entlangfahren!"

„Sicherlich!" antwortete sie mutwillig, faßte gleichzeitig aber seine Hand: „Gut, daß ich meines Vaters Tochter bin und also sein Werk kenne und weiß, was hierin steckt, hm?"

„Es ist mein Werk", antwortete Heinrich Bremer eifersüchtig.

„So sprachst du auch in Hamburg — ich glaube, so spricht jeder der tausend Männer, die daran mitarbeiteten. Sieh die Möwen!"

„Siehst du die mit den schwarzen Flügeldecken?" fragte er eifrig, „die kommen nur zu uns, wenn ruhiges Frostwetter zu erwarten ist. Das können wir noch brauchen. Es arbeitet sich leichter im Sonnenschein als immer nur in Regen und Nebelnässe —" und er blieb stehen und schaute den schönen Vögeln nach, die von Nord nach Süd in geringer Entfernung vor ihnen über den Damm strichen.

„Können wir uns hier nicht an die Rasenböschung setzen?"

„Komm noch weiter. Dort hinten erst ist mein Reich zu Ende und Bahrenfelds fängt an, einmal mußt du doch die Strecke mit mir abgehen."

Langsam nur kamen sie voran, denn Elisabeths leichte Füße waren für den groben Schotter nicht geschaffen. Die scharfen Kanten der eckigen Steine zerschnitten ihr das Schuhleder, sie stolperte und rutschte. Als sie „dort hinten" erreicht hatten, warf Heinrich Bremer ihren Mantel auf die Rasenböschung, und Elisabeth streckte sich müde darauf, lang auf den Rücken und deckte ihr Mützchen über Stirn und Augen.

„Besonders bequem ist solch Dammspaziergang eigentlich nicht", murmelte sie schläfrig; „du wirst mir ein Paar Schuhsohlen bezahlen müssen —"

Er antwortete nicht. Er sah auf sie hinunter, wie sie dalag, sah, wie die lockigen Haare sich unter dem Mützchen hervordrängten als ein Heiligenschein, obgleich sie dunkel waren, sah die schma-

len, bräunlichen Wangen, den blassen Mund, das zart geformte Kinn — sah aber auch die schlanken Linien ihres geschmeidigen Körpers, die schöne Hand, die so unbekümmert frei ihm in Greifnähe sich bot, sah ihre gelenkigen Füße, davon sie den rechten aufgestützt hatte, um einen Halt an der glatten Böschung zu gewinnen, und den andern frei hängen ließ — es war aber ein Schweigen um sie, als ob sie schliefe. Und so saß er still in dieser hellen weiten Einsamkeit und sah sie nur an.
Nach einer Weile bewegten sich ihre Lippen, als ob sie lächelte. „Schläfst du auch?" fragte sie halblaut, und da auch hierauf keine Antwort kam, schob sie das Mützchen zur Seite und blinzelte darunter hervor — begegnete seinem Blick —
Ihre Wangen röteten sich ein wenig, und ihre grauen Augen unter den dunklen Wimpern verschleierten sich — „doch nein", dachte sie heute, „ich will mir nicht zum zweitenmal mein Leben verderben" — und sie streckte die Hand gegen ihn aus.
„Welche Unendlichkeit um uns her", sagte sie leise, „mir ist, als könnte man daran sterben, wäre man hier ganz allein!"
„Ich bin's", antwortete er, faßte ihre Hand mit heftigem Griff und beugte sich über sie, „oder etwa nicht?"
Seine Augen waren so dicht über den ihren, aber sie hielt ihnen stand —
„Nicht mehr —"
— — Das Wasser fiel, und sie merkten es nicht. Es lief zum Watt hinaus, als wäre das Weltmeer leer und söge alles Leben in sich ein. Aus dem blanken Wasserspiegel hob sich wieder das braune Land, das darunter verborgen gewesen, und an den letzten Rinnsalen saßen Möwen und Tringen. Das kräftige Blau des Himmels verdämmerte leise, endlich blitzten, kaum erkennbar noch, die ersten Sterne auf. Aber die lange nordische Dämmerung hielt immer noch eine Täuschung von Tageslicht fest.
Heinrich Bremer schrak auf.
„Ist's möglich — der Hörnumer Leuchtturm funkt schon?" Er sprang auf seine Füße. „Wahrhaftig, auch Kampen, das wird ein böser Heimweg für dich werden —"
„Der Westhimmel ist noch ganz hell."
„Nicht lange mehr — ich werde dich schieben müssen. Vorhin ärgerte ich mich über die Hunde, die Steinhofs Leute da wohl ste-

hengelassen haben. Nun ist's vielleicht ganz gut, daß du sie benutzen kannst. Steig auf!" Und als sie auf dem flachen Wagen Platz genommen hatte, lachte er: „Wäre ich eine poetische Natur, würde ich jetzt etwas von ‚süßer Last' reden, so aber sage ich: das wird ein schlimmes Stück Arbeit!"

Der kleine Hund setzte sich mit melancholischem Quietschen in Bewegung, und Heinrich Bremer tat, als müßte er sich rein zu Tode schinden. In Wahrheit erwies sich die Anstrengung nicht als so groß, aber er fand auch nicht nötig, die Fahrt besonders zu beschleunigen. Er hatte seine Hände rechts und links neben Elisabeth aufgestemmt, sie war ihm so nahe, daß er sie hätte küssen können, und doch sah er gegen die helle Luft nichts mehr von ihr, als den dunklen Umriß ihres Kopfes. Sie aber sah desto deutlicher jeden einzelnen Zug seinen Gesichtes, auf dem noch der Schein des Westhimmels lag.

„Du hast dich sehr verändert", sagte sie nach einer Weile schweigender Fahrt nachdenklich.

„Ganz einfach: ich bin zehn Jahre älter geworden, seit wir im Taunus voneinander Abschied nahmen."

„Das bin ich auch. Du aber bist nicht nur älter, du bist zeitlos geworden, wie ein Mensch wird, wenn er sein Werk geschaffen, sein Wort in diesem Leben gesprochen hat."

„Ich hoffe, noch mehr zu schaffen als diesen Damm."

Der letzte Schimmer des Abendlichts verging nun auch allmählich, und mit leisem Raunen kam die neue Flutwelle aus weiter Ferne. Da legte sie ihm die Hand auf die Schulter.

„Sitzt du nicht gut? Bist du müde?" fragte er besorgt.

„Das ist es nicht. Aber ich sehe dich nicht mehr. Wenn dies Quietschen nicht wäre und das Knirschen deiner Schritte, könnte ich denken, hier draußen allein zu sein."

„Für mein Gefühl ist der Damm immer voller Arbeiter, und hier nördlich von uns liegt immer noch die Wohnschute."

„Ich weiß von beidem nichts, und diese Einsamkeit hier im Watt ist größer als ich je eine erlebte. Gewiß, nach der einen und der andern Seite hin führt der Damm zu Menschen, aber hier mitteninne ist man ihnen doch sehr fern. Man sieht meilenweit und kann doch keinen Menschen erreichen — man könnte hier sterben —"

„Hier starb Martin an dem Tage, als ich dich in Hamburg besuchte. Am andern Vormittag ging ich über die Spundwand – hier unter uns läuft sie, unter diesen Schienen – und das Wasser stand hoch. Da habe ich mich einmal umgeschaut, um zu sehen, ob du etwa hinter mir gingest –"
„So war es auch", antwortete sie ernsthaft. „Ich stand im Reisebüro und fragte, wie man nach Sylt hinüberkommen könnte – aber ich dachte nicht an Martin dabei –"
Und wieder schwiegen sie lange Zeit, und sie lauschte auf das melancholische Quietschen und auf das Knirschen seiner Schritte im groben Steinschotter, und langsam fühlte sie, daß der Abend kalt wurde.
„Wird es dir nicht schwer fallen, deinen Beruf aufzugeben?"
Sie schrak zusammen, so fremd klang hier eine menschliche Stimme.
„Dann wäre ich nicht nach Morsum gekommen –" und weil sie fühlte, daß ihre Antwort ihm nicht genug bedeutete, fing sie an, sich näher zu erklären und sagte ihm, was sie in hellem Tageslicht vielleicht niemals gegen ihn ausgesprochen hätte:
„Ich bin anders als du. Mein Beruf war mir nie das Leben selbst, immer nur Lebensersatz. Vielleicht war es dies Wissen um mich selbst, das mir ein Übergewicht gab über so manche andere, daß mir die Kunst wahrhaft Können wurde, weil ich mehr arbeitete als andere. Nicht aus Ehrgeiz, sondern aus Hochmut – weil ich nicht als eine von den vielen nur gewertet sein wollte. Denn ich fühlte mich immer als deine Frau, ob du auch nichts von mir wußtest. Ehrgeiz – ach nein! Als ich zum erstenmal mein Bild die erste Seite einer illustrierten Zeitschrift füllen sah, fühlte ich nichts als eine große Enttäuschung, denn ich hatte eifrig auf dies Ziel hingestrebt, es gilt für unsereins so viel etwa, wie früher der passende Orden meinem Vater galt. ‚Ist dies alles?' dachte ich, aber ich hütete mich wohl, diese Gedanken dort draußen in der großen Welt laut werden zu lassen. So weiß ich auch nicht, wie andere Frauen dies empfinden."
Sie waren nun am Westerley, und die Flut brandete schon wieder mit plätschernden kleinen Wellen gegen einzelne vorgetriebene Buhnenpfähle –
„Mein Beruf –" wiederholte Elisabeth langsam – „mein Beruf,

das ist, deine Frau zu sein und Mutter deiner Kinder. Dann will ich nichts mit Arbeit, nichts mit Kunst mehr zu tun haben. Ich will meine Kinder in der Stille empfangen und in der Stille aufziehen, bis sie durch die Schule in eine größere Welt eintreten müssen. Mutter ist die große Stille, die allein fruchtbar ist. Ist zeitlose Zeit — Ewigkeit —"

76

Als Elisabeth und Heinrich Bremer sich in später Nachtstunde dem Pfarrhause näherten, bemerkten sie nur noch Licht in Gondelinas Zimmer.

„Sie meint, daß ihr Vater sich bös verritten hätte, und in der Stille bereitet sie sich auf einen Abschied vor. Dann werde auch ich nicht länger hier bleiben können, Heinrich."

„Wenn wir uns vorher noch trauen ließen?"

„Könntest du das wirklich wünschen? Nun ja, ich würde vielleicht mit Frau Kurz und Frau Kniebel ein Lesekränzchen gründen —"

Er mußte lachen. „Du hast recht, ich werde im Sommer zu deinen Eltern kommen. Aber meinst du tatsächlich, daß Eschels —? Er scheint mir neuerdings wieder zuversichtlicher."

Elisabeth zuckte die Achseln. „Seine Tochter ist's nicht." —

Daß die Wächter des alten Morsum ihr gewichtiges Schreiben an den Bischof abgesandt, hatte Pastor Eschels einwandfrei sicher durch seine Neffen erfahren, die diese Kundschaft wiederum ihren Schwiegermüttern verdankten. Es erfolgte zunächst nichts, und so regte sich in Eschels erst leise, dann immer stärker die Hoffnung, daß der Bischof die ganze Beschwerde als belanglose Nichtigkeit auf sich beruhen lassen würde. Ende Februar aber kam doch noch ein Brief des Bischofs, der Eschels nach Kiel rief.

„Ich wollte Sie nicht meinem Vertreter übergeben, sondern wollte selbst mit Ihnen sprechen. Ich war aber lange krank, so verzögerte sich mir die Angelegenheit. Nun bitte ich Sie, noch in dieser Woche zu kommen. Mir ist bitter leid, daß Sie zu so viel Klage Anlaß gegeben haben und zerstörten, wo Sie hätten aufbauen sollen. Die evangelischen Kirchen dürfen sich keine Experimente erlauben — heute weniger denn je."

„Er stammt aus Schlesien, hat ein Jahrzehnt in Breslau amtiert, so kennt er unsere Leute nicht", sagte Eschels unbekümmert zu seiner Tochter. „Weshalb ärgert dich dies alles? Ich muß es ihm nur erklären." Er war guten Mutes.

Doch als er dann hinüberreiste und zum Bischof kam, mußte er bemerken, daß der hohe Herr nicht nur krank gewesen, sondern ganz entschieden es auch heute noch war. Er hatte einen Konsistorialassessor neben sich.

„Sie müssen entschuldigen, daß ich Sie nicht allein empfangen kann. Mein Kopf will noch nicht wieder. Der Herr Assessor wird die Schrift Ihrer Gemeinde verlesen, und Sie werden die Güte haben, bei jedem Punkt Ihr Ja oder Nein zu geben. Sollte es wirklich zum Ärgsten kommen müssen, so werden Sie später selbstverständlich noch einmal Gelegenheit zur Verteidigung erhalten –"

Eschels verbeugte sich zustimmend. In Anbetracht von des Bischofs Schwäche und leidendem Zustand erschien ihm selbst dies als das richtigste Verfahren.

„Zunächst aber", fuhr der Bischof mit Anstrengung fort, „möchte ich noch eine Vorfrage tun: weshalb bewarben Sie sich nicht um eine andere Pfarrstelle, wie Ihnen doch durch den Propst nahegelegt wurde?"

„Weil", entgegnete Eschels immer noch sorglos, „weil ich diese Anregung zunächst nicht ganz ernst nehme – nicht ernst nehmen will. Es steht nur ein geringer Teil meiner Gemeinde dahinter; ich kenne jeden einzelnen. Die andern lassen sich mitziehen, leider auch der Gemeindevorsteher selbst. Er ist mir persönlich zugetan, aber seine wirtschaftlichen Verhältnisse stehen augenblicklich nicht zum besten. So strebt er immer danach, Erhöhungen seiner Bezüge zu erreichen, und wer ihm verspricht, dafür zu stimmen, hat ihn in der Tasche. Ich denke aber auch: Es friert sich wohl wieder zusammen auf alter Herdstelle. Wenn der Dammbau beendet sein wird und die Arbeiter abziehen, was in wenigen Monaten ja geschehen muß, dann werden die Morsumer sich bald wieder beruhigen. Sie sind immer etwas hart im Gebiß gewesen, wo die Kirche sie zu zügeln versuchte, Herr Bischof. In vorlutherischer Zeit duldeten sie keine unverheirateten Priester, weil sie die Ehelosigkeit an sich für unmenschlich hielten. Jetzt lehnen sie das apostolische Glaubensbekenntnis einmütig ab, weil es sich mit ihrem gesunden Menschenverstand nicht vertrüge. Und nun wollen sie auch noch einen Papst im Pfarrhause haben, der vor Heiligkeit stinkt –"

„Ich bitte – wäre nicht besser, Herr Pastor, wir beschäftigten uns mehr mit den eigenen Fehlern als mit den Sünden der lieben Nächsten?"

„Oh", machte Eschels verwundert, „ich rechne ihnen das nicht als Sünde. Im Gegenteil!"

„Im Gegenteil –" wiederholte der Bischof verletzt, „stimmen Sie in der Ablehnung des apostolischen Glaubensbekenntnisses etwa auch mit Ihren Pfarrkindern überein?"

„Ich nicht!" antwortete Eschels schnell. „Aber um den Morsumern meine Auffassung mitteilen zu können, dazu fehlt es ihnen leider gar zu sehr an geschichtlichen Kenntnissen."

„Gelegentlich meines Besuches bei Ihnen äußerten Sie eine höhehere Meinung von der Denkfähigkeit Ihrer Pfarrkinder."

„An dieser Meinung halte ich durchaus fest. Aber zwischen ihrem natürlichen Verstande und dem Rüstzeug historischer Kenntnisse klafft ihnen leider eine weite Lücke –"

Der Bischof seufzte.

„Beginnen wir!" sagte er matt.

Inzwischen hatte der Assessor das umfangreiche Schriftstück wieder und noch einmal hin und her gewälzt.

„Vielleicht dürfte geraten sein, daß ich die einzelnen Punkte nur kurz zusammenfasse, anstatt die langen und vielfach gewundenen Sätze zu verlesen?" Und da beide Herren auch hierzu ihre Zustimmung gaben, begann er: „Da wird von neuem der Fünfzigdollarschein erwähnt."

„Ja, ich nahm ihn der Frau ab, um ihn für sie zu bewahren. Als der Sohn ihn von mir forderte, gab ich ihn natürlich sogleich heraus."

„Haben Sie eine Quittung darüber?"

„Das braucht's unter Morsumern nicht."

„Also keine Quittung. Weiter werden tausend kleine Ärgerlichkeiten angeführt: daß Sie nicht aufzufinden waren, als der frühere Gemeindevorsteher ertrank und seine Angehörigen Sie zur Witwe riefen; daß Sie über die Spundwand nach dem Festland spazierten, während daheim eine Sterbende nach Ihnen verlangte. Dann fährt der Schreiber fort: „,Als mein Sohn zum Abendmahl in der Kirche blieb, hat Pastor zu ihm gesagt, er sollte näher an den Altar rücken. Er saß auf dem Platz, auf dem ich immer sitze. Auf dem mein Vater vor mir gesessen und sein Vater vor ihm. Er ist mein ältester Sohn. Er hat wohl das Recht, da zu sitzen, und braucht nicht näher an den Altar zu rücken."

„Es ist nicht der Schreiber selbst, der so spricht", antwortete Eschels lächelnd, denn er sah Holm-Peters vor sich in dieser Ausdrucksweise und hatte doch längst Abrumeits Handschrift auf den Blättern erkannt. Dann aber fuhr er ernster fort: „In allen drei Fällen bekenne ich mich schuldig, wie ich überhaupt glaube, daß mein Lehramt mich dem praktischen Pfarramt in mancher Hinsicht vielleicht entfremdet hatte —"

„Weshalb denn drängten Sie sich hier ein?" fragte der Bischof schroff. Peter Boy Eschels sah auf und sah ihn an, sah seine kranke Schwäche, sah aber auch, wie landfremd er war. Ihm schien unmöglich, die Irrgänge seiner Seele ihm klarzulegen. So antwortete er nur: „Weil ich Morsumer bin."

„Sie sollen", fuhr der Assessor eintönig fort, „stark dem Trunke zuneigen — verzeihen Sie, wenn ich diese drei Seiten weitschweifenden Geredes auf die kürzeste Formel bringe."

„Seit ich das Guttemplergelöbnis unterzeichnete, ist kein Tropfen Wein über meine Lippen gekommen."

„Trotzdem wird behauptet, daß Sie am Heiligabend betrunken auf die Kanzel gekommen wären; bekennen Sie sich auch hierin schuldig?"

„Durchaus nicht!" entgegnete Eschels entrüstet. „Ich war lediglich übermüde, das veranlaßte mir ein zweimaliges Versprechen."

„Übermüde — es wird hier angegeben, daß Sie die ganze heilige Woche hindurch von einem Gelage ins andere taumelten. Daß Sie auch am 23. Dezember noch das Haus voll betrunkener Gäste gehabt hätten."

„Voller Gäste — ja. Betrunken — nein. Den paar Gläsern Wein, die ich ihnen vorsetzte, waren die Herren noch immer gewachsen."

„Welche Herren?"

„Die vom Dammbau. Ich zog sie absichtlich in mein Haus, um

auch zwischen ihnen zu vermitteln, wo es nottat. Mir lag daran, den Bau zu fördern, schnell zu fördern, um die neue Zeit auf Sylt einzuführen, solange ich noch lebe und Einfluß üben kann."

„Dies aber gerade scheint Ihren Einfluß vermindert zu haben, wenigstens klagt Ihre Gemeinde hierüber am meisten: daß Sie stets und ständig mit den Fremden Umgang pflegten, ja sich ihnen sogar aufdrängten. Es werden Äußerungen der Herren angeführt, aus deinen hervorgeht, daß ihnen Ihre Awesenheit auf den Bauplätzen nicht immer angenehm war. Die Arbeiter sollen Sie endlich ganz abgelehnt, die mittleren Beamten Sie geradezu vom Bau verwiesen haben."

„Dies war allein Steinhof und seine Hetze! Hier aber müßte ich als Kläger auftreten, nicht als Beklagter. Er hatte kein Recht, mich ‚namens der Verwaltung' vom Platz zu weisen."

„Weshalb traten Sie denn nicht gegen ihn auf? Weshalb verklagten Sie ihn nicht oder brachten die Klage vors Landeskirchenamt? Weil er sich ein Bein brach – hm, oder aber weil Sie seinem Kinde ohne jeden Grund die Taufe verweigert hatten und nun fürchten mußten, Ihr Vergehen könnte gelegentlich der Klage auch noch ans Tageslicht kommen?"

„Das ist eine ganz und gar böswillige Verdrehung der Tatsachen", begann Eschels erregt. Doch der Bischof hob die Hand.

„Ich bin am Ende meiner Kraft. Beschränken wir uns also auf die einfache Feststellung der Vorgänge, Herr Pastor. Haben Sie die Taufe vollzogen?"

„Er hatte sie mir nicht ordnungsgemäß angekündigt."

„Das Gegenteil wird behauptet. Haben Sie die Taufe vollzogen?"

„Nein."

„Nun, Sie werden ja noch Gelegenheit erhalten, sich eingehend zu verteidigen."

77

Als Peter Boy Eschels von dieser Reise wieder heimgekehrt war, sagte er zu seiner Tochter:

„Der Bischof war noch krank; er war verärgert, erregt, gereizt, er war mir kein guter Richter. Am Anfang sagte er: ‚Sollte es wirklich zum Ärgsten kommen müssen', würde ich später noch Gelegenheit zur Verteidigung erhalten. Zum Schluß: ‚Sie werden Gelegenheit erhalten' – er beabsichtigt also, mir den Prozeß zu machen. So will ich ihm zuvorkommen, indem ich meinen Abschied einreiche. Ich stelle ihm damit gewissermaßen die Vertrauensfrage –"

Gondelina antwortete nicht. Elisabeth hatte ganz recht empfunden: sie war nicht mehr zuversichtlich!

Peter Boy Eschels reichte seinen Abschied ein. Danach ging er nicht mehr ins Dorf, ohne daß er besonders gerufen wäre; ging nicht mehr auf den Damm, in die Arbeiterbaracken oder den Lesesaal; und auch nicht einmal mehr zur „Hohen Heide" hinauf, um mit den Herren vom Bau gemütlich zu sein. Er saß zu Hause, kramte in seinen Büchern, ordnete seine Schriften. Als Rasmus Claasen kam, zu hören, was an den im Dorf umlaufenden Gerüchten Wahres wäre, holte er ein altes, zerlesenes Bändchen hervor.

„Dies fiel mir neulich in die Hände. Der alte Christian Jappen war doch nicht nur ein guter Schulmeister, sondern auch ein trefflicher Wahrsager –, und las: „Was nun speziell das ältere Geschlecht der Sylter anbetrifft, so war es, ähnlich seiner abbröckelnden Heimat, seit langem schon zum Untergange reif. War gleichsam versteinert in alten, zum Teil rohen Sitten. War versumpft in Ansichten und Grundsätzen des Aberglaubens. Versank immer mehr in Dummheit, endlich Trägheit. Wäre mithin ohne Zweifel dem moralischen Verderben, dem geistigen Tod verfallen, wenn nicht der Weltlenker den Kindern dieses Geschlechtes andere Wege gewiesen, sie in den großen Krieg geschickt und ihnen den Damm nach dem Festland gebaut hätte."

Rasmus Claasen nahm das Buch auf, das Pastor Eschels lachend auf den Tisch geworfen. „Ah so – es handelt sich hier um die Hörnumer vor hundert Jahren und darum, daß der Sand sie von Hörnum trieb und sie sich in Rantum und Westerland ansiedeln mußten. Den Krieg und den Dammbau hast du hinzugedichtet. So freilich ist leicht prophezeien! Du bist jetzt bitter feind auf uns zu sprechen, Pastor-Ohm, weshalb aber willst du uns das Alte auch nicht lassen? Es hatte auch sein Gutes!"

„Das hatte es", erwiderte der Oheim ernstlich, „und du hast recht, ich sollte nicht bitter werden. Nimm Platz, Erasmus, ich muß noch einmal in Ruhe mit dir reden — wer weiß, ob es sonst noch dazu kommt. Du sollst nicht den Eindruck zurückbehalten, als hätte ich das Alte je mißachtet. Ich habe nicht umsonst in deinem Elternhause verkehrt diese dreizehn Jahre hindurch! Und doch hat Christian Jappen recht: wer dem Neuen widersteht aus keinem andern Grunde, als weil es eben das Alte nicht mehr ist, der verfällt dem Schicksal der alten Hörnumer, versteinert, versumpft; versinkt in Dummheit, endlich in Trägheit."

„Und doch will mir nicht zusagen, das Neue wahllos hinzunehmen."

„Wahllos? Wer spricht davon? Ich nicht! Annehmen sollst du das Neue, weil es das Kommende ist und nicht mehr aufzuhalten. Dann aber es selbst in beide Hände fassen und es formen nach deinem Verstande. Bisher war deine Mutter es, die in eurem Hause Altes und Neues zu harmonischem Einklang zu bringen wußte. Die neue Zeit aber, die kommen wird, da der Damm nun steht, die wird zu schnell für sie sein. Um die zu meistern, dazu ist sie schon zu müde."

„Und wenn es so wäre — so würde ich sie doch zu sehr achten, als sie das merken zu lassen —"

„— und würdest damit schwer Unrecht tun gegen deine Kinder! Bedenke das wohl: deine Kinder müssen später in der andern Welt leben, davor kannst du sie nun und nimmermehr behüten. Sie wachsen in eine ganz neue Freiheit hinein. Eine Freiheit, die leicht zur Zuchtlosigkeit werden kann. Je freier der Mensch ist, desto fester muß er sich selbst binden, soll er nicht entgleisen. Das aber lehrst du sie nicht, indem du sie deinerseits zu binden versuchst. Wo der Punkt liegt, der nicht überschritten werden darf, das kann jeder nur aus dem eigenen Gewissen beantworten."

Rasmus Claasen schob unmutig seinen Stuhl zurück und ging im Zimmer auf und ab.

„Ich habe nicht genug Phantasie, mir die Zeit und die neue Freiheit vorzustellen, in die meine Kinder hineinwachsen sollen", sagte er nach einer guten Weile.

„Du hast aber den Verstand dazu, dir eine Kenntnis von beidem zu erwerben. Ich kann dir Bücher schicken. Nun der Damm vollendet ist, wird es kaum wieder Winterarbeit für dich geben. Dann hast du stille Zeit. Die nutze. Geik ist nicht in dem Maße fähig wie du, Verantwortung zu tragen. Er hat nicht deinen Verstand, und hat auch nicht deine Stetigkeit. Er hätte zur See gehen sollen, und wenn du Einfluß über ihn gewinnen kannst, so sorge dafür, daß er seinen Ältesten hernach zur See schickt. Auf dir ruht, was aus euren Familien in Zukunft werden soll. Du mußt das Zünglein an der Waage sein, und die beiden Schalen, auf denen Altes und Neues, Vergangenheit und Zukunft liegen, im rechten Gleichgewicht zu halten suchen. Daß du aufrecht stehst, daran hängt alles."

Rasmus Claasen kam langsam an den Tisch zurück und nahm seinen vorigen Platz wieder ein.

„Ich möchte dir widersprechen und kann es nicht", sagte er mit Überwindung, „ich erkenne wohl, daß du recht hast. So geht es mir oft mit dir. Doch wenn ich dann sehen muß, wie du dich mit den Arbeitern verbrüderst und sogar einer Paula Borre das Wort redest, dann wird mir die neue Welt, von der du sprichst, verdächtig."

Dieser Angriff kam Peter Boy Eschels unerwartet.

„Es ist meines Amtes —" begann er, doch dann unterbrach er sich selbst: „Nein, auch persönlich stehe ich zu ihnen. Gewiß ist der Arbeiter oft hemmungslos dem Neuen gegenüber, und läßt sich treiben, wie Abrumeit meint, weil ihm die lebendige Tradition fehlt, die alte Kultur, die deine Mutter euch bewahrt hat. Es gibt aber dennoch manche auch unter den Arbeitern, die wohl sich selbst zu binden fähig sind. Und Paula Borre? Sie ist nicht schlecht, sie ist schwach. Und die Schwiegermutter hat dem Kinde ein schweres Unrecht angetan, als sie Paula verbot, es selbst zu nähren. Trotzdem — sie sind einmal da, und wir sollten sie zu fördern versuchen, ehe wir etwas von ihnen zu fordern uns berechtigt fühlen dürften. Ich sage dies aus Gerechtigkeit, nicht aus eigenem Gefühl zu ihnen, denn auch ich bin Morsumer und kann solche dumpfen Stellen im Dorfleben nicht ohne Abneigung sehen. Ja, es ist schwer, zu lösen, ohne doch aufzulösen!"

Er nahm seine kurze Pfeife vom Bort und schob auch dem Neffen den Tabakskasten zu, und sie rauchten eine Weile schweigend, ehe sie Paula Borre und ihren Sohn Peter III. ganz verdaut hatten. Dann sagte Rasmus Claasen fragend:

„Ist noch nicht ganz sicher, daß dir der Abschied gegeben wird?"

„Wird doch wohl kommen."

„Und dann? Engeline Claasens Bruder will sein Haus in Keitum verkaufen."

„Was sollte ich wohl damit?"

„Hm — wenn die neue Zeit nun kommt — du könntest manchem von uns noch einen Rat geben —"

Peter Boy Eschels qualmte mächtig.

„Ich werde dir etwas sagen, Erasmus: läßt die Behörde mich fallen, so zerstört mir das jedes Zutrauen der Arbeiter und der Besten unter euch."

„Die Arbeiter werden bald abziehen und wir könnten einen Führer wohl brauchen."

„Meistere dein eigenes Leben. Wenn andere das sehen, werden sie dich zum Führer berufen. Ich hätte mehr Erfahrung? Erlebe sie, so erwirbst du sie dir selbst. Dir ist besser, du bleibst niemand verhaftet als deinem eigenen Gewissen. Das ist klar und gesund. Das wird dir sagen, wie du recht handeln sollst vor deinen Eltern, vor deinen Kindern. Mehr kann ich dir niemals sagen, denn ich bin kein Bauer mehr, das fühle ich täglich hier als Mangel. Ich bin halb, ich will das eine und will auch das andere. Sei du, was du bist, ganz und ungeteilt. Lebe der Gegenwart, so stehst du aufrecht zwischen Vergangenheit und Zukunft. Wenn du den Augenblick recht erfaßt, so dienst du der Ewigkeit. Wer die Fähigkeit hat, Verantwortung zu tragen, hat auch die Pflicht, sie freiwillig auf sich zu nehmen."

„Ich sehe nicht, was ich tun könnte —"

„Du brauchst nichts zu tun. Es wird von selbst auf dich zukommen", unterbrach ihn der Alte. „Der Damm steht, Erasmus!" — und sein Herz brannte: Der Damm steht, ohne daß du daran schuldig geworden wärest! Ich aber bin es, und soweit ich es bin, werde ich auch darum büßen müssen. Doch wünsche ich wohl, daß du einst rechtfertigen mögest, daß ich die neue Zeit rief!"

78

Dann kam der Brief vom Landeskirchenamt.

„Entlassung zum 1. April mit einer Pension von der Hälfte des Gehalts", sagte Eschels zu seiner Tochter. „Das heißt nach Lage der Dinge: fristlose Entlassung mit einem Butterbrot als Trostpreis, denn um diese Stellung damals überhaupt zu bekommen, leistete ich Verzicht auf meine Professorenpension und erklärte mich mit diesem kleinsten Gehalt einverstanden. Soll ich nun den bürgerlichen Rechtsweg gehen? Soll ich Klage führen, daß sie mich ohne ordnungsgemäßes Gehör, ohne mir die Möglichkeit der Verteidigung zu geben, verurteilt haben – verurteilt nur auf die Hetzreden einiger Böswilliger hin?"

Gondelina antwortete nicht gleich.

„Habe ich auch", fuhr er erregt fort, „in Nebenfragen und Kleinigkeiten versagt, so bleibt mir doch wohl das Recht zu fragen, ob ich im großen und ganzen mich denn untauglich erwiesen habe für das Amt, das ich übernahm? Habe ich Schlechtes oder Gutes bringen wollen? Schlug mein Herz warm für sie? Oder war ich lau? War ich kalt?"

Gondelina schwieg noch immer, und ihr Vater faltete langsam das amtliche Schreiben wieder zusammen. „Es muß ein guter Redner sein, der einen Schweiger übermeistert", dachte er, „solch guter Redner aber bin ich heute nicht, und bin es nie gewesen, wo es galt, mein eigener Anwalt zu sein –"

„Die Wahrheit klingt wie eine Glocke", sagte er nach einer Weile, „sie klingt auch durch dein Schweigen. Und die Wahrheit ist, daß ich hiernach –" und er warf den Brief auf den Tisch – „nicht erwarten darf, noch zu erreichen, was ich bisher nicht schaffen konnte. Das Mißtrauen der Behörde würde mir die Kraft rauben, hier noch unbefangen auftreten zu können. Das Bewußtsein, öffentlich gegen die Alten vorgehen zu müssen, würde mir die Lust verbittern, die Jüngeren um mich zu sammeln." Und er ließ Gondelina allein und ging aus dem Hause.

Aber er ging nicht ins Dorf, um etwa Abschiedsbesuche zu machen. Er überschritt die Bahnlinie nach Norden zu, wich einer eben anrückenden Kolonne Schienenleger aus – denn die breiten

Gleise der Vollbahn wurden nun schon mit aller Beschleunigung gelegt — und ging weiter durch die Heide den uralten Fahrweg zum Kliff hinauf. Gewann er durch die Schlucht den Abstieg zum nördlichen Strand, so würde er dort ungestört mit sich allein sein können, mehr als im eigenen Hause — in dem Pfarrhaus, das er binnen heut und drei Wochen würde räumen müssen.

Bei dem ehemals Borreschen Haus wandte der Weg sich nach Osten und lief hier eine Strecke auf halber Höhe entlang. Eschels war froh, daß niemand sich beim Hause blicken ließ. Er ging eilig vorüber und schaute dann von oben her auf das Dorf hinunter.

„Mit Pfarre, Pfarrhaus, Ansehen und Gehalt werde ich nun auch die alte Heimat verlieren", dachte er in seiner Bitterkeit, „denn welcher Morsumer mag noch öffentlich zu einem stehen, der all dies nicht zu behaupten wußte?" Ihn rührte der stille Frühlingstag, der leicht verschleiert ihm Insel und Watt zum Abschied doppelt schön malte. Es war eine halb unwahre Schönheit. Sie schmeichelte dem sonst so herben Land. Das wußte Peter Boy Eschels wohl, aber in seiner augenblicklichen Wehleidigkeit hätte er gern alle Reize der Erde auf seiner alten Heimat vereinigt gesehen.

Durch die Schlucht, durch die der breite Fahrweg läuft, stieg er zum Nordstrand hinunter. Hier war er völlig allein. Hier war seine alte Heimat am schönsten. Die matte Frühlingssonne hatte noch nicht Kraft genug, das düstere Rotbraun des Eisensandsteins aufzuhellen. Sie schien hell genug, den weißen Kaolinsand blendend aufleuchten zu lassen. Die dunkle, die schimmernd helle Wand hob sich in reichem Farbenspiel gegen das matt verdämmernde Watt und den dunstigen Himmel ab.

„Mir mußte die Absetzung ins Haus geschickt werden, damit ich dies alles noch einmal wiedersähe", dachte Eschels in leisem Selbstspott. „Wie lange ist's denn her, seit ich beim Amtsantritt in meiner ersten Freude hierher lief? Zwölf Jahre und mehr. War ich seitdem nie wieder hier draußen?" Er besann sich vergebens.

Auf halber Höhe der weißen Sandwand lag ein herabgerutschter mächtiger Heideklumpen, in sich noch zäh verbunden durch die Wurzeln, die ihn durchflochten. Ein königlicher Sitz dort oben in dem trockenen Kraut, mit dem Blick übers graublaue Wattenmeer bis westlich nach Keitum und Kampen, östlich zur Festlandküste hinüber. Eschels versuchte hinaufzuklimmen, aber der lose Sand rutschte unter seinen Füßen. „Ich bin zu schwer geworden. Aber als Kind habe ich's genossen. Lassen wir uns daran genügen. Habe dort oben gesessen, mehr als einmal. Freilich nicht auf diesem Heideklump, sondern auf jenem Findlingsstein, der nun auch an der Flutkante schon liegt –"

Er hob eine Krebsknolle auf und warf sie gegen den Granitblock, an dem sie zersprang.

„Ja", fuhr Eschels fort, indem er sich doch unwillkürlich bückte, die einzelnen Stücke der Knolle zusammenzusuchen, um den Krebs darin zu finden, setzte sich auf den Stein und sprach zu ihm: – ja, alter Kerl, dir haben sie auch den Boden unterspült durch Klatsch der Wellen und Tratsch des Windes, bis du endlich hier unten gestrandet bist. Geht dir nicht anders als mir. Aber laß gut sein – in hundert Jahren spricht niemand mehr von uns beiden – wissen wir selbst auch nicht mehr von uns, noch von dieser Stunde des Abschieds –" und der Spruch vom Westerländer Friedhof der Heimatlosen ging ihm durch den Sinn: „Wir sind ein Volk, vom Strom der Zeit gespült ans Erdeneiland –"

Er ging weiter unter Kliffende entlang. Schaute zurück auf das schweigende Kliff, Zeuge unausdenkbar längerer Zeitmaße, als Menschen sie zu leben vermöchten, und wenn sie Methusalems Alter erreichten. Ging weiter – trat auf das grüne Vorland hinaus. Straff nach Osten hin reckte sich die feste Linie des hohen Dammes –

Plötzlich fing Pastor Eschels an, längere Schritte zu nehmen. Was hatte er noch mit dem Damm zu tun? Er war nicht mehr Pastor, war nicht mehr Seelsorger, weder für Bauern noch für Arbeiter. Er war Peter Boy Eschels. Er war Peter Bleik Bun – er kam ins Pfarrhaus, kam in die Waschküche hinaus:

„Wo hast du wieder meinen Fischkasten, Gondel? Ich will hinaus, im Katrevel Aale stechen – an der Furt beim neuen Graben – ja, ich nehme mir Brot mit, warte nicht mit dem Essen auf mich –"

79

Pastor Eschels von Morsum nahm seine Entlassung an unter Voraussetzung sofortigen Dispenses von allen Amtsgeschäften. Lehrer Abrumeit mußte Lesegottesdienste halten und zwischenein auf den Chor steigen, um die Orgel zu bedienen. Da der Keitumer Pastor sich den Fuß verletzt hatte und nicht nach Morsum kommen konnte, mußte Geik Claasen mit seinem Taufkind zu ihm dorthin fahren. Den Konfirmandenunterricht übernahm der Westerländer Pastor, nachdem ihm das Konsistorium von der Reichsbahn die Erlaubnis erwirkt hatte, die Arbeiterzüge benutzen zu dürfen, die zwischen Westerland und Morsum hin und her gingen. Pastor Eschels schenkte sich auch alle Abschiedsbesuche in der Gemeinde, die ihm den Stuhl vor die Tür setzte.

Der Tag der Abreise kam. Am Abend vorher war der erste Vollbahnzug vom Festland her über den Damm gekommen und von Morsum dann nach Westerland weitergefahren. Baumeister Bremer hatte die Reichsbahnstelle Flensburg vermocht, für den abreisenden Pastor einen Personen- und für seine Möbel einen Güterwagen in diesen Zug einzustellen. Diese Wagen waren am vorhergehenden Abend in Morsum stehengeblieben. Jetzt am frühen Vormittage kam die Lokomotive von Westerland zurück, bekränzt noch von ihrer ersten Fahrt über das nun zur Halbinsel gewordene Sylt. Pastor Eschels sah sie vom Westfenster seiner leeren Arbeitsstube aus –

Da polterte es im Hausflur. Da erschien Meinert Claasen in der Tür des Arbeitszimmers – da erschien einer der Gemeindevertreter – einer der Kirchenvertreter nach dem andern – unter ihnen Ludwig Bossen – Jens Simonsen – Andreas Bleiken –

„Wir wollten dir noch Lebewohl sagen, Pastor, da du nicht mehr zu uns gekommen bist", begann Meinert Claasen, „wir wollen dir noch sagen, daß wir das alles nicht so gemeint haben. Wir haben dich persönlich immer gern gehabt. Wir wollten wieder Ruhe im Dorf –" seine Stimme wurde unsicher, er biß sich auf die Lippen.

„Nein", fiel ihm Jens Simonsen ins Wort, „gleich so entlassen, das ist doch rein zu doll, und ohne uns zu fragen, ob wir das

denn so gemeint hatten – wo wir mit Steuern und Kirchensteuern doch alles ordentliche Leute sind!"
„Aber", sagte Ludwig Bossen, „wenn wahr ist, das die Leute reden? Daß du nun immer noch Geld vom Kirchenrat bekommst, rein fürs Nichtstun? Dann ist dir am Ende ganz recht, daß alles so gekommen ist?"
Ein nervöses Lachen stieg in Pastor Eschels Kehle auf. Sie sahen ihn alle erwartungsvoll an. Teils hofften sie, daß ihm der Abschied doch schwer fallen würde. Teils wünschten sie, daß er das goldene Nichtstun der Morsumer Pfarre vorzöge, damit sie ihre Gewissen entlastet fühlen könnten. Aber der gellende Pfiff der Lokomotive überhob Peter Boy Eschels einer Abschiedsrede, und ihm war nicht leid darum.
Draußen stand Frau Lene Volquart Claasen mit beiden Schwiegertöchtern bei Gondelina. Nun wandte sie sich ihrem Bruder zu: „Rasmus und Geik sind auf Arbeit und die Kinder in der Schule, so konnten sie nicht zum Abschied kommen. Aber ich will dir doch sagen: wenn du einmal auf Besuch zu uns kommen wolltest, da stände nichts im Wege. Eine Kammer werden wir immer noch für dich freimachen können. Wir haben das nicht so gemeint, Peter – so nicht –, wir wollten, du solltest dich bessern –"
Da kamen die Herren vom Bau aus allen Himmelsrichtungen herbei: Bremer mit seinem Stabe von Süden herauf, von Westen her die Firma Hurtig mit sämtlichen Vertretern. Es kamen zwei Deputationen der Arbeiterschaft; es kam Max Milian Meiners im Namen der Sylter Arbeiter.
Die festlich bekränzte Lokomotive fuhr eifrig hin und her, rangierte kunstvoll – welches Teufelswerk den anwesenden Morsumern unbändiges Vergnügen bereitete – bis sie endlich den kleinen Extrazug genau hinterm Pastorsgarten bereitgestellt hatte, hinter dem schönen neuen mit Zement ausgegossenen Steinwall, den die Gemeinde Pastor Eschels geschickten Verhandlungen mit dem Landrat verdankte –
„Rein als ob der Kaiser abführe!" sagte neidvoll Erasmine Broder Thiessen, die soeben mit der Ziege zum Mittagmelken heimkam – Herrin und Tier zärtlich unterm Regenschirm vereint, denn der Südwest trug Regenwolken übers Watt.

Der Damm wurde vollendet – der Damm steht! An seiner Sohle erhöht sich der braune Boden des Wattenmeeres allmählich durch die Eigentätigkeit von Flut und Ebbe. Die gefährlichen Strömungen aus Süden haben sich beruhigt, so sehr, daß bei normalen Fluten kaum noch das Osterley den Damm selbst mehr erreicht. Schon sind die großen Baggerlöcher, die der „Loki" riß, wieder zugeschlickt. Wo Grassoden gestochen wurden, hat sich eine neue Rasendecke gebildet. Die Lagerplätze der Reichsbahn, des Wasserneubauamtes, der Firma Hurtig Söhne sind leergeräumt, der Heide überlassen, die sie schnell wieder überwucherte.
Der Damm steht! Seit Jahren fahren nun täglich die Festlandzüge hinüber nach Sylt, herüber von Sylt, das keine Insel mehr ist. Wer vom D-Zuge aus über Morsum hinblickt, wird wenig Veränderungen im Dorf und dörflichen Leben entdecken können. Langsamer wandelt sich ein Volk als der einzelne Mensch. Rasmus Claasen hat sein Handwerk aufgegeben und ist nun ganz zum Bauer geworden – zum „studierten Bauer", wie die Morsumer spöttisch sagen, wenn sie ihn im Winter über seinen Büchern antreffen. Zusammen mit seinem Bruder Geik, mit Meinert Claasen und – Hinrich Peters vom Holm hat er sich eine Dreschmaschine vom Festland kommen lassen, die ihre vier Besitzer auch an andere verleihen, wenn sie selbst das Korn gedroschen haben. Jetzt beginnt er, ein Stück Heideland zu bearbeiten.
Holm-Peters sieht von den Wandlungen des einzelnen Menschen nicht mehr als der Reisende vom D-Zuge aus. Fehlt ihm der Blick dafür? Oder will er nicht sehen?
Aber der Damm steht, Holm-Peters – und auch der unsichtbare Damm, den Peter Boy Eschels baute!